LES CHEMINS DE BOURGES

Du même auteur

Éditions Julliard :

Malconduit
Le Congrès d'Aix (prix Cazes)
Que faire de la vie
Hôtel Salvador

Éditions Grasset :

L'Air de Venise (prix des Deux magots)
Le Prince à Palmyre
Les Amants de Kalyros (prix du roman de la Société des Gens de Lettres)
Le Carnet de Paula

Éditions des Presses de la Cité :

Le Trio Infernal
L'Ogresse de la Goutte d'or
L'Horloger de Montreuil
Victoire et la Florentine
Victoire et la Fille de Barbe Bleue
Les Soleils Noirs

Éditions Albin Michel :

L'été dernier (Prix Cœur Volant)
Les Falaises d'Ischia (Prix Grand Public R.T.L.)
Le jour se lève à Rhodes (Prix Katherin Mansfield)

Éditions de Trévise :

FRANCESCA
Tome I : Le Complot de l'Arsenal
Tome II : L'homme de Nicosie

SOLANGE FASQUELLE

LES CHEMINS DE BOURGES

roman

TREVISE

ISBN 2.86552.099.4

Première Partie

1438

CHAPITRE PREMIER

Par une nuit glaciale de février, Enguerrand de Bayencourt rentrait chez lui non sans un certain soulagement. Il se sentait les reins moulus après plusieurs semaines de chevauchée à la suite du seigneur de Macy qu'il servait depuis bientôt douze ans. Cette fois encore, il avait fallu, tout en échappant aux Anglais, poursuivre une de ces maudites bandes d'écorcheurs qui ravageaient les environs de Paris, se battre contre des hommes rusés, cruels, tout aussi mauvais que le diable qui les menait, le redoutable Gérard de Caubre dont l'homologue, le célèbre Rodrigue de Villandrando s'était réservé l'Auvergne pour la mettre à sac. Leurs sinistres exploits ne faisaient pas seulement trembler les chaumières mais aussi les châteaux et les demeures de plus modeste apparence comme celle où vivaient Enguerrand, sa femme Matheline et leurs cinq enfants.

Il passa la porte Saint-Jacques, peu avant la fermeture et longea le couvent des Jacobins. L'humidité le faisait frissonner malgré l'épaisse houppelande de drap des Flandres qui l'enveloppait. Tout en avançant dans les rues sombres, brumeuses, escorté de son écuyer Hadelin, Enguerrand se disait avec un peu de mélancolie qu'il n'était plus tout jeune et que s'il n'avait pas le devoir d'établir ses enfants dont certains étaient encore petits car il s'était marié tard, il se laisserait aller à cette lassitude qui, souvent désormais, l'envahissait, à l'idée des efforts qu'il imposait à un corps usé, blessé au combat à diverses reprises et que la vieillesse commençait à raidir aux articulations.

« Dieu que je suis fatigué ! » songea-t-il. Sans doute avait-il parlé à haute voix car Hadelin s'approcha et s'enquit :

— Qu'avez-vous dit ?

— Rien, marmonna Enguerrand. Que le chemin est long...

Hadelin considéra son maître avec une certaine perplexité : jamais il n'avait fait de réflexion de ce genre...

— Nous sommes bientôt arrivés, dit-il.

L'interminable rue Saint-Jacques s'achevait et on parvenait à la Seine. Toujours aux aguets, les deux hommes ne s'écartaient guère l'un de l'autre, comme ils le faisaient de jour où Enguerrand chevauchait toujours en avant. Les mauvaises rencontres n'étaient pas rares dans la ville elle-même, bien qu'en novembre dernier, Charles VII eut fait son entrée à Paris, accompagné de son fils le dauphin Louis, après son alliance avec le Bourguignon à Arras, trois ans auparavant.

Enguerrand avait accompagné aux négociations Robert de Macy, un familier de Regnault de Chartres, l'archevêque duc de Reims et il trouvait qu'on avait payé bien cher à cet insolent Philippe le Bon pour avoir la paix. Enfin, une sorte de paix...

Qu'on lui ait fait réparation explicite pour le meurtre de son père Jean sans Peur, passe encore, bien que la victime ait été une crapule épouvantable, lui-même assassin du duc d'Orléans : peu de gens l'avaient pleuré, même dans son parti. Mais qu'on cédât les comtés de Mâcon et d'Auxerre et les bonnes villes d'Amiens, d'Abbeville et de Saint-Quentin... Et surtout Boulogne-sur-Mer, n'était-ce pas un peu beaucoup ?

Plus au fait des arcanes diplomatiques, Robert de Macy avait expliqué à Enguerrand qu'en échange de toutes ces largesses, était rompue l'alliance anglo-bourguignonne, qui comme un étau, menaçait les possessions du roi. Ce qui signifiait, prétendait-il, l'effondrement des prétentions britanniques sur la France. Enfin, on verrait bien...

Pour l'instant, ce qui importait, c'était d'apercevoir au détour de la rue Vieille du Temple, la maison où l'attendait Matheline. Sa maison. Le havre qu'il s'était édifié et où il allait reprendre des forces avant un nouveau départ.

Car pendant longtemps encore, qu'il le veuille ou non, il y aurait toujours un nouveau départ, d'autres combats, d'autres dangers à courir dans cette France de 1438, ravagée par les bandes d'écorcheurs, les Anglais, les Bourguignons, les épidémies et la famine.

Sur l'injonction de dame Matheline, Blanche activa le feu. La flamme s'aviva et le chat Clément qui dormait avec béatitude, se dressa, s'étira et se recoucha en rond avec un ronronnement de bien-être.

— Ne devraient-ils pas bientôt être là ? s'enquit Mélanie, la fille aînée de dame Matheline.

— Si, je commence à me demander...

Malgré le froid, l'inquiétude conduisit Matheline à la porte qui donnait sur la rue. Une grande bouffée d'air glacé s'engouffra dans la salle, faisant vaciller les flammes des chandelles. Sans avoir rien vu, car il n'y avait pas de lune, elle referma précipitamment.

— Allons, dit la vieille Blanche, ne vous tracassez pas comme ça. Ils ne vont pas tarder. Rappelez-vous l'autre fois, il était presque l'heure du couvre-feu...

Oui, mais l'autre fois, c'était au mois de septembre où les journées sont longues. Matheline n'aimait pas savoir son mari chevauchant dans la nuit d'hiver : on prend si vite le mal avec ce temps...

Sans parler de rencontres peu souhaitables !

— Tu as préparé le vin épicé ? demanda-t-elle à Anieuse qui secondait Blanche avec une certaine fantaisie qu'on lui pardonnait à cause de sa gaieté et de son inaltérable bonne humeur.

— Oui, dame Matheline, il tiédit près du feu.

Enguerrand serait bien aise de se réchauffer, non seulement du dehors mais du dedans. Après vingt ans de mariage, Matheline aimait toujours son mari qui était bon, généreux et honnête. Ses absences lui pesaient : le moyen de faire autrement, ne fallait-il pas nourrir la nichée ?

Ce soir, elle n'était pas au complet, comme la maîtresse de céans l'aurait souhaité pour le retour de son mari. Geneviève, sa fille cadette qui venait d'avoir seize ans, veillait la sœur de son père, alitée après une mauvaise chute et les garçons se trouvaient chez le chanoine Buzenval qui tentait d'inculquer à ces têtes folles quelques rudiments d'instruction.

Pour une fois tranquille, Éléonore ourlait un mouchoir de dentelle au coin du feu tout en humant l'appétissant fumet qui s'exhalait de la marmite.

— J'ai faim, déclara-t-elle de sa petite voix flûtée.

— Moi aussi, avoua Mélanie.

— Mes enfants, il faut attendre votre père. Que dirait-il si nous avions commencé sans lui ?

Éléonore qui n'avait que dix ans et n'aimait pas attendre, savait bien que son père n'aurait rien dit. C'était sa mère qui répugnait à se mettre à table...

Elle secoua sa chevelure blonde en désordre car elle bougeait tout le temps et quelques instants plus tard, son oreille fine perçut la première le pas des chevaux.

— Voilà père ! s'exclama-t-elle en se précipitant à la porte car elle avait hâte d'embrasser l'arrivant.

Et surtout de souper !

Après avoir serré dans ses bras sa femme et ses filles, salué Blanche et Anieuse, Enguerrand se restaura de fort bon appétit. Blanche avait posé la marmite entre les convives et après avoir rempli les écuelles qu'on lui tendait, s'assit au bas bout de la table, entre Anieuse et Hadelin.

D'ordinaire, c'était dame Matheline qui se chargeait de servir, mais ce soir, elle était toute ouïe à ce que lui racontait son mari, entre deux bouchées de ragoût.

Encore, ne lui racontait-il pas tout. Il ne souhaitait pas assombrir la joie des retrouvailles par des récits qui aurait terrifié Matheline, ses filles et les servantes. Dans le regard d'Hadelin, il devina que ce dernier l'approuvait.

S'il s'étendit à loisir sur le mauvais état des routes, la difficulté de trouver des gués ou des passeurs en cette saison, la pluie qui n'avait cessé de le transpercer lui et ses compagnons, la fatigue d'une interminable poursuite qui les avait menés jusqu'aux portes d'Orléans, si vaillamment reprise par la Pucelle aux Anglais, il n'évoqua qu'à peine les horreurs qu'il lui avait été donné de contempler au cours de son périple.

Il ne parla pas des villages ravagés aux ruines encore fumantes, des cadavres qui pendaient aux branches des arbres ou aux poutres, cadavres sur lesquels on pouvait encore voir le résultat des bons traitements des hommes de Gérard de Caubre : pieds brûlés, yeux crevés, mains coupées, tout cela pour faire avouer à ces malheureux en quelle cachette ils gardaient leurs misérables économies. Ou simplement leurs provisions.

Le spectacle de ces exactions dont il avait pourtant l'habitude avait une fois de plus bouleversé et révolté Enguerrand. Jamais il ne s'accoutumerait à cette cruauté froide, sans frein, qui rendait l'être humain pire que la plus sauvage des bêtes féroces.

Comment oublierait-il la vision de cette troupe d'enfants et de chiens affamés, efflanqués, épuisés, les uns presque semblables aux autres, qui errait dans la campagne dévastée, fuyant à toute approche, lançant des pierres lorsqu'on essayait de leur venir en aide...

Il regarda sa petite Éléonore dont les yeux bleus et gris commençaient à papillonner, toute rose et blonde, chaudement vêtue d'une robe de grisette, essayant de chasser l'image de ces gosses à moitiés nus, souvent estropiés, dont la plupart ne verraient pas l'été.

Une fois de plus, il remercia le Ciel qui, sur sept enfants, lui en avait laissé cinq, tous bien faits et en bonne santé. Il sourit avec tendresse à Matheline :

— Ma mie, je crois que j'irai volontiers prendre quelque repos.

Dans la chambre conjugale aux volets bien clos, ce fut au tour de Matheline de faire part à son mari des menus incidents survenus depuis son départ.

— Ta sœur a glissé sur le verglas... Le chirurgien parle d'une fracture... Mais il n'est pas sûr...

Dame Matheline concevait le plus profond mépris pour ce dernier, ses semblables et autres apothicaires : elle les jugeait suffisants, ignorants et faisant rétribuer leurs services à prix d'or. En ce qui la concernait, elle ne croyait qu'aux herbes et aux plantes dont l'usage lui avait été enseigné par sa mère et sa grand-mère.

Enguerrand prit l'air soucieux :

— Elle n'est plus toute jeune, fit-il.

— Certes, reconnut Matheline.

Plus âgée que son frère, Ermengarde allait atteindre la soixantaine. Ce qui faisait de Matheline sa cadette de vingt ans.

— C'est pourquoi j'ai envoyé Geneviève.

— Tu as bien fait.

Ermengarde avait bien une servante : presque aussi vieille qu'elle et marchant péniblement à cause d'une déformation de la hanche.

— Blanche leur a porté tantôt une bonne soupe au lard, poursuivit Matheline.

Mais Enguerrand ne pensait déjà plus à sa sœur. S'étant dévêtu, il se jeta dans le lit qu'Anieuse avait bassiné en poussant un soupir d'aise : comme on était bien sur cette couche moelleuse, la tête posée sur un oreiller dont la taie embaumait la lavande des armoires de Matheline, après les campements de fortune et les auberges pouilleuses qui sentaient le graillon !

— Quel bonheur d'être de nouveau chez soi !

Matheline souffla la chandelle et vint s'allonger à côté du grand corps massif qu'elle connaissait si bien.

— Tu m'as manqué, dit-elle.

Sous la courtepointe recouverte de damas rouge, une main saisit la sienne et la serra doucement.

— Toi aussi ma mie...

Bientôt, Matheline n'entendit plus qu'une respiration régulière et après avoir récité « trois Pater et trois Ave », elle finit par sombrer elle aussi.

CHAPITRE II

Ce que plus que tout, Enguerrand s'était gardé de rapporter à sa femme, était les menaces proférées à son endroit par Gérard de Caubre. Pourquoi l'inquiéter davantage ? Ne l'était-elle pas déjà suffisamment, chaque fois qu'il s'éloignait ? Même si elle ne le lui disait pas...

A l'entrée d'un petit hameau, Bissy, dont il savait par un de ses espions qu'il serait le prochain objectif des écorcheurs, Enguerrand avait tendu un piège, pas trop mal conçu ma foi, puisque ses ennemis s'y étaient précipités tête baissée. Enguerrand avait disposé de tout le temps nécessaire pour embusquer une partie de ses hommes dans un petit bois tandis que les autres faisaient mine de se laisser surprendre alors qu'ils attendaient l'ennemi de pied ferme.

Le combat engagé, et quand déjà Gérard de Caubre était en droit de supposer que ce dernier allait tourner à son avantage, le renfort inattendu avait surgi sur l'arrière de sa troupe.

Un instant de flottement succéda à cette attaque imprévue, hésitation qu'Enguerrand et ses compagnons mirent à profit : Gérard de Caubre laissa beaucoup de monde dans cet engagement. Une quinzaine d'hommes demeurèrent sur le terrain, une dizaine au moins furent blessés et plusieurs chevaux éventrés.

Avant de battre en retraite, une retraite plutôt honteuse car du côté d'Enguerrand les pertes étaient minimes, Gérard de Caubre eut le temps de lancer :

— Nous nous retrouverons. Et plus tôt que tu le penses ! Et cette fois, je jure bien d'avoir ta peau par n'importe quel moyen.

Sur le moment, Enguerrand avait haussé les épaules. Plus tard, lui était revenu l'extraordinaire ton de haine sur lequel cet avertissement avait été proféré. Et cette haine lui avait fait froid dans le dos !

Désormais, il n'avait qu'à se tenir sur ses gardes s'il voulait survivre...

— Maman, puis-je aller avec Mélanie chez tante Ermengarde ?

Non pas qu'Éléonore désirât tant voir sa tante : cette dernière était une personne plutôt revêche, peu accueillante, qui se croyait persécutée par tout un chacun. Mais ce matin, le soleil brillait et Éléonore avait envie de se promener. Peut-être rencontrerait-elle Ambroise ?

Ambroise était un jeune homme de douze ans, fils de l'orfèvre Jean Guillais qu'Éléonore trouvait fort à son goût : il était tellement plus grand que les autres et il était roux, d'un roux ardent qui jetait des flammes... Jusqu'à présent, il n'avait pas daigné lui prêter attention sinon pour se moquer d'elle ou lui tirer les cheveux, subrepticement, à la sortie de la grand-messe...

— Si tu veux, Geneviève te ramènera.

Sans enthousiasme excessif, Mélanie s'apprêtait à relayer sa sœur au chevet de l'accidentée. Elle non plus n'appréciait guère les humeurs de cette vieille femme acariâtre qui ne savait jamais reconnaître aucun service. Comme elle différait de son frère, à croire qu'ils n'avaient pas eu les mêmes parents !

— Habillez-vous chaudement mes enfants, dit dame Matheline. Et dites à Ermengarde que j'irai la voir tantôt et que je lui porterai un poulet.

Sa belle-sœur avait peu de moyens. Du moins, le laissait-elle entendre. Quelquefois, Matheline se disait qu'il se pouvait qu'elle fût tout simplement très avare. Car n'avait-elle pas hérité des biens familiaux de moitié avec son frère ? Qu'avait-elle fait de sa part ?

Enfin, c'était de ces questions qu'on se posait mais qu'on ne posait pas.

Contrairement à Éléonore qui jacassait et ne perdait rien du spectacle de la rue, fort animée à cette heure de la matinée, Mélanie demeurait silencieuse, le visage sombre, indifférente à ce qui se passait autour d'elle, au marchand de beignets qui criait sa marchandise, aux chapons qui rôtissaient sur une broche qu'un gamin tournait, aux tonneaux de harengs séchés qu'un vieil homme chargeait avec peine sur une carriole.

Depuis plusieurs mois, la jeune fille se consumait de désespoir et d'amour pour un homme qui lui en avait préféré une autre et, comble de malheur, venait de l'épouser. La situation était sans remède et, dans le secret de son cœur, Mélanie avait songé plusieurs fois à quitter un monde qui réservait aux humains de pareils tourments.

Jusqu'au dernier moment, contre tout bon sens et toute raison, elle avait espéré comme une folle qu'elle était : même après que les accordailles eussent été célébrées, accordailles auxquelles les Bayencourt avaient été conviés au grand complet, lors d'un festin qui avait duré jusqu'à la nuit tombée.

Aude, la promise, une fille rieuse qu'on disait un peu leste et qui, en tout cas, s'y entendait à enjôler les hommes, était la fille de l'orfèvre Jean Guillais, un ami de jeunesse d'Enguerrand. Bien que le fait ne fût pas fréquent, des fiançailles rompues ne constituaient pas un phénomène exceptionnel. Mélanie pria le ciel pour qu'il en fût ainsi.

Et puis, le matin du mariage, en entendant sonner les cloches de l'église voisine, Saint-Paul, qui retentissaient comme un glas dans son cœur, Mélanie avait pensé mourir. Elle aurait pu prétexter une indisposition pour ne pas assister à la cérémonie, pour ne pas voir Emmanuel et Aude échanger les anneaux nuptiaux. Ainsi, aurait-elle pu se persuader que la chose n'avait pas eu lieu et continuer à se perdre dans ses rêveries stériles.

Mais ne voulant pas attirer l'attention sur son mal secret, elle suivit sa mère et ses sœurs — pour rien au monde Éléonore n'aurait raté la fête puisque Ambroise, frère de la mariée, était garçon d'honneur — et gravit son calvaire jusqu'au bout. Le sourire radieux et l'air de bonheur des nouveaux époux tandis qu'on les congratulait, lui fut une agonie. Elle crut défaillir. La voyant blanche comme la cire des cierges qu'on avait brûlés abondamment pour honorer le Seigneur, les familles et faire marcher le commerce, Matheline s'empressa de ramener sa fille au logis. Dans le silence et la solitude de la chambre, Geneviève et Éléonore ayant accompagné leur père au repas de noces, Mélanie s'effondra dans les bras maternels.

Compatissante, Matheline s'efforça de la consoler par les arguments habituels avancés en pareille circonstance : elle était jeune, rien n'était perdu, elle rencontrerait d'autres hommes plus séduisants que cet Emmanuel qui après tout, n'avait rien de si extraordinaire.

— Mais c'est lui que j'aime ! rétorquait Mélanie. Et c'est lui que j'aimerai toujours. Je n'en veux pas d'autre !

Philosophe, Matheline s'était d'abord dit que le temps ferait son œuvre et adoucirait cet affreux chagrin : toutes les filles ne subissent-elles pas, un jour ou l'autre, une déconvenue de cet ordre, lorsque ce n'est pas plusieurs ? De son mieux, elle avait tenté de distraire sa fille et soupira d'aise lorsque le jeune couple partit s'établir en province : ainsi Mélanie n'aurait-elle pas sans cesse sous les yeux le spectacle d'un bonheur qu'elle avait espéré devoir être le sien.

Mais les semaines passaient et Mélanie gardait cet air désolé, presque absent. Elle répondait à peine lorsqu'on s'adressait à elle et ne s'intéressait plus à rien. Sachant son goût pour la toilette, Matheline s'était privé d'un châle de soie brodée dont elle avait envie pour offrir une robe de velours de Gênes à sa fille. En guise de remerciement, elle n'avait reçu qu'un triste et douloureux sourire. Enguerrand lui-même commençait à se faire du souci. Avec la brutalité des hommes, à l'état de son aînée il n'avait vu qu'un remède :

— Il faut la marier ! Et vite !

— Certes, avait répondu Matheline. Elle est en âge à dix-huit ans passés... Ne la pressons pas trop cependant, il faudrait qu'un bon parti se présente...

— Et comment veux-tu qu'il s'en présente avec cette mine d'enterrement qu'elle fait ? Quel jeune homme sensé souhaiterait lier sa vie à celle d'une femme si morose qui ne sourit jamais, sans parler de rire ?

Consciente de la justesse de cette remarque, Matheline soupira : il était évident que Mélanie qui, bien que petite, n'était pourtant pas plus vilaine qu'une autre, avec sa peau de pêche, ses cheveux châtains, fins et brillants qui lui descendaient à la taille qu'elle avait bien tournée, n'attirait guère le regard des hommes depuis quelque temps...

— Regarde où tu mets les pieds, dit Mélanie à Éléonore qui venait de marcher dans une flaque.

A vrai dire, il était malaisé de les éviter. La chaussée était encore boueuse de la pluie torrentielle de la veille et pour tout arranger, un certain nombre d'ordures flottaient çà et là, avant qu'un cochon leur fît un sort.

On passa devant l'atelier de l'orfèvre. Éléonore ralentit le pas dans l'espoir d'apercevoir la tignasse rousse d'Ambroise, tandis que Mélanie accélérait le mouvement.

— Qu'as-tu à traîner comme ça ? Nous sommes pressées.

Ce n'était pas vrai. Néanmoins, elle prit avec fermeté la main de sa jeune sœur et se mit à avancer rapidement malgré les protestations de cette dernière.

Ce qui frappait dès l'abord, lorsqu'on pénétrait chez Ermengarde, était une odeur de renfermé, presque de moisi. Geneviève qui n'avait pas la langue dans sa poche disait : « Une odeur de vieille fille. » Et c'était vrai que les trois pièces du rez-de-chaussée où vivait la sœur d'Enguerrand offraient aux jeunes filles un contraste saisissant avec leur propre foyer.

Geneviève qui guettait par le carreau, se précipita pour ouvrir :

— Ah ! te voilà enfin, dit-elle à voix pas trop haute pour que de la pièce voisine on n'entendît pas. Ce n'est pas trop tôt ! Je commençais à en avoir assez de ses jérémiades et de ses exigences.

— Marise n'est pas là ?

— Elle est sortie faire des courses. La vieille voulait absolument une soupe aux blancs de poireaux. Elle croit que cela fortifie les os.

Entre elles, les sœurs ne se montraient guère respectueuses à l'égard de leur tante. Elles se gardaient d'user du même langage devant leurs parents qui ne l'eussent pas toléré : non que l'un ou l'autre portât une affection démesurée à Ermengarde, laquelle ne s'était montrée guère enthousiaste du mariage tardif d'un frère avec lequel elle cohabitait auparavant dans une demeure beaucoup plus spacieuse.

— Comme il fait sombre, constata Mélanie.

C'était encore une chose à laquelle il fallait s'habituer ici : Ermengarde craignait la lumière du jour, même cette pâle lumière de février qui, prétendait-elle, gâtait les étoffes. Quant aux bougies et aux chandelles, elle en allumait le moins possible par économie.

Éléonore résuma le sentiment de ses sœurs :

— C'est triste...

Malgré son jeune âge, elle était très observatrice. Elle écoutait aussi ce que les autres disaient et en faisait son profit; mais elle gardait pour elle la plupart de ses pensées.

— Eh ! bien, allons-y, dit Mélanie avec résignation. Sans quoi elle va s'impatienter.

D'ailleurs, être ici ou là, avec celui-ci ou celle-là, quelle différence ? Elle pouvait aussi bien songer à Emmanuel au chevet d'une malade même grognon, que chez elle, devant les flammes de la cheminée.

Elles entrèrent toutes les trois dans la chambre où Ermengarde était alitée.

— Comment ? s'étonna-t-elle, votre mère n'est pas venue me rendre visite ? Déjà hier...

Ermengarde tenait à souligner les égards qui lui étaient dus en tant que sœur aînée.

— Père est rentré hier soir, expliqua Mélanie et elle a beaucoup à faire.

Se souvenant de la commission, Éléonore ajouta :

— Elle viendra tantôt avec un poulet.

— Un poulet ! maugréa Ermengarde. Je ne sais pas si j'aurais bien faim de viande. C'est plutôt de douceurs dont j'aurais envie...

Geneviève retint une remarque acerbe et Éléonore qui, en passant, avait convoité de belles tartes aux pommes et à la cannelle qu'on sortait du four chez le boulanger, suggéra de sa petite voix douce et innocente :

— Pourquoi n'envoyez-vous pas Marise vous acheter une tarte en face ? Elles ont l'air délicieuses, je suis sûre que vous les aimeriez...

Et peut-être elle, Éléonore, en recevrait-elle une part.

— Tu n'y songes pas ma petite, tu veux me ruiner ! Ce voleur ose vendre ses tartes six sols !

Les aînées dissimulèrent un sourire devant la provocation de leur cadette : l'avarice d'Ermengarde était célèbre dans le quartier où les commerçants qui se moquaient d'elle, avaient pris l'habitude de ne lui proposer que des marchandises de second choix, sinon légèrement avariées, qu'elle jugeait encore hors de prix.

Geneviève s'en fut avec Éléonore. En soupirant, Mélanie prit place dans le fauteuil qu'avait occupé sa sœur. Heureusement, après lui avoir demandé deux ou trois fois de changer la place de son oreiller, de remonter la courtepointe, de lui apporter de l'eau de fleurs d'oranger et s'être livrée à quelques récriminations à l'endroit d'une famille qui se souciait si peu d'elle, auxquelles Mélanie ne daigna pas répondre, Ermengarde s'endormit, sa bouche ouverte exhalant un souffle fétide à cause de ses dents gâtées.

Alors la jeune fille put tout à son aise se replonger dans sa délectation morose.

CHAPITRE III

Une semaine s'était écoulée depuis le retour d'Enguerrand de Bayencourt. Il se sentait reposé, frais et dispos et tournait en rond dans la maison à la vive contrariété de sa femme qui le gourmandait et grognait qu'elle l'avait constamment dans les jambes. Pour tout dire il commençait à s'ennuyer...

En récompense de son succès dans le combat contre Gérard de Caubre, le seigneur de Macy lui avait abandonné, comme c'était la coutume, une partie du butin récupéré sur l'ennemi. Enguerrand s'était retrouvé avec un certain nombre de pièces d'or qu'il avait sagement confiées à sa femme laquelle s'occupait avec compétence de l'administration du ménage et quelques bijoux qu'il portait cet après-midi à son ami l'orfèvre : ce dernier, espérait-il, lui en donnerait un bon prix. Du lot, il avait soustrait une petite bague d'or sertie de deux saphirs, qu'il comptait offrir à Matheline pour son anniversaire et une chaîne d'argent à fines mailles torsadées, destinée dans un proche avenir à consoler Mélanie de ses déboires sentimentaux.

Enguerrand pénétra dans l'atelier de Jean Guillais qu'il surprit en train de polir un calice en vermeil commandé par une riche pénitente du chanoine Buzenval pour l'offrir à un couvent voisin. Comme il était presque cinq heures et que la lumière du jour se faisait chiche, Jean Guillais renvoya ses aides et les deux petits apprentis, compagnons d'Ambroise, bien aises de s'esquiver un peu plus tôt que d'habitude, pour rester seul avec son ami. Il n'était pas nécessaire non plus que des étrangers fussent au courant de tractations qui, si elles portaient sur des objets honnêtement acquis par Enguerrand n'en concernaient pas moins le produit d'un vol.

Jean Guillais ordonna à Ambroise de fermer l'atelier en prenant garde de bien fixer les volets et de tirer le verrou puis entraîna son visiteur à l'étage supérieur où, veuf, il s'était aménagé un petit logis qui suffisait à ses besoins et à ceux d'Ambroise, surtout maintenant qu'Aude les avait quittés.

Les deux hommes s'installèrent autour d'une table sur laquelle l'orfèvre disposa un carré de velours et alluma deux bougies neuves. Enguerrand ouvrit une bourse de fin cuir de Florence dont Robert de Macy lui avait fait présent par surcroît pour serrer sa part de butin et les joyaux roulèrent sans bruit sur l'étoffe.

Guillais siffla entre ses dents :

— On ne s'est pas moqué de toi !

Enguerrand sourit de contentement : il jugeait avoir bien mérité ce salaire pour ses peines, sa fatigue, les risques encourus et, pourquoi pas, pour l'astuce dont il avait fait preuve. Puisque le fait qu'il s'agit de biens dérobés, sans doute à d'honnêtes chrétiens ne semblait pas préoccuper outre mesure Robert de Macy qui était cousin de l'archevêque, pourquoi lui, Enguerrand, se montrerait-il plus chatouilleux à ce sujet ?

Néanmoins, c'étaient là des questions dont il n'aurait pas aimé s'entretenir avec le chanoine Buzenval... Lorsqu'il songeait à la manière dont ces colliers, ces bracelets, ces boucles de ceinture avaient été extorqués à leurs propriétaires, il ne pouvait s'empêcher d'éprouver un léger malaise.

À l'aide de poids de bronze dont certains n'excédaient pas la taille de l'ongle du petit doigt, Jean Guillais pesait les joyaux et inscrivait en silence des chiffres sur une tablette. Puis il prit une loupe qu'il essuya d'un linge fin avant de s'en servir et scruta une pierre rouge de taille respectable montée en médaillon ovale au bout d'une lourde chaîne d'or.

— Hélas, dit-il d'un air un peu déçu, c'est un grenat, pas un rubis de Ceylan comme je l'escomptais.

Enguerrand ne connaissait rien aux bijoux. Mais pas un instant, il ne suspecta son ami de vouloir lui faire du tort : il avait en lui une confiance totale, presque autant qu'en Matheline. N'était-ce pas tout dire ?

Lorsque l'orfèvre eut terminé son examen, il leva la tête et considéra la face burinée de son interlocuteur, ses tempes grisonnantes, les cernes bistrés sous les yeux, tous ces implacables signes du temps qui obligeraient bientôt Enguerrand à prendre une retraite bien méritée.

— Cela s'ajoutant à ce que m'as déjà apporté devrait te mettre à l'abri du besoin pour tes vieux jours, remarqua-t-il de sa voix posée.

— Et Matheline ? Et les enfants ?

Enguerrand se faisait grand souci de l'avenir de ses fils, instruits à grands frais par le chanoine Buzenval. Lui-même lisait avec difficulté et signait d'une main hésitante. Pour Hughes et Charles, il souhaitait une vie moins aventureuse que la sienne, surtout maintenant que la guerre était finie. Ou presque. On se battrait moins. Du moins, certains l'affirmaient.

Si Hughes avait pu devenir l'intendant d'un grand seigneur, comme Jacques Cœur par exemple, le cousin par alliance de Matheline, et Charles robin, ou le contraire, ses vœux auraient été comblés. La Providence lui laisserait-elle le temps de les voir exaucés ?

Le sentant un peu morose, son ami le réconforta :

— Vigoureux comme tu l'es, bâti à chaux et à sable, tu as encore de nombreuses années devant toi.

— Je ne sais pas, murmura Enguerrand.

Le souvenir de sa lassitude lui revenait et d'une douleur dans le genou et au bas des reins quand il restait trop longtemps en selle. Et ce froid qui l'envahissait quelquefois, la nuit...

— Allons, ne te mets donc pas martel en tête. Tiens, tu vas me goûter de ce petit vin gris que j'ai fait venir d'Orléans et tu m'en diras des nouvelles.

Il appela du haut de l'escalier :

— Ambroise ! Tire donc un pichet au tonneau et apporte-nous deux chopes.

— Oui père, tout de suite.

Enguerrand remarqua :

— Tu es heureux d'avoir un fils aussi habile qui t'aide déjà et saura te succéder.

— Il est vrai qu'Ambroise me procure beaucoup de satisfactions, admit Jean Guillais avec une fierté qu'il ne cherchait nullement à dissimuler. Cet enfant a des mains d'ange : il est capable d'effectuer des travaux d'une finesse extraordinaire à laquelle des compagnons chevronnés ne parviennent pas après des années. Et il a du goût pour composer des nouvelles pièces... Je ne l'ai pas dit au chanoine, mais c'est Ambroise qui a ciselé le pied du calice et incrusté les tourmalines.

— Et Aude ? s'obligea à questionner Enguerrand après un moment de silence, comment se porte-t-elle ?

Il aurait été discourtois de ne pas s'informer d'une fille qu'il avait vue naître, au mariage de laquelle il avait assisté et qui avait beaucoup fréquenté sa maison puisqu'elle était une amie de Mélanie...

Le visage de Jean Guillais s'éclaira :

— Elle vient de me faire savoir qu'elle attend un héritier, dit-il d'un air rêveur. Mon premier petit-fils...

Enguerrand pensa à la tristesse accrue de Mélanie lorsqu'elle apprendrait la nouvelle : le moyen de la lui cacher ?

Il faisait nuit noire lorsque Enguerrand prit congé de son hôte. Le froid, plus vif que tout à l'heure le surprit désagréablement : il gèlerait sûrement dans quelques heures.

Le trajet, une vingtaine de minutes, entre sa demeure et l'atelier de Jean, rue Saint-Paul, lui avait paru fort court à l'aller où toutes les échoppes étaient encore ouvertes et les rues encombrées de gens, de charrettes et d'animaux qui vagabondaient.

Il s'était attardé, joyeux de bavarder avec son ami et de déguster un vin qui avait amené une légère rougeur sur ses pommettes et sur son nez. Maintenant, chacun était claquemuré chez soi et on distinguait à travers les fentes des volets la lueur des chandelles ou d'un âtre rougeoyant.

Il s'était muni d'une lanterne heureusement, mais elle n'éclairait guère à plus de deux pas. Elle signalait plutôt l'existence de son propriétaire. La demie sonna à l'église Saint-Paul : celle de sept heures ou de huit ?

Il s'engagea rue des Rosiers. Au bout de la rue, deux torchères fixées au mur signalaient l'entrée d'une taverne. En s'approchant, Enguerrand perçut des bruits de voix, des rires un peu avinés, bref, le tapage inhérent à cette sorte d'endroit qu'il ne dédaignait pas de fréquenter de temps en temps. Un homme en sortit, titubant, visiblement inconscient du lieu où il se trouvait. Il finit par se perdre dans une ruelle en poussant quelques jurons d'une voix pâteuse.

De nouveau, ce fut l'obscurité totale. Enguerrand buta contre un obstacle que la lueur de la lanterne ne lui avait pas permis d'éviter et tomba lourdement sur l'avant-bras. Une douleur aiguë fulgura jusqu'à son épaule et il lui fallut attendre un moment avant de reprendre ses esprits et d'avoir la force de se relever. Son poignet était-il cassé ou simplement luxé : comment s'en rendre compte avant d'être au logis ? Matheline elle, saurait...

Elle saurait aussi le soigner, apaiser la souffrance qui se faisait plus vive, lancinante, le réchauffer, effacer cette angoisse sourde qui s'était emparée de lui, alors qu'il n'était plus qu'à cinq cents pas du logis.

Il avançait très lentement désormais, avec précaution. Un chien lui fila entre les jambes, manquant le déséquilibrer une seconde fois : il ne manquerait plus que cela !

Pourquoi s'était-il laissé aller à vider chope sur chope, lui qui buvait avec modération d'ordinaire ? Pour célébrer le prix obtenu de ces bijoux tachés de sang ? Car ils étaient tachés de sang, qu'il voulût le reconnaître ou non. Ne se souvenait-il pas de cette femme pendue devant la cheminée, à moitié nue, à laquelle on avait arraché sa chaîne avec tant de violence qu'elle s'était rompue et que quelques maillons étaient demeurés à ses pieds. Enfin à ce qui restait de ses pieds...

Derrière lui, il entendit un pas rapide, puis deux, puis trois. Ils étaient nombreux. L'escorte d'un seigneur qui regagnait sa demeure ? Quelques bourgeois honnêtes qui se rendaient de concert à la taverne ? Une bande de malfrats en quête d'un passant isolé à détrousser ?

Enguerrand se félicita que sa lanterne se fût éteinte lors

de sa chute. S'il se plaquait contre le mur, dans cette anfractuosité qu'il repérait avec les doigts de sa main valide, peut-être demeurerait-il invisible ? Il avait bien sa dague : que valait-elle contre cinq ou six assaillants, qui eux disposaient de leurs deux bras ?

Les hommes avaient ralenti le pas, comme s'ils cherchaient quelqu'un. La sueur au front malgré la bise glaciale, Enguerrand tenta de se fondre contre le pan de mur auquel il était adossé. Un peu plus loin, il y avait une porte cochère : s'il avait pu l'atteindre, se réfugier derrière ses vantaux... S'il était parti dix minutes plus tôt de chez l'orfèvre... A quoi servait de se dire « si, si » alors que, dans le fond de son âme, il sentait que le moment était venu, que Matheline et les enfants allaient rester seuls dans ce monde angoissant, livrés sans défense aux entreprises des uns et des autres, aux dangers d'une époque qui en recelait tellement...

Les hommes s'avancèrent, l'entourèrent en silence. Et leur silence était plus terrifiant encore que leur présence hostile.

Lorsque l'un d'eux alluma une torche, il reconnut le visage redouté, à l'expression de cruauté démoniaque, celui qui hantait ses rêves depuis son retour. Alors, avant même que le premier coup lui fût porté, il sut que tout espoir était vain et recommanda son âme à Dieu.

CHAPITRE IV

Lorsque le chef des exempts, une connaissance de Matheline, vint l'avertir avec autant de ménagement que cet homme fruste en était capable, qu'on lui ramenait son mari, attaqué non loin de la Taverne du Lion d'or, cette dernière s'inquiétait déjà depuis un bon moment. Elle se revoyait, une semaine auparavant, pareillement angoissée et tentait par tous les moyens de se raisonner. Elle savait son mari chez l'orfèvre et comme il ne lui avait rien dit de particulier elle l'attendait pour le repas du soir dont l'heure était bien passée. Si Hadelin avait été là, elle l'aurait dépêché chez Jean Guillais. Mais il était à Vincennes, pour assister au mariage de sa sœur.

Trois hommes déposèrent le corps du mourant sur le lit conjugal et après le choc de ce visage ensanglanté, tuméfié, méconnaissable, très vite Matheline se reprit :

— Mélanie, de l'eau bouillie vite ! Geneviève, des linges blancs !

Et après avoir entendu la respiration saccadée d'Enguerrand, dévoilé les nombreuses blessures dont il était atteint, lucide malgré tout, elle se résigna à ajouter d'une voix qui tremblait :

— Et toi Blanche, va quérir le chanoine.

Éléonore et ses frères se tenaient au pied du lit, à la fois stupéfaits et consternés : jamais ils n'avaient vu leur père alité, jamais ils n'avaient imaginé qu'il pût lui arriver quelque chose : il était si fort, si courageux...

Le cœur serré, Mélanie et Geneviève secondaient leur mère de leur mieux. Avec une infinie douceur, Matheline avait essuyé le sang séché et maintenant des taches sombres apparaissaient sous les yeux, au menton, à tous les endroits où Enguerrand avait été frappé.

— Ah ! On peut dire qu'ils ne l'ont pas ménagé ! murmura l'exempt avant de se retirer. Pensez, dame Matheline, qu'ils étaient six contre lui !

— Six !

— Et le plus étrange, remarqua-t-il, c'est qu'ils ne lui ont même pas pris sa bourse. Un de mes hommes l'a ramassée. Tenez, la voilà.

Il posa sur la table de chevet la petite bourse plate de cuir noir qu'Enguerrand avait coutume de garder dans sa ceinture et qui contenait trois pièces d'or et quatre d'argent.

Le souffle du blessé s'affaiblissait. Au prix d'une souffrance considérable il parvint à ouvrir les yeux, à reconnaître Matheline.

Elle se pencha :

— C'est Gérard de Caubre, réussit-il à murmurer dans un effort qui parut l'achever.

Mais quelques instants plus tard, il appela :

— Hughes ! Hughes !

Bouleversé, le jeune garçon s'approcha et saisit cette main qui essayait de se tendre vers lui.

— Tu dois me venger, articula Enguerrand d'une voix qu'on entendait à peine. Jure-le.

Les yeux remplis de larmes, terrifié par le spectacle de la mort qui s'avançait à grands pas, qui était là, Hughes serra la main de son père :

— Je le jure. Je tuerai Gérard de Caubre.

L'esquisse d'un sourire se dessina sur les lèvres tuméfiées et une expression de paix envahit son pauvre visage.

— Matheline..., dit-il encore.

Et ce fut tout.

Le chanoine Buzenval qui, à peine prévenu par Blanche s'était mis en route et avait couru presque tout le long du chemin, malgré ses mauvaises jambes, arriva hors d'haleine et trop tard pour apporter un dernier réconfort à son ami. Il trouva Matheline et ses filles sanglotantes, les deux garçons muets et pâles, et ce fut eux qu'il s'efforça de consoler. Lui-même éprouvait un véritable chagrin : il aimait et estimait Enguerrand, cet homme de bien, et depuis quinze ans qu'il connaissait les Bayencourt, cette famille était devenue un peu la sienne.

— Dame Matheline, soyez sûre que Dieu a accueilli votre époux parmi les siens.

— C'est trop tôt, gémit Matheline.

Elle se sentait pénétrée par un grand froid, comme si elle était restée dehors de longues heures sans bouger, dans la nuit glacée de février. Sa vie à elle aussi s'était arrêtée : désormais, qu'attendre de l'existence puisqu'il n'y avait plus rien à partager avec Enguerrand ? Si elle pouvait mourir, là tout de suite, le rejoindre...

Avec une affectueuse fermeté, le chanoine la rappela à la réalité et à ses devoirs :

— Il faut vous occuper de vos enfants, dit-il en désignant Hughes, Charles et Éléonore, tremblants, serrés l'un contre l'autre, comme une nichée d'oiseaux abandonnés, dans un coin de la pièce.

— Je n'ai pas la force... Enguerrand...

Le chanoine ferma les yeux du mort et récita la prière des agonisants avant de bénir celui qui avait été son ami et souvent, lors des soirées passées chez les Bayencourt, son partenaire au trictrac.

— Je vais vous envoyer deux religieuses du couvent Sainte-Claire pour la toilette mortuaire.

Il ajouta à voix basse :

— Et vous, Mélanie et Geneviève, prenez soin de votre mère.

Éléonore n'avait jamais vu de mort sinon des animaux. Sur le lit taché de sang, l'immobilité de ce grand corps qu'elle avait connu toujours en mouvement, lui apparaissait incompréhensible, impossible : comment, d'un moment à l'autre, il n'y avait plus rien ? Elle savait qu'on allait emporter son père, comme la femme de Jean Guillais, deux ans auparavant, et qu'elle ne le verrait plus. Plus jamais...

Elle était la préférée de son père, elle l'avait toujours senti, même si apparemment, il ne lui témoignait pas plus d'affection qu'aux autres. Si elle avait été un garçon, elle était sûre que c'eût été à elle que son père eut confié le soin de le venger... De toute façon, elle était bien décidée à aider Hughes autant qu'elle le pourrait. Elle porterait avec lui le fardeau de la vengeance. Bien sûr, ils seraient obligés d'attendre pour accomplir la volonté du mort : Hughes n'avait que treize ans... Mais il était déjà fort pour son âge et batailleur. Tandis qu'on ne pourrait pas compter sur Charles : chétif, maladroit, il était peu doué pour les activités physiques. De plus, il y voyait mal. Le chanoine Buzenval disait toujours que plus tard, Charles aurait besoin de lunettes.

— Ah ! dit Éléonore à Mélanie qui avait réchauffé du bouillon et obligeait sa mère à en absorber quelques cuillerées, car cette dernière claquait des dents bien que Blanche ait remis des bûches dans la cheminée de la chambre, pourquoi n'est-ce pas tante Ermengarde qui est morte au lieu de père ?

Absente, Matheline ne parut pas entendre. Mélanie répondit sans conviction :

— On ne doit pas dire des choses pareilles.

Éléonore comprit qu'elle pensait de même.

Matheline et les deux aînées passèrent la nuit à veiller en compagnie des religieuses dépêchées par le chanoine et de deux ou trois voisines qui avaient des obligations à la veuve. Les sœurs priaient à voix basse et un peu avant l'aube, bercée par le ronronnement des patenôtres, Geneviève s'endormit.

Quant à Mélanie, absorbée par ce nouveau chagrin, elle s'aperçut avec surprise au matin que depuis plusieurs heures elle n'avait pas pensé à Emmanuel.

Matheline elle, se réfugiait dans un état second. Elle revivait toutes ces années passées avec Enguerrand, leurs épreuves, quand ils avaient perdu leur premier-né, puis Clarisse qui avait deux ans, les joies simples du quotidien, et surtout cette entente qui avait formé la trame des jours. Quand elle comparait son sort avec celui d'autres femmes, elle se disait qu'elle avait eu beaucoup de chance, qu'elle avait été heureuse.

De bonne heure, Hadelin revint et en apprenant le drame, pleura en silence. Il perdait le meilleur des maîtres et il en avait conscience. Puis il s'employa à se rendre utile. Il alla choisir un linceul chez le tisserand et prévenir Jean Guillais et Robert de Macy. La présence d'un homme dans la maison réconforta Mélanie et Geneviève qui se préparèrent à accueillir les visiteurs.

Ils accoururent nombreux, d'abord ceux du quartier : Enguerrand était aimé de ses voisins auxquels il ne répugnait pas à rendre service. Puis le seigneur de Macy vint rendre un dernier hommage à celui qui l'avait servi fidèlement, avec intelligence et courage. Puis ce fut au tour des compagnons d'arme d'Enguerrand de venir saluer sa dépouille. Leurs visages affligés disaient la peine qu'ils éprouvaient de perdre un des leurs, le meilleur, comme ils l'affirmaient à l'unanimité. Malgré sa douleur, Dame Matheline se montrait sensible à ces témoignages d'estime et d'affection.

Jean Guillais resta de longues heures auprès de Matheline, apaisée par sa présence calme et amicale. En secret, il se faisait des reproches : n'aurait-il pas dû conseiller à son ami de regagner plus tôt son logis ? Mais il était si heureux d'avoir de la compagnie...

Ce n'était ni le lieu, ni l'heure, cependant au spectacle de cette famille éplorée, de ces enfants si jeunes encore, Jean Guillais se réjouissait de pouvoir leur apprendre que pour quelques années du moins, ils ne seraient pas dans le besoin. Plus tard... Bientôt, selon toute vraisemblance, Mélanie et Geneviève se marieraient, peut-être richement, pour Hughes, il n'y avait aucun souci à se faire, ce petit ferait son chemin dans la vie. Quant aux deux autres...

Enfin, Matheline n'était-elle pas la cousine de Macée de Leodepart, la femme du maître des monnaies ? Et ne chuchotait-on pas que Jacques Cœur serait bientôt grand argentier du roi ?

CHAPITRE V

Ainsi, c'était irrémédiable : le grand lit refait, où Enguerrand avait reposé, était désormais vide. Lorsqu'elle s'y coucherait, Matheline chercherait en vain la chaleur d'un autre corps, les caresses que lui dispensaient les grandes mains d'Enguerrand qui savaient se faire si tendres, son poids sur elle et cette douceur qu'ils goûtaient tous deux en s'endormant l'un contre l'autre. Tout cela avait disparu et, en même temps, le goût de la vie.

Le glas sonnait à l'église Saint-Gervais et tandis que le cortège s'ébranlait derrière le convoi mené par deux chevaux noirs, Matheline s'apercevait à peine que Jean Guillais la soutenait d'un côté et Hughes de l'autre, que Robert de Macy et tous ses compagnons les suivaient et au moins une centaine de personnes qui avaient connu Enguerrand et tenaient à l'accompagner pour son dernier voyage.

Le ciel bas, la fine pluie qui transperçait les assistants dont la file s'étirait sur la longueur de deux ruelles, accentuaient encore, si faire se pouvait, l'impression de désolation que tous ressentaient.

Toujours impotente, Ermengarde s'était fait porter en chaise à l'église où elle attendait, morose et déjà transie, l'arrivée de son frère. Certes, elle regrettait ce dernier. Mais surtout, elle s'inquiétait. Désormais, est-ce que Matheline jugerait utile de s'occuper d'elle, de lui venir en aide, de lui rendre tous ces services que sans vouloir le reconnaître, Ermengarde appréciait ? Elle se rendait compte, un peu tard, qu'elle n'avait su nouer aucun lien véritable d'affection avec sa belle-sœur. Si cette dernière décidait de se désintéresser d'elle, il n'y aurait pas lieu de s'en étonner outre mesure. Elle pouvait aussi vendre une maison devenue trop grande et quitter avec ses enfants la capitale où la vie était plus chère qu'en province. Dans ce cas, Ermengarde resterait seule et serait seule pour mourir.

Elle en était là de ses pensées lorsqu'arriva le convoi. Sur les marches de l'autel, tourné vers la porte de l'église grande ouverte, le chanoine Buzenval l'attendait en priant.

Revêtu d'une chasuble noire bordée d'or sur son aube de lin blanc, il officierait, assisté de deux enfants de chœur. Dans l'un d'eux, Éléonore reconnut Ambroise Guillais qui, avec gravité, allumait les quatre cierges autour du catafalque.

L'odeur de l'encens dont les enfants de chœur ne se montraient pas chiches, montait un peu à la tête d'Éléonore qui se sentait bizarre, la gorge nouée, les jambes flageolantes. Elle aurait voulu s'asseoir, même s'allonger. Depuis deux jours, personne n'avait beaucoup dormi chez les Bayencourt. D'ailleurs, Éléonore avait eu peur, seule dans la chambre qu'elle partageait d'ordinaire avec ses sœurs qui avaient insisté pour qu'elle se couchât, tandis qu'elles veillaient avec leur mère.

La pensée du corps immobile et glacé — elle l'avait touché — qui gisait dans la pièce à côté la terrifiait tant qu'à un moment, elle n'y avait plus tenu : elle avait été rejoindre ses frères et s'était glissée près d'eux dans le grand lit. L'oreiller trempé lui apprit que Hughes avait beaucoup pleuré avant de s'endormir. Il était vrai que devant les autres, il avait su retenir ses larmes. Puisque désormais, c'était lui, l'homme de la maison...

Éléonore sentait que sa gorge commençait à la picoter et des grands frissons parcouraient son dos. Elle avait le ventre creux aussi : le matin, elle n'avait avalé qu'un bol de bouillon malgré les objurgations de Blanche qui tentait de lui faire manger au moins une tartine frottée de saindoux. L'estomac noué, elle avait eu l'impression que rien ne passerait. Elle le regrettait maintenant, trop tard : si le service était terminé et si on était sur le point de quitter l'église, il fallait encore se rendre au cimetière des Saints-Innocents, loin, à côté des marchés de la Halle, toujours à pied, derrière le corbillard. Peut-être que marcher la réchaufferait un peu... Elle déchanta vite : à cette allure, c'était comme si on piétinait sur place. Que n'aurait-elle pas donné pour se trouver chez elle, bien au chaud au coin de la cheminée, le chat Clément pelotonné sur ses genoux, en train de dévorer des beignets croustillants qu'Anieuse réussissait à merveille ?

Jamais encore Éléonore n'avait pénétré dans un cimetière : elle savait que celui des Innocents, entouré de hauts murs par Philippe Auguste, était le plus grand de Paris, car il recevait non seulement les défunts de cette paroisse mais de toutes celles de la capitale démunies de cimetière comme c'était le cas pour Saint-Gervais. S'y ajoutaient les morts de l'Hôtel-Dieu, de la morgue, et ceux qui avaient succombé à la peste. La peste, ce fléau si redouté et dont on ne parlait qu'à voix basse en tremblant, car il était pratiquement impossible d'y échapper.

La tête du cortège se trouvait encore à plus de cinq cents pas de sa destination que déjà une affreuse odeur flottait dans l'air, soulevant les cœurs les mieux accrochés. Éléonore se rendit compte que sa mère manquait défaillir et que sans le bras secourable de Jean Guillais, elle fût tombée. Mais il n'était pas question de rebrousser chemin, de fuir, il fallait continuer à avancer dans la rue de la Ferronnerie, essayer de s'habituer à ces émanations fétides.

Éléonore s'étonna qu'il y ait tant de monde dans le cimetière : pourquoi demeurer dans ce lieu si on n'y était pas obligé ? Cependant, ces femmes qui tenaient commerce de mode, de mercerie, ces écrivains publics qui rédigeaient des lettres d'amour ou d'affaires moyennant vingt sols, ces autres femmes qui, adossées au mur, vêtues d'oripeaux voyants, la mine engageante, paraissaient attendre, ne semblaient pas incommodés par la proximité des charniers.

On s'arrêta près de celui qui était en service. Le fossoyeur écarta deux ou trois des planches qui le recouvraient et par cet espace, Éléonore aperçut avec un serrement de cœur, des dizaines de corps entourés de linceuls, simplement jetés les uns contre les autres. Car aux Innocents, n'existaient que des fosses communes. La place manquait pour que chacun ait sa tombe comme dans les petits cimetières de village. Paris était une si grande ville !

Cette promiscuité ne durait d'ailleurs qu'un temps : la terre des Innocents passait pour excellente et était réputée pour manger le cadavre en neuf jours... Par la suite, les ossements bien secs étaient retirés de la fosse et placés dans les galeries avoisinantes. Ne fallait-il pas dégager de nouveaux emplacements pour répondre à la demande sans cesse croissante ? Mais ne chuchotait-on pas que les froides nuits d'hiver, les truands de la cour des miracles volaient des os pour se chauffer ?

D'un geste preste et expert car ils l'accomplissaient maintes fois par jour, deux fossoyeurs saisirent le pauvre Enguerrand, l'un par les pieds l'autre par les épaules et le balancèrent dans le charnier où il tomba avec un bruit mat contre ses prédécesseurs.

Comme sa mère et ses sœurs, Éléonore sanglotait à ce spectacle qu'elle ne pourrait jamais oublier. Mieux qu'à la maison dans le décor familier, ou à l'église où les cierges, les chants et l'encens masquaient la mort d'un certain apparat, dans ce lieu désolé, la fillette réalisait le côté irrémédiable de la séparation d'avec son père.

Déjà, en attendant leur prochain client, les hommes replaçaient les planches sur la fosse. Il fallait s'en retourner en laissant Enguerrand là, sous ce pâle ciel gris de février, la tristesse lovée au fond du cœur, comme une bête dans sa tanière.

Matheline ne parvenait pas à se résigner à ce qui était pourtant inéluctable. Sa raison lui disait bien cependant qu'il ne servait à rien de rester là, à prendre froid, à regarder sans les voir, les aveugles des Quinze-Vingt qui quêtaient les passants avec une insistance proche de l'effronterie.

Un autre groupe s'avançait, mais cette fois, il ne s'agissait pas d'un cortège funéraire. Une femme aux cheveux épars vêtue d'une grande robe blanche le conduisait, encadrée par deux hommes — il semblait que ce fussent des exempts — et leur mine sévère ne se laissait pas attendrir par les pleurs de la jeune femme qui donnait tous les signes d'une profonde affliction.

Éléonore s'approcha de Geneviève et lui demanda à voix basse :

— Pourquoi cette dame vient-elle ici ? Elle n'est pas morte...

— C'est tout comme...

Interloquée, Éléonore considéra sa sœur d'un air interrogateur.

— C'est une recluse, chuchota Geneviève. Tu vois ce mur là-bas, avec de petites ouvertures ?

— Oui.

— Eh ! bien, il y a des femmes derrière qui se trouvent enfermées.

— Elles ne sortent jamais ? s'étonna Éléonore.

— Il n'y a pas de porte. Elles y demeurent jusqu'à leur mort.

— C'est affreux !

Éléonore n'en revenait pas qu'on pût infliger un sort aussi épouvantable à une créature humaine : l'emmurer ainsi, vivante, sans espoir de revoir le jour...

— Certaines recluses le sont de leur plein gré, expliqua Geneviève. Elles cherchent la tranquillité, le repos, la mortification pour leurs péchés passés. D'autres...

La fillette questionna avec angoisse :

— D'autres ?

Voyant sa petite sœur impressionnée, Geneviève hésita un instant avant de répondre :

— Celle qu'on enferme aujourd'hui a peut-être commis quelque crime affreux, finit-elle par dire. Il y a dix ans, le Parlement a condamné une femme à être emmurée à perpétuité pour avoir tué son mari pour rejoindre son amant.

— Alors, elle s'y trouve toujours ?

— Sans doute, dit Geneviève d'un air rêveur, elle était jeune... et belle.

Deux maçons commençaient à monter le muret devant la nouvelle recluse. L'espace qu'ils délimitaient ainsi était minuscule, à peine de quoi s'étendre...

— Elles ne mangent pas ? S'enquit encore Éléonore d'une toute petite voix.

— Comment voudrais-tu qu'elles survivent sinon ? On leur passe de la nourriture par la brèche.

Mais cette brèche si étroite ne permettait pas de changer la litière des malheureuses. Pourtant, certaines se condamnaient à cette fin horrible de leur plein gré...

— Il y en a une, Agnès du Rocher, qui se trouve là depuis 1403 ! C'est le chanoine Buzenval qui me l'a dit... Elle avait dix-huit ans lorsqu'elle a décidé de s'enfermer pour prier sans être distraite par le spectacle du monde.

Éléonore se livra à un laborieux calcul dont le résultat l'épouvanta :

— Trente-cinq ans ! Ce n'est pas possible !

— Elle peut encore vivre dix ou vingt ans, assura Geneviève [1].

Lorsque Jean Guillais parvint enfin à entraîner Matheline, le muret s'élevait à la hauteur de la taille de la recluse qui se tordait les mains de désespoir sans apitoyer le moins du monde ceux qui l'entouraient. Encore quelques instants et son visage ravissant malgré les larmes disparaîtrait à jamais à la vue du monde...

1. En fait elle mourut à quatre-vingts ans.

CHAPITRE VI

Voyant Matheline prostrée et sans réaction, ses enfants tremblants et glacés, au retour du cimetière la vieille Blanche prit la situation en main.

— Hadelin, pousse-moi le feu au maximum mon garçon. Dame Matheline, venez vous asseoir là. Mélanie, apporte-lui un châle, celui en laine bleue qui est bien chaud. Vous les petiots, continua-t-elle en s'adressant aux garçons et à Éléonore, allez enlever ces vêtements transperçés par l'humidité et prenez-en de secs dans le coffre. Anieuse, sers à tout le monde une écuelle de bouillon brûlant en attendant que je sorte le pâté de la tourtière. Je pense que le chanoine ne va point tarder.

Blanche qui considérait depuis longtemps qu'elle faisait partie de la famille et qui aimait les enfants de Matheline comme s'ils eussent été les siens propres, fut la première à remarquer la pâleur d'Éléonore et son mutisme. Elle qui jacassait comme une pie d'habitude...

On frappa à l'huis et Anieuse se précipita pour ouvrir au chanoine escorté de Jean Guillais et d'Ambroise, qui venaient partager le repas funéraire. Ermengarde avait préféré s'en retourner chez elle.

Déjà Anieuse avait disposé le couvert, coupé le pain et après que le chanoine eut récité le Bénédicité, pour marquer que désormais c'était lui le maître de maison, Hughes s'assit en face de sa mère et servit aux convives du vin de Bourgogne pour accompagner un odorant pâté de grives et le civet de lièvre qui suivrait.

Les voisins de Matheline, à droite le chanoine, à gauche l'orfèvre, échangeaient des regards désolés devant l'apathie de la veuve qui demeurait immobile, comme inconsciente, une expression vague sur son visage qui avait vieilli de dix ans.

— Il faut manger un peu, l'exhorta le chanoine avec douceur. Vous avez subi une bien grande épreuve ce matin et le froid était vif. Prenez donc de ce pâté.

Comme il était gourmand, le chanoine ne put s'empêcher d'ajouter en claquant sa langue :

— Il est fort bon !

Commencé dans le silence et l'affliction, le repas s'anima peu à peu, sous l'effet reconstituant de la nourriture et de la boisson.

À côté d'Ambroise, sur le banc, Éléonore se réchauffait lentement. Hughes lui avait versé du vin comme aux autres et une légère euphorie commençait à l'envahir, dissipant l'horrible angoisse éprouvée au spectacle de la recluse qu'on emmurait. Douée d'une vive imagination, Éléonore se mettait facilement à la place d'autrui. Elle se voyait dans cette cellule jonchée de paille, derrière ce mur qui montait inexorablement, cachant pour toujours la lumière de jour, la réduisant à une obscurité presque totale, à l'inaction, à une saleté qui ne tarderait pas à devenir putréfaction, à la solitude. Ne plus jamais apercevoir le soleil, les fleurs, les animaux... Ces prisonnières ne devenaient-elles pas rapidement folles dans ces conditions ? La mort, si inquiétante qu'elle fût, n'était-elle pas infiniment préférable ?

En lui tendant une galette de sarrasin, Ambroise l'arracha à ces évocations sinistres. Dans ses yeux verts au lieu de la moquerie habituelle, elle lut de la compassion.

— Moi aussi, j'étais bien triste à la mort de ma mère, murmura-t-il d'une voix peu assurée.

Éléonore eut l'impression qu'il allait se mettre à pleurer. Il avala précipitamment une bouchée de civet, de la galette par-dessus et une gorgée de vin pour faire descendre le tout. Au fond, Ambroise était plus gentil qu'il n'y paraissait.

— Tu ne me tireras plus les cheveux ? osa-t-elle demander.

— Non, promit-il, je ne le ferai plus.

Faite dans ces circonstances, une promesse ne se devait-elle pas d'être tenue ?

Lorsqu'un moment plus tard, il ajouta :

— Demain, si tu veux, nous irons nous promener sur le Pont-Neuf pour voir les bâteleurs et je t'achèterai des beignets.

Éléonore se sentit réellement mieux, bien que l'irritation croissante de sa gorge lui rendît l'ingestion de nourriture de plus en plus pénible.

Mais ce ne fut ni le lendemain ni les jours suivants qu'Éléonore put suivre Ambroise en promenade. Le repas terminé, lorsque la compagnie se retira, laissant la famille à son deuil, Éléonore se sentit beaucoup moins vaillante. L'animation artificielle provoquée par la présence d'Ambroise tomba tout à coup. Blanche qui la surveillait du coin de l'œil depuis un bon moment, l'interpella :

— Viens un peu ici, ma belle, près de ta vieille Blanche.

Dès qu'elle fut sur ses jambes, la pièce se mit à tourner. Elle se rattrappa à la table tandis que Blanche se précipitait pour lui tâter le front :

— C'est qu'elle est brûlante ! Elle aurait sûrement pris mal. Hadelin, porte-la vivement au lit.

Deux bras vigoureux la saisirent sans qu'elle proteste et l'emportèrent comme si elle était une plume. On l'installa dans le petit lit de Mélanie qui dormait seule alors que d'ordinaire, elle partageait celui de Geneviève. En un tour de main, Blanche la déshabilla, lui frictionna la poitrine et le dos d'un onguent composé par Matheline et dont on se servait pour les refroidissements. Puis, comme la fillette se plaignait de la gorge, on lui entoura le cou de chiffons de laine. Blanche lui fit avaler une décoction d'aubépine, de mauve, de ronces et de violettes pour calmer l'irritation et la couverture fut remontée jusqu'à son menton. Malgré tout, Éléonore grelottait :

— J'ai tellement froid !

Anieuse apporta une couette de duvet d'oie, légère et chaude qu'elle posa par-dessus. Mais Éléonore avait l'impression que dix couvertures ne suffiraient pas à la réchauffer. Un quart d'heure plus tard, en sueur, elle les rejetait toutes :

— Là, mon petit, calme-toi ! Il faut rester couverte. Tu vas bientôt aller mieux.

Les paroles apaisantes de Blanche lui parvenaient de très loin, de si loin qu'elle finit par ne plus les entendre et par sombrer dans un sommeil agité au cours duquel elle tentait sans cesse de se découvrir et de sortir du lit. Blanche et Mélanie se relayaient auprès d'elle tandis que Geneviève s'occupait de sa mère qui demeurait dans un état de prostration inquiétant. A peine consentait-elle à avaler de temps en temps le fond d'une écuelle de soupe.

Trois jours avaient passé depuis l'enterrement quand Geneviève, venue voir la malade, proposa :

— Si on lui disait pour Éléonore ?

Il lui semblait que sa petite sœur était vraiment très souffrante : elle délirait, prononçant des paroles confuses, la plupart du temps incompréhensibles, sauf un mot qui revenait fréquemment : le mur, le mur...

— Enfin que veut-elle dire avec son mur ? demanda Mélanie perplexe.

— Je crois que je sais, murmura Geneviève qui se repentait d'avoir donné avec trop de complaisance des explications sur les recluses à celle qui n'était encore qu'une petite fille impressionnable.

— Elle a l'air de redouter quelque chose...

Mélanie restait indécise, ne sachant quel parti prendre :

— Faut-il ajouter au chagrin de notre mère ?

— Je crois qu'il faudrait tout de même aviser Dame Matheline, dit Blanche. Si la petite venait à passer...

— Oh ! non, ne dis pas une chose pareille ! s'exclama Geneviève au désespoir.

Son Éléonore, sa petite sœur qu'elle chérissait si tendrement ! Il n'était pas possible de ne plus entendre ses courses dans la maison, son rire cristallin qui éclatait à tout propos ! De ne plus la voir dévorer des châtaignes et des beignets avec une gourmandise qu'elle ne cherchait nullement à dissimuler. D'être privé de sa gaieté de petit elfe blond...

— Qui va lui annoncer ? demanda Blanche sans oser regarder aucune des deux sœurs.

Après un silence, Mélanie admit sans enthousiasme :

— C'est à moi de le faire, je suis l'aînée...

Elle se rendait compte aussi que Geneviève tremblait et était sur le point d'éclater en sanglots. En soupirant, elle se rendit auprès de sa mère qui, assise dans un fauteuil, le regard dans le vide, triturait nerveusement un mouchoir qu'elle avait réduit en charpie.

— Mère, il faut que je te dise quelque chose...

Matheline ne parut pas entendre.

Mélanie reprit plus fort :

— Écoute-moi, je t'en prie, il s'agit d'Éléonore.

— Éléonore ? répéta-t-elle.

— Elle est malade.

Comprenant que si elle n'infligeait pas un choc à sa mère, cette dernière ne tarderait pas à retomber dans sa prostration, Mélanie se résigna à avouer :

— Elle va peut-être mourir. Viens.

Prenant la main de sa mère, elle l'obligea à se lever et la conduisit au chevet d'Éléonore. Petit à petit, au spectacle de son enfant au teint cireux, les yeux fermés, la respiration lourde et haletante, Matheline se ressaisit. Elle repoussa au second plan la pensée d'Enguerrand qui ne la quittait pas, pour se mesurer à ce second coup du sort. L'ancienne Matheline, la femme énergique, celle qui savait conserver son sang-froid dans les traverses de l'existence, reparut, décidée à lutter pour sauver la vie de sa fille.

— Il faut la frictionner avec du vinaigre.

Soulagée de ne plus être seule responsable de la situation, Blanche s'empressa et tira une demi-pinte au tonnelet.

La vision du petit corps inerte, amaigri, était plus que Geneviève n'en pouvait supporter. Elle se retira dans la grande salle pour pleurer à son aise. Elle était sûre désormais qu'Éléonore était perdue !

Le chanoine qui passait pour prendre des nouvelles de Matheline, trouva sa fille cadette en larmes :

— Éléonore se meurt !

— Mon Dieu ! Où est-elle ? s'enquit le chanoine avec

inquiétude car il aimait beaucoup cette enfant à l'esprit vif et curieux.

— Là, dans la chambre...

Buzenval se précipita et s'agenouilla dans un coin de la pièce pour prier. C'était tout ce qu'il pouvait faire... Sa présence réconforta Matheline qui se refusait à appeler un médecin : elle redoutait les saignées qu'ils ordonnaient à tout propos et hors de propos car ils ne connaissaient guère d'autres remèdes. Matheline qui avait eu maintes fois l'occasion de vérifier l'efficacité des plantes préférait soigner son enfant avec leur aide.

— Ma fille. Dieu vous envoie beaucoup d'épreuves...

— Oui, mon père, soupira Matheline. Un peu trop...

— Il vous donnera aussi la force de les supporter.

Les minutes passaient, qui devinrent des heures. Puis la nuit tomba et le chanoine s'en fut, promettant de revenir le lendemain.

Éléonore reposait plus paisiblement. Elle cessa de délirer, sa respiration devint plus régulière. A l'aube, elle s'endormit enfin d'un vrai sommeil, d'où les visions et les cauchemars avaient disparu.

CHAPITRE VII

Pour fêter le printemps 1438, on attacha aux quatre grandes portes de Paris des pièces de toile peinte. Chacune représentait un seigneur anglais pendu par les pieds à un gibet, les éperons chaussés. Un diable l'enchaînait et deux corbeaux lui arrachaient les yeux.

Furent ainsi pendus le comte de Suffolk, William Pole, Robert Willoughby et Thomas Blount à la grande joie des Parisiens.

Charles d'Orléans revint d'Angleterre après vingt-cinq ans de captivité : un quart de siècle déjà depuis l'humiliante défaite d'Azincourt... et déjà trois mois depuis l'assassinat d'Enguerrand. Contrainte brutalement à assumer les obligations de son état de chef de famille, Matheline avait été bien obligée de se replonger dans la réalité, de se mesurer aux soucis du quotidien et le choc de la maladie d'Éléonore, la crainte de la perdre, s'étaient peut-être montrés de salutaires dérivatifs en ce qui la concernait.

Il avait fallu se séparer d'Hadelin, le fidèle et dévoué compagnon. Cela n'avait pas été sans une grande tristesse de part et d'autre. Un camarade d'Enguerrand l'avait engagé. Mais il ne manquait pas, à chacun de ses passages dans la capitale, de rendre visite aux Bayencourt. C'était l'occasion pour Matheline de découvrir certains des hauts faits de son mari qu'elle ignorait, car, modeste, Enguerrand ne s'était guère étendu sur ses actions d'éclat.

Et les horreurs que racontait Hadelin sur les derniers ravages opérés par Gérard de Caubre sur lequel, jusqu'à présent, nul n'avait réussi à mettre la main, ne faisaient que conforter Hughes dans son serment de vengeance. Il s'inquiétait parfois à la pensée que quelqu'un le précéderait avant qu'il fût en âge de le faire. En même temps, s'il voulait être tout à fait honnête avec lui-même, il devait s'avouer qu'il en aurait été grandement soulagé.

Depuis que son père était mort de la main de l'un d'eux, Hughes prêtait davantage attention à ce que l'on relatait au sujet des bandes d'écorcheurs, dont certains étaient commandées par des bâtards de noble souche, comme le bâtard d'Armagnac et les deux bâtards de Bourbon. De grands capitaines sévissaient aussi dans les campagnes, notamment Antoine de Chabannes et les compagnons de Jeanne d'Arc, La

Hire et Poton de Xaintrailles. Mais les deux plus redoutables étaient sans conteste Rodrigue de Villandrando et Gérard de Caubre.

Pendant sa maladie et au cours de la convalescence qui avait suivi, Éléonore avait beaucoup grandi. Elle venait d'avoir onze ans et déjà arrivait à l'épaule de Matheline.

Un soir, voyant que le chanoine avait l'estomac bien rempli par un salmis de pintade qui constituait un des triomphes de Blanche, qu'il était tout attendri et heureux de la voir enfin debout, Éléonore s'enhardit à formuler un souhait qu'elle méditait depuis un certain temps.

— Mon père, j'aimerais vous demander quelque chose.

— Demande, mon enfant. Si je peux exaucer ton désir, ce sera de grand cœur, dit le chanoine avec bienveillance.

— Vous le pouvez. Je voudrais apprendre à lire.

Une expression de stupeur se peignit sur le visage buriné du chanoine : une fille, apprendre à lire ! Quelle idée ! Ni Matheline ni les aînées n'avaient éprouvé ce besoin. Et Enguerrand lui-même, s'il avait jugé utile de faire dispenser une solide éducation à ses fils, à peine savait-il ses lettres.

Déconcerté par cette requête insolite, le chanoine s'enquit :

— Et pourquoi donc ?

Éléonore rougit et un léger fard se déposa sur ses joues encore pâlichonnes. Comment expliquer qu'elle enviait Hughes et Charles, qu'elle était dévorée de curiosité pour les signes mystérieux qu'ils déchiffraient puis s'exerçaient à recopier avec une plume d'oie taillée chaque matin.

— A quoi cela servirait-il à une fille de savoir lire ? poursuivit le chanoine d'un air taquin. Ce n'est guère nécessaire pour tenir une maison et élever des enfants...

Voyant les yeux d'Éléonore pleins de larmes, le chanoine fut incapable de résister à cette supplication muette.

— Mon Dieu, finit-il par dire un peu embarrassé, si ta mère y consent, je ne vois pas d'objections à ce que tu assistes dans un coin aux leçons de tes frères.

Il se tourna vers Matheline qui sourit :

— Si cela peut lui faire plaisir et si cela ne vous dérange pas mon père...

Elle était si heureuse que sa fille ait recouvré la santé, ses forces et son appétit de vivre malgré une maigreur encore extrême, qu'elle ne songea pas à lui refuser ce qu'elle prenait pour un caprice momentané. Éléonore, si vive et impatiente, se rebuterait vite devant un effort quotidien ! La persévérance n'était pas son fort ! Après quelques leçons, elle abandonnerait d'elle-même. Et quand bien même elle apprendrait à lire, où serait le mal ?

— Alors, c'est entendu, dit le chanoine en souriant. Je t'attends demain avec tes frères. Mais je te préviens : tu devras être d'une sagesse exemplaire. Je ne veux pas t'entendre !

— Oh ! Merci !

Éléonore saisit la main ridée du chanoine et la baisa avec une reconnaissance qui n'était pas feinte.

C'est ainsi que par un beau soleil de mai qui réjouissait l'âme et incitait plutôt à flâner dans les rues qu'à s'enfermer dans une salle d'études, Éléonore, habitée par une extraordinaire fierté, accompagnait ses frères.

— Tu as eu une drôle d'idée quand même, remarqua Hughes. Moi, si je n'étais pas obligé...

Actif, batailleur, amateur de grand air, Hughes tenait de son père.

— Tu n'es pas content de savoir lire ? questionna Éléonore avec un étonnement scandalisé.

— Bah !

Hughes ne semblait pas tirer de ce fait une satisfaction particulière.

— Et toi, Charles ?

— Si, moi, je suis content. Quand je serai chanoine, ce sera mon tour d'instruire les gens.

— Et tu leur donneras des coups de baguette sur les doigts, intervint Hughes.

— S'ils le méritent...

— Et les verges lorsqu'ils feront l'école buissonnière...

— Pourquoi pas ?

Il fallait ce qu'il fallait. Pour sa part, fort assidu, Charles se trouvait rarement châtié. Ce qui n'était pas le cas d'Hughes, indiscipliné et paresseux.

Parmi la douzaine d'élèves de tout âge qui composaient la classe du chanoine, Éléonore était la plus jeune et aussi, naturellement la seule de son sexe. Très intimidée, elle se vit l'objet de l'attention générale et même d'une sorte de réprobation : elle sentit qu'elle devait se faire toute petite pour être acceptée par ces clercs presque en fin d'études — l'un d'eux était déjà tonsuré — et ces garnements qui la dévisageaient d'un air railleur.

Elle s'assit sur un banc, entre ses frères.

— Nous commençons la leçon de grammaire, dit le chanoine.

Avec dépit, la nouvelle élève s'aperçut qu'elle ne comprenait presque rien. Et à quoi servait la grammaire ? Ce qu'elle ambitionnait, était d'apprendre à lire. Elle n'avait pas supposé non plus que le chanoine s'occuperait si peu d'elle, allant presque jusqu'à ignorer sa présence... Voulait-il en tenant ces propos obscurs essayer de la décourager ? De toute façon, malgré sa déconvenue et l'ennui qu'elle éprouvait — il lui semblait que des heures s'étaient écoulées depuis qu'elle avait pris place sur ce banc étroit et dur — elle s'obstinerait, ne fût-ce que par amour-propre, jusqu'à ce qu'elle sache au moins lire.

A la grammaire, succéda une leçon de théologie. Éléonore se rendit compte qu'une partie de la classe étouffait discrètement des bâillements. Puis le chanoine parla du défunt pape Martin V dont l'élection avait mis fin au Grand Schisme et qui avait combattu l'hérésie des Hussites [1] : qui diable pouvaient être ces Hussites ? Éléonore se sentit perdue et sur le point de renoncer : seul l'orgueil l'en empêcha. Puisque même ce fainéant d'Hughes avait appris à lire, elle y arriverait bien aussi.

Son obstination fut récompensée. Après une semaine, constatant qu'Éléonore était toujours là, le chanoine lui montra les lettres et lui enjoignit de les recopier, tandis qu'il dispensait aux plus grands un cours de géométrie et que les plus jeunes faisaient un exercice de calcul.

Elle n'avait pas tardé à s'apercevoir que les élèves n'étaient pas tous du même niveau et que les plus âgés n'étaient pas toujours les plus savants. Certains n'étaient pas très intelligents non plus : bien que le chanoine répétât chaque chose des dizaines de fois, ils n'arrivaient pas à comprendre. D'autres, peu intéressés par l'étude, s'appliquaient le moins possible, assez néanmoins pour éviter la férule, et ne faisaient guère de progrès. C'était le cas d'Hughes que Charles, de deux ans son cadet, avait déjà dépassé.

A la grande surprise du chanoine, en trois mois Éléonore sut lire et si elle ne comprenait pas encore tout ce qui se disait, s'était familiarisée avec un grand nombre de mots nouveaux. Elle pouvait aussi déchiffrer les enseignes des boutiques et le nom des rues ce qui remplissait la jeune Anieuse d'une admiration sans borne. Éléonore en conçut une légitime fierté.

Comme elle s'exerçait avec constance elle réussit aussi à reproduire d'une écriture maladroite et encore mal formée, ces phrases qu'elle lisait sur les parchemins du chanoine. Le jour où elle parvint à recopier toute une page sans faute, fut un moment de triomphe. Elle sut le dissimuler, ne souhaitant pas encourir l'ire de ses compagnons de travail. Ces derniers la

1. Partisans de Jean Huss, réformateur religieux tchèque, excommunié et brûlé vif en 1415.

toléraient sans plus et au début, ne lui avaient pas épargné quolibets et sarcasmes lorsque leur maître avait le dos tourné. Ils l'avaient traitée de péronnelle et lui avaient prédit qu'elle ne trouverait pas de mari. Quel homme voudrait s'encombrer d'une femme savante qui prétendrait lui en remontrer sur tout ?

D'abord bouleversée et blessée par ces propos, Éléonore avait fini par ne plus leur prêter attention. Elle avait conscience de progresser et cela seul lui importait.

Maintenant qu'elle savait lire et écrire et mieux que certains qui ânonnaient encore, Éléonore dérangeait. Surtout ceux que l'effort rebutait. Deux ou trois autres au contraire, parmi les plus âgés, conquis par sa persévérance et sa gentillesse, se laissèrent séduire, l'encouragèrent et répondirent avec sérieux aux questions qu'elle leur posait.

CHAPITRE VIII

L'été avait passé en apportant de grands changements dont le chanoine Buzenval entretint les Bayencourt. Un nouveau schisme déchirait la Chrétienté. A la querelle du pape de Rome et de celui d'Avignon, avait succédé celle du pape et du concile. Réunis à Bâle, les Pères de l'Église s'étaient déclarés supérieurs à Eugène IV qui, furieux de cette inadmissible prétention, avait convoqué un autre concile à Ferrare. Sans barguigner, les Pères de Bâle déposèrent le pape. De nouveau, il y eut deux pontifes et l'Église sollicita l'arbitrage du roi de France.

Présidée par Charles VII, une assemblée du clergé se réunit en la sainte chapelle de Bourges, le 5 juin 1438, pour examiner la déposition d'Eugène IV. Ce dernier avait délégué quatre ambassadeurs, le concile, cinq.

Après un mois de délibération auxquelles assistaient quatre archevêques, vingt-cinq évêques, quantité d'abbés, de moines et d'universitaires, fut décrétée la Pragmatique Sanction.

Le Conseil royal avait jugé fort profitable et opportun d'entériner une décision du concile de Bâle qui enlevait au pape la nomination des dignitaires ecclésiastiques, la collection des bénéfices et la perception des annates. Pourquoi des étrangers auraient-ils droit aux maigres richesses de la France, alors que le pays était épuisé par la guerre avec les Anglais, les ravages des Armagnacs et des Bourguignons, les fléaux naturels et les bandes de pillards ?

Désormais, les bons écus resteraient en France et les évêques seraient choisis par les chapitres, les abbés par les moines. Et, renforçant ainsi son pouvoir sur l'Église, le roi pourrait recommander les candidats de son choix.

Amédée VIII de Savoie fut élu pape et ce fut l'occasion d'entendre reparler des écorcheurs : s'enhardissant de plus en plus, n'avaient-ils pas osé former le projet, certes fructueux, d'enlever les participants au concile de Bâle ? On imaginait sans peine les rançons qui auraient été exigées pour les relâcher !

Heureusement, les Alsaciens et les Suisses repoussèrent les assaillants avec vigueur. Faisant preuve d'autorité, le roi envoya le connétable de Richemont à leur poursuite vers Limoges, Riom, Le Puy et Lyon. Beaucoup de ces bandits furent pendus ou noyés.

Hélas, Gérard de Caubre ne fut pas du nombre.

Les échos de ces événements qui avaient agité la cour de Bourges et l'université n'avaient guère modifié l'existence des Bayencourt. La vie avait encore renchéri. La pinte de vin valait désormais deux deniers, le boisseau de navets quatre et celui de pommes deux blancs. Matheline se sentait parfois bien seule pour faire face à toutes les difficultés quotidiennes. Avec cinq enfants à charge elle s'inquiétait de voir fondre beaucoup plus vite qu'elle l'avait escompté le pécule laissé par son mari.

Matheline aurait été bien aise de marier au moins l'une de ses deux filles. Non qu'elle souhaitât se séparer d'elles, elle les aimait tendrement, mais la présence d'un gendre, d'un homme fait et avisé, l'aurait confortée, comme celle d'un fils aîné ou d'un frère. Évidemment, si Mélanie avait été un garçon...

Matheline soupira en regardant sa fille qui cousait un surcot d'une belle flanelle des Flandres achetée à un colporteur qui venait de la foire de Reims. Certes, Mélanie prenait sa part des travaux du ménage. Elle se montrait d'humeur accommodante, peut-être trop : on aurait dit que tout lui indifférait. Et depuis qu'Emmanuel et Aude avaient eu un enfant, le premier petit-fils de Jean Guillais qui avait convié tous ses amis à fêter l'événement, elle s'était comme retirée en elle-même. Plusieurs fois, Matheline l'avait surprise en train de prier au pied du crucifix de bois sculpté ou égrenant son rosaire. Cherchait-elle auprès de Dieu un apaisement à son chagrin ? Deviendrait-elle dévote et songerait-elle à embrasser l'état religieux ? Matheline ne le souhaitait pas car il lui semblait que ç'aurait été par dépit et non par véritable vocation... Elle n'osait s'en ouvrir au chanoine, elle préférait laisser aller les choses. Du moins encore quelque temps...

Sans doute, Geneviève serait-elle plus facile à établir. Avenante, malicieuse, toujours à plaisanter avec l'un ou l'autre, la cadette ne manquait pas de soupirants. Mais elle ne faisait que rire de leurs œillades ou de leurs déclarations enflammées : elle ne prenait rien au sérieux, s'amusait à se faire courtiser et parmi les jeunes gens qui entouraient sa fille cadette, Matheline ne voyait aucun prétendant digne de ce nom.

Si Enguerrand avait vécu, la situation n'aurait été guère préoccupante. Désormais, cependant, Matheline était plus consciente de la fragilité de la vie humaine : si elle-même disparaissait, que deviendraient ses enfants ? Ce ne serait certes pas Ermengarde qui prendrait soin d'eux !

Le bout de l'an arriva et avec lui des froids terribles, tels qu'on n'en avait pas vus depuis près d'un demi-siècle. L'eau gelait dans les puits et les citernes et les légumes manquaient : comment arracher poireaux et navets à une terre plus dure que la pierre ? Ce qui poussait en surface avait été perdu et dans les étables et les poulaillers beaucoup d'animaux étaient morts de froid.

Des humains aussi. Surtout des vieillards et des enfants au berceau, trop faibles pour résister à des températures aussi rigoureuses, sans parler de ceux qui glissaient sur le verglas et se rompaient les os.

Un matin, l'enfant d'Aude et d'Emmanuel fut trouvé raide. Mais Aude en attendait déjà un autre. Pour Jean Guillais, ce fut un grand chagrin comme il l'expliqua à Matheline, un soir que lui et Ambroise étaient venus partager la maigre soupe des Bayencourt. Déjà il avait formé le projet, quand Ambroise volerait de ses propres ailes, de prendre son petit-fils comme apprenti.

Matheline essaya de le consoler :

— Puisque Aude est de nouveau enceinte... A la Pentecôte, un autre enfant naîtra...

— Si Dieu veut... Ce sera peut-être une fille, murmura-t-il.

Mélanie, dans son coin, ne disait rien. Elle s'épouvantait des sentiments qu'elle découvrait dans son cœur : était-il possible qu'elle se réjouît de la disparition du fils de celui qu'elle aimait toujours ? Éprouvait-elle vraiment cette haine chaude qui coulait dans ses veines à la pensée d'Aude nue dans les bras d'Emmanuel, au creux d'un grand lit ? Il lui faudrait demander pardon à Dieu de sa mauvaiseté. Demain, elle se confesserait au chanoine, lui avouerait cet amour qui la dévorait et surtout les affreuses pensées qui en découlaient...

— Je me fais vieux, dit encore l'orfèvre.

— Allons donc ! dit Matheline sans conviction.

Pour elle aussi, c'était un soir de mélancolie bien qu'elle fût entourée de tous ses enfants et qu'un ami très cher fût assis à sa table. Était-ce à cause de la nuit sombre et glacée qui régnait au-dehors, à cause de la triste chère qu'on avait faite ? Pour observer le maigre de ce vendredi, Blanche n'avait trouvé que quelques harengs salés, le fond d'une caque qui sentait l'aigre. Et encore, à prix d'or ! Comment pêcher dans les étangs et les rivières ? Et les chalands qui approvisionnaient la capitale étaient pris dans les glaces de la Seine. Jusqu'à quand ? Si cela durait encore, de quoi se nourrirait-on ?

Ou était-ce à cause de la mort qu'on sentait rôder alentour plus forte de la faiblesse des humains ?

Il fallait chasser cette tristesse qui marquait les visages, même ceux des jeunes, courbait les dos et faisait froid à l'âme.

— Sers donc du vin à la cannelle, dit-elle à Anieuse. Cela nous réchauffera.

Noël passa et un jour de janvier, un pâle soleil filtra enfin. Éléonore se précipita au-dehors : elle n'en pouvait plus de cette claustration dans une quasi-obscurité — il faisait si sombre qu'on gardait la lampe à huile allumée presque sans interruption et dans un logis qui sentait le renfermé, car on ouvrait le moins possible la porte d'entrée dont le bas était calfeutré de même que les fenêtres.

Elle avait envie d'air, de lumière et aussi de voir Ambroise. Depuis une quinzaine, le chanoine Buzenval était alité avec une fracture si vilaine que le chirurgien lui avait dit qu'il resterait boiteux. Cette liberté inattendue faisait la joie d'Hughes.

— Si on allait se promener ? proposa-t-il avide de mouvement après cette réclusion qui avait pesé à son tempérament actif encore plus qu'aux autres.

— Oh ! oui ! s'exclama Éléonore. Tu viens Charles ?

La fillette s'enroula dans une vieille cape de sa mère, fourrée de blaireau, que Geneviève avait mise à sa taille. Du seuil, Matheline regarda partir ses trois enfants et les munit d'un panier pour rapporter du petit bois s'ils en trouvaient. Elle leur recommanda de ne pas s'attarder : la nuit tombait vite.

En rentrant chez elle, elle se dit qu'elle était contente de ne pas les avoir dans les jambes pendant une heure ou deux. Ces derniers jours, inoccupés, ils n'avaient fait que tourner en rond, se plaindre et se disputer en jouant aux osselets. Blanche et elle allaient en profiter pour balayer la grande salle et aérer un peu, tandis qu'Anieuse irait chercher du pain frais. Tartiné de saindoux, il rassasierait les enfants que le grand air ramènerait pleins d'appétit.

Ceux-ci avançaient lentement, car le peu de soleil ne faisait pas fondre la glace et en passant devant chez l'orfèvre, essayèrent de débaucher Ambroise. Celui-ci était tenté, mais il avait un travail à terminer.

— Allons, va donc ! dit Jean Guillais en reconnaissant les petits Bayencourt. Tu finiras demain, de toute façon je fermerai l'atelier tôt, je dois aller chercher un baril d'huile pour les lampes.

Ambroise ne se le fit pas dire deux fois, surtout qu'Éléonore le regardait d'un air engageant. A lui aussi, Jean Guillais ordonna de rentrer tôt. Deux ou trois enfants du voisinage se joignirent à eux et la joyeuse petite troupe s'en fut à travers les rues, le nez en l'air, faisant mille polissonneries, un peu grisés de respirer cet air frais et léger.

Ils s'engagèrent dans la rue Saint-Martin, attirés par les bateleurs. A proximité de la rue aux Ours, ils assistèrent à un spectacle qui malgré sa cruauté, ravissait les badauds. Armés d'un bâton, quatre aveugles s'essayaient à assommer un cochon. Les coups atteignaient parfois la pauvre bête mais il n'était pas rare qu'ils atteignissent aussi un des protagonistes. Devant le sang qui coulait, les spectateurs riaient de bon cœur.

Ils avaient passé Saint-Eustache depuis longtemps et se dirigeaient vers la porte Montmartre. C'était rare qu'ils allassent aussi loin.

Avec la disparition du soleil, le froid se fit plus cinglant. Les passants pressaient le pas, se dépêchant de regagner le logis pour se réchauffer auprès d'un bon feu. Éléonore se demanda s'il ne serait pas temps de rebrousser chemin. Blanche les attendait sûrement avec des tartines et du lait chaud. Le chat Clément devait dormir au coin de la cheminée, peu soucieux de sortir et de souiller sa belle fourrure dans la neige sale. Et leur mère n'avait-elle pas recommandé, tout comme Jean Guillais, de ne pas s'attarder ? Éléonore commençait aussi à souffrir de l'onglée.

— Si on rentrait ? suggéra-t-elle aux garçons.

Insouciants et joyeux un moment auparavant, ces derniers prirent soudain conscience de la proximité de la nuit et des rues désormais désertes.

— Mon Dieu ! s'exclama Ambroise, mon père ne va pas être content ! Il nous faut bien une heure pour nous en retourner !

— Tu crois ? dit Hughes, une légère inquiétude dans la voix. Nous ne sommes pas si loin...

Éléonore se demanda si elle aurait le courage de marcher encore si longtemps. Ses pieds lui faisaient mal et au froid, s'ajoutait la fatigue.

A un croisement, Ambroise affirma d'un ton assuré :

— C'est à droite.

— Pas du tout, rétorqua Hughes. C'est à gauche.

— Je n'ai pas l'impression que nous soyions passés par là, constata Charles avec hésitation. Je ne reconnais pas cette église...

— A vrai dire, moi non plus, avoua Ambroise au bout d'un moment. Peut-être ne l'avons-nous pas remarquée...

Éléonore elle, s'était contentée de suivre les garçons, sans se préoccuper du chemin qu'ils empruntaient et maintenant, elle ne pouvait leur être d'aucune aide. La prochaine fois, elle ferait attention.

Bientôt, les enfants durent s'avouer avec consternation qu'ils étaient perdus. Cela faisait près d'une demi-heure qu'ils marchaient depuis qu'ils avaient décidé de rentrer.

— Il faudrait retrouver les Innocents, dit Charles, le plus réfléchi.

Le crépuscule d'hiver envahissait les ruelles et déjà on distinguait mal les obstacles. Éléonore trébucha et si Ambroise ne l'avait rattrapée de justesse, elle serait tombée. Elle se mordit les lèvres pour ne pas pleurer.

Il n'y avait personne à qui demander son chemin, sinon une vieille femme courbée sous le poids d'un sac qui contenait sans doute quelques maigres provisions. Mais il s'avéra qu'elle était sourde.

— C'est bien notre chance ! s'exclama Hughes avec humeur. Quelle idiote !

Pour un peu, il l'aurait injuriée !

Ils se mirent à errer et au bout d'un certain temps, alors qu'il faisait tout à fait noir, ils s'aperçurent qu'ils avaient tourné en rond. Découragés, après s'être arrêtés pour essayer de s'orienter, ils repartirent dans une autre direction.

— Il me semble que nous nous éloignons plutôt, dit Ambroise.

Il tenait la main d'Éléonore et tentait de ne pas montrer l'angoisse grandissante qui s'était emparée de lui. Il avait conscience d'être l'aîné et par là, un peu responsable de ses compagnons. Encore que ce fussent eux qui l'avaient entraîné.

Comment s'étaient-ils égarés le long de ces vergers où se devinait la silhouette des arbres dénudés ? Parviendraient-ils jamais à se retrouver au sein de cette nuit totale ?

Si au moins la lune pouvait se lever...

CHAPITRE IX

Le ciel les exauça. Alors qu'épuisés, ils s'étaient assis sur un muret de pierres branlantes pour se reposer un moment, une faible clarté blanchâtre se laissa deviner dans le ciel, puis se dégagea des nuages. Malheureusement, il ne s'agissait que d'un modeste croissant : enfin, cela valait mieux que rien...

— Voyons..., dit Ambroise en se levant.

Il sentait qu'il lui incombait de prendre une décision, que les autres, harassés, glacés et effrayés de se trouver si loin du logis à cette heure tardive, s'en remettaient à lui. Il prêta l'oreille, espérant entendre dans le voisinage la cloche d'un couvent ou d'une église où ils auraient pu se réfugier en attendant le jour. La perspective de passer la nuit dehors, d'errer à l'aventure, était terrifiante.

— Il faut avancer, dit-il. Par là.

Il avait choisi une direction au hasard, n'ignorant pas que rien n'était plus dangereux que l'immobilité dans cet air glacé. Peu à peu les corps s'engourdiraient. Tous quatre ne tarderaient pas à glisser dans un sommeil funeste dont aucun d'eux ne se réveillerait...

Avec autorité, Ambroise reprit la main d'Éléonore qui, sans son aide, n'aurait plus eu la force de se remettre en route. Les garçons suivirent silencieux. Ils n'avaient même plus le courage de parler.

Tout en marchant, le fils de l'orfèvre continuait à scruter l'horizon dans l'espoir d'apercevoir une maison, même une cabane où ils auraient pu se pelotonner les uns contre les autres pour se tenir un peu chaud, à l'abri des innombrables périls de la nuit.

Le silence plus que tout était angoissant. Pas même l'aboiement d'un chien au loin, le meuglement d'une vache dans une étable, le hululement d'un de ces oiseaux de nuit que d'ordinaire il n'aimait pas trop — bien qu'il jugeât cruel de les clouer sur les portes des granges comme certains le faisaient, pour éloigner le mauvais sort — et qui, ce soir, aurait au moins témoigné d'une présence animale. Comme si tout était figé dans les ténèbres et le froid...

— Là-bas, dit soudain Hughes, j'ai vu quelque chose qui bougeait.

Il désignait un point dans l'obscurité. Éléonore écarquilla ses yeux qui se fermaient presque de fatigue.

— Je ne vois rien...

De Charles qui avait la vue courte, il ne fallait rien attendre...

Ils reprirent leur marche.

— Si là, il y a une ombre sur le bord du chemin...

L'ombre se précisa :

— Oh ! ce n'est qu'un chien perdu !

— Il est gros, remarqua Éléonore.

— Et il doit être affamé...

Ambroise ramassa une pierre : si l'animal s'approchait trop...

— Il y en a un second, constata Hughes d'une voix peu assurée.

A ce moment, un hurlement perça la nuit. Un hurlement qui ne ressemblait en rien à un aboiement. Il fut suivi d'un autre qui lui répondait à une courte distance.

— Mon Dieu ! Les loups !

Éléonore sentit ses jambes se dérober sous elle, d'autant plus qu'Ambroise avait lâché sa main pour ramasser d'autres pierres. Hughes et Charles l'imitèrent.

— Peut-être ne nous ont-ils pas vus, dit Charles qui, lui, les distinguait à peine.

— Ils vont bientôt nous sentir, dit Ambroise. Bien qu'il n'y ait pas de vent. Venez, sans faire de bruit, nous allons essayer de grimper dans un arbre, c'est la seule solution.

Lors du mariage d'Aude, un des cousins venu d'Auvergne lui avait longuement conté comment il avait échappé à l'attaque d'un de ces animaux féroces, en se hissant dans un chêne dont il avait pu attraper une branche à hauteur d'homme. Mais le cousin n'avait parlé que d'un loup. Et là, les ombres se multipliaient. Le cœur étreint par une angoisse indicible, Ambroise en dénombrait déjà au moins une demi-douzaine.

— Nous sommes perdus, gémit Charles. Nous allons être dévorés.

N'entendait-on pas, presque chaque année, au cours des veillées d'hiver, des histoires d'enfants et même d'adultes, dévorées par ces fauves ? D'ordinaire, cependant, ils n'osaient pas s'approcher des villes, encore moins y pénétrer. Fallait-il qu'ils fussent affamés pour s'enhardir ainsi... Ils ne feraient qu'une bouchée d'eux quatre...

Les enfants s'approchèrent d'un arbre au grand tronc, trop lisse pour qu'on pût s'accrocher et gagner cette branche là-haut, inaccessible.

Qui aurait été inaccessible aussi aux loups...

— Essayons-en un autre, dit Ambroise.

De tout son corps en alerte, il sentait le danger se rapprocher. Les loups s'étaient tus. Leur silence n'était-il pas encore plus angoissant que leurs hurlements qui indiquaient au moins où ils étaient ?

— Si nous courions ? suggéra Hughes à voix basse.

Il était bon à la course. Il gagnait presque toujours.

— Éléonore ne pourra pas nous suivre, dit Ambroise. Et puis les loups nous rattraperaient vite.

Dans l'état de fatigue où ils se trouvaient, de toute façon, ils ne courraient pas longtemps.

— Il n'y a que la ruse pour leur échapper.

Parvenus au pied d'un autre arbre, pas plus accueillant que le précédent, ils aperçurent un loup à quelques pas. Précédant ses congénères, les oreilles dressées, il dardait sur ses futures proies des yeux qui luisaient dans l'ombre.

— Cette fois, c'est la fin, se lamenta Charles.

— Ce sont des loups gris, murmura Éléonore. Les plus dangereux.

De qui tenait-elle cette certitude ? Elle ne savait plus. Quelqu'un l'avait affirmé un soir au coin d'un feu qui pétillait joyeusement dans l'âtre. Le chanoine ? Jean Guillais ? Hadelin ? Si seulement Hadelin avait pu se trouver là, il aurait su les défendre, lui... Il était toujours armé.

Pétrifiés par la terreur, les enfants ne bougeaient plus. Adossés au tronc qu'ils n'avaient pu escalader, ils se serraient les uns contre les autres, grelottant de froid et de peur, n'osant pas jeter les pierres sur l'assaillant, tant qu'il n'attaquait pas, de crainte de l'exciter et de précipiter un assaut fatal. D'autres loups s'avançaient lentement, comme s'ils avaient tout leur temps, comme s'ils savaient que, désormais, leur souper ne pouvait plus leur échapper.

Ils étaient sept en tout, grands, d'une maigreur extrême. Leurs gueules s'ouvraient, laissant voir les terribles canines avec lesquelles ils allaient bientôt déchirer la douce chair d'Éléonore et des trois garçons qui s'étaient placés devant elle pour la protéger quelques instants de plus.

Soudain poussant un hurlement qui perça la nuit et glaça le cœur des futures victimes, le grand loup gris, celui qui paraissait le chef, bondit sur Charles. De toutes leurs forces, Ambroise et Hughes lancèrent les pierres tandis que les cris désespérés de Charles faisaient trembler leurs mains et dévier leurs dérisoires projectiles.

Au loin, très loin encore, résonna le bruit d'une troupe à cheval qui allait au grand galop.

— Au secours ! hurla Ambroise, au secours !

Charles gisait à terre, renversé par son adversaire, lorsqu'il sentit les impitoyables crocs se refermer sur sa jambe.

Il poussa une clameur déchirante et de l'artère sectionnée, le sang gicla. Cette odeur affola les autres loups, avides de leur part du festin qui se précipitèrent en grondant sur le malheureux Charles.

Là-bas, une lueur se rapprochait, celle des torches que portaient les cavaliers.

— Au secours ! Au secours !

Ambroise et Hughes s'époumonnaient. Paralysée par une terreur sans nom, Éléonore ne pouvait même pas joindre ses appels à ceux de ses compagnons. Elle ne savait que fermer les yeux pour échapper à cette vision de cauchemar, au spectacle de son frère servant de pâture aux loups.

Soudain, leur chef dressa l'oreille, attentif au danger qui se rapprochait et abandonna sa proie. Après un instant d'hésitation, alors que la troupe à cheval était en vue, il partit en trottant doucement, suivi à regret par les autres loups.

Maître Tanneguy le Vayer, drapier de son état, rentrait de la foire de Provins. Escorté de plusieurs hommes en armes, un convoi le suivait, lourdement chargé de toutes les acquisitions qu'il avait faites : serges, toile de chanvre des Flandres, futaines, laine fine de Syrie et aussi des étoffes précieuses, comme une pièce de drap d'or de Byzance dont il se promettait un copieux bénéfice.

Il se réjouissait de n'avoir pas fait de mauvaises rencontres, lesquelles n'étaient point rares sur la route de retour des foires où les malandrins s'embusquaient pour dépouiller les commerçants. Il aurait préféré arriver de jour, mais la roue d'un chariot s'était détachée et la réparation les avait retardés. Maintenant, craignant de s'égarer, il avait envoyé quelques-uns de ses hommes reconnaître le chemin. C'étaient eux que les enfants avaient entendus et qui avaient mis en fuite les loups. Et par miracle, en dépit du bruit des sabots de leurs chevaux sur la terre gelée, eux aussi avaient entendu ces cris désespérés dans la nuit.

— Qu'est-ce donc ? s'enquit maître Le Vayer en s'approchant.

— Des enfants qui ont été attaqués par les loups. L'un d'eux est en piteux état, expliqua celui qui lui servait de secrétaire et d'homme à toutes mains, Geoffroy Hardillon.

Maître Le Vayer avait bon cœur et de surcroît des enfants, qu'il n'aurait pas aimés voir à la place de ces pauvres-là, petit tas lamentable de corps pressés contre celui qui gisait à terre, couvert de sang et inconscient. Il sauta de son cheval.

D'une voix mal assurée, Ambroise dit :

— Nous nous sommes perdus. Et les loups...

Éléonore gémit :
— Mon frère va mourir. Il perd tout son sang...
Elle sentait le liquide tiède qui coulait sur elle, qui imprégnait ses vêtements. Elle savait aussi que c'était la vie de Charles qui s'en allait si on n'endiguait pas très vite le flot.

Avec douceur, Geoffroy Hardillon souleva le corps pantelant et proposa :

— On le met dans le chariot ? Avec des bandes de toile j'essaierai d'arrêter le sang...

— Bien sûr. Prends aussi la fille, dit Tanneguy qui avait aperçu la longue chevelure en désordre d'Éléonore. Et vous les deux garçons, montez en croupe. Viens toi !

Il faisait signe à Ambroise qui grimpa prestement sur l'alezan et se colla contre ce dos chaud, recouvert d'une bonne pelisse doublée de renard en frissonnant.

— Mon Dieu ! Tu es glacé mon pauvre petit !

Des fontes de sa selle, le drapier tira une gourde d'étain.

— Tiens, bois un coup.

L'eau-de-vie coula dans le gosier d'Ambroise, laissant une traînée de feu.

— Est-ce qu'on peut en donner aux autres ?

Le Vayer rit :

— Bien sûr. Donnez à boire aux mioches vous autres. Mais pas au blessé.

— Pressons l'allure, ordonna maître Le Vayer.

Près de Charles qu'on avait accoté à un ballot de marchandises, Éléonore s'efforçait de son mieux de lui épargner les cahots. Elle aussi avait eu droit à une gorgée de cet alcool puissant qui l'avait fait un instant suffoquer et elle se réchauffait lentement.

Elle aurait aimé frictionner Charles dont elle tenait la main glacée, mais elle n'osait pas le bouger. Geoffroy avait bandé aussi serré que possible le bras, la jambe, les blessures les plus visibles. Déjà le sang transperçait l'étoffe, marquant sa blancheur d'une auréole qui s'agrandissait. Il avait aussi recouvert le petit garçon d'une couverture de grosse laine grise, tout en grommelant contre les loups. A l'air bourru de l'homme, Éléonore avait compris qu'il n'y avait pas grand espoir de sauver Charles. Si sa mère avait pu lui appliquer tout de suite de ces onguents dont elle avait le secret... La maison était encore loin. A la pensée de Matheline qui devait être folle d'anxiété et à laquelle peut-être un nouveau chagrin allait être infligé, Éléonore sentit de grosses larmes poindre au coin de ses paupières et couler sur le visage exsangue de son frère.

CHAPITRE X

Rendu rue aux Ours où il possédait une vaste demeure et un entrepôt pour ses marchandises, maître Le Vayer veilla à ce qu'on porte Charles à l'intérieur avec toutes les précautions possibles. On l'allongea sur des couvertures devant un bon feu tandis que Geoffroy courait réveiller un médecin qui habitait la maison en face. A peine vêtu, ce dernier se précipita, craignant qu'il soit arrivé quelque accident au drapier.

— Ce n'est pas pour moi mon ami, c'est pour cet enfant qui a été mis à mal par les loups.

Debout devant la cheminée où brûlait un tronc d'arbre, sentant une délicieuse chaleur les envahir, Éléonore, Hughes et Ambroise ne quittaient pas des yeux le médecin agenouillé auprès de Charles, guettant avec angoisse sur son visage s'il demeurait une toute petite lueur d'espoir.

Charles était toujours inanimé, les narines pincées, les lèvres blanches.

— Son cœur bat faiblement, constata le médecin après l'avoir ausculté. Ses membres sont glacés. Si nous parvenions à lui faire avaler un peu de bouillon...

Une femme âgée qui devait servir de gouvernante à maître Le Vayer, dépêcha prestement une soubrette aux cuisines. Pendant ce temps, à l'aide d'un couteau, le praticien tenta, avec une infinie délicatesse, de desserrer les mâchoires crispées de Charles et de dégager un mince interstice à travers lequel il versa une cuillerée de liquide dont la presque totalité se répandit sur le menton du patient.

— Si maman était là, ne put s'empêcher de dire Éléonore, elle arriverait à le faire boire.

Loin de se fâcher, le médecin sourit à cette fillette dévorée d'anxiété pour son frère et qui ne lâchait pas sa main.

— Tu as sans doute raison petite. L'amour maternel réalise parfois des miracles qu'avec toute notre science nous sommes souvent bien incapables d'accomplir. Où est la mère de cet enfant ?

Maître Le Vayer hésita un instant : il était bien tard pour faire ressortir ses gens qui étaient fatigués... Il croisa le regard implorant d'Éléonore puis céda :

— Où habitez-vous ? s'enquit-il.

— Rue Vieille-du-Temple, répondit Hughes.

Maître Le Vayer fronça le sourcil : n'était-ce pas dans

cette rue, en sortant de l'hôtel Barbette où il avait rendu visite à la reine Isabeau en couches, que le duc d'Orléans, attiré dans un piège par Jean sans Peur, avait succombé aux coups de ses sicaires ? A l'époque — c'était en 1407 — on avait chuchoté, maître Le Vayer alors adolescent le tenait de son père, que la jalousie tout autant que la politique était à l'origine de ce meurtre : la femme de Jean sans Peur aurait eu des bontés pour la victime dont la réputation de libertin désolait son épouse, la malheureuse Valentine Visconti...

Enfin, on ne pouvait pas laisser cet enfant mourir loin de sa mère...

Suivi de quatre hommes robustes et armés, Hughes repartit à travers les ruelles sombres, l'estomac vide dans la nuit glacée, tandis que maître Le Vayer que toutes ces émotions avaient creusé, disait à Éléonore et à Ambroise :

— Venez vous restaurer un peu, je suis sûr que vous mourez de faim. Héloïse et maître Raymond ne quitteront pas votre frère, je vous le promets.

Ils passèrent dans une autre pièce avec Geoffroy Hardillon et les commensaux de maître de céans qui fit asseoir les enfants près de lui. Une table splendide avait été dressée, ornée de lourds chandeliers d'argent et de hanaps aux pieds ciselés. Jusqu'à présent, Éléonore n'avait prêté aucune attention au décor qui l'entourait, uniquement soucieuse de découvrir un signe de vie sur le visage de cire de Charles. Elle ne put s'empêcher de remarquer les poutres de chêne sculptées du plafond, la magnificence des grands rideaux de damas rouge bordés d'une passementerie d'or qui cachaient les fenêtres à meneaux de pierre, des tapis de haute laine comme elle n'en avait jamais vus, jetés sur un parquet brillant et dans lesquels on enfonçait, les aiguillères de vermeil sur la console de marbre gris, et, disposés sur une nappe éclatante de blancheur, tous ces mets dont le fumet appétissant lui rappelait qu'elle n'avait rien ingurgité depuis de longues heures.

— Viens là, petite. Comment t'appelles-tu ?

— Éléonore de Bayencourt.

— Et lui, c'est aussi ton frère ? questionna l'hôte en dévisageant son jeune compagnon.

— Non je suis Ambroise Guillais.

— Le fils de l'orfèvre de la rue Saint-Paul ?

— C'est cela même.

— Je le connais ! C'est un artiste : je lui avais commandé une parure pour le mariage de ma fille et il a fait une merveille !

Il revoyait encore les rubis et les saphirs enchâssés dans l'or, l'éclat des pierres, la finesse du travail...

— Et ton père à toi ? demanda maître Le Vayer en se tournant vers Éléonore qui avait repris des couleurs et dont l'appétit l'enchantait.

— Il est mort.

Plus bas, Éléonore ajouta :

— Assassiné par Gérard de Caubre, l'année dernière...

— L'écorcheur ! Mon Dieu ! s'exclama maître Le Vayer non sans effroi.

Il considéra avec une pitié attendrie cette petite fille récemment endeuillée, qu'un nouveau malheur attendait sans doute, si charmante et si vive, si mûre pour son âge...

Des pas précipités qui résonnaient sur le pavé de la cour annoncèrent l'arrivée de celle qu'on attendait. Le drapier quitta la table pour se porter à sa rencontre. Maîtrisant son angoisse, dame Matheline voulut d'abord témoigner sa gratitude :

— Comment vous remercier d'avoir sauvé mes enfants ?

Sa voix s'étrangla. Pendant le trajet, Hughes avait eu le temps de relater leur équipée et la fâcheuse manière dont elle s'était terminée.

— Venez vite.

Charles n'avait pas repris conscience, malgré les efforts du médecin.

— Il respire toujours, se contenta-t-il de dire.

Il s'abstint d'ajouter : de plus en plus faiblement.

— Mon petit Charles !

Agenouillée près du corps étendu, Matheline contemplait ce visage livide, entendait à peine maître Raymond qui murmurait :

— Il a perdu beaucoup de sang...

Ce n'était pas possible qu'il meure, son petit garçon, un peu chétif, maladroit dans ses gestes, souvent pataud comme un jeune chien, mais si réfléchi, assidu à l'étude : le chanoine ne prétendait-il pas qu'il était d'une intelligence exceptionnelle ? Si doux et tendre quelquefois aussi...

Elle avait sauvé Éléonore, elle sauverait aussi son fils. Dieu lui donnerait la force de l'arracher à la mort, bien qu'elle ait déjà posé ses griffes sur cette chair recroquevillée et sanglante. Avant tout, il fallait sortir Charles de cet état de prostration. Comme il avait dû avoir peur à l'approche du loup, en sentant son haleine de fauve, en voyant les crocs luisants... Quel cauchemar, le malheureux enfant !

Sans se préoccuper de la présence du médecin, d'une petite trousse de peau, elle sortit un flacon d'argent noirci qu'elle ouvrit et fit respirer à Charles. En même temps, elle lui administrait de légères tapes sur les joues.

— S'il ne reprend pas connaissance..., dit-elle.

Éléonore et Hughes se penchèrent, guettant le moindre mouvement de leur frère. Celui-ci finit par soupirer mais n'ouvrit pas les yeux.

Au lieu de se piquer — ce résultat, si maigre fût-il, il n'avait su l'obtenir — maître Raymond que la souffrance d'autrui peinait encore malgré l'habitude qu'il en avait, proposa :

— Attendez, je vais lui tenir la tête, cela sera plus aisé.

De nouveau Matheline présenta le flacon, dont s'échappaient de puissants effluves, devant les narines pincées de l'agonisant et le maintint ainsi un long moment, jusqu'à ce qu'un autre soupir, plus marqué cette fois, s'exhale de la maigre poitrine. Enfin, les paupières battirent et s'entrouvrirent.

— Charles ! Est-ce que tu m'entends ?

Autour d'eux, haletants, tous se taisaient.

— Me reconnais-tu ? C'est moi, ta mère...

Charles cilla sans répondre. Il paraissait incapable de parler. Mais Matheline était sûre qu'il l'avait reconnue...

Épuisé par sa longue randonnée — il était en route depuis l'aube — maître Le Vayer s'en alla prendre quelque repos. Héloïse emmena les trois enfants dans une pièce voisine où ils s'installèrent avec des coussins et des couvertures.

Une longue veille commença pour Matheline, demeurée seule au chevet de Charles, dans cette maison silencieuse et inconnue, pourtant si hospitalière. De ses lueurs tremblantes et capricieuses le feu éclairait par moments le visage inerte de Charles. Un peu avant minuit, il ouvrit les yeux et non sans peine, Matheline parvint à lui faire avaler quelques cuillerées de bouillon, gardé au chaud près de l'âtre, auquel elle avait ajouté une vingtaine de gouttes d'une décoction composée de bouleau blanc qui désinfectait et cicatrisait, d'herbes de la Saint-Jean qu'on appelait aussi armoise, aux vertus toniques et fébrifuges et d'aubépine qui calmerait l'agitation qui commençait à envahir Charles.

Un peu plus tard, avec infiniment de douceur, elle lotionna certaines de ses plaies avec une huile d'hamamélis et changea les pansements souillés. Elle s'épouvanta à la vue des profondes entailles dans la chair, provoquées par les morsures. Maintenant que le cœur de Charles battait plus régulièrement, que le risque de l'entendre s'arrêter soudain, semblait évité, du moins pour l'instant, elle savait que l'infection, plus que tout, était le danger qui guettait son fils.

Son fils qui, s'il guérissait, demeurerait pour toujours handicapé, le corps marqué d'affreuses cicatrices boursouflées là où la chair avait été déchiquetée.

CHAPITRE XI

— Comment est-il ce matin ?

Dans le regard bleu de Matheline, Ambroise lut la force, la volonté de lutter, sans nulle trace de résignation malgré le visage creusé par la veille.

— Il y a un petit espoir, dit-elle.

En effet, si Charles avait gardé ce teint livide si impressionnant, un souffle régulier s'exhalait désormais de sa poitrine.

— Hughes restera avec moi ce matin, dit-elle encore. Sois gentil, lorsque tu auras rassuré ton père, vas prévenir chez moi. Que Mélanie et Geneviève ne s'inquiètent pas trop. Je rentrerai dès que l'état de Charles le permettra.

La matinée passa sans apporter de grands changements. Maître Le Vayer sortit vaquer à ses affaires et le praticien, respectant sa promesse, revint s'occuper du malade. Il obligea Matheline à prendre quelques heures de repos et s'engagea à donner à son fils les potions qu'elle-même avait préparées. Tout en le remerciant, en son for intérieur Matheline s'étonna du manque de prétention du médecin et de sa délicatesse. C'était le premier de la sorte qu'elle rencontrait, qui admettait que quelqu'un fût plus savant que lui.

Non que Matheline se prît pour une savante. Loin de là. Mais depuis l'enfance, elle n'ignorait pas qu'elle possédait un don, don que sa grand-mère avait tôt reconnu chez elle et qu'elle l'avait engagée à cultiver et surtout à enrichir de la connaissance approfondie de tous les remèdes que la nature mettait à la disposition de l'homme. Pour peu que ce dernier sût à quelle heure et à quelle époque récolter les herbes et les baies, les lieux où les trouver, la manière de les préparer pour en tirer le maximum d'effet et comment leur conserver leur efficacité.

Naturellement, la vieille femme savait aussi composer des philtres, celui qui favorisait la fécondité et celui qui faisait passer l'enfant non désiré, et d'autres pour redonner vigueur aux corps fatigués ou au contraire pour enlever la force.

Elle avait attendu que Matheline fût grande pour lui transmettre ces secrets-là. Quand elle mourut, Matheline qui ne se contentait pas de la voie tracée mais cherchait à découvrir de nouvelles applications en changeant les proportions des mélanges ou en y adjoignant d'autres produits, l'avait dépassée.

Porté sur une litière que maître Le Vayer avait mis à la disposition des Bayencourt, Charles regagna la demeure familiale. Il était encore très faible et parlait peu. Les plaies n'avaient pas trop mauvais aspect, aucune infection ne semblait s'y être mise et Matheline tout comme Raymond, escomptait que la cicatrisation se poursuivrait normalement.

Quant aux séquelles, elles ne seraient pas gaies. Plus question pour Charles de courir et, qui sait, peut-être de marcher. Plusieurs des tendons et des nerfs de la jambe gauche avaient été sectionnés : il claudiquerait à coup sûr. A moins que sa jambe ne fût complètement paralysée...

Un peu rassurée néanmoins sur l'état de Charles qui s'alimentait et dont Mélanie et Geneviève s'occupaient avec dévouement, Matheline sortit rendre visite à Ermengarde qu'elle se reprochait d'avoir négligée depuis près d'un mois.

Déjà, dans l'œil de la servante qui lui ouvrit et s'exclama à sa vue, elle lut un léger blâme pour sa longue absence. Blâme que, bien entendu, Marise ne se permit pas d'exprimer à haute voix.

Ermengarde, elle, ne se gêna pas pour manifester sa hargne habituelle :

— Quel bon vent vous amène Matheline et vous laisse le temps de venir voir une vieille femme comme moi ?

La visiteuse s'efforça de réprimer l'agacement qui commençait à la gagner :

— Chère belle-sœur, la santé de votre neveu Charles m'a bien tourmentée : sans doute ignorez-vous qu'il a été à moitié dévoré par les loups et que c'est miracle s'il est en vie ?

— Par les loups ? Que me contez-vous là ? Comment est-ce donc possible ?

Patiemment, Matheline relata toute l'histoire, tandis que debout dans l'embrasure de la porte, Marise ne perdait pas un mot du récit : souvent cloîtrées, les deux femmes ne devaient pas avoir tant de distractions...

Ermengarde se montra compatissante, juste ce qu'il fallait par décence, mais Matheline sentit que le sort de son neveu ne l'émouvait guère. Elle ne put s'empêcher d'ajouter de son ton aigre, qui avait toujours paru si déplaisant à Matheline :

— Enfin, je ne comprends pas : comment se fait-il que vous ayez laissé vos enfants vaguer seuls si loin ?

— Les loups sont entrés dans la ville...

Assises de chaque côté d'un feu que la visiteuse aurait souhaité plus vif, elles parlèrent de choses et d'autres, notamment du renchérissement de la vie, sujet cher entre tous à Ermengarde. En partant, Matheline se crut obligée de proposer :

— Vous viendrez bien partager notre souper, un de ces soirs ?

— A mon âge, on n'aime plus guère sortir le soir, se contenta de répliquer Ermengarde, sans même prendre la peine de remercier. Surtout, avec cette nouvelle épidémie...

— Une épidémie de quoi ? s'enquit Matheline avec inquiétude. Je n'ai entendu parler de rien...

Ces derniers temps, elle n'avait guère quitté le logis et avait eu peu d'occasions de bavarder.

— Je ne sais pas, moi, maugréa Ermengarde d'un air grognon. C'est un bruit qui court, c'est tout. Enfin, prenez garde.

Du bout des lèvres, Matheline effleura la joue sèche et jaune de sa belle-sœur, bien heureuse que la corvée soit terminée et s'en fut le cœur léger : de quinze jours au moins, elle n'aurait pas besoin d'y retourner.

Troublée par ce qu'elle venait d'entendre, Matheline se dit qu'elle interrogerait maître Raymond. Si une épidémie menaçait vraiment, il serait au courant. Plusieurs fois, il était venu voir Charles et, justement ce soir, il devait passer et Matheline comptait bien lui demander de rester souper. Elle accueillait sans déplaisir les visites de cet homme à la trentaine proche, disert, gai, serviable et encore garçon. S'il pouvait s'intéresser à Mélanie... Pas vilain de sa personne, même si ses tempes commençaient à se dégarnir prématurément, vif, actif, ne ferait-il pas un gendre très acceptable ? Mon Dieu, comme Matheline se sentirait soulagée si son aînée était bien établie !

Mais pour cela, il faudrait que Mélanie y mettre du sien. Qu'elle sourît un peu, qu'elle s'anime... Était-il possible qu'elle pensât encore au mari d'Aude ? Depuis le temps... Mélanie ne faisait aucune confidence et sa mère n'osait pas, par des questions trop précises, rouvrir une plaie peut-être mal fermée.

En arrivant au logis, juste avant la tombée de la nuit, Matheline eut la bonne surprise de trouver Charles assis devant la cheminée. Arrivé depuis un moment, Raymond l'avait persuadé de sortir du lit, de cet univers protégé où il se complaisait désormais un peu trop, au goût du médecin.

En lui représentant quelle joie ce serait pour sa mère de le voir dans la salle commune et quel plaisir lui-même éprouverait à participer de nouveau au repas familial au lieu de demeurer à l'écart dans sa chambre, il réussit, non sans peine à le décider. Maître Raymond avait très bien compris que le petit garçon avait peur de s'aventurer et d'être privé de la protection des draps et de la couette qui dissimulaient aussi son état physique et cette apparence nouvelle d'infirme qu'il se refusait jusqu'à présent à admettre. Charles espérait toujours qu'un beau matin en se réveillant, il constaterait qu'une peau saine et intacte avait remplacé sa chair boursouflée et couturée, que les tendons et les nerfs manquants auraient repoussés par miracle...

— Non, Charles, il n'en sera pas ainsi et tu le sais très bien, avait dit le praticien avec fermeté. En revanche, avec des exercices appropriés, je pense que tu retrouveras une certaine mobilité de ta jambe. Maintenant, les plaies sont suffisamment cicatrisées pour que tu puisses essayer de te tenir debout.

Avec un soupir, Charles avait fini par se rendre à ces raisons. Soutenu d'un côté par Raymond, de l'autre par Hughes qui l'encourageait de son mieux, Charles clopina jusqu'à la grande salle, où il fut bien aise de s'asseoir, épuisé et tout pâle de cet effort.

— Je n'y arriverai jamais, gémit-il au bord des larmes.

— Bien sûr que si ! rétorqua gaiement Raymond.

— Je t'ai fait des beignets aux pommes mon poulet, dit Blanche. Il faut bien manger pour reprendre des forces.

D'un regard plus expressif que des paroles, Matheline remercia Raymond.

— Mélanie, sers du vin miellé à notre hôte.

Sans empressement, Mélanie se leva et obéit à sa mère, le visage figé. Parfaitement décourageant, il fallait le reconnaître...

Au cours du repas, Matheline eut l'occasion de s'apercevoir que c'était plutôt à la joyeuse Geneviève, qui mettait tant d'entrain dans la tablée, qu'allaient les attentions du praticien...

Du coup, Matheline en oublia de lui parler de l'épidémie. Quand elle s'en avisa, c'était trop tard, son invité avait déjà pris congé. Ce serait pour la prochaine fois.

CHAPITRE XII

Deux ou trois jours passèrent sans que Matheline ait le loisir de repenser à l'épidémie. D'abord, elle se sentait habitée par une grande lassitude. L'émotion que lui avait causée Charles, les soins qu'il avait fallu lui prodiguer, les veilles, les inquiétudes conçues quant à son avenir, l'avaient épuisée. Et certains jours, plus pénibles que d'autres, elle se disait que la vieillesse approchait.

Enfin, Charles était vivant, n'était-ce pas le principal ? Pour remercier le Ciel, Matheline avait brûlé un cierge à Saint-Germain-l'Auxerrois et fait dire une messe d'action de grâce.

Avec le temps qui s'était réchauffé, le verglas avait disparu des rues et Matheline convia le chanoine à reprendre ses habitudes en venant partager de temps en temps le souper familial. Blanche avait trouvé deux poulets, un peu étiques à vrai dire. Néanmoins, il faudrait bien s'en contenter. En tout cas, tandis qu'Anieuse, les joues en feu, tournait la broche devant la cheminée, l'odeur de ces volatiles embaumait toute la pièce. Ces effluves délicieux chatouillèrent des plus agréablement les narines du chanoine à son arrivée :

— Mon enfant, vous nous avez préparé un véritable festin, s'exclama-t-il avec une satisfaction non déguisée.

Éléonore débarrassa son maître de sa lourde houppelande fourrée de blaireau et Hughes lui avança un fauteuil.

— Avant de venir, je suis passé voir notre ami l'orfèvre, dit le chanoine en tendant les mains vers le feu. Il est soucieux à propos de sa fille.

— Aude ? Que lui arrive-t-il ? questionna Matheline.

Ne s'entendrait-elle plus avec son mari ? Elle savait que le jeune ménage était revenu à Paris après la mort de leur fils... Du coin de l'œil, elle observa Mélanie qui, au nom de sa rivale, avait blêmi.

— Il semble que l'enfant soit mal accroché. Le chirurgien craint qu'elle le perde.

— Mon Dieu ! dit Matheline, comme Jean en aura du chagrin.

Elle pensait à lui avant de songer à la douleur des parents : n'était-ce pas lui, son ami ? Elle se promit d'aller aux nouvelles dès le lendemain...

Presque jusqu'au dernier moment, Matheline hésita avant de proposer à sa fille :

— Mélanie, m'accompagneras-tu chez les Guillais ?

Surprise, la jeune fille essaya de dissimuler son trouble sous une apparente désinvolture :

— Pourquoi pas ? Il fait soleil ce matin et une promenade nous fera du bien.

Matheline aurait compris et admis que sa fille refuse, sous un prétexte ou un autre de se retrouver en face d'Aude. Et peut-être d'Emmanuel...

— Nous ne resterons qu'un moment, ajouta-t-elle.

La veille, elle s'était rendu compte combien Mélanie demeurait sensible à la seule mention de sa rivale. Que ne tournait-elle donc les yeux vers maître Raymond ? Matheline soupira, confia la maison et Charles à Blanche. Hughes et Éléonore étaient à leurs études. De leur côté, Geneviève et Anieuse s'employaient à acheter des choux qu'on farcirait pour le repas du soir avec un peu de chair à saucisse.

Dans la rue, Matheline commença :

— Mélanie...

La jeune fille tourna vers elle un visage impassible qui effraya presque Matheline.

— Oui, mère ?

— Rien, dit Matheline désemparée par cette attitude. Je ne sais plus ce que je voulais te dire...

Avec consternation, elle sentait cette barrière qui s'était élevée entre sa fille et elle. En fait, entre sa fille et le monde. Pourtant, elle ne parlait plus d'entrer au couvent, ses dévotions avaient pris un tour plus raisonnable. Matheline ne pensait pas que Mélanie fût destinée au service de Dieu. Elle était faite pour un homme : pourquoi s'était-elle mis en tête et dans le cœur celui d'une autre ?

Parvenue à destination, Matheline s'avisa que sa fille n'avait pas dit un mot de tout le trajet, comme si elle bandait ses forces en vue de l'épreuve qui l'attendait. Elle regretta de l'avoir emmenée.

Aude était couchée sous une courtepointe ornée de dentelles dont la blancheur faisait paraître encore plus coloré son visage amaigri. Sans doute, avait-elle une forte fièvre. Cette rougeur du teint, presque purpurine, malsaine à son avis, alerta Matheline : elle devait s'en souvenir par la suite.

Abattu, l'expression fatiguée et soucieuse, Jean Guillais se tenait au chevet de sa fille. De l'autre côté, Ambroise versait de l'eau fraîche dans un gobelet d'étain : sa sœur demandait souvent à boire.

— Merci d'être venues, dit l'orfèvre avec un sourire triste, déjà résigné, qui fendit le cœur de Matheline.

Du regard, elle l'interrogea :

— Hélas ! Dans la nuit elle a perdu l'enfant...

Matheline crut entendre que le pauvre homme retenait un sanglot.

Mélanie s'approcha :

— Ma chère Aude, que je suis donc marrie de ce qui t'arrive.

Son ton était celui de la plus sincère commisération. A l'oreille exercée de Matheline, il sonna faux.

La jeune femme ouvrit les yeux et esquissa l'amorce d'un pâle sourire :

— Il est vrai que nous avons eu bien du malheur...

La porte s'ouvrit et un grand et beau jeune homme s'introduisit avec précaution dans la pièce.

— Comment va-t-elle ? s'inquiéta-t-il.

Sans même paraître voir les visiteuses, Emmanuel s'empara de la main de sa femme qu'il serra avec douceur.

— Te sens-tu un peu moins fièvreuse ma mie ?

— J'ai chaud, j'ai soif..., gémit la malade. Mais j'irai bientôt mieux puisque tu es là...

Le spectacle de cet amour conjugal qui, malgré les coups du destin, ne semblait guère s'être attiédi depuis l'époque des fiançailles, bouleversa Mélanie au plus profond d'elle-même. Était-il possible qu'elle fût devenue si indifférente à Emmanuel qu'il n'ait même pas conscience de sa présence à elle, Mélanie ? Elle avait l'impression affreuse et désespérante d'être niée...

Pourtant, autrefois, avant qu'Emmanuel n'ait la tête tournée par Aude, vraiment la tête tournée, au point que, parfois, la délaissée s'était demandé si sa rivale n'avait pas usé d'un philtre pour s'attacher ainsi soudainement le garçon, autrefois, s'était-elle trompée en s'imaginant qu'elle lui plaisait ? Ne sent-on pas ces choses-là, même si elles ne sont pas dites de manière explicite...

Ou bien, avait-elle pris ses désirs pour des réalités ? Ces attentions, ces regards échangés, ces mots gentils et galants — il y en avait eu. Il y avait même eu, un soir de bonheur, un bras tendrement passé autour de sa taille — n'étaient-ils que le fait d'un jeune homme qui s'amuse avec les filles, qui cherche à séduire, comme ils le font tous, sans se soucier des conséquences ? Si Emmanuel le lui avait demandé, Mélanie aurait été à lui. Sans hésiter...

Et maintenant... Maintenant, il était là devant elle, n'ayant d'yeux que pour sa femme qui, pourtant, n'était guère à son avantage, les traits tirés, les cheveux épars, ternes, dépourvus de cette luisance que donne la bonne santé et qui fait toute la beauté d'une chevelure.

Emmanuel, lui, était toujours aussi séduisant. Rien qu'à le regarder, Mélanie en tremblait de désir frustré. Tout cet amour rentré, un peu assoupi avec le temps et l'absence, se réveillait avec une vigueur accrue, gorgeant la jeune fille de violence, engendrant des souhaits monstrueux : si Aude mourait, peut-être qu'alors Emmanuel... Elle, Mélanie, saurait bien lui donner d'autres enfants, plus résistants que ceux mis au monde par Aude, une demi-douzaine d'enfants, s'il voulait...

— Nous allons nous retirer pour ne pas fatiguer davantage Aude, dit Matheline. Nous reviendrons bientôt.

— Je vous raccompagne, dit Jean Guillais.

Matheline allait le prier de n'en rien faire puis elle comprit que l'orfèvre désirait laisser le jeune couple en tête à tête. Sur le pas de la porte, ils devisèrent un instant.

— Le chirurgien doit revenir... Tenez, le voilà au coin de la rue... Il est très inquiet pour Aude...

Matheline ne savait que répondre : elle n'avait pas trouvé Aude bien du tout. Mais il faisait assez sombre dans la pièce, c'était difficile de juger...

Mélanie se taisait pour d'autres raisons : personne ne devait se douter de ce qu'elle espérait.

Le chirurgien avait l'air harassé de fatigue, comme s'il n'avait pas dormi depuis des jours.

— Un enfant est mort de convulsions ce matin et deux femmes ont avorté de la même manière que votre fille, annonça-t-il d'un ton accablé. Bon, je monte la voir.

Et comme Jean Guillais esquissait le geste de le suivre, le praticien le retint :

— Attendez-moi, je n'en ai pas pour longtemps. Il faut que je l'examine... que je voie si... Et tenez Ambroise écarté de sa sœur pour le moment.

Après un moment de stupeur, l'orfèvre s'exclama :

— Enfin, que veut-il dire ? Je ne comprends pas...

Matheline, elle, commençait à se demander si cette rumeur qui courait d'une épidémie était fondée. Après Ermengarde qui s'était montrée vague, le repasseur de couteaux avait parlé lui aussi d'une maladie qui donnait une forte fièvre, des frissons, qui provoquait même des vomissements... Une maladie très dangereuse, mortelle à l'entendre. Mais les gens n'étaient-ils pas portés à exagérer ? Ce n'était pas la peste tout de même !

La peste, Matheline l'avait entendu évoquer dans son enfance par sa grand-mère, qui elle-même tenait ses informations de sa mère, rescapée de la grande épidémie de 1348 où une partie de sa famille avait péri. On disait qu'à Paris seulement, la maladie avait fait près de quatre-vingt mille victimes...

Était-ce possible que ces temps de calamité revinssent ? N'avait-on pas eu assez avec la guerre qui avait commencé presque en même temps que la peste, cette guerre dont on se demandait si elle finirait jamais ?

— Matheline, j'ai peur, murmura Jean Guillais. Si je devais perdre aussi Aude...

Matheline aurait aimé le réconforter. Mais elle aussi se sentait gagnée par une angoisse incontrôlable : elle avait envie de fuir cette maison où rôdait la mort, de se claquemurer dans la sienne, à l'abri des miasmes, avec ses enfants.

Très vite, le médecin reparut, si décomposé qu'avant même qu'il prononce une parole, Matheline eut la gorge serrée.

— Une éruption commence à envahir le bas de son visage et son cou...

Tout bas, il acheva dans un soupir qui attestait son impuissance :

— C'est la variole...

CHAPITRE XIII

Si protégée soit une maison, si vigilant se montre-t-on à l'endroit des dangers qui la guettent, le malheur finit toujours par s'infiltrer d'une manière ou d'une autre. Ce sont là choses inévitables et Matheline ne concevait guère d'illusions.

D'autant plus qu'en l'occurrence, elle se sentait complètement désarmée pour faire face : comment lutter contre ce qui était insaisissable, qu'on ne pouvait appréhender d'aucune façon, un air maléfique qui flottait au hasard et se transformait en un mal qui se propageait à une vitesse terrifiante par ces beaux jours de printemps ?

Peut-être les germes de cette calamité se trouvaient-ils au sein de la ville depuis plusieurs semaines, voire des mois, apportés dans les bagages de quelque voyageur et empêchés jusqu'à présent de se répandre par le froid : comment savoir ?

Comme il fallait s'y attendre, l'état d'Aude empira. Son corps entier se couvrit de pustules remplies d'un liquide visqueux. Son visage défiguré devint méconnaisable. Ces détails Matheline ne les avait appris que par ouï-dire : malgré son affection pour l'orfèvre, elle n'était pas retournée au chevet de sa fille, craignant la contamination pour ses propres enfants.

Le chanoine Buzenval, qui assista la jeune femme dans ses derniers moments, relata avec une infinie tristesse aux Bayencourt sa mort édifiante et le désespoir affreux de son mari.

— J'ai craint un moment qu'il ne veuille mettre fin à ses jours, soupira le chanoine. Je prie chaque matin pour que Dieu lui accorde la force de supporter sa douleur.

Réaliste, il ajouta :

— Mais j'ai recommandé à son beau-père de ne pas le laisser seul...

— Comme ce pauvre Jean aura été éprouvé, dit Matheline. Sa femme, ses petits-enfants, sa fille...

— Il ne lui reste qu'Ambroise...

Le chanoine se tourna vers Mélanie, rencognée au fond de la pièce, silencieuse à son habitude, et remarqua :

— Pour toi aussi Mélanie, c'est un chagrin de perdre ton amie d'enfance...

La jeune fille tressaillit : elle était en train de savourer le bonheur incroyable, inespéré, de savoir Emmanuel libre. Elle éprouva quelque difficulté à composer son visage sous l'œil perspicace de sa mère. Le chanoine, lui, avait parlé sans malice.

— Oui, dit-elle d'une voix sourde. Aude et moi avions exactement le même âge. Le sort a été bien injuste à son endroit...

Le chanoine protesta :

— Il ne faut pas accuser le sort. C'est la volonté divine à laquelle nous devons tous nous soumettre. Même s'il nous en coûte.

En l'occurrence, Mélanie s'y soumettait volontiers. Déjà, elle forgeait des plans. Cette fois-ci, elle ne laisserait pas Emmanuel lui échapper, une autre jeter son dévolu sur lui. Le temps avait passé : Mélanie n'était plus cette petite fille timide, trop passive sans doute, qui n'avait pas osé lutter contre une rivale. Perdue dans ses rêves, elle ne s'était même pas aperçu de ce qui se tramait sous ses yeux jusqu'à ce qu'il fût trop tard : la nouvelle des accordailles avait éclaté comme un coup de tonnerre...

Bien sûr, Mélanie était trop avisée désormais pour ne pas comprendre qu'il lui faudrait observer un certain délai avant d'entreprendre quoi que ce soit auprès du veuf. Elle devait progresser à pas de loup, adopter une conduite effacée, faire preuve d'une prudence extrême au début de son entreprise. Prêter une oreille attentive à Emmanuel lorsqu'il chanterait les louanges de la morte, aussi longtemps que ce serait nécessaire. Le chemin serait long, ardu, Mélanie ne se le dissimulait pas. Mais dorénavant, il existait un avenir possible.

Avec peut-être le bonheur au bout...

Dans le quartier, plusieurs dizaines de cas se déclarèrent au cours du mois suivant. La nuit, Matheline demeurait souvent de longues heures éveillée, l'angoisse lui tenant compagnie : et si au réveil l'un des siens présentait les terribles symptômes de la maladie ?

Chaque jour, elle scrutait le visage de ses enfants, ceux d'Anieuse et de Blanche. Et même les rares visiteurs qui se présentaient n'étaient pas exempts de cet impitoyable examen.

Lorsque Ermengarde fut emmenée à l'Hôtel-Dieu où, désormais, on transportait tous ceux qui étaient atteints, Matheline se sentit plus exposée encore. Le danger se rapprochait : fallait-il fuir, quitter cette ville maudite qui s'était transformée en un gigantesque piège dont les mailles se resserraient ? Pour aller où ?

Lorsqu'un matin, elle aperçut une rougeur suspecte au menton de Geneviève, Matheline crut que son cœur allait s'arrêter. Contre toute raison, elle voulut espérer un moment encore :

— Tu t'es frotté le menton ?

Geneviève la considéra avec surprise :

— Non mère, pourquoi ?

Matheline ne répondit pas et entraîna sa fille sur le pas de la porte, ouverte par ce beau matin trompeur de mai, pour l'examiner à la lumière du jour. Une légère tache rouge commençait à se dessiner à la base du cou.

Ses jambes se dérobèrent sous elle. Elle fut obligée de s'asseoir. Elle dit seulement :

— Oh ! mon Dieu !

Soudain, Geneviève comprit et s'affola :

— Non, ce n'est pas vrai ! Ne me dis pas que j'ai la variole !

— Écoute...

— Non, hurla Geneviève, je ne veux pas mourir comme Aude. Je ne veux pas, je ne veux pas !

Pétrifiées, tremblantes, Mélanie, Éléonore et les deux servantes demeuraient à une distance respectueuse de celle que le sort venait de désigner.

— Ce n'est pas possible ! s'exclama Mélanie. Pas elle !

— Tout le monde ne meurt pas, dit Matheline qui se sentait seule comme elle ne l'avait jamais été depuis la mort d'Enguerrand.

Quelques personnes en réchappaient, c'était vrai. Mais dans quel état ! Certaines demeuraient aveugles.

— Je ne veux pas avoir le visage plein de trous ! Je ne veux pas être défigurée !

— Anieuse, cours chercher Maître Raymond.

A l'air décomposé du médecin lorsqu'il apprit la nouvelle, Matheline comprit qu'il ferait tout ce qui était en son pouvoir pour sauver Geneviève car il en était épris. Pourtant, à peine l'avait-il vue plus de quatre fois... Ce qu'elle ne savait pas, c'est que les jeunes gens s'étaient rencontrés par hasard dans la rue et promenés longuement : ils s'étaient découvert grand nombre de goûts communs...

Transportée à cet Hôtel-Dieu, fondé par les Carolingiens, où Ermengarde venait de rendre le dernier soupir — dans le souci où on se trouvait chez les Bayencourt au sujet de Geneviève, sa mort était passée presque inaperçue — la jeune fille eut beaucoup de fièvre et délira. Maître Raymond et Matheline se relayaient à son chevet. Cette dernière refusa avec fermeté à Mélanie de l'accompagner lors de ses visites à l'hôpital : il suffisait d'avoir une fille aux portes de la mort !

— Tu t'occuperas de la maison et de tes frères et sœur. Frottez-vous de vinaigre soir et matin et sortez le moins possible.

Chez les Bayencourt, le climat était à l'angoisse. Chacun ne cessait de s'examiner et de scruter les autres, guettant la moindre coloration suspecte de la peau, redoutant de voir apparaître les stigmates de la terrible maladie.

Blanche et Anieuse n'échappaient pas à cette hantise. Elles étaient les seules à sortir, très tôt le matin à l'heure où les boutiques ouvraient à peine leurs volets : il fallait bien se procurer de la nourriture en souhaitant qu'elle n'ait pas passé par des mains contaminées : comment s'en assurer malgré les protestations véhémentes des marchands !

Les journées s'écoulaient lentement. Avec l'aide d'Éléonore, qui, en l'absence de sa mère, se sentait investie d'une certaine responsabilité puisque Mélanie passait la plupart du temps perdue dans ses rêveries, Charles avait fait quelques progrès et se déplaçait désormais dans la maison avec une canne que lui avait taillée Hughes dans un bois de coudrier. Il souffrait moins aussi et s'accoutumait peu à peu à son nouvel état de semi-invalide, sans pour autant, s'y être résigné.

— Tu verras, promettait Éléonore d'un ton encourageant et en affectant une assurance qu'elle était loin d'éprouver, tu retourneras chez le chanoine. Dès que nous pourrons ressortir, nous irons nous promener. En marchant tout doucement au début.

— Je boiterai toujours...

— Certes. Tu ne seras pas le seul. Pense que tu pourrais être mort.

« Et moi aussi », se disait-elle *in petto.*

— Bien sûr, dit Charles pensif. Mais je peux encore attrapper la variole. Qui sait, peut-être l'ai-je déjà... Regarde bien ma figure : ne vois-tu rien de rouge.

Éléonore l'examinait sous toutes les coutures, lui faisant tourner la tête à droite, à gauche :

— Non, tu n'as rien. Et moi ?

C'était au tour de Charles de dévisager sa sœur. Il poussait la conscience jusqu'à soulever sa lourde chevelure, afin de s'assurer que le cou avait conservé sa blancheur.

Quand les enfants avaient réussi à se persuader mutuellement que pour le présent du moins, ils étaient encore indemnes, ils jouaient aux osselets, aux devinettes ou ennuyaient le chat qu'on empêchait lui aussi de sortir et qui miaulait parfois furieusement en grattant la porte, ne comprenant pas pourquoi on le privait de ses distractions habituelles.

Lorsque, pour de brefs moments, Matheline revenait chez elle, selon les recommandations de Raymond qu'elle suivait scrupuleusement, elle tenait ses enfants écartés d'elle et demandait à Anieuse de lui préparer un grand baquet d'eau chaude où elle se livrait à de minutieuses abblutions.

Si l'éruption n'avait pas épargné Geneviève — curieusement, un seul côté de son visage avait été atteint, l'autre était presque intact — la fièvre semblait baisser. Elle ne délirait plus et Matheline commença à concevoir un faible espoir : de plusieurs côtés, on lui avait affirmé que si le malade passait le cap des quinze jours — Geneviève en était au douzième — il avait une chance de survivre. Les décès étaient si nombreux, déjà plusieurs centaines d'après ce que disaient les chirurgiens de l'Hôtel-Dieu, que toute sonnerie dans les églises fut interdite. La mort frappait surtout parmi les enfants en bas âge et les femmes enceintes, néanmoins, quelques cas de guérison étaient signalés çà et là : Matheline ne voulait penser qu'à ces derniers... Elle se répétait que Geneviève était résistante, pleine de santé et de vigueur auparavant et qu'elle se battait de toutes ses forces contre la maladie. Sans doute considérablement aidée dans sa lutte par l'intérêt plus qu'affectueux que n'avait cessé de lui témoigner Raymond, avec une constance qui lui avait définitivement gagné le cœur de Matheline.

CHAPITRE XIV

Petit à petit, l'épidémie perdit de sa virulence et régressa. Les Parisiens qui, jusqu'à présent s'étaient terrés, ne s'aventurant au-dehors que pour le strict nécessaire, recommencèrent à sortir. Les rues retrouvèrent en partie leur animation et un beau soir de mai, Matheline commanda une chaise pour ramener au bercail Geneviève très affaiblie : désormais, elle n'était plus contagieuse.

Elle avait préparé ses autres enfants et les servantes au choc que leur causerait la vue de la rescapée, pour qu'ils dissimulent de leur mieux leur impression d'effroi et leur commisération. Geneviève elle, ne s'était pas encore contemplée : le plus tard serait le mieux. D'autant plus qu'avec le temps, on pouvait espérer une légère amélioration de son aspect. Si Geneviève réclamait un miroir, Matheline prétendrait avoir cassé le sien... Mais qui empêcherait la jeune fille de s'aviser du désastre en regardant son reflet dans l'eau, même celle d'une simple cuvette ?

Pourquoi Geneviève avait-elle été atteinte et elle seule. Alors que sa mère et sa sœur avaient rendu visite à Aude ? Mystère qu'on ne s'expliquait pas...

Jean Guillais, Ambroise et Emmanuel avaient été épargnés eux aussi alors que la totalité des occupants de la maison voisine avait succombé. Ils étaient venus tous les trois ainsi que le chanoine et Maître Raymond pour accueillir la convalescente et partager le repas qui célébrait une guérison inespérée. Matheline avait aussi convié Tanneguy Le Vayer qui, absent, n'avait pu se joindre à cette petite fête. Mais il avait envoyé une pièce de camelot [1] d'une extrême douceur pour que Geneviève pût se confectionner un surcot et une jupe. Un faible sourire était apparu sur les lèvres de la jeune fille, à la vue de la luxueuse étoffe.

En observant à la dérobée le visage grêlé encore très boursouflé et rougeâtre de sa sœur — elle n'osait pas la regarder vraiment — Mélanie se disait que la pauvre Geneviève était désormais condamnée à rester fille : qui voudrait d'elle, quel homme aurait le courage chaque matin en se réveillant de découvrir ce spectacle navrant à son côté ? Et sans doute le corps, pour l'instant dissimulé par les vêtements, présentait-il un aspect identique ?

1. Camelot : sorte de cachemire à base de poils de chèvre.

Mélanie frissonna en pensant qu'elle aurait pu se trouver à la place de sa sœur : n'aurait-elle pas préféré mourir que d'être marquée ainsi ? Quelles chances dans ce cas, de reconquérir Emmanuel ?

Elle ne se dissimulait pas que de toute façon, elles étaient minces. Sollicité par son beau-père qui s'inquiétait de le voir demeurer accablé et silencieux des heures durant, ne prêtant attention à rien, Emmanuel avait fini par consentir de mauvais gré à accompagner ce dernier qui lui représentait que Matheline et Mélanie, elles, avaient visité Aude malade : pouvait-on faire moins que de venir saluer Geneviève de retour parmi les siens ?

Blanche apporta le lait lardé, tout croustillant, un plat dont Éléonore raffolait. Cette fois, sur son instante prière, la vieille servante lui avait permis de participer à sa confection. A vrai dire, Éléonore n'avait pas trouvé que ce fût très difficile. La veille, on faisait bouillir des lardons, du safran et des œufs battus dans du lait. On laissait tourner le mélange, puis on égouttait ce caillé qu'on faisait frire à la poêle. On le servait garni de clous de girofle et de pignons. C'était délicieux.

Geneviève se sentait encore très abattue, l'esprit cotonneux. Cela ne l'empêchait pas de guetter avec anxiété dans le regard des autres, l'effet que son visage grêlé produisait. A son habitude, Mélanie n'avait rien laissé paraître. Pour l'orfèvre, son fils et son gendre, ce n'était pas un spectacle nouveau : ils avaient vu Aude. Quant au chanoine, méprisant la contagion, il avait visité nombre de ses ouailles avec le plus extrême dévouement. Aussi, c'était la réaction de ses frères et de sa jeune sœur qu'elle surveillait : ceux-ci ne sauraient pas dissimuler, pensait-elle. Mais avertis et dûment chapitrés par leur mère, Hughes et Éléonore étaient parvenus tant bien que mal à masquer leur saisissement auquel avait succédé une impression d'intense gêne.

Quant à Charles, il éprouvait un bizarre sentiment de soulagement : dorénavant, il n'était plus le seul de la famille à être différent. Geneviève était venue le rejoindre dans ce monde à part devenu le sien.

La seule qui ne sut rien cacher fut la pauvre Anieuse. Geneviève avait le même âge qu'elle et peu après son arrivée, la jeune servante avait subitement disparu. Elle reparaissait maintenant souriante, comme si de rien n'était, mais les yeux rouges. Elle avait pleuré sur le sort de Geneviève et cette dernière ne s'y trompa pas. Son cœur se serra : n'était-ce pas affreux d'inspirer de la pitié ?

Assis en face d'elle, Raymond surprit le voile de tristesse qui obscurcissait l'éclat du regard de celle qu'il avait contribué à sauver. Au cours de la maladie, il avait admiré son courage : jamais elle ne s'était plainte. Le dernier jour seulement, en quittant l'hôpital, elle avait laissé échapper :

— Personne ne pourra plus m'aimer désormais...

Comme Matheline et un autre chirurgien se trouvaient là, Raymond n'avait rien osé répondre, laissant le soin à la mère de réconforter sa fille du mieux possible. Maintenant, il se le reprochait : n'aurait-il pas dû avouer à Geneviève qu'il l'aimait, qu'il l'avait aimée à la première seconde où il l'avait vue et que bien qu'elle fût à moitié défigurée à présent, il ne cessait de penser à elle ? Dans le fond maître Raymond était un timide et il ignorait quels sentiments exacts lui portait Geneviève. Il la savait aussi très fière : ne considérerait-elle pas qu'un homme accomplirait une œuvre de charité en lui demandant de partager sa vie, ce que le praticien avait bien l'intention de faire dès qu'il sentirait le moment venu ?

Sans en avoir l'air, Mélanie ne quittait pas Emmanuel des yeux. Pas une fois, elle n'avait rencontré son regard. Tête baissée, il touchait à peine aux aliments — pourtant, après le lait lardé, on avait servi une lamproie frite dont tout le monde s'était régalé — et il répondait d'un mot bref lorsqu'on lui adressait la parole. Visiblement, il n'avait qu'une hâte, que le repas fût terminé pour s'en aller et se retrouver seul avec lui-même et le souvenir d'Aude. Ces gens autour de lui l'importunaient à n'en pas douter, et Mélanie la première qui, deux ou trois fois, avait tenté d'échanger quelques propos avec lui ; maintenant, elle ne savait plus très bien que lui dire mais elle voulait essayer encore.

— Que vas-tu faire désormais Emmanuel ? Resteras-tu à Paris avec ton beau-père ? Ou retourneras-tu chez tes parents ?

Le père du jeune homme tisserand à Orléans avait appris son métier à ses trois fils qu'il régentait avec autorité. Aude ne s'était guère plue dans sa belle-famille où il n'y avait pas de fille : sa belle-mère se déchargeait donc sur elle d'une grande partie du travail de la maison auquel, très gâtée chez son père, Aude répugnait. Aussi, après un an passé à Orléans, avait-elle obtenu de son mari de venir travailler dans la capitale.

Mélanie avait posé cette question d'un ton détaché comme si la réponse lui indifférait. Pour elle, cependant, elle était vitale : si Emmanuel repartait vivre chez les siens, elle ne le reverrait plus.

— Oh ! je n'ai pas encore réfléchi. Tu sais, les projets... Être ici ou là... Peu m'importe.

Ce n'était guère encourageant et Mélanie se sentait un peu misérable. Enfin, il n'avait pas dit qu'il repartait. La jeune fille lui versa du vin, dans l'espoir de l'égayer un peu. Il en avait déjà bu plusieurs gobelets, apparemment sans le moindre effet sur sa morosité. Que faire, mon Dieu. Que faire ? Plus que jamais Emmanuel semblait hors d'atteinte.

Alors qu'il était libre...

— Vous devez être heureuse de l'élévation de votre famille, dit le chanoine Buzenval à Matheline.

Préoccupée depuis le début du repas et pour des motifs différents par ses deux aînés, Matheline considéra son interlocuteur avec surprise :

— Je ne vous comprends pas mon père...

— Eh bien ! Ne savez-vous pas que votre cousin Jacques Cœur a été nommé grand argentier de notre roi ? Je l'ai appris par mon neveu qui est chantre à la cathédrale de Bourges.

— Macée sera bien contente, sans doute, remarqua Matheline.

— On dit que le grand argentier emploie plus de deux cents personnes personnes, poursuivit le chanoine assez fier d'être bien informé et qu'il possède des comptoirs dans plus d'une douzaine de villes de France. Sans parler de ceux qu'il a fondés à l'étranger. Et même en terre infidèle : il paraît qu'avec l'appui du roi, ses affaires se développent considérablement.

Cessant de penser à ses filles, Matheline reporta son attention sur Hughes qui riait avec Ambroise et Éléonore au bout de la table. L'idée la traversa que peut-être ce cousin qu'elle n'avait vu qu'une fois, le jour de ses noces, bien longtemps auparavant, était bien placé pour mettre le pied à l'étrier à un jeune homme actif et entreprenant. Qualités qu'elle ne doutait pas qu'Hugues possédât...

Des fêtes qui avaient accompagné le mariage, Matheline se souvenait encore comme d'une sorte de rêve éblouissant. Elle avait eu l'impression de participer, si peu que ce fût, à tout ce faste qui se déployait en l'honneur des jeunes époux. Après tout, la famille de Macée, d'origine flamande, n'était-elle pas alliée à la sienne ?

Lambert, le père de la jeune épousée occupait d'importantes fonctions dans la ville de Bourges où il avait choisi de s'installer. Il détenait la charge de prévôt et faisait ainsi partie de la société berruyère de haut rang. Cette fonction avait valu en outre à son détenteur le titre de valet de chambre du duc de Berry, jusqu'à la mort de ce dernier en 1416.

On aurait pu s'étonner — et certains l'avaient fait à l'époque — que la fille d'un personnage si important et puissant, qui procédait aussi à l'instruction des affaires civiles et rendait les jugements, épousât le fils d'un simple pelletier de Saint-Pourçain, bien établi il est vrai, dans la nouvelle capitale et à la tête d'un commerce prospère.

Mais les familles se connaissaient de longue date et les jeunes gens étaient très amoureux l'un de l'autre. Par la suite, Macée n'avait pas eu à regretter son choix : introduit à la cour par son beau-père, son mari avait su s'assurer la faveur du roi.

Bien qu'à une certaine période Macée ait pu concevoir des inquiétudes. Était-ce sa mère à elle, Jeanne Roussard, elle-même fille d'un maître des monnaies, qui poussa son gendre à s'associer avec les frères Godart et Ravaut le Danois, auquel le roi venait de concéder la ferme de l'atelier des monnaies ? Cette charge offrait de nombreuses occasions, licites et illicites, de profit. Lequel des quatre hommes prit l'initiative — sans doute avec l'assentiment des trois autres — de diminuer le poids de l'or et de l'argent, et d'augmenter ainsi le nombre des pièces émises ? Matheline imaginait que la tentation devait être forte et les bénéfices de telles opérations substantiels...

Cependant, la cour des monnaies constata des irrégularités : Jacques Cœur fut accusé d'avoir fait affiner trois cents marcs d'argent au-dessous du titre légal. Lui et ses associés furent condamnés à une amende de mille écus d'or. Puis le roi envoya des lettres de rémission : l'affaire fut classée...

Matheline se remémorait tous ces événements et Bourges où elle avait passé une partie de son adolescence à l'ombre de la cathédrale. Elle décida d'écrire à Macée pour la féliciter. Elle lui parlerait de ses enfants, surtout d'Hughes.

Savait-on jamais ?

CHAPITRE XV

L'épreuve avait mûri Geneviève et assombri son caractère jadis enjoué et primesautier. Cette jolie fille, qui plaisait tant aux garçons autrefois, se résignait mal à sa nouvelle condition de femme laide, affublée de l'horrible masque laissé par la variole.

Car elle avait l'impression qu'il s'agissait d'un masque qu'un être malfaisant et doué de pouvoirs infernaux avait appliqué de force sur son visage et une partie de son corps. Parfois, elle rêvait qu'elle parvenait à l'arracher et que sa peau redevenait lisse et douce comme auparavant.

Cela faisait près de trois semaines qu'encore chancelante, elle avait regagné le logis familial. Depuis, elle essayait d'oublier ces horribles jours passés à l'Hôtel-Dieu, des jours et des nuits de cauchemar dans l'effrayante promiscuité de ces grandes salles pleines et bien au-delà — quotidiennement, on refusait des dizaines de patients — d'une humanité souffrante et souvent misérable qui ne cessait de geindre, de crier, de se lamenter contre le sort qui les accablait. Et tous ces mourants qui râlaient, se transformaient bientôt en corps inanimés qu'on emmenait sans relâche sur des civières, aussitôt remplacés par d'autres corps, ceux-là encore en mouvement pour un temps incertain.

Pire que tout était l'odeur pestilentielle d'excréments, d'urine, de crasse, de sueur, qui flottait dans un air qu'on ne renouvelait guère. Débordés, épuisés, les chirurgiens et les religieuses qui soignaient le flot incessant des malheureux atteints par le fléau, étaient bien incapables de suffire à la tâche. Ne disait-on pas que près de 40 000 personnes avaient succombé à l'épidémie ? Les fossoyeurs n'arrêtaient pas leur macabre besogne et au cimetière des Innocents, il avait fallu ouvrir de nouveaux charniers.

Ç'avait été une délivrance de quitter ce lieu ou bien des fois, elle avait pensé mourir, de retrouver une maison propre, accueillante, protégée des miasmes et des relents de la maladie. Quel bien-être de s'allonger sur une couche impeccable, douillette, aux draps embaumant la lavande dont Matheline prenait toujours soin de garnir ses armoires.

Très vite, Geneviève reprit des forces. Blanche lui confectionnait des bouillons reconstituants à base de crêtes de coq et sa mère mêlait à sa boisson quelques gouttes d'un élixir de sa composition qui redonnait vigueur aux plus affaiblis.

De plus, d'un commun accord, tout travail dans la maison lui était épargné, même le plus léger, comme l'épluchage des légumes. Bientôt, les journées lui parurent longues.

Quand Matheline vit sa fille de nouveau solide sur ses jambes, à plusieurs reprises, elle l'incita à sortir, à prendre un peu d'exercice.

— Vas donc te promener! Regarde comme le soleil brille. Des nouveaux baladins sont arrivés sur la place Notre-Dame!

Cette place Notre-Dame qu'elle connaissait bien, où se tenait aussi le marché de la sauvagine et le dimanche seulement, le marché aux pains ratés, mal cuits, ne correspondant pas au poids fixé par les ordonnances et qu'on vendait à bas prix pour la nourriture des animaux. Beaucoup de nécessiteux s'y approvisionnaient aussi.

Mais Geneviève secouait la tête et se contentait de répondre :

— C'est trop tôt encore. Je ne me sens pas suffisamment assurée...

C'était faux. Elle le savait et à l'expression soucieuse et attristée de sa mère, elle devinait que cette dernière le savait aussi. En réalité, elle avait peur de s'aventurer au-dehors, de montrer aux passants sa figure grêlée. Cependant, pourrait-elle se résigner indéfiniment à se claquemurer ainsi pour éviter le regard apitoyé des autres?

D'ailleurs, faisait-elle pitié ou horreur? Les deux à la fois sans doute...

Il lui arrivait, en se réveillant à l'aube, d'avoir des crises de larmes silencieuses, en pensant à l'avenir qui l'attendait, un avenir sans joie, sans espoir. A ces moments-là, elle se disait que la sagesse, la raison, consisterait à entrer au couvent, pour dissimuler à jamais sa disgrâce derrière les hauts murs du cloître. Mais elle n'avait aucune attirance pour cette vie austère, pour ces mortifications et ces pénitences qui constituaient l'ordinaire des moniales.

Raymond... Certes, elle éprouvait une vive, très vive affection pour lui, infiniment de reconnaissance pour les soins qu'il lui avait prodigués : elle ne doutait pas de lui devoir la vie. Elle appréciait son caractère franc, droit, son dévouement. Elle était prête à lui reconnaître toutes les qualités. Était-ce cela l'amour? Il lui semblait que non... Romanesque, elle attendait qu'un élan de tout son être l'emportât vers l'autre. Or cet élan manquait bien qu'elle reçût avec plaisir les visites du praticien : hélas son cœur ne battait pas plus vite à sa vue, elle ne guettait pas son arrivée avec l'impatience des femmes éprises... Et puis, de toute façon, il ne lui avait rien demandé.

Avant sa maladie, il était sur le point de se déclarer, elle l'avait senti. Maintenant, sans doute, n'y songeait-il plus... De la main, elle caressait machinalement la pièce de douce étoffe envoyée par Tanneguy Le Vayer : à quoi bon faire l'effort de se coudre une nouvelle toilette ?

Chacune préoccupée par son propre destin, Mélanie et Geneviève ne se parlaient guère, sinon pour se communiquer les choses insignifiantes de la vie quotidienne. Non qu'elles ne s'aimassent point : mais depuis un certain temps, en fait depuis que Mélanie avait vu Emmanuel se jeter dans les bras d'Aude, elle s'était renfermée en elle-même. Geneviève sentait que sa sœur ne désirait pas être en butte à des questions ou même à une sollicitude dont elle n'avait que faire. Après avoir un peu souffert de cet éloignement qui s'était instauré petit à petit, elle s'y était résignée. Elle respectait la distance que sa sœur souhaitait maintenir entre les autres et elle.

Aussi s'étonna-t-elle lorsque un soir, Mélanie la pressa de l'accompagner à une fête champêtre qu'organisaient des voisins dans leur verger pour célébrer la nuit de la Saint-Jean.

— Viens, dit Mélanie, il y aura des joueurs de viole et de tambourins, une course en sac, un combat de coqs, que sais-je encore ?

— Enfin, dit Geneviève presque révoltée par l'insistance de sa sœur, tu n'imagines pas que faite comme je suis, je puisse aller danser !

Et sauter par-dessus le feu, se laisser griser par le vin clairet, participer à la liesse générale qui présidait à ce genre de festivités, elle ne l'ignorait pas...

Matheline qui assistait à cette discussion n'osait intervenir. Elle se doutait bien pourquoi Mélanie était si désireuse de se rendre à cette fête : elle espérait y rencontrer Emmanuel...

— Moi j'aimerais bien y aller, dit Éléonore.

Matheline objecta sans conviction :

— Tu es bien jeune... Enfin, si tes deux sœurs te surveillent...

— Ah ! oui, venez vite je vous en prie, supplia Éléonore.

Et elle prit Mélanie et Geneviève par la main pour les entraîner.

Partagée entre l'envie de sortir et l'angoisse de l'effet qu'elle produirait, Geneviève hésitait. Mélanie trouva l'argument propre à la convaincre :

— Regarde comme il fait sombre déjà. La nuit est tombée. Qui verra ton visage ?

Et les lueurs du feu ? Et les lampions ? Enfin, il fallait bien se décider un jour ou l'autre à affronter l'extérieur.

Alors, plutôt se risquer la nuit.

Une sorte de fièvre courait dans l'air : cette nuit n'était pas une nuit comme les autres, à n'en pas douter. Mélanie frémit et pressa la main de Geneviève :

— Il me semble qu'il va se passer quelque chose...

— Pour toi peut-être...

Geneviève aurait voulu crier à sa sœur qu'il était indécent de l'entraîner elle, la défigurée, vers ce lieu de fête avec cette précipitation sans équivoque. Elle tenta de chasser l'amertume engendrée par la perspective de tout ce plaisir que d'autres prendraient, joyeux et insouciants.

— Es-tu sûre au moins qu'il viendra ? ne put-elle s'empêcher de demander.

— Non, répondit Mélanie d'une voix soudain lasse. Peut-on jamais être sûr de rien ? Surtout en ce qui le concerne...

Mélanie et Geneviève se joignirent à un groupe qui se rendait aussi au clos de la Mule, ainsi nommé parce qu'autrefois un chanoine y faisait paître la sienne, puis reprirent leur conversation.

Était-ce l'effet de cette nuit magnifique, de ce ciel limpide où se levait la lune pleine, mais pour la première fois, les sœurs pouvaient de nouveau s'entretenir avec l'aisance et la familiarité de naguère. Elles avaient oublié la présence d'Éléonore qui, passionnée, ne perdait pas un de leurs propos, tout en sachant se faire discrète.

— Crois-tu qu'il m'aimera un jour ? demanda encore Mélanie.

Fallait-il qu'elle se sente désarmée pour poser cette question !

— Pourquoi pas ? répondit Geneviève désireuse d'apaiser sa sœur.

En fait, elle ne le pensait pas : très entière, elle n'imaginait pas qu'on pût aimer deux fois comme Emmanuel avait aimé Aude. Mélanie s'en apercevrait bien...

— Cependant, reprit-elle après un instant, je n'ai pas l'impression qu'il cherche à se remarier.

— Pas tout de suite, bien sûr, concéda Mélanie. Mais un homme comme lui ne peut demeurer seul...

Du moins, Mélanie essayait-elle de s'en convaincre.

Les maraîchers qui possédaient le clos de la Mule, cultivé partie en verger, partie en potager, avaient bien fait les choses. Sur les tréteaux était disposé tout un assortiment de charcutailles, boudin, andouillette, saucisson, jambon salé, pâtés divers et une grande motte de beurre salé. Un des invités coupait de larges tranches de pain bis et en reconnaissant Jean Guillais près du tonneau en perce, Mélanie dut se faire violence pour ne pas se précipiter vers lui. Éléonore elle, courut embrasser l'orfèvre et lui demanda :

— Ambroise est-il là ?

Jean Guillais sourit à la frimousse levée vers lui et répondit :

— Oui, ma mignonne, il est là. Tu le trouveras à la course en sac. Si le cœur t'en dit !

Comme Mélanie très pâle s'était approchée, suivie par une Geneviève qui s'efforçait de rester dans l'ombre, Éléonore qui avait pitié des affres de son aînée s'enquit encore :

— Emmanuel viendra-t-il ?

— Peut-être, soupira Jean Guillais. Il m'a assuré qu'il me rejoindrait... ce qui ne veut pas dire qu'il tiendra sa promesse.

Estimant avoir fait ce qu'elle pouvait pour sa sœur, Éléonore partit à la recherche d'Ambroise.

L'orfèvre sourit avec affection à Geneviève et la félicita :

— Je suis content que tu te sois décidée à sortir...

Et il ajouta d'une voix empreinte de tristesse :

— Rappelle-toi toujours que toi au moins, tu es vivante...

A la lueur du grand feu qui était en train de prendre, Geneviève vit des larmes poindre au coin des paupières fripées du vieil homme.

— Pardon, dit-il en s'essuyant les yeux du dos de la main, Aude me manque tellement...

Au supplice, Mélanie dont le seul désir était de prendre la place de la morte, se taisait. Elle dévisageait les jeunes gens qui s'approchaient du tonneau, en riant et en se bousculant.

— Alors, lança Jean Guillais, on ne sert pas ces demoiselles ? Mathieu, tu manques à tous tes devoirs.

Ce fut au tour de Geneviève d'être au supplice. Il lui fallut s'avancer près du lampion qui éclairait le tonneau pour prendre la timbale que lui tendait le fils de l'hôte, pleine d'un vin jeune et gouleyant dont la légèreté s'accordait à merveille à celle de l'air, embaumé par les roses rouges. Disposées dans une coupe au milieu des victuailles, leur parfum luttait avec les effluves violents qui s'exhalaient de la nourriture et selon les moments et la brise, l'un ou l'autre triomphait tour à tour.

Les invités se pressaient et les trois ménestrels accordèrent leurs instruments, la viole, le flûteau et le basson : la danse allait bientôt commencer :

— Je vais voir ce que devient Éléonore, dit Geneviève soudain pressée de se réfugier dans l'obscurité, loin du feu et des torches de résine qu'on avait fichées en terre.

Elle avait aimé le goût du vin et il ne lui semblait pas que ce garçon, Mathieu, qui l'avait servie, l'ait particulièrement dévisagée.

Elle avait coiffé ses longs cheveux auburn de façon à ce qu'une grande mèche cachât en partie le côté le plus atteint de son visage. Et ses avant-bras nus, ses poignets et ses mains étaient pratiquement indemnes de cicatrices.

Elle étrennait donc une camisole de fine toile blanche dont les manches s'arrêtaient au coude, une camisole qu'elle avait terminée la veille du jour où la maladie l'avait frappée. Hélas, la blancheur du vêtement était destinée à mettre en valeur un teint de pêche, souvent loué par ses admirateurs...

Dans un coin du pré, loin de la foule, de la lumière, du bruit, elle devina une silhouette. Elle s'approcha et caressa l'âne solitaire, au poil soyeux et doux. Il se pressa contre elle, comme s'il était avide d'un peu de compagnie, d'attention. Quand elle le quitta, il se mit à braire, exprimant peut-être une sorte de frustration.

— Pauvre âne, dit Geneviève avec une commisération qui s'adressait plutôt à elle-même, personne ne s'occupe de toi...

Elle retrouva Éléonore, spectatrice excitée d'une course en sac que disputaient une dizaine de jeunes gens. Ambroise était bien placé et elle l'encourageait de la voix et du geste. Geneviève ne put s'empêcher d'être distraite par la vision des participants, enfermés jusqu'au cou, tombant sans cesse, se roulant par terre, progressant tant bien que mal vers le but où une récompense attendait le vainqueur. Ambroise gagna et délivré du sac, s'ébroua et s'approcha d'Éléonore.

— Le vainqueur n'a-t-il pas droit à un baiser ?

— Si, dit-elle.

Et elle s'exécuta en rougissant un peu, à la joie générale.

— Il me semble que tu t'amuses bien, remarqua Geneviève.

— Oh ! oui, s'exclama la fillette. Pas toi ?

Trop tard, elle se mordit les lèvres. Mais Geneviève répondit d'une voix égale :

— Bien sûr voyons...

CHAPITRE XVI

Presque sans s'en apercevoir, Mélanie avait déjà bu deux coupes de ce vin que Mathieu versait généreusement, lorsque la danse commença. Elle avait beau regarder dans toutes les directions, Emmanuel n'apparaissait pas : et s'il ne venait pas ?

A la pensée que cette soirée s'achèverait sans que rien ne se soit produit, Mélanie se sentit désemparée, à la limite du désespoir : ne ferait-elle pas mieux de quitter la fête au lieu d'attendre en vain ? Mathieu l'invita à se joindre aux danseurs et elle hésita un bref instant : si Emmanuel se décidait tout de même à venir, ne valait-il pas mieux qu'il la vît courtisée, en train de s'amuser et de rire, plutôt qu'abandonnée dans un coin, comme une laissée pour compte qui n'aurait pas trouvé de cavalier ?

— Je viens, dit-elle finalement.

Elle s'efforça d'imprimer sur son visage une expression enjouée. De loin, elle vit Geneviève, retournée auprès de Jean Guillais qui s'était assis sur une souche, un peu à l'écart des autres. Un bref remords l'effleura : n'était-ce pas par pur égoïsme, parce qu'elle ne voulait pas être seule, qu'elle avait presque contraint sa sœur à l'accompagner ? S'était-elle souciée un instant, depuis leur arrivée, de ce que pouvait endurer Geneviève en voyant les autres caroler joyeusement autour du feu, avant que les plus hardis ne s'élançent pour le traverser, en formulant un vœu : cette nuit-là, on était presque sûr d'être exaucé. Si en plus on avait la chance d'apercevoir une étoile filante dans le mois qui suivait...

Mathieu la frôlait souvent, comme par inadvertance. Ses yeux brillants posés sur elle avec insistance démentaient les propos badins et légers qu'il lui tenait et auxquels elle répondait sur le même ton. Elle ne put s'empêcher de reconnaître que ce Mathieu était somme toute assez séduisant. Il n'avait rien de la beauté sombre et farouche d'Emmanuel, tout en lui était gaieté et clarté. Ses cheveux blonds bouclés, cette petite moustache qui ourlait sa bouche charnue, prometteuse, cette lueur moqueuse qui étincelait au fond du regard...

— Viendras-tu te promener tout à l'heure dans le verger ?

Mon Dieu, pourquoi ne pouvait-elle oublier Emmanuel et prendre quelque agrément à ce que celui-ci lui offrait ?

Elle se contenta de sourire et enfin elle le vit, en conversation avec Geneviève et Jean Guillais. Elle se mit à en vouloir à son cavalier qui la retenait : si Emmanuel ne restait qu'un instant ? Allait-elle le manquer par la faute de Mathieu ? Enfin, les instruments se turent. Avant qu'un nouveau morceau ne commence, Mélanie dit :

— J'ai soif...

Elle avait peine à cacher son impatience de se débarrasser de son danseur. Mais ce dernier ne l'entendait pas de cette oreille et il la prit par le bras avec un air de propriétaire qui agaça souverainement la jeune fille pour la conduire vers le tonneau en disant :

— Nous allons boire à ta santé tant que tu voudras ma mie et ensuite nous retournerons danser.

Mélanie se retint de répliquer avec aigreur qu'elle n'avait pas la moindre intention de poursuivre leurs ébats maintenant qu'Emmanuel était arrivé. Heureusement, Jean Guillais vint à son secours :

— Mathieu, sers donc à boire à ces dames qui viennent d'arriver et qui ont le gosier desséché.

Le jeune homme fut bien contraint de lâcher le bras de Mélanie, enfin libre de s'approcher d'Emmanuel. Un gobelet plein à la main, assis sur la souche où se trouvait tout à l'heure son beau-père, ce dernier regardait à ses pieds, ne marquant pas le moindre intérêt pour ce qui se passait autour de lui.

— Bonsoir Emmanuel...

— ...soir, répondit-il d'un air rogue, sans même lever la tête, visiblement peu désireux de faire la conversation.

Décontenancée par cet accueil, toute sa joie de voir celui qu'elle aimait envolée, Mélanie se dit qu'il fallait poursuivre le dialogue à tout prix.

— Tu n'as pas vu Geneviève ?

— Geneviève ? Non...

Pourtant, un instant auparavant, elle était auprès de lui... Sans plus de façon, Emmanuel se leva et s'éloigna, la plantant là, au bord des larmes ;

Elle essaya de se ressaisir et de dire à l'orfèvre sur un ton plaisant :

— Il n'est guère causant ce soir, votre gendre...

Jean Guillais soupira :

— A qui le dis-tu ! Emmanuel m'inquiète. Il s'est mis à boire ces derniers temps. Je comprends et partage sa douleur, ô combien, tu le sais ma chère enfant, mais l'abus de boisson ne fera pas ressusciter Aude... Mélanie, en souvenir d'elle, emploie-toi à le détourner de ce funeste penchant, si tu as un peu d'influence sur lui...

Et c'était à elle qu'on demandait cela ! Soudain, la jeune fille entrevit la possibilité de se faire un allié du père d'Aude.

— Il faudrait qu'il retrouve goût à la vie, hasarda-t-elle avec prudence.

Son interlocuteur opina :

— Exactement. Et ce n'est pas un vieux bonhomme comme moi qui peut faire quelque chose. En revanche, quelqu'un de son âge...

— Je ferai ce que je pourrais, promit Mélanie. Mais ne craignez-vous pas qu'Emmanuel ne m'écoute guère ?

— Tu vois, dit Jean Guillais avec simplicité, je me suis attaché à mon gendre. D'abord, parce qu'il aimait tellement Aude. Et maintenant, je le considère un peu comme mon fils... Si je devais le perdre aussi...

Il sourit avec mélancolie à la jeune fille :

— Je t'attriste inutilement et je te retiens avec mes histoires. Vas vite t'amuser !

A deux reprises, un garçon s'était approché de Geneviève pour l'inviter à danser. Puis, devant son visage, le premier s'était mis à bafouiller lamentablement et avait fini par prétexter pour s'éloigner, qu'à distance et dans l'obscurité, il l'avait prise pour une autre.

Le second avait fait preuve de plus de courage. Et pendant quelques instants bénis, mêlée au joyeux groupe des danseurs, Geneviève avait pu se croire revenue aux heureux temps d'avant, à l'époque où elle ne connaissait pas son bonheur d'avoir une figure comme celle des autres. Naturellement, dès qu'il l'avait pu sans manquer à la plus élémentaire décence, son cavalier s'était débarrassé d'elle. Néanmoins, elle s'avouait qu'il avait été aussi gentil que possible, plaisantant et bavardant gaiement tout le temps qu'ils étaient demeurés ensemble.

Subitement dégrisée, de nouveau consciente de son sort oublié un trop court moment, Geneviève se retrouva auprès de Mélanie. A l'expression morose de sa sœur, elle devina que pour cette dernière, la fête n'était guère réussie non plus.

— Si nous rentrions ? proposa-t-elle.

— En effet, répondit Mélanie avec lassitude. Que pouvons-nous attendre désormais de cette soirée ?

Geneviève hasarda :

— Pourtant, Emmanuel est venu...

D'un air sombre, Mélanie répliqua :

— Il aurait été préférable qu'il ne vienne pas...

— Pauvre Mélanie...

N'était-il pas étrange qu'elle se trouvât elle, la défigurée, en position de plaindre sa sœur ? Il était vrai que Geneviève n'avait rien espéré de cette soirée, appréhendée plutôt comme une épreuve, à laquelle il fallait bien se résigner, tôt ou tard :

elle n'en pouvait plus de rester enfermée. Désormais, elle savait qu'elle aurait le courage de sortir, du moins de temps en temps et d'affronter le regard apitoyé des autres.

— Ah ! non, tu ne vas pas déjà partir ! s'exclama Mathieu en voyant les jeunes filles qui avaient complètement oublié Éléonore, s'apprêter à s'en aller. Il est encore trop tôt ! Minuit va bientôt sonner : l'heure de sauter à travers le feu ! Mélanie, j'avais pensé que tu accepterais de le faire en ma compagnie...

Boudeuse, Mélanie répondit :

— Je suis fatiguée. Demande donc plutôt à ma sœur.

Geneviève se récria :

— Mais non, quelle idée stupide !

Quelle mouche avait piqué Mélanie de proposer semblable chose ? Avant qu'elle ait eu le temps d'ajouter qu'elle aussi était lasse, pour éviter à Mathieu de chercher un prétexte pour se dérober, ce dernier, beau joueur, s'écria :

— Eh bien ! viens Geneviève ! J'entends les musiciens qui se préparent.

Et il l'entraîna vers le feu qu'on n'alimentait plus depuis un moment afin que les flammes ne fussent pas trop hautes.

Geneviève murmura sans conviction :

— Tu n'es pas obligé, tu sais...

Le jeune homme parut ne pas l'entendre. Elle avait tellement envie de suivre les couples qui, l'un après l'autre, au son d'une musique entraînante qui accélérait le rythme, franchissaient les braises rougeoyantes dans de grands éclats de rire et aux applaudissements des spectateurs, en prenant de loin leur élan.

Quel vœu formulerait-elle ? Celui de connaître quand même le bonheur ? Mais n'était-ce pas un souhait irréalisable ?

— Prépare-toi, dit Mathieu. Prends bien garde à sauter le plus loin possible.

D'un bond, ils s'enlevèrent et Geneviève sentit à peine la morsure du feu effleurer ses mollets nus. Leurs successeurs furent moins adroits et la cavalière poussa un cri d'effroi quand son jupon prit feu. Heureusement, le père de Mathieu veillait, un seau d'eau à portée de la main et il aspergea aussitôt la jeune fille. De l'étoffe noircie se dégagea une forte odeur de roussi qui fit tousser les assistants les plus proches, tandis que tout le monde s'empressait auprès de l'accidentée qui gémissait plus sur sa toilette perdue que sur sa cheville légèrement brûlée.

Mélanie accourut :

— Mon Dieu, que j'ai eu peur ! De loin, j'ai cru que c'était toi qui prenais feu ! La jupe de Germaine est presque de la même couleur que la tienne et elle porte aussi un corsage blanc !

Mathieu se rebiffa :

— Tu ne penses tout de même pas que je suis maladroit au point de faire brûler ta sœur !

Geneviève sourit avec reconnaissance au jeune homme :

— Grâce à lui, j'ai pu faire un vœu !

— J'en ai fait un aussi, dit Mathieu en regardant Mélanie.

Mais celle-ci détourna les yeux :

— Cette fois-ci, il faut vraiment que nous partions, dit-elle en s'adressant à Geneviève. Où donc est Éléonore ?

— Je ne l'ai pas vue depuis un bon moment.

Accompagnées de Mathieu qui ne voulait pas quitter Mélanie malgré son humeur maussade, les deux sœurs se mirent en quête de leur cadette.

Depuis longtemps Éléonore ne s'était autant amusée. Elle avait mangé du boudin, de l'andouillette, mordu à belles dents la chair d'une pêche juteuse et parfumée et bu deux gobelets de vin. Elle se sentait dans un état d'euphorie totale.

Après avoir dansé tout son saoûl, elle s'exclama :

— Ah ! je n'en peux plus ! Et j'ai mal aux pieds !

— Viens, dit Ambroise, on va se reposer un peu.

Ils s'assirent dans l'herbe, sous les branches d'un pommier dont les fruits commençaient à mûrir. De loin, ils apercevaient la lueur du feu et celle des lampions. Les échos de la fête leur parvenaient un peu assourdis par la distance et ils virent un lièvre détaler entre les rangées de choux.

Dans l'ombre, Éléonore sentit Ambroise se rapprocher. Il s'allongea contre elle et elle posa la tête sur son épaule.

— Tu es bien ? s'enquit-il à voix basse.

— Oh ! oui...

Pourtant, elle avait l'impression que sa mère n'aurait pas aimé la savoir serrée si fort dans les bras d'Ambroise... Il l'embrassa timidement dans le cou, ce qui parut délicieux à Éléonore. Comme elle avait envie de l'embrasser elle aussi, leurs bouches encore enfantines ne tardèrent pas à se rencontrer avec un peu de maladresse.

— Tu aimes ça ? interrogea Ambroise, anxieux de savoir ce que son amie éprouvait et s'il se montrait à la hauteur. Après tout, c'était la première fois qu'il embrassait vraiment une fille...

— Beaucoup. Recommence.

Un moment plus tard, le fils de l'orfèvre demanda encore:

— Voudras-tu m'épouser quand je serai grand ?

Être demandée en mariage à douze ans ! Ses sœurs ne pouvaient pas en dire autant ! Éléonore ne se tenait plus d'orgueil et de joie.

— Oui, dit-elle avec le plus grand sérieux.

Elle était consciente de prendre un engagement irrévocable.

— Alors, désormais, nous sommes fiancés.

— Personne ne doit le savoir, c'est un secret entre nous.

— Il faudra que nous attendions au moins deux ans, plutôt trois. A ce moment-là, je serai sûrement passé compagnon.

Lorsque Mélanie et Geneviève trouvèrent le futur compagnon et sa promise enlacés, ces derniers, épuisés par les émotions et l'heure tardive, avaient glissé dans un profond sommeil.

CHAPITRE XVII

Matheline avait constaté avec satisfaction et soulagement que depuis la nuit de la Saint-Jean, Geneviève avait retrouvé un peu d'entrain. Un matin, elle sortit de l'armoire la pièce de camelot offerte par Tanneguy Le Vayer et Matheline voyant sa fille tâter l'étoffe avant de se mettre à l'ouvrage, remarqua :

— Il ne s'est pas moqué de toi !

— Non, dit rêveusement Geneviève. Je n'ai jamais rien eu d'aussi beau... S'il en reste un peu, je ferai un casaquin pour Éléonore.

Geneviève pensait toujours aux autres, songea Matheline. Heureuse disposition de caractère dont ne témoignait guère Mélanie. Pour cette dernière, la nuit de la Saint-Jean avait été une déception, sa mère l'avait senti...

Elle sortit dans la cour pour étendre le linge qu'Anieuse venait de laver avec la cendre du foyer. Cette besogne lui plaisait : elle aimait voir les draps essorés et bien blancs, humer l'odeur de propre qui s'en dégageait.

Au temps de sa jeunesse, à Bourges, souvent elle avait aidé sa mère à cette tâche : mais là-bas, on pouvait mettre le linge à blanchir sur l'herbe du pré. A Paris, dans cette énorme ville qui comptait plus de cent mille habitants, il n'en était pas question. Au début de son installation dans la capitale, Matheline avait regretté le grand jardin qui attenait à la maison familiale, les fréquentes promenades dans la campagne avoisinante... Surtout certaines, qui avaient lieu de nuit, une fois par an, en compagnie de sa grand-mère qui l'emmenait cueillir les herbes de la Saint-Jean. Elles rentraient à l'aube, leurs paniers pleins de ces plantes odoriférantes et bienfaisantes et, au côté de la vieille femme courbée, Matheline avait toujours eu l'impression de participer à quelque opération magique. Maintenant, elle était souvent contrainte d'acheter les herbes dont elle avait besoin, du moins celles qu'on pouvait se procurer. Ce n'était plus du tout la même chose. Il lui semblait aussi qu'elles étaient moins efficaces que lorsqu'on les récoltait soi-même. Mais peut-être se trompait-elle...

— Bonjour dame Matheline, comment vous portez-vous ?

Elle reconnut avec plaisir la voix chaleureuse de Raymond.

— Bien mon ami et vous ? Toujours beaucoup de patients ?

— Hélas que trop ! Je viens de remettre la jambe brisée du charpentier de la rue des Rosiers. Le pauvre homme est tombé d'une échelle et en a bien pour deux mois d'immobilité. Il se désole de demeurer inactif tout ce temps, car il sera dans la gêne. En plus, sa femme se trouve enceinte pour la troisième fois... Je lui ai dit que j'attendrais pour être payé, conclut le praticien avec philosophie.

— Vous êtes bon, comme toujours...

Pourtant Raymond n'était guère riche, lui non plus.

— Voilà, j'ai fini, dit Matheline en ramassant la corbeille vide. Entrez donc prendre un peu de cervoise. Mes filles seront ravies de vous voir.

— Si vous permettez, je préférerais rester dehors, à l'abri des oreilles de ces demoiselles, car je voudrais justement vous entretenir... d'un sujet... enfin...

— Je vous écoute mon ami.

Chassant le chat Clément qui se chauffait au soleil, ils s'installèrent sur un banc qu'Hadelin avait confectionné autrefois avec une planche de chêne bien solide posée sur deux blocs de pierre.

— Je me rends compte que je suis bien hardi de vous faire cette demande, car je ne possède pas grand bien comme vous le savez. Mais j'aime Geneviève et avec votre accord et si elle y consent, je souhaite en faire ma femme.

Autant Matheline s'était attendue à cette démarche avant que Geneviève fût défigurée, autant elle la surprenait agréablement aujourd'hui. De constater que les sentiments du jeune homme n'avaient pas changé à l'égard de sa fille, malgré son triste visage, le lui rendait plus cher encore. Elle répondit en souriant :

— Raymond, ce serait un grand bonheur pour moi de vous avoir pour gendre.

— Alors, m'autorisez-vous à lui faire ma cour ?

— Je vous y autorise.

Geneviève serait bien folle de refuser ce parti inespéré !

Avec un peu d'hésitation, il s'enquit encore :

— Croyez-vous que j'aie quelques chances d'être agréé ?

— Je l'espère de tout cœur. Demain, c'est dimanche, venez donc dîner avec nous vers onze heures puis vous emmènerez Geneviève se promener.

— Elle accepte donc de sortir désormais ? interrogea le praticien manifestant une heureuse surprise.

— Oui, Mélanie l'a presque contrainte à l'accompagner à la fête du maraîcher, la nuit de la Saint-Jean.

— Si j'avais su ! s'exclama-t-il, je serais venu la chercher.

— Il est bon qu'elle ait fait cet effort toute seule, dit Matheline. Ne croyez-vous pas ?

— Peut-être avez-vous raison, convint-il.

Un joyeux bavardage vint interrompre leur conversation. Éléonore et ses frères rentraient de chez le chanoine en mourant de faim comme chaque jour à la même heure. Ils saluèrent Raymond avant de se précipiter dans la salle pour dévorer un grand plat de fèves au jambon, arrosé d'huile de noix, fèves qu'Anieuse avait payées douze blancs le boisseau, à l'indignation de Blanche. Ensuite, ils auraient du fromage de chèvre frais et de belles cerises rouges de Provins.

— Il me semble que Charles a fait de considérables progrès, constata Raymond avec satisfaction. Il a repris ses leçons ?

— Oui. Il traîne la jambe, ne peut courir ni jouer avec les autres, sinon à des jeux tranquilles. Ni marcher longtemps. Cela excepté, grâce à Dieu et à vous, il mène une vie presque normale. Qui l'eût espéré, il y a quelques mois ?

— Certes. Je crois qu'il a beaucoup de volonté pour un garçon de son âge. Le tout était de parvenir à le décider à s'en servir.

— Cela a été votre œuvre, rappela Matheline avec reconnaissance.

— Oh ! en partie seulement !

Ils demeurèrent encore un instant, profitant du soleil. Clément sauta sur les genoux de Matheline, se lova en ronronnant de bonheur. Elle le caressa :

— En voilà un qui n'a guère de soucis !

— Ce n'est pas comme moi, dit Raymond en prenant congé. Il faut maintenant que j'aille visiter un homme qui a une enflure dans le ventre dont je ne sais comment venir à bout. Je vais tenter une saignée.

En fin d'après-midi, Matheline voulut faire des rissoles et s'aperçut qu'elle n'avait plus de saindoux.

— Mélanie, sois gentille, vas m'en acheter une livre. Prends aussi du beurre salé. Tiens, voici six sols.

Dans la rue, en voyant un couple qui se tenait les mains et se regardait dans les yeux, la jeune fille songea que cinq jours s'étaient écoulés depuis qu'elle avait vu Emmanuel. Si on pouvait appeler ça « voir ».

Quelle désillusion, cette soirée ! Elle reconnaissait avec amertume que non seulement le jeune homme ne lui avait pas marqué le moindre intérêt, mais que sa conduite avait été à la limite de la goujaterie.

Arrivée au bout de la rue Vieille-du-Temple, au croisement de la rue des Rosiers, Mélanie s'avisa qu'elle avait dépassé l'étal de la crémière. En poursuivant jusqu'à la rue

Saint-Paul où habitait l'orfèvre, aurait-elle une chance de rencontrer Emmanuel ?

Elle décida de la courir. Sa mère n'attendait pas le saindoux avec une impatience telle qu'elle dût se presser outre mesure. Distraite, elle faillit trébucher sur un tas d'immondices ou fourrageaient avec avidité deux cochons noirs : exaltée par la chaleur, une odeur pestilentielle se dégageait des ordures...

Ses pensées se concentraient sur la meilleure tactique à suivre : elle disposait de peu de temps et il lui était impossible de s'embusquer dans une encoignure de porte en face de chez l'orfèvre et d'y demeurer pour guetter l'apparition d'Emmanuel : sans parler de Jean Guillais lui-même et d'Ambroise, tous les compagnons et apprentis la connaissaient et il leur arrivait de lever la tête de leur ouvrage et aussi parfois, surtout par ces belles journées d'été, de sortir sur le pas de la porte pour respirer un peu d'air frais et observer les passants. Le mieux était de marcher lentement jusqu'au bout de la rue Saint-Paul comme si elle avait à y faire quelque emplette et de revenir de même.

Elle n'eut pas si loin à aller : en passant devant la taverne du Coq Hardi, elle jeta machinalement un coup d'œil à l'intérieur presque désert à cette heure à l'exception d'une tablée animée qui jouait aux dés. Et d'Emmanuel affalé, devant deux pichets de vin, dont l'un devait être vide et l'autre sur le point de l'être à en juger par l'attitude du jeune homme.

Bien que prévenue par Jean Guillais, Mélanie ne put s'empêcher d'avoir un choc et le cœur serré par ce spectacle. Fallait-il qu'Emmanuel fût malheureux, lui qui acceptait tout juste un verre de vin les jours de fête avant son mariage pour se laisser aller ainsi à boire, en solitaire, au milieu du jour...

La jeune fille comprit qu'elle ne pouvait demeurer plantée là, à contempler la déchéance de celui qu'elle aimait. S'il la voyait, il lui en voudrait de l'avoir surpris dans cet état. Du moins se l'imaginait-elle. Après tout, peut-être ne la reconnaitrait-il même pas... ou se moquait-il bien de la manière dont autrui jugeait son comportement ?

Mélanie sentit ses yeux la picoter et réfréna une grande envie de pleurer : elle éprouvait l'impression désolante qu'aucun espoir ne subsistait de conquérir jamais cet homme si meurtri qu'il lui fallait se réfugier dans la boisson jusqu'à en perdre le sens...

CHAPITRE XVIII

Les cloches qui rythmaient les offices selon la marche du soleil sonnaient avec allégresse dans l'air limpide du matin pour annoncer le jour du Seigneur. Matheline s'apprêtait pour la messe de neuf heures avec ses enfants. Plus matinales, Blanche et Anieuse avaient été entendre celle de sept heures.

Plus que les autres jours, Matheline soigna sa toilette. Elle sortit une guimpe de fin linon brodé, fraîchement repassée qu'elle attacha sur sa robe de toile grise à l'aide d'une broche d'or ornée de trois beaux grenats, offerte autrefois par Enguerrand.

Tout en s'attifant, en nouant une ceinture de soie ponceau autour de sa taille encore svelte pour une femme qui avait mis au monde sept enfants, Matheline se disait qu'elle ne se sentait pas vieille et que si son mari avait vécu, elle aurait toujours eu du plaisir à se parer pour lui et à plaire...

Elle sortit le miroir de sa cachette — elle n'osait pas le laisser en vue à cause de Geneviève — et se considéra sans indulgence : ces griffes autour des yeux, ce pli profond à la racine du nez, l'ovale du menton moins ferme, tous ces signes inéluctables du temps, ces marques qu'avaient accentuées les récentes épreuves, étaient bien visibles désormais. Et aussi la peau de son visage s'était un peu desséchée, un fin lacis de veinules apparentes colorait les pommettes et les ailes du nez... Il n'y avait pas grand-chose à faire pour remédier à tout ça... D'ailleurs qu'importait puisque sa santé ne lui causait aucun souci ? Son époque à elle était achevée, il lui fallait l'admettre, c'était à la vie de ses filles qu'elle devait désormais songer.

N'y avait-il pas quand même, matière à se réjouir, en constatant que, pour la première fois et sans que sa mère l'en eût priée, Geneviève se joignait à sa famille pour se rendre à l'église ? Les dimanches précédents, elle avait préféré accompagner Blanche et Anieuse à la messe de sept heures, moins fréquentée par leurs connaissances. Et Matheline avait respecté le désir de sa fille.

Dans la cour, Clément jouait avec une souris qu'il était en train de déchiqueter en poussant des petits miaulements de joie. Éléonore voulut lui arracher sa proie.

— Laisse, dit Matheline, il fait son métier de chat.

Mais lorsqu'il attrappait des oiseaux ou des lézards, Matheline tentait de les sauver s'il en était encore temps.

En voyant ses fils qui la précédaient, elle s'avisa soudain combien Hughes avait grandi. Ces derniers temps, Charles puis Geneviève avaient requis tous ses soins et elle s'était peu occupée d'Hughes qui poussait sans problème.

Elle s'aperçut qu'il était presque devenu un homme, sinon par la maturité, du moins par la taille. Il promettait d'avoir la stature de son père qui était grand et fort.

A l'arrivée des Bayencourt, l'église Saint-Gervais était à moitié pleine et le prêtre s'agenouillait déjà en bas de l'autel. Cependant Matheline ne parvenait pas à susciter le calme en elle, à trouver le recueillement souhaitable pour suivre l'office. Elle se reprocha de ne pas consacrer toutes ses pensées à Dieu, d'être incapable de faire jaillir de son cœur la moindre ferveur, de se laisser distraire.

Comment ne pas surprendre les regards désolés de sa fille aînée fixés sur Jean Guillais et Ambroise, et surtout sur la place vide à côté d'eux ?

Tandis que le prêtre montait en chaire et exhortait ses ouailles à faire pénitence pour racheter leurs innombrables péchés, Matheline demanda à Dieu d'aider Mélanie, de l'éclairer, de lui insuffler la force de résister à cette passion qui ne pouvait qu'être funeste.

Puis elle pria pour Geneviève, remerciant Dieu de la lui avoir conservée, alors que tant de parents pleuraient leurs enfants. Et dans son infinie bonté d'avoir ménagé à cette dernière une possibilité de bonheur.

Ce que Raymond représentait pour Geneviève, de cela aussi, son instinct de mère était assuré...

Vêtu de ses meilleurs habits — une chemise de soie écrue offerte par Maître Le Vayer en reconnaissance de ses services et un pourpoint de taffetas ocre qu'il étrennait car d'ordinaire il portait la longue robe des médecins — Raymond se présenta un peu ému chez les Bayencourt.

Il était aussi rasé de frais par le barbier de la rue aux Ours et sortait de l'étuve. Bien que ce lieu fût parfois fort mal fréquenté — certaines étuves étaient de vrais bordeaux où régnait une incroyable licence — Raymond était bien forcé de s'y rendre : il n'avait ni les moyens ni la place pour un baquet dans la modeste mansarde qu'il occupait rue Saint-Martin.

Pendant que la famille assistait à la messe, Blanche et Anieuse avaient dressé la table, en essayant de lui donner un air de fête. Fine comme une mouche, la vieille servante avait bien compris qu'il y avait anguille sous roche et s'en réjouissait pour Geneviève. Hughes avait tiré du vin au tonneau et rempli les pichets d'étain, il s'occupait désormais de l'approvisionnement du cellier, remplaçant son père dans cette tâche et quelques autres, comme celle de fendre le bois à la hache et de le ranger ensuite sous l'auvent de la cour. Aimant se dépenser, il trouvait satisfaction à ces besognes : et puis, n'était-il pas l'homme de la maison, même s'il n'avait pas encore quinze ans ?

Il pensait souvent à son père, au serment exigé. Pour le tenir, il attendrait d'être en possession de tous ses moyens. Il estimait qu'il lui faudrait encore un an ou plutôt deux. Alors, il partirait à la recherche de Gérard de Caubre. L'écho de ses méfaits parvenait de temps à autre jusqu'à la capitale. Dernièrement, lui et sa bande avaient sévi dans le Gatinais et l'Orléanais, pillant les riches fermes, incendiant les greniers, après avoir détroussé et pendu les paysans, violé leurs femmes et leurs filles. On disait qu'il avait même osé s'attaquer à un château, s'introduisant dans l'enceinte par traîtrise. La trouvant à son goût, il avait épargné la châtelaine, une jeune femme de vingt ans, à laquelle il avait dévolu le rôle de concubine, après avoir égorgé devant elle son mari qui cherchait à la défendre.

Quand il entendait ces histoires, Hughes frémissait de rage rentrée et serrait les poings. Il fallait encore attendre pour s'engager dans ce combat, déjà si inégal. Le moment venu, comment s'y prendrait-il pour venir à bout d'un adversaire aussi puissant, retors et vigilant ?

Il l'ignorait encore mais pas un instant, l'idée de désobéir à son père ne l'avait effleuré.

Mêlés aux Parisiens qui par ce beau dimanche étaient nombreux à se promener, Geneviève et Raymond flânaient parmi les rues animées et encombrées où il était parfois malaisé de se frayer un passage entre les humains, les animaux et les véhicules.

Plusieurs fois ils durent s'écarter précipitamment pour échapper à la bousculade : une troupe de cavaliers trop pressés, des moutons qui divaguaient sous la conduite d'un bélier à l'aspect menaçant, une bande de chiens efflanqués et féroces — peut-être parce qu'ils étaient affamés — qui ressemblaient à des loups en quête d'une proie.

— Quand je repense à Charles..., dit Geneviève peu rassurée à la vue de ces gueules béantes.

Raymond en profita pour passer le bras autour de la taille de la jeune fille.

— Ton frère a eu beaucoup de chance, admit-il.

— Autant que moi, dans un sens, répliqua pensivement Geneviève.

N'était-ce pas une chance inouie en effet, qu'un homme fût là à ses côtés, attentif, prévenant, visiblement désireux de lui plaire, alors que ces marques indélébiles s'inscrivaient sur son visage et sur son corps ?

Quelques jours auparavant, après la nuit de la Saint-Jean, elle avait mis à profit l'absence de sa mère et des servantes pour fouiller dans le coffre où elle avait trouvé le miroir, soigneusement enveloppé dans des chiffons.

Elle n'avait pu retenir un cri d'horreur et de désespoir, en découvrant l'aspect qu'elle offrait. Encore ne se doutait-elle pas, puisque c'était la première fois qu'il lui était donné de contempler le désastre, que depuis sa sortie de l'Hôtel-Dieu, une très nette amélioration s'était produite, grâce aux onguents dont sa mère lui avait conseillé de s'enduire chaque soir. Les cicatrices boursoufflées et rouges du début s'étaient estompées, avaient pâli. Certaines demeuraient à peine visibles.

D'autres évidemment...

Seule au logis, Geneviève avait éclaté en sanglots irrépressibles : il lui semblait que jamais elle ne pourrait se supporter telle qu'elle était devenue, qu'il lui serait impossible de vivre en sachant désormais l'exacte vision d'elle-même qu'elle présentait aux autres. Car à l'intérieur, elle se sentait toujours la jolie Geneviève d'avant, avec la peau douce et fraîche de ses seize ans.

Le flot de larmes tari par l'épuisement, elle comprit qu'elle se trouvait face à un choix : ou elle courait se jeter séance tenante dans la Seine — et la pensée qu'en commettant ce péché mortel entre tous, elle se damnerait sûrement, la traversa dans un bref éclair — ou elle consentait à vivre la pauvre vie qui serait son lot. Alors qu'elle avait escompté tant de joies de l'existence, qu'elle avait le cœur gonflé d'un tel désir de bonheur...

En entendant les servantes qui rentraient, Geneviève qui était fière, ne voulut pas qu'on sache qu'elle avait pleuré. Elle sécha ses larmes, passa de l'eau sur ce visage qui en était la cause et fit mine d'être absorbée par le récurage d'une bassine de cuivre.

Lorsque Matheline regagna le logis à son tour, Geneviève avait retrouvé les contrôle d'elle-même. Et pris une décision : celle d'attendre un mois, jour pour jour, avant de se rallier à un parti ou à l'autre. Depuis l'enfance, sa mère lui avait enseigné et souvent démontré, que la hâte était mauvaise conseillère. Malgré elle, peut-être par la force de l'habitude, elle se conformait à ce principe qu'il fallait toujours prendre le temps de la réflexion.

C'est ainsi qu'elle se trouvait maintenant dans la rue en plein jour, au bras de Raymond. A chacune de leurs rencontres elle appréciait davantage la délicatesse infinie dont ce dernier faisait preuve à son endroit, son souci de ne pas heurter sa sensibilité à vif. Grâce au comportement de son compagnon, elle ne se sentait pas misérable, exposée au regard de tous, pas rejetée de l'univers des hommes et des femmes, elle s'étonnait de prendre un véritable plaisir à cette promenade. Pendant de longs instants, elle oubliait sa disgrâce pour jouir avec sérénité du moment présent. Ne devait-elle pas une grande reconnaissance à celui qui rendait une telle chose possible ?

Sans aucun doute...

Ils parvinrent devant la place du Pilori où trois hommes étaient exposés avant leur exécution prévue pour le lendemain. Les badauds se pressaient autour d'eux avec cette avidité malsaine de l'être humain pour le malheur de son semblable. Auprès d'un curieux, Raymond s'enquit des forfaits qui avaient valu à leurs auteurs ce triste sort.

— Celui-là à droite a étranglé sa femme qui, croyait-il, le trompait. Il n'en était même pas sûr..., expliqua-t-il en désignant le condamné de droite, une brute au visage à la fois borné et buté qui n'inspirait nulle compassion. Celui-là, à gauche a empoisonné sa belle-mère pour en hériter plus vite.

— Et peut-être pour d'autres raisons ! insinua en riant un passant qui s'était mêlé à la conversation. Moi j'en connais certains qui agiraient de même si ne les retenait la crainte d'être pris !

— Et celui-là ? s'enquit Geneviève. Il paraît si jeune...

— Pour ça oui. Il n'a guère dépassé les vingt ans, dit une grosse femme apitoyée. Si ce n'est pas malheureux de tuer un beau garçon comme lui ! Il pourrait en rendre heureuse plus d'une !

Le troisième larron, en effet, était fort joli garçon. Son visage avenant et gracieux avait la délicatesse de traits de celui d'une fille, son expression douce ne laissait guère présager en lui un dangereux criminel.

— Qu'a-t-il donc fait ? questionna de nouveau Geneviève émue par la fin prochaine de cet être si jeune.

Un peu gêné, l'homme chuchota à son oreille :

— Il ne s'est pas découvert au passage de la procession du Saint-Sacrement.

— Dieu exigerait-il une punition aussi cruelle ? murmura la jeune fille en se tournant vers Raymond.

— Viens, allons-nous-en, la pressa-t-il, puisque ce spectacle t'afflige.

Survint alors une très jeune femme, point laide, guère plus âgée que Geneviève, qui demeura en arrêt, comme frappée par la foudre, devant ce bel homme qu'on allait sacrifier alors qu'il n'avait causé de tort à personne. Un long moment, elle le dévisagea en silence puis s'adressa d'un ton décidé à l'exempt qui montait la garde autour des condamnés :

— S'il y consent, je le prends pour époux.

En entendant cette proposition, plusieurs curieux se rapprochèrent pour assister à la suite des événements. Il arrivait parfois qu'un homme fût ainsi sauvé du châtiment suprême par la volonté d'une femme à l'âme bien trempée.

— Vous êtes bien sûre que vous le voulez ma petite demoiselle ? questionna l'exempt d'un air goguenard.

Le jeune homme lui, avait redressé la tête et ses yeux brillaient d'un espoir fou.

— C'est vrai que vous voulez bien me racheter ? dit-il d'une voix rauque qui bouleversa Geneviève.

— Oui, dit la fille qui n'avait pas froid aux yeux.

— Puisqu'il en est ainsi, dit l'exempt qui commençait à s'attendrir, vous viendrez récupérer votre promis demain au Petit Châtelet, car je n'ai point pouvoir de le libérer sur--le champ. Je préviendrai la garde de vous laisser passer. Quel est votre nom ?

— Arlette Lecuyer.

— Merci Arlette, cria le rescapé. Je te serai reconnaissant éternellement et je te rendrai heureuse, je te le jure. Je m'appelle Jean Maraud pour te servir.

— A demain Jean.

Et la fille s'éloigna d'un pas paisible comme si elle venait de négocier l'achat d'une quelconque marchandise.

— Quelle histoire extraordinaire ! s'exclama Geneviève ragaillardie par le tour pris par les événements. Comme je suis heureuse à l'idée que cet homme ne sera pas pendu !

Elle se retint d'ajouter : pour si peu...

A quelques mètres du pilori, deux corps se balançaient à une potence. Habitués à ce spectacle qui, s'il n'était pas quotidien, était néanmoins si fréquent qu'il n'émouvait plus personne, les passants demeuraient indifférents.

— Voilà à quoi il a échappé en effet, reconnut Raymond, et j'en suis bien aise pour lui... C'est la deuxième fois qu'il m'est donné de voir pareil sauvetage. Le ménage sera-t-il heureux ? C'est une autre question...

— Pourquoi pas ? dit Geneviève songeuse en lançant un dernier regard au pilori avant de s'éloigner.

Se jetant à l'eau, Raymond lui prit le bras pour la forcer à s'arrêter :

— Et toi ma mie, crois-tu que tu pourrais être heureuse avec moi ?

CHAPITRE XIX

La soudaineté de la question prit Geneviève au dépourvu. Si elle n'ignorait pas l'inclination de Raymond à son endroit avant sa maladie, elle n'avait pas imaginé qu'il pourrait encore désirer unir leurs destins.

Le choc provoqué en elle par cette constatation, le ton pressant du jeune homme, son regard anxieux, comme s'il doutait de sa réponse, lui donnait presque envie de pleurer.

Peut-être de joie, de soulagement aussi, à la pensée de ne pas rester confinée dans une vie étroite, solitaire et sans bonheur, à la charge de sa mère puis de ses frères.

Si elle avait été une riche héritière, elle aurait considéré l'attitude de Raymond avec une infinie méfiance : combien d'hommes épousaient des femmes laides ou disgraciées pour leur argent... En l'occurrence, cependant, comment suspecter les sentiments du jeune praticien ? Qu'apporterait-elle en dot sinon la petite maison héritée d'Ermengarde rue des Célestins, à peine mieux qu'une masure dans l'état où elle se trouvait et un modeste trousseau que sa mère l'aiderait à confectionner.

De cela, Raymond était instruit, elle en était certaine, il avait suffisamment fréquenté la maison des Bayencourt pour être parfaitement au fait de la précarité de leur situation depuis la mort du chef de famille.

Sans risquer de se tromper, elle pouvait conclure que Raymond l'aimait vraiment. Non pas pour un joli minois dont les attraits passeraient, mais pour elle-même, pour ce qu'il avait pressenti de son caractère, de ses goûts, de sa personnalité profonde. N'était-ce pas un garant sinon de bonheur, du moins, d'une bonne entente ?

— Vraiment, Raymond, tu veux m'épouser ?

— C'est mon plus cher désir, ne le sens-tu pas ?

— Si, répondit-elle gravement.

— Est-ce aussi le tien ?

Comme elle hésitait, il dit d'un ton désappointé :

— Peut-être souhaites-tu que nous nous connaissions davantage avant de te décider ? Ou ne m'aimes-tu pas...

Geneviève fit signe qu'il ne s'agissait pas de cela.

— Alors ?

— Je voudrais être sûre que tu ne regretteras jamais ta décision, que tu ne t'attristeras pas à la vue d'autres femmes au visage frais et rose en pensant à celle qui t'attendra à ton foyer...

— Tes scrupules t'honorent et ne me surprennent pas chez une personne de ta qualité. Saches que je ne t'aurais pas parlé si je ne m'étais moi-même posé la question. Geneviève, je ne suis pas un freluquet de vingt ans, encore ignorant de la vie et de ses traverses. J'approche de la trentaine, j'ai connu d'autres femmes, inutile de te le dissimuler, j'ai acquis l'expérience des êtres tant par l'exercice de mon métier qu'au cours de nombreux voyages. Je ne contracterai point à l'aveuglette un lien qui m'engagera jusqu'à la fin de mes jours. Pas plus qu'une autre, notre union ne sera exempte d'épreuves, de cela je pense que nous sommes conscients l'un et l'autre, mais j'en attends aussi beaucoup de joies, celles que nous nous donnerons mutuellement et celles que nous apporteront nos enfants.

Touchée au fond du cœur par ce discours si honnête, Geneviève mit sa main dans celle de Raymond et lui sourit d'un air tellement radieux qu'il faisait presque oublier ses vilaines cicatrices.

— Dans ce cas, allons annoncer la nouvelle à ma mère. Je ne doute pas que nous lui causions un grand bonheur.

A la vue des jeunes gens revenant tendrement enlacés, Matheline comprit tout de suite que Dieu ne s'était pas montré insensible à ses prières, du moins en ce qui concernait sa cadette. Émue, elle essuya furtivement une larme avant de serrer son futur gendre sur son cœur, ne sachant que répéter :

— Que je suis heureuse, mes enfants, que je suis heureuse !

Un peu plus tard, Éléonore, ses frères et Ambroise rentrèrent très excités d'une promenade qui les avait menés sur le parvis Notre-Dame où était représenté le « Vray Mystère de la Création ».

— Nous avons vu Adam et Ève ! s'exclama Éléonore et même le diable qui était affreux avec ses cornes et une longue queue !

— Il y avait des anges aussi avec des grandes ailes blanches, renchérit Charles.

— Et aussi un ours qui dansait au son du tambourin, ajouta Hughes.

Quant à lui, c'était ce qu'il avait préféré du spectacle.

— Mes enfants, je crois que Geneviève et Raymond ont quelque chose à vous annoncer.

— Moi je sais ! s'écria Éléonore en se jetant au cou de sa sœur. Tu vas te marier avec Raymond !

— Petite futée, tu avais deviné, dit Geneviève en souriant. Cela ne m'étonne pas de toi ! Et vous les garçons, qu'en dites-vous ?

— Moi, je n'avais rien deviné, dit Hughes, un peu penaud.

— Je suis ravi, dit Charles. Comme ça, j'aurais toujours quelqu'un pour me soigner.

Et en clopinant, il alla embrasser Raymond auquel il avait voué une grande reconnaissance et qu'il considérait désormais comme une sorte d'oncle.

— Mes chers enfants, j'espère vivement qu'aucun de vous n'aura besoin de mes services de si tôt ! s'exclama Raymond. Vous avez été suffisamment malades comme ça de grâce ! Je ne peux pas m'occuper uniquement de la famille Bayencourt, il faut me laisser un peu de temps pour mes autres patients.

— Dimanche prochain, nous fêterons vos accordailles, décida Matheline. Avec ce beau temps, nous dresserons des tréteaux dans la cour pour pouvoir être plus nombreux. Je vais commander un fût de bon vin, nous ferons rôtir un mouton à la broche...

Toute à ses projets de fête, Matheline mit un moment à s'apercevoir que Mélanie les avait rejoints et s'efforçait de participer à la liesse générale. Son attitude contrainte, son visage tendu, le rictus machinal qui distendait ses lèvres, censé exprimer le contentement qu'elle éprouvait du bonheur de sa sœur, l'alertèrent. Mais que faire, alors que la famille s'apprêtait à se mettre joyeusement à table ? Hughes et Ambroise étaient descendus au saloir décrocher un jambon, Blanche, radieuse pour Geneviève qui était sa préférée — après Éléonore toutefois — tournait une salade de roquette et de cresson, Anieuse faisait réchauffer une tourte au fromage blanc et à la cannelle confectionnée la veille et Raymond, qui désormais ne se considérait plus comme un invité, coupait des tranches de pain d'une belle miche blonde et croquante.

Tout le monde riait et parlait en même temps : cependant, une partie de l'allégresse de Matheline s'était envolée.

Mélanie n'en pouvait plus d'attendre Emmanuel qui ne venait jamais. Son sang s'échauffait en pensant à lui, elle se sentait dévorée par l'amour de cet homme qui ne la payait pas de retour. Dans les rares instants où lui revenaient un peu de lucidité et de raison, elle se disait qu'elle était folle et poursuivait une dangereuse chimère. Elle mangeait à peine, sa ceinture d'argent ciselée flottait autour de sa taille, elle dormait mal, se réveillait l'esprit embrumé, sans énergie pour sauter à bas du lit. Certains jours, si elle s'était écoutée, elle fut demeurée couchée la journée entière, enfouie sous la couette pour ne pas affronter cette réalité désolante : Emmanuel ne l'aimait pas. Et selon toute probabilité, ne l'aimerait jamais...

Elle s'était dit qu'un dimanche, elle avait de forte chances de le trouver attablé ou plutôt affalé au *Coq Hardi*. Cette fois-ci, elle avait décidé d'entrer dans la taverne, faisant fi de l'impression déplorable que causerait l'intrusion d'une jeune fille seule dans ce lieu. Au *Coq Hardi* où on ne faisait que boire et jouer, les autres femmes seraient des ribaudes qui n'avaient plus de réputation à perdre et ne se souciaient aucunement des quolibets qu'elles pouvaient récolter.

Elle s'asseyerait en face d'Emmanuel et elle lui dirait... Que lui dirait-elle au juste ? Cela dépendrait de son état, de son humeur...

Son cœur battait en pénétrant dans la taverne enfumée parles mauvaises chandelles qu'on y brûlait, bruyante des jeux, desdisputes et des libations. Un instant, ne voyant pas Emmanuelà sa place habituelle, elle crut qu'il n'était pas là. Puis, elle l'aperçut : il n'était pas seul. Une femme lui tenait compagnie et riait aux éclats de ce qu'il lui racontait. Emmanuel qui désormais demeurait muet la plupart du temps, avait apparemment recouvré l'usage de la parole. Mélanie se souvint alors avec amertume combien autrefois le jeune homme avait été gai et disert, mettant de l'entrain à toutes les réunions auxquelles il participait. Pour cette fille, il semblait l'avoir retrouvé. Elle était assez jeune, brune de peau et de cheveux, à la silhouette mince et gracieuse et n'était pas sans offrir une certaine ressemblance avec Aude. Mais Aude n'avait pas ce regard aguicheur, cette tenue lascive et ne se vêtait pas de cette manière immodeste qui découvrait des épaules charnues et laissait plus que deviner la naissance de seins laiteux.

Consternée, Mélanie demeura plantée là jusqu'à ce qu'un homme qui devait être un habitué, l'attrape par le bras en lui disant :

— Alors ma belle, tu viens t'asseoir avec moi ? J'ai un pichet tout plein à partager avec une jolie fille qui se montrera gentille... C'est la première fois que je te vois ici...

Comprenant dans quel abîme elle tombait, Mélanie s'enfuit honteuse, en espérant qu'Emmanuel ne se serait pas avisé de sa présence. Mais il était si occupé...

Alors qu'à son retour elle aurait souhaité se terrer dans un coin, il lui fallut supporter le spectacle du bonheur de sa sœur. Non qu'elle fut jalouse... Pourtant, elle s'était toujours sue plus séduisante que sa cadette même lorsque cette dernière n'avait pas le visage grêlé. Et voilà que malgré ce handicap majeur, Geneviève, de deux ans plus jeune allait convoler avant elle... Mélanie ne pouvait s'empêcher d'en concevoir une certaine aigreur, surtout en songeant qu'elle n'était pas et de loin, sur le point de suivre le même chemin. Bien sûr, il n'aurait tenu qu'à elle avec Mathieu...

Sentant le profond désarroi de sa sœur, Geneviève chuchota :

— Ce sera bientôt ton tour, tu verras... J'en suis sûre...

Deuxième Partie

1441

CHAPITRE PREMIER

Ce n'était pas sans d'infinies hésitations qui souvent l'avaient tenue éveillée de longues heures la nuit, que Matheline s'était enfin résolue à quitter la capitale avec ses trois derniers enfants. Ce n'était pas non plus une mince décision à prendre que celle de partir s'établir à Bourges auprès des Cœur dont elle espérait beaucoup.

Pour ne pas dire tout...

Depuis ces deux dernières années, le renchérissement de la vie avait été tel — ne payait-on pas le cent de prunes sept deniers, celui de noix, quatre tournois et la queue de vin, vingt blancs ? — que les économies de Matheline avaient fondu comme beurre au soleil malgré les restreintes apportées à leur train : Blanche était morte, on ne l'avait pas remplacée. Il fallait dire aussi que la maisonnée était moins nombreuse désormais, puisque Geneviève, et un peu plus tard, Mélanie s'en étaient allées vivre avec leurs époux.

Matheline ne voyait pas comment établir ses fils dans la capitale : elle ne savait que leur conseiller et manquait des relations nécessaires. Le seul homme vers lequel elle aurait pu se tourner et qui, elle en était sûre, l'aurait aidée en souvenir d'Enguerrand, Robert de Macy, avait été tué au début de l'hiver au cours d'un accrochage avec les écorcheurs qui, tout au long de l'année 1440, avaient ravagé la Bourgogne.

Mais les écorcheurs, Gérard de Caubre, Villandrando et leurs pareils n'étaient pas les seuls à sévir : n'avait-on pas assisté, l'an dernier, en plein cœur de Paris, à un raid des routiers ? Ces derniers s'approprièrent soixante et une pièces de toile fine mises à sécher dans l'île Notre-Dame, tuèrent deux hommes qui tentaient de s'opposer à eux et enlevèrent deux femmes avant de se réfugier avec leur butin à Corbeil. Pouvait-on se sentir en sécurité dans une cité où se produisaient semblables exactions ? A Bourges, du moins, devait-on être protégé par la présence du roi et de la cour, et de l'armée de ceux dévolus à leur garde...

De loin, Matheline avait assisté à l'élévation de son cousin : de maître des monnaies en 1436, Jacques Cœur était passé Grand Argentier en 1439. Puis cette année, il avait été nommé commissaire aux états du Languedoc et enfin, faveur suprême, anobli par Charles VII qui, disait-on, ne pouvait plus se passer de lui.

Un personnage doté d'une telle puissance, qui réussissait tout ce qu'il entreprenait, les tentatives les plus risquées et les plus aventureuses, se soucierait-il d'un lointain petit cousin comme Hughes de Bayencourt ? Matheline se posait parfois la question avec anxiété...

Pourtant, elle avait entendu dire que les Cœur se montraient pitoyables aux malheurs d'autrui et que le grand argentier n'hésitait pas à aider les jeunes gens travailleurs et intelligents, soucieux de se faire une place dans une des nombreuses affaires qu'il contrôlait. Hughes entrait-il dans cette catégorie ? Et Charles qui allait sur ses quinze ans ?

Certes, tous deux avaient reçu une bonne éducation et Matheline était fière d'être parvenue, malgré son veuvage et les difficultés, à leur donner une instruction qui leur assurait un bon départ dans la vie.

Mais Hughes avait un caractère impétueux, plus propre à l'exercice du métier des armes qu'à celui des affaires où il faut savoir ruser, feindre et se montrer conciliant à bon escient. Hughes serait-il capable de cette souplesse ? Sa mère devinait que dans le fond de son cœur, il aurait souhaité plus que toute autre, suivre la voie tracé par son père.

Quant à Charles, le problème se posait en termes différents. Lui n'éprouverait aucune difficulté à s'adapter à n'importe quelle situation, à faire preuve de toute la finasserie nécessaire, ne craindrait pas les intrigues et retirerait toujours son épingle du jeu. Il était un négociateur-né. Hélas, à la suite de son accident, il se trouvait cruellement handicapé. Non seulement, il boitait assez bas, mais sa croissance s'était plus ou moins interrompue à cette époque : il avait désormais une tête de moins que sa cadette. Et bien que Raymond entretînt sa belle-mère dans l'espoir que Charles grandirait peut-être encore un peu vers l'âge de seize ou dix-sept ans. Matheline n'y comptait guère... De surcroît, consacrant la majorité de son temps à l'étude où il excellait, recopiant des manuscrits pour le chanoine Buzenval, malgré une vue qui ne s'était pas améliorée, Charles avait contracté une sorte de courbure du dos qui le faisait presque paraître difforme...

Le seul réconfort de Matheline en voyant son dernier fils, était de constater qu'il ne semblait pas souffrir outre mesure de son état et qu'il ne fuyait pas la société de ses semblables. Au contraire, il aimait rire et plaisanter. Éléonore et lui formaient un couple étrange, à la langue bien pendue, à l'esprit mordant et acéré, et malheur à qui s'y frottait : il se trouvait sur-le-champ ridiculisé, traîné plus bas que terre et ne tardait pas à se repentir de s'être attaqué à l'un ou à l'autre.

Et s'il fallait cogner, Hughes arrivait à la rescousse.

Le spectacle de ses enfants si unis, toujours prêts à s'entraider, était aussi un apaisement pour Matheline, lorsqu'elle évoquait l'avenir : un jour, elle ne serait plus là... Bien que sa santé ne lui causât pas de préoccupations particulières, elle ne pouvait s'empêcher de songer à son âge, aux infirmités et aux accidents qui surviendraient peut-être... Quel serait le sort des trois derniers si elle venait à disparaître ?

C'était cette pensée aussi, qui avait commencé à la tarauder sournoisement à la mort brutale d'Enguerrand et qui, au fil des mois, s'était faite de plus en plus insistante, qui la jetait aujourd'hui sur les routes, avec tous les aléas et les risques que comportait une telle expédition.

A maintes reprises, Jean Guillais avait tenté de la dissuader de ce qui était, prétendait-il, une folie. Mais ses arguments s'affaiblissaient du fait qu'il n'avait aucune solution à proposer aux problèmes de son amie.

Matheline était triste de quitter cet homme bon, qui s'était toujours montré secourable et avait témoigné d'une affection chaleureuse en maintes occasions. Elle se disait aussi que l'orfèvre avait bien vieilli et que selon toute probabilité, elle ne le reverrait plus...

Elle regrettait aussi cette maison où elle avait vécu heureuse avec Enguerrand. Grâce à Maître Le Vayer, elle en avait tiré un bon prix qui, espérait-elle, lui permettrait de s'établir de façon convenable à Bourges : en province, la vie serait moins chère, du moins, se plaisait-elle à le croire. Mais le coût du voyage, de ce déménagement et les frais d'une nouvelle installation n'écorneraient-ils pas sérieusement son capital ?

Bien que désormais la décision fût irrévocable, la maison vendue et la plupart des effets entassés dans des coffres, prêts à être chargés, Matheline continuait à se poser des questions et à se ronger d'inquiétude.

Ce soir serait le dernier où tous les membres de la famille se retrouveraient réunis avant Dieu sait quand, chez Geneviève et Raymond, installés dans la petite maison de la rue des Célestins, héritée d'Ermengarde, qu'ils avaient restaurée et aménagée de leur mieux, et où, de toute évidence, ils coulaient des jours paisibles, liés par une entente profonde qui ressemblait à s'y méprendre au bonheur. Un fils leur était né, prénommé Thierry, en l'honneur de Maître Le Vayer qui l'avait tenu sur les fonts baptismaux.

De robuste complexion, l'enfant faisait honneur à son parrain et à ses parents. A chacune de ses visites, Matheline s'attendrissait en constatant que son petit-fils tenait d'Enguerrand ces yeux gris très doux, le menton volontaire aux mâchoires carrées et ce nez busqué qui donnait un caractère étrange à ce visage de nouveau-né.

Était-ce parce qu'il lui rappelait son mari que Matheline s'était prise d'une telle passion pour ce petit qui se traînait encore par terre en vagissant ? Elle souffrait à l'idée de ne pas assister à ses premiers pas, de ne pas le voir grandir et forcir, de ne pas entendre les mots qu'articuleraient ces petites lèvres roses — il avait la bouche pulpeuse de sa mère — qui en s'entrouvrant ne laissait encore apparaître que trois ou quatre minuscules éclats d'émail.

Thierry serait beau, sa grand-mère en avait la conviction.

Six heures, puis l'angelus sonnèrent à l'église voisine et rappelèrent Matheline à la réalité : il n'était plus temps de rêver, de s'interroger, de se livrer à de vains regrets, il fallait se rendre chez Geneviève qui les attendait.

— Éléonore, es-tu prête ? Et vous les garçons ?

— Oui mère !

Ils avaient répondu en chœur et Matheline nota leur ton joyeux et animé : eux se réjouissaient sans réticences de ce voyage, du changement qui allait survenir dans leurs vies. Et cette attente de l'inconnu rendait leurs regards brillants, surtout celui d'Éléonore. Il semblait que ce fût elle la plus enchantée, la plus aise de se transporter auprès des Cœur !

— Mère, tu as mis ta guimpe tout de travers ! s'exclama Éléonore. Laisse-moi te l'arranger !

Matheline se prêta de bonne grâce aux mains de sa fille. Tous les vêtements étaient déjà pliés et rangés, Matheline portait une robe de finette grise qui serait sa tenue de voyage, accompagnée d'une cape de même couleur, bordée d'un galon bleu marine, pour la protéger de la poussière de la route.

Plus coquette, Éléonore s'était vêtue d'une blouse de fin linon brodé et d'une jupe de coton prune qui laissait deviner ses longues jambes. Sa mère la considéra avec fierté : sa cadette était une vraie beauté désormais, avec ses longs cheveux blonds aux chauds reflets cuivrés, des yeux d'un bleu très clair et un sourire tout simplement irrésistible. En fait, peu de gens y résistaient et surtout pas les nombreux jouvenceaux qui lui tournaient autour. Quant à la taille, haute et bien prise dans un corselet de satin abricot, beaucoup pouvait envier sa finesse !

Tout son être respirait la santé et la joie de vivre.

Hughes tira le verrou derrière eux car personne ne demeurait au logis : Anieuse qui serait du voyage, bien que cette perspective la troublât considérablement, était aussi de la fête. Seul le chat Clément qui commençait à se faire paresseux, mais qu'Éléonore ne se résignait pas à abandonner, gardait la maison, couché sur le seuil, l'air méditatif, ne flairant rien de bon dans toute cette agitation et ce brouhaha qui avaient régné les jours précédents.

Éléonore le caressa avec tendresse au passage.

— Ne t'inquiète pas Clément, on t'emmène !

— Est-ce bien indispensable ? demanda Matheline. Nous sommes déjà si encombrés !

— On ne va pas laisser cette pauvre bête seule, répliqua la jeune fille avec détermination. D'ailleurs, nous aurons besoin de lui là-bas... il attrape encore beaucoup de souris.

Une fois de plus vaincue par sa fille à laquelle elle ne savait pas refuser grand-chose, Mathleline sourit :

— Je pense qu'à Bourges pourtant, les chats ne manquent pas...

— Aucun d'eux ne sera aussi intelligent que Clément !

Et maligne, connaissant le point faible de sa mère, elle ajouta :

— Père l'aimait beaucoup...

— Moi, c'est Thierry que j'aimerais emmener, soupira Matheline.

Hélas, c'était un souhait irréalisable.

CHAPITRE II

— Raymond ! As-tu tiré suffisamment de vin ?

— Mais oui, ma mie, ne t'inquiète pas, répondit le médecin d'un air paisible. Il y a tout ce qu'il faut.

— Crois-tu qu'il y ait assez à manger ?

Riant des appréhensions peu justifiées de sa femme, Raymond vint l'embrasser dans le cou :

— Il y a beaucoup trop ! En trois jours nous ne viendrons pas à bout de ce qui restera !

Geneviève craignait toujours de faire moins bien qu'elle n'aurait dû. Comme s'il lui fallait compenser par une approche de la perfection dans le domaine matériel la disgrâce physique infligée par la vie.

Tout le temps qu'elle avait attendu Thierry, elle l'avait passé dans une succession d'alarmes et de joie. Si l'enfant allait naître marqué comme elle ? A maintes reprises, son mari avait dû la rassurer. Mais ce ne fut qu'en caressant la peau lisse et douce du bébé que Geneviève se sentit pleinement apaisée. De l'avis général, l'enfant était magnifique : cela au moins, était parfaitement réussi...

Chaque jour elle s'étonnait que malgré sa disgrâce, Raymond fît preuve du même attachement passionné à son égard, comme s'il voyait toujours la Geneviève d'autrefois, celle qui l'avait séduit au premier regard.

Elle remerciait Dieu de la bonté infinie qu'il lui avait manifestée dans son malheur. Elle se rappelait parfois presqu'avec stupeur qu'elle avait songé à mettre fin à ses jours, à commettre cet abominable péché pour lequel, on le disait assez, il n'existe pas de rémission.

Si Geneviève avait changé, la maison d'Ermengarde aussi. De la triste tanière de la vieille fille qui sentait le renfermé, Geneviève avait su faire un foyer joyeux, vivant, à son image, où l'ingéniosité et le goût remplaçaient un luxe absent : bien qu'il eût désormais charge de famille, Raymond oubliait encore souvent de faire payer ses clients nécessiteux, malgré les faibles reproches de sa femme. Comprenant qu'il en serait toujours ainsi, Geneviève s'était dit qu'elle pourrait tirer parti de ses talents de couturière : après avoir cousu chez elle les rideaux du lit, une belle nappe qui ornait ce soir la table, ses effets et ceux de son fils, pourquoi ne pas essayer de vendre quelques ouvrages à ceux des commerçants du quartier qui étaient assez aisés pour les acquérir ? Par la vertu du bouche à oreille, peu à peu elle se constituait une petite clientèle de pratiques qui, satisfaites de ses services, la recommandaient à leurs connaissances. D'ici quelques mois, si les affaires continuaient à prospérer, Geneviève envisageait même d'engager une aide pour les finitions.

Un léger vagissement la fit accourir près du berceau où Thierry se réveillait. Elle sourit à son fils, le prit dans ses bras et le serra contre elle avec un sentiment de plénitude ineffable.

Mélanie et Emmanuel arrivèrent les premiers. Les deux sœurs s'embrassèrent et les deux beaux-frères se saluèrent sans cordialité excessive : ils n'avaient guère d'affinités et Emmanuel consentait peu d'efforts pour se rendre aimable en société. Raymond se fût volontiers dispensé de l'accueillir et d'ailleurs, la plupart du temps, Mélanie venait seule rendre visite à sa sœur. Mais aujourd'hui, il convenait que tous les membres de la famille fussent rassemblés pour fêter les voyageurs et Raymond était décidé à mettre du sien pour dérider Emmanuel dont l'expression laissait pourtant assez entendre qu'il n'assistait à cette réunion que contraint et forcé.

Par son bavardage et son enjouement factice, Mélanie essayait de compenser le manque d'aménité de son mari, tout en songeant tristement combien souvent il lui avait fallu ainsi masquer la mauvaise humeur d'Emmanuel depuis le début de cette union qu'elle avait désirée avec folie et qui lui avait apporté si peu de joies. Sinon certaines, violentes et éphémères qui, pendant un très court laps de temps lui avaient permis de s'illusionner sur l'avenir et de considérer le mariage paisible et harmonieux de sa sœur avec quelque condescendance. Elle, Mélanie, était faite pour la passion brûlante, pour des transports qui allaient jusqu'à lui faire perdre le sens. Elle ne se souciait pas de ces rapports médiocres et quotidiens et n'imaginait pas l'usure du plaisir. D'ailleurs, en ce qui la concernait, elle ne l'éprouvait pas, loin de là. Elle ne parvenait même pas à la concevoir. Chez elle, le désir était sous-tendu par un amour démesuré, insatiable, un feu auquel tout servait d'aliment : celui-là même probablement, se disait-elle dans les moments d'amère lucidité, que sa première femme avait inspiré à Emmanuel. Celui qu'on ne peut connaître deux fois dans la vie...

Chez son époux, le désir n'était que le désir, l'impulsion d'un corps jeune et ardent, sevré brutalement. D'avoir au fil des jours pris conscience de cette évidence avait accablé Mélanie. Pour entretenir ce désir, même tel qu'il était, elle était prête à tout. De pressentir les premiers signes de son épuisement la désespérait. Elle ne cessait de chercher les causes de cette tiédeur naissante qui s'insinuait dans le courant de leurs nuits. Elle avait pensé qu'après la venue de l'enfant, Emmanuel retrouverait un peu de cette impétuosité dont il avait fait preuve à vrai dire surtout avant le mariage. Avait-elle eu tort de lui céder avec tant de facilité ? Mais comment aurait-elle pu s'en empêcher ?

Lorsqu'on a rêvé à l'étreinte d'un corps depuis des mois, pour ne pas dire des années, lorsque obsédé par ce contact impossible on a cru mourir, comment ne pas s'abandonner à la moindre invite ? Surtout, et c'était le cas, quand on a provoqué cette invite à l'encontre de toute pudeur, de toute dignité...

Mélanie n'avait pas lieu d'être fière de la manière dont elle s'y était prise pour avoir Emmanuel. Elle souffrait du mépris que sa conduite lui avait valu auprès de ce dernier : après l'avoir possédée, avec un sourire railleur, ne l'avait-il pas traitée de « fille » et même de putain ? Elle s'était sentie avilie, dégradée par ce regard dépourvu de toute tendresse, qui avait effacé, presque nié, le souvenir du fulgurant plaisir de sa chair pourtant enfin comblée.

Dès l'abord, leurs rapports s'étaient établis sur un mauvais pied, malgré l'attrait physique mutuel, qui les faisait se rencontrer en cachette plusieurs fois par semaine. Emmanuel ne parlait pas mariage et Mélanie se mit à redouter plus que tout, qu'il ne l'épousât pas. Ce fut bien pire lorsqu'elle se vit enceinte, sans rien en oser dire à son amant. S'il allait l'abandonner aussitôt, justement comme une « fille » qui devient embarrassante ? Que faisait-on d'autre, d'ordinaire, avec elles ?

Le besoin de se confier la taraudait. Mais à qui ? Comment avouer à Matheline qu'elle avait provoqué Emmanuel à moitié ivre jusqu'à ce qu'il se jetât sur elle et la culbutât dans un fossé un soir sans lune ? On ne peut pas raconter pareille chose à sa mère...

A Geneviève ? Occupée des préparatifs de son prochain mariage, pourquoi se soucierait-elle des malheurs de sa sœur, de surcroît entièrement coupable de les avoir provoqués ? Le chanoine Buzenval aurait été horrifié et de toute manière, elle n'éprouvait aucune envie de se confesser. Ce qu'elle voulait, était que quelqu'un l'aidât à se faire épouser le plus vite possible, avant que son état ne fût apparent.

Finalement, l'inspiration lui vint de se tourner vers Jean Guillais, ne l'avait-il pas lui-même incitée à s'occuper de son gendre ?

Le lendemain du jour où elle ressentit les premières nausées — qu'il avait fallu expliquer à Matheline étonnée et vaguement inquiète, par une indigestion de beignets — comprenant qu'il n'y avait plus une minute à perdre, elle joua son va-tout. Elle trouva le courage d'affronter l'orfèvre, décidant néanmoins de lui déguiser une partie de la vérité.

Parvenue en face de lui, dans l'atelier où il mettait la dernière main à un reliquaire de bronze doré, orné de fines colonettes de jaspe et serti de spinelles, de turquoises, d'améthystes, d'agates et de chrysoprases, destiné à contenir le fémur de sainte Agathe, échu au couvent des Jacobins, Mélanie crut défaillir.

Seule la pensée qu'elle portait l'enfant d'Emmanuel l'empêcha de fuir après l'échange de quelques propos anodins.

Mais la finesse de Jean Guillais, encore aiguisée par le malheur lui fit deviner le désarroi de la jeune fille, malgré les efforts de celle-ci pour le dissimuler.

— Viens, montons bavarder un peu, dit-il en abandonnant son travail.

Elle le suivit dans le petit escalier en colimaçon, celui-là même qu'elle avait naguère gravi à la suite de sa mère pour rendre visite à Aude mourante. Son cœur battait aujourd'hui tout autant qu'alors... à l'époque où elle souhaitait la disparition de sa rivale. Elle avait été exaucée. Qui l'avait entendue ? Dieu ou le diable ?

— Quel bon vent t'amène ma petite Mélanie ? Il me semble te voir soucieuse... si je puis t'aider de quelque manière...

Devant cet accueil si bienveillant, presque paternel, Mélanie sentit un peu de force lui revenir. Une force accompagnée de ruse.

— Je suis si malheureuse, si vous saviez..., commença-t-elle. Il se passe une chose épouvantable...

— Et quoi donc ma chère enfant ?

— J'ose à peine vous en entretenir. Vous allez me juger si mal... Et vous aurez bien raison.

— Je suis ton ami, aies confiance en moi, je t'en supplie...

Mélanie leva la tête qu'elle avait tenue baissée jusqu'à présent et montra des yeux pleins de larmes.

— Je suis amoureuse d'Emmanuel.

— Mon Dieu, il s'agit de cela ! s'exclama Jean Guillais avec soulagement. Tu m'as fait peur, j'ai craint...

Il ne précisa pas ce qu'il avait craint...

— Voyons, la chose doit être arrangeable. As-tu l'impression qu'Emmanuel réponde à tes sentiments ? Peut-être n'ose-t-il pas te les avouer par délicatesse pour moi, alors qu'il vit sous mon toit... Il redoute que je sois blessé de le voir s'attacher à une autre que ma fille... Mais toi, Mélanie, poursuivit-il avec une infinie gentillesse n'es-tu pas aussi un peu ma fille ? Et en épousant mon gendre, tu le deviendrais plus encore. Rien ne pourrait rendre plus heureux le vieil homme que je suis.

— Que vous êtes bon, dit Mélanie touchée et un peu honteuse d'abuser cet être qui témoignait d'un cœur si excellent et généreux envers une personne qui le méritait si peu.

Heureusement, il ne semblait pas s'en douter.

— Écoute, laisse-moi faire, dit-il. Je vais parler à Emmanuel de sorte qu'il comprenne que loin d'être un obstacle à votre union, je suis prêt au contraire à la bénir.

Connaissant le caractère ombrageux du jeune homme, durant les trois jours que dura son incertitude, Mélanie se mit à redouter le pire : si, furieux de l'intervention, de son beau-père dans sa vie privée, Emmanuel décidait tout bonnement de quitter Paris et de retourner dans sa famille, abandonnant sans scrupule une maîtresse dont il ignorait l'état — et s'il en avait été informé, Mélanie n'était pas sûre que celui-ci n'ait pas constitué une raison supplémentaire de s'éloigner d'elle — à laquelle certes, il trouvait des agréments, agréments qu'il pourrait retrouver aisément chez une autre.

En même temps, elle mettait tout son espoir en Jean Guillais. De lui seul viendrait le salut.

S'il venait...

CHAPITRE III

Par un miracle que Mélanie ne s'expliquait pas encore, Emmanuel avait fini par se résigner de mauvais gré à l'idée d'un mariage dont il faisait assez comprendre en tête à tête à sa future femme qu'il ne l'enchantait guère. Il se sentait pris dans une sorte de piège dont le mécanisme s'était refermé sur lui et parfois, ne cachait pas l'aigreur qu'il en ressentait. Cette aigreur s'approcha de la fureur quand Mélanie, s'imaginant à tort après une de leurs étreintes, que le moment était bien choisi — mais y aurait-il eu un moment qui convenait ? — lui annonça avec ménagement sa prochaine paternité. Brutalement, il s'arracha du corps alangui de sa maîtresse et se mit à hurler :

— Qui me dit que cet enfant est de moi ? Qu'une traînée comme toi ne l'a pas eu avec n'importe qui ?

Atteinte et humiliée au plus profond d'elle-même par ce soupçon ô combien injuste, Mélanie s'efforça de répliquer calmement tout en retenant ses larmes :

— Emmanuel, comment peux-tu penser une chose pareille. Ne sais-tu pas que tu as été le premier et le seul ?

— Le premier, je ne dis pas, bougonna le jeune homme, bien obligé d'admettre cette vérité... Mais le seul... Je comprends maintenant pourquoi tu tiens tant à te faire épouser !

— Si j'y tiens, c'est parce que je t'aime.

— Moi, je ne t'aime pas.

Au cours d'une seconde de révolte qui fulgura et s'éteignit aussitôt, Mélanie se demanda pourquoi elle acceptait d'être traitée ainsi ; puis elle voulut se persuader que ce n'était qu'un mauvais moment à passer, qu'une fois marié, Emmanuel changerait.

— Ne seras-tu pas heureux d'avoir un fils ?

— Un fils, j'en avais un autrefois...

Une vague de tristesse passa dans le regard d'Emmanuel, adoucissant un instant son expression.

Il murmura encore :

— Tout ça, c'est fini...

Soulagée de le voir calmé, Mélanie tenta de l'attirer de nouveau auprès d'elle, de susciter une fois encore son désir. Mais sans un mot, il s'en fut, la laissant sur la paille de cette grange où ils avaient abrité leurs ébats ce jour-là.

Le chagrin avait alors submergé la jeune femme. Pas le

découragement. Rien ne la ferait renoncer et maintenant moins que jamais à l'obsession de sa vie.

En observant sa sœur, Geneviève devinait sans peine ce qu'elle endurait et la plaignait : sans y réussir, elle s'était efforcée à maintes reprises de la dissuader de lier son sort à celui d'un homme encore possédé par une autre. Jusqu'au jour du mariage, elle lui avait répété :

— Il ne sera jamais à toi. Je t'en conjure, renonce à ce projet funeste.

— C'est celui-là que je veux, s'obstinait Mélanie. Je ne pourrais jamais en aimer un autre.

Comment était-elle parvenue à ses fins, malgré les visibles réticences d'Emmanuel, Geneviève ne le savait pas très précisément. Elle subodorait que Jean Guillais n'était pas étranger à l'affaire : inquiet de la conduite de son gendre qui commençait à jouer aux dés et à faire du tapage dans les tavernes, sans doute avait-il souhaité qu'il ne demeurât pas livré à lui-même et à cette solitude désespérée, cause évidente de tous les excès d'un homme jusqu'alors rangé.

Geneviève n'avait pas osé questionner sa sœur, et désormais elle sentait que cette dernière était moins que jamais disposée aux confidences. Son air tendu, cette animation de commande qu'elle affectait, la nervosité qui sous-tendait chacun de ses gestes, disaient seuls qu'elle était malheureuse. Et Geneviève connaissait assez l'orgueil et l'entêtement de son aînée pour se douter qu'en aucun cas elle n'admettrait son échec.

A l'incitation muette de sa femme, Raymond servit une coupe de vin à son beau-frère dans l'espoir de lui égayer l'humeur — modérément, car il ne s'agissait pas qu'il roulât sous la table au cours de cette réunion de famille que, tout autant que Geneviève, il souhaitait gaie et harmonieuse — et de conjurer cette présence muette qui lui causait toujours quelque gêne. Aussi les hôtes furent-ils bien aises de l'arrivée de la maisonnée de Matheline. Puis l'orfèvre et Ambroise parurent, accompagnés du chanoine Buzenval. Ce dernier ne cachait pas combien il se désolait du départ de ses élèves. Et aussi de perdre un foyer où la chaleur de l'accueil lui avait permis de considérer qu'il était devenu un peu le sien.

Lorsque Hadelin, le dernier invité, fut là, Geneviève apporta les pâtés de lièvre, de sanglier et de faisan confectionnés la veille avec un peu de mélancolie au cœur, puisque ce repas serait le dernier avant la séparation qui s'annonçait longue...

Assise à côté d'Ambroise, Éléonore se sentait partagée par le chagrin de le quitter, même si elle se disait qu'ils ne demeureraient pas plus d'un an sans se voir — dès qu'il serait passé compagnon, il viendrait à Bourges pour l'épouser — et l'excitation du premier voyage qu'elle effectuerait. La perspective de la nouvelle vie qui l'attendait, bien qu'elle en ignorât tout et se bornât à l'imaginer, la remplissait d'une attente frémissante, d'une exaltation qui, ces dernières semaines l'avaient souvent empêchée de trouver le sommeil. Elle essayait de se représenter cette cour de Bourges où le grand argentier était tout-puissant, le faste inouï qui devait y régner, les toilettes somptueuses de ces hommes et de ces femmes qui composaient l'entourage de Charles VII. Elle avait entendu parler de ces richesses qu'on brassait sur les bords de la Yèvre et elle ne pouvait s'empêcher d'être attirée par l'écho de ces splendeurs qui, si elles ne lui étaient pas destinées, seraient néanmoins proches.

A la suite d'une conversation avec Le Vayer, familier de Jacques Cœur avec lequel il commerçait, Éléonore avait saisi dans une illumination, qu'elle ne connaissait rien du monde et que celui-ci contenait d'innombrables merveilles à découvrir.

Jusqu'à présent, ce genre d'idées, ces désirs vagues sans objet précis, ne lui étaient pas venus. Absorbée par l'étude, son amour pour Ambroise, les joies et les tracas de la vie quotidienne, le petit univers dans lequel elle avait évolué depuis sa naissance, lui avaient suffi. Depuis que sa mère avait conçu l'aventureux projet de le quitter, certaines de ses limites lui étaient apparues : pourtant, elle savait bien que Paris était la plus grande ville du royaume. Mais Charles VII n'avait jamais affectionné cette cité si longtemps aux mains des Anglais et où le sort ne lui avait guère été propice : il y séjournait le moins possible. C'était à Bourges, sous le doux climat du pays de Loire où il avait passé son enfance, subissant la douce férule de Yolande d'Aragon, que brillait le soleil...

A la prière de Matheline, désireuse de s'informer, Maître Le Vayer avait complaisamment tracé un tableau qui avait ébloui Éléonore. Les évocations enthousiastes du drapier excitaient au plus haut point son imagination déjà fertile par ailleurs, lui fournissant des aliments inhabituels : au lieu de se représenter comme de coutume, un avenir, certes riant, aux côtés d'Ambroise, la venue d'enfants, l'éventuel agrandissement de l'atelier, bref, un futur où il entrait peu d'imprévu, elle se mettait à rêver à ces fêtes somptueuses qui se déroulaient dans le palais du roi et les beaux hôtels de Bourges, aux divertissements qui se succédaient, s'il fallait en croire Maître Le

Vayer? Concerts de ménétriers, de joueurs de viole, danses, jongleries... Et les tournois ! bien que Charles VII ne les goûtât guère, disait le drapier, il y participait parfois : n'étaient-ils point à la mode en Angleterre et surtout en Bourgogne ? Le spectacle de ces gentils hommes vêtus de riches habits brodés d'or et d'argent, montés sur des chevaux de race aux naseaux frémissants, déployant leur force et leur adresse, faisant preuve parfois d'une bravoure incroyable, destinée à susciter l'admiration et peut-être l'amour des dames, que ce spectacle devait être prodigieux !

Emportée par la profusion de ces images que les récits du drapier faisaient naître, Éléonore en venait l'espace d'un instant à regretter de ne pas être un garçon, au moins pendant quelque temps, pour pouvoir se glisser dans le sillage du grand argentier à l'instar d'Hughes et connaître comme lui les aventures extraordinaires qui ne manqueraient pas de lui échoir en partage !

Un destin fabuleux ne l'attendait-il pas s'il savait se faire apprécier de leur cousin ?

Et comment douter de ce dernier point !

Prise dans la chaleur de la tablée familiale, sensation délicieuse et réconfortante dont chaque minute était précieuse, savourant les mets délicats préparés par Geneviève et où, non sans attendrissement, elle retrouvait son tour de main, abreuvée par son gendre qui veillait à ce que sa coupe soit toujours remplie de ce délicieux petit vin gris d'Orléans, Matheline essayait, au contraire de sa dernière fille dont elle ne soupçonnait pas à quel point elle était la proie de la fée du logis, de goûter le temps présent et de ne pas penser à un avenir qu'elle appréhendait et dont elle n'attendait rien pour elle personnellement.

Pourtant, laissant ses deux aînées établies, elle aurait dû s'éloigner le cœur plus léger. Mais si elle avait l'esprit en repos en ce qui concernait Geneviève, comment ne pas concevoir les plus vives inquiétudes devant le ménage si peu accordé de Mélanie et la manifeste morosité de cette dernière ?

Si elle ne pouvait en vouloir à Jean Guillais d'avoir, de toute évidence, poussé à la roue pour ce mariage, comblant ainsi les désirs de Mélanie, il lui semblait toutefois qu'il avait rendu un bien mauvais service à sa fille. Et la conduite de son gendre, à ce qu'elle entendait dire par les uns et les autres — car Mélanie ne se plaignait jamais — ne s'améliorait guère.

Avec réticence, car il n'était pas médisant, Raymond lui avait rapporté qu'Emmanuel fréquentait assidûment l'étuve de la rue aux Ours qui jouissait de la plus détestable réputation.

Une maquerelle y tenait son office et fournissait aux clients des filles en général jeunes et appétissantes. Pourquoi courir chercher ailleurs en le payant, ce qu'on a chez soi gratis ? Matheline avait du mal à le comprendre : jamais Enguerrand ne s'était conduit ainsi...

Si elle soupçonnait qu'au hasard des campagnes et durant une trop longue absence, il était arrivé à son mari de culbuter une paysanne derrière une haie, c'était bien tout. Et de cela, Matheline ne s'était jamais offusquée. Ce sont de ces détails de l'existence qu'on subodore et sur lesquels il est bien inutile de s'appesantir outre mesure...

En considérant ses deux aînées, Matheline se disait que le destin se moquait bien des supputations et des pronostics : selon toute vraisemblance la jolie Mélanie — sa mère nota avec tristesse combien elle avait perdu de son éclat et de sa jeunesse — aurait dû couler des jours heureux en compagnie d'un mari épris. Et c'était Geneviève qui avait reçu ce sort en partage — du moins jusqu'à présent — Geneviève dont la disgrâce aurait dû faire une laissée pour compte.

Lorsque les convives en furent à la tourte aux poires dont l'apparition alluma un éclair de convoitise dans les yeux du chanoine, de faibles vagissements marquèrent le réveil des enfants qu'on avait mis à dormir dans la pièce voisine, couchés tête bêche dans le berceau du fils de Geneviève.

Cette dernière se précipita, suivie sans hâte par Mélanie.

— Ah ! je suis bien aise de voir ma filleule ! s'exclama Jean Guillais.

Déçu que l'aîné du couple ne fût pas un garçon, il avait néanmoins insisté pour tenir Jeanne sur les fonts baptismaux.

A l'arrivée des deux enfants, le robuste et blond Thierry et la petite Jeanne, pâlote et maigrichonne, qui ne profitait pas, Matheline ne put s'empêcher d'être consternée par la différence d'apparence et de comportement de ses petits-enfants : elle ne les avait pas vus réunis depuis leur baptême conjoint... Rieur, Thierry considérait joyeusement l'assistance, tout en essayant d'attraper une friandise sur la table. Apeurée, Jeanne pleurnichait en se blotissant contre le sein de sa mère qui dissimulait mal son agacement.

L'intuition affreuse traversa Matheline que Mélanie n'aimait pas son enfant et qu'Emmanuel partageait cette indifférence.

S'il ne l'avait pas inspirée...

Heureusement, l'orfèvre prit Jeanne sur ses genoux et parvint rapidement à la calmer et même à lui arracher l'esquisse d'un sourire.

CHAPITRE IV

L'aube pointait et déjà la maisonnée était debout. Pour mener à Bourges les membres de sa famille et transporter leurs possessions, Matheline avait loué un char à banc couvert et les services de Léon son conducteur, à un prix qu'elle jugeait exhorbitant. Le moyen de faire autrement ?

On passerait par Étampes et Artenay avant d'arriver à Orléans où la moitié la plus dangereuse du trajet serait effectuée. Puis on traverserait la Loire pour atteindre Vierzon par Lamothe-Beuvron et Salbris. Alors, on suivrait un moment les rives du Cher qu'on laisserait au Sud pour gagner Bourges.

Bourges, la terre promise !

En bougonnant, Léon attachait avec des cordes le grand coffre de chêne sculpté de Matheline à l'arrière du chariot, les paquets, les sacs et les ballots s'entassaient, sans oublier le petit panier de Clément, étourdi et apeuré par toute cette agitation.

Matheline n'avait pas voulu que ses filles assistent au départ : il lui semblait que cela accroitrait encore la tristesse de la séparation. Seul Jean Guillais vint la saluer, cachant mal son affliction de perdre sa vieille amie.

— Que c'est affreux de vous dire adieu Matheline, dit-il d'une voix qui tremblait un peu. Je ne peux vous exprimer le chagrin que j'en éprouve...

— Soyez sûr que je le partage mon ami. Vous sachant ici, je pars le cœur un peu plus tranquille. Je vous confie mes filles et mes petits-enfants. De grâce, veillez sur eux !

— Je le ferai et tacherai de vous envoyez des nouvelles. Ne manquez pas de faire de même. Je serai dans l'inquiétude tant que je ne vous saurai pas arrivés sains et saufs à destination.

— A la porte Saint-Jacques, nous tenterons de nous intégrer à un convoi de marchands. Ainsi courrons-nous moins de risques.

L'orfèvre embrassa Matheline, puis ses enfants, ne parvenant pas à retenir ses larmes. Au dernier moment, lorsque le char allait s'ébranler, parut tout essoufflé Ambroise.

Le cœur d'Éléonore se mit à battre : elle ne s'attendait pas à le voir après les tendres adieux de la veille au cours desquels, une fois de plus, ils s'étaient juré de s'aimer toujours et de ne pas passer un jour sans penser l'un à l'autre.

— Je suis venu une dernière fois, dit Ambroise avec un regard de chien battu et en s'adressant à Matheline.

Cette dernière qui avait perçu le trouble de sa fille et se doutait, depuis un certain temps, des sentiments des jeunes gens et s'amusait parfois du soin qu'ils apportaient à les dissimuler, sourit pour répondre :

— Comme c'est gentil de ta part Ambroise. Nous en sommes tous très touchés. N'est-ce pas mes enfants ?

Décidément, les Guillais père et fils trouvaient bien du charme à la famille Bayencourt : lorsque Matheline avait commencé à évoquer l'éventualité d'un départ, Jean Guillais ne lui avait-il pas fait comprendre, d'abord avec une sorte de timidité, puis avec plus d'insistance, que son vœu le plus cher eût été de convoler avec elle en secondes noces. Pour plaider sa cause, il avançait les arguments les plus raisonnables : ne se connaissaient-ils pas l'un et l'autre depuis fort longtemps, ne savaient-ils pas que leurs caractères s'accorderaient sans peine ? De la partager n'adoucirait-il pas la fin de leurs existences pareillement meurtries par la mort d'un conjoint ? Ne pouvaient-ils pas trouver encore un peu de bonheur ensemble avant de disparaitre de cette terre ?

Émue par ce discours, Matheline avait été tentée : elle souffrait de sa solitude, ses enfants grandissaient et le jour approchait où ils n'auraient plus besoin d'elle. Au cours des longues années où ils s'étaient fréquentés, Jean ne s'était-il pas montré un ami sûr, auquel jamais elle n'avait fait appel en vain ? Et ses conseils s'étaient révélés désintéressés et judicieux... Elle éprouvait une sincère affection à son endroit. De plus, elle imaginait assez qu'Enguerrand eût vu la chose d'un œil favorable ; elle n'aurait pas eu l'impression de faillir au respect qu'elle devait à sa mémoire.

Le seul élément qui la faisait hésiter et l'incita finalement non sans regrets à renoncer à cette idée, était le réel souci que lui causait l'établissement de ses fils : cette femme de devoir ne concevait pas de mettre en balance leur avenir et sa satisfaction propre. Or elle n'entrevoyait nul moyen à Paris, de concilier l'un et l'autre...

Même s'il avait compris les motifs qui l'inspiraient, Jean Guillais avait été désolé de son refus. Et ce matin, à la lumière encore courte du jour levant, Matheline avait de la peine en pressentant qu'elle ne verrait plus le visage ridé, empreint de malice et de bonhomie, si familier à ses yeux de cet homme qui tant de fois, lors de ses épreuves, lui avait apporté un tendre réconfort.

Devant la passion manifeste du jeune Ambroise qui dévorait Éléonore des yeux avec une sorte d'avidité, comme s'il voulait graver dans sa mémoire ses traits charmants, Matheline se dit avec une mélancolie attendrie que ces deux-là peut-être, réaliseraient ce que leurs parents n'avaient pu faire. Sans doute une pensée identique effleura-t-elle Jean Guillais car il réussit à trouver le courage de sourire et d'assurer d'une voix un peu plus claire :

— Nous nous reverrons un jour, il ne peut en être autrement, ne croyez-vous pas Matheline ?

De bonne grâce, elle consentit au mensonge que son interlocuteur attendait :

— Si fait mon ami, j'en suis bien persuadée...

Les voyageurs constatèrent qu'en chariot, on se déplaçait moins vite qu'à pied dans les rues de Paris. Les encombrements se succédaient, les injures volaient, quelquefois les conducteurs des divers véhicules descendaient même de leur siège pour en venir aux mains, ce qui avait l'avantage en sus de la distraction gratuite que ces rixes offraient aux badauds d'accroître encore, si faire se pouvait, l'embarras régnant.

Matheline exhorta Léon au calme : on finirait bien par arriver porte Saint-Jacques. Et partis pour un si long voyage, les Bayencourt n'en étaient pas à quelques minutes près !

Elle jeta un coup d'œil à l'île Notre-Dame où les jours de beau temps archers et arbalétriers allaient tendre une cible entre deux poteaux pour s'exercer, au pont aux Meuniers un peu en aval, simple passerelle pour relier les moulins établis en travers du fleuve et sur laquelle au moins, on n'était pas bousculé par les cavaliers, aux femmes qui lavaient leur linge dans les laveries publiques sur les rives, aux pêcheurs qui taquinaient le goujon et l'ablette. Elle poussa un soupir en contemplant pour la dernière fois ce spectacle familier.

La traversée du pont Notre-Dame se révéla particulièrement ardue. Il fallait se frayer un chemin à travers le grouillement matinal, la circulation anarchique des gens et des bêtes, laisser le passage à l'escorte d'un seigneur toujours pressé, tenter d'éviter les étals qui s'avançaient parfois jusqu'au milieu de la chaussée et surtout se garder des trous — seules, les grandes artères était pavées — qu'on n'apercevait pas toujours à temps et où on casserait aisément un essieu, véritable catastrophe : il faudrait décharger entièrement le chariot pour le réparer !

Des odeurs violentes et parfois peu plaisantes assaillaient de temps en temps les narines des voyageurs : celle d'un fond de caque de harengs, ouverte sans doute depuis un certain temps, à laquelle succéda celle d'une fosse à purin où gambadaient des porcelets, puis les exhalaisons fétides d'une tannerie. Heureusement, la délicieuse odeur de pain chaud et le parfum des beignets croustillants compensèrent les senteurs désagréables.

Parvenue sur l'autre rive, au début de la longue rue Saint-Jacques, Matheline respira mieux. La voie était moins encombrée. On dépassa Saint-Séverin puis défilèrent les vignes du couvent Saint-Jean-de-Latran.

— Y a-t-il aussi des vignes à Bourges ? s'enquit Éléonore.

— Assurément. Ton père appréciait beaucoup les vins de Loire, surtout celui de Chinon.

A la vue d'un cavalier menant fièrement un bel alezan, Hughes s'exclama avec enthousiasme :

— Bientôt, je monterai le même !

Le grand argentier devait posséder des écuries pleines de fougueux coursiers : il n'aurait pas la cruauté de refuser à Hughes de les emprunter !

Quelles attributions lui seraient dévolues par son cousin si ce dernier consentait à le prendre à son service ? Il s'était souvent interrogé à ce propos, sans parvenir à se les représenter. Il n'avait pas, tant s'en fallait, l'imagination de sa sœur ! Il subodorait bien qu'il lui faudrait utiliser les connaissances dispensées par le chanoine ; il espérait cependant, ne pas être confiné le jour durant dans une petite pièce sans air à aligner d'interminables colonnes de chiffres jusqu'à s'user une vue pourtant perçante ! Hughes se sentait fait pour les grands espaces, le mouvement, l'aventure. Il lui faudrait aussi s'entraîner sérieusement au maniement des armes : n'avait-il pas un devoir sacré à remplir ? Et Hughes n'était pas assez fou ni assez prétentieux pour se croire pour l'instant en mesure d'affronter son adversaire et de le tuer. La question de retrouver Gérard de Caubre lui paraissait secondaire : les gens de cette sorte font assez parler d'eux pour qu'il soit aisé de les suivre à la trace.

On parvint en haut de la rue Saint-Jacques où, presqu'en face de la petite église Saint-Étienne-des-Grés, se trouvaient les frères prêcheurs qu'on appelait les Jacobins bien qu'ils fussent Dominicains. Tout Paris se pressait au prône dans leur longue église à deux nefs séparées par douze colonnes et capable d'accueillir jusqu'à trois mille fidèles. Sur les conseils du chanoine Buzenval, Matheline s'y était rendue à plusieurs reprises, généralement pendant le carême : mais la distance qui séparait sa demeure du couvent l'avait dissuadée d'une fréquentation plus assidue, bien qu'elle eût goûté l'éloquence des prédicateurs.

Tout autour, se trouvait le complexe des écoles de l'ordre où les novices recevaient une solide formation scholastique inspirée de Saint-Thomas d'Aquin qui les mettait en mesure par la suite de soutenir avec succès ces discussions passionnées et interminables avec les théologiens de la Sorbonne, leurs grands rivaux.

Déjà, on apercevait la porte Saint-Jacques, l'une des rares que les Parisiens avaient presque toujours maintenue ouverte alors que les autres étaient « fermées au plâtre ». On n'avait pas oublié qu'à cause de Perrinet le Clerc qui avait ouvert la porte Saint-Germain-des-Prés, les Bourguignons étaient entrés dans la ville en 1418... Ce lieu de passage qui permettait la percée vers le sud n'était-il pas en quelque sorte l'un des poumons de Paris ? Là, défilaient les charrettes des maraîchers venus de la campagne avoisinante apporter fruits et légumes, volailles et œufs, les troupeaux de moutons et de bœufs de Normandie ou du Charolais, qu'on menait à l'abattoir de la Grande Boucherie, les convois chargés de peaux, de ballots d'étoffes et de laines, en provenance des Flandres ou d'ailleurs.

L'autre voie d'accès était la Seine par laquelle arrivaient les chargements de grains, les jarres d'huile, le bois de construction et de chauffage, le sel, les muids de vin. Mais au creux de l'hiver, les chalands se trouvaient fréquemment immobilisés, pris dans les glaces et les Parisiens attendaient en vain les cargaisons. Et l'été, les étiages du fleuve empêchaient parfois la navigation.

C'est pourquoi cette porte jouait un rôle si essentiel dans la vie de Paris. C'était aussi celle qu'avait franchie Richemont à la tête de son armée en avril 1436.

Matheline se souvenait encore avec effroi de ces jours terribles qui avaient succédé à de multiples complots contre l'occupant haï, qui se tramaient presque au grand jour. En vain ce dernier avait-il exigé que les bourgeois prêtassent un nouveau serment solennel de fidélité devant le chancelier Louis de Luxembourg...

Le pillage avait commencé : mal nourrie, la garnison anglaise se payait sur l'habitant. Et ceux qui gouvernaient la capitale, les quatre évêques, Louis de Luxembourg, Pierre Cauchon qui avait fait condamner Jeanne d'Arc et n'osait retourner à Beauvais, Jacques du Chatelier et Pasquier de Vaux, étaient bien incapables de mettre bon ordre à ces agissements.

Avec quelle impatience avait-on attendu Richemont dont on savait qu'il tenait déjà Melun, Lagny et Pontoise. Enguerrand n'avait jamais été du côté des Bourguignons et Matheline, native de Bourges, était bien évidemment armagnac !

Aux côtés de Michel de Laillier, un maître des comptes, connu pour avoir déjà comploté contre le régent Bedford, Enguerrand s'était engagé pour la libération de Paris. Pendant ces jours d'émeute où les Anglais furent lapidés, noyés dans la

Seine, égorgés et éventrés, Matheline avait frémi. Claquemurée chez elle avec ses enfants encore petits, elle avait prié pour que son mari revînt sain et sauf du combat. Elle avait été exaucée : plus tard, elle avait été porter trois cierges d'une livre de cire fine à Notre-Dame pour les brûler devant la statue de la Vierge.

Ces souvenirs et d'autres, moins tragiques, l'assaillaient, lui faisant perdre la notion du temps présent. Soudain, elle s'avisa que le chariot était arrêté et que Léon descendait de son siège. Il allait s'enquérir d'un convoi à destination d'Orléans.

CHAPITRE V

Il avait fallu presque trois heures pour parvenir aux portes de Paris : à ce train-là, quand serait-on à Orléans ? Sans parler de Bourges ?

— Mère, pouvons-nous descendre nous dégourdir les jambes demanda Éléonore.

— Allez, mes enfants, mais ne vous éloignez pas. Anieuse, reste pour veiller sur nos effets.

— Et sur Clément, ajouta Éléonore.

Hughes sauta d'un mouvement leste et tendit la main à sa sœur puis à son frère. Un peu gêné au début, il avait pris l'habitude d'aider Charles. Comme son cadet acceptait son aide de bonne grâce et la sollicitait même parfois, de nouveaux rapports s'étaient très vite établis entre eux : Hughes était l'homme fort de la famille, celui qui agissait qui défendait ses cadets, Charles était la tête pensante, qui venait à bout d'un certain nombre de difficultés d'un autre ordre et avec d'autres moyens. Sans recourir à une force qu'il ne possédait pas, il savait user de ruse ou de diplomatie pour obtenir ce qu'il voulait. Il ne souffrait donc pas de la supériorité physique de son frère et des autres garçons de son âge. Ou du moins, il n'y paraissait pas.

— J'ai faim, déclara Éléonore en bâillant. Si on s'achetait des beignets ?

— Je n'ai pas un liard vaillant, dit Hughes avec regret car l'odeur exquise qui s'exhalait d'un petit éventaire proche lui faisait venir l'eau à la bouche.

Vrai panier percé, de temps en temps il gagnait une pièce en déchargeant des caisses d'un chaland place de Grève, en aidant un maçon à porter briques et pierres en haut d'un échafaudage. Dans l'heure qui suivait l'argent avait disparu de sa poche...

Déjà, Charles extrayait de sa bourse une piécette de cuivre et la tendait à la marchande de beignets, une brunette avenante qui lorgna Hughes avec un visible intérêt.

Au contraire de son frère, sans être avare, Charles était ménager de ses deniers. Disposant de plus de temps que lui, puisque nombre de distractions lui étaient interdites, il avait très vite compris qu'il pouvait le monnayer de façon intéressante. Mettant à profit ses talents, il avait proposé ses services à un libraire de la rue Saint-André-des-Arts, proche de l'hôtel d'Orléans où avaient vécu le duc et sa femme Valentine Visconti et qui appartenait désormais à leur fils, le poète Charles d'Orléans. Au vu de sa belle écriture, le libraire l'avait aussitôt engagé comme copiste. Ce travail ingrat et fastidieux était certes fort mal rémunéré pour la peine qu'il donnait, mais Charles en retirait un double avantage : financier et intellectuel. Il avait le goût de la lecture et le satisfaisait ainsi sans frais car souvent le libraire consentait à lui prêter quelque ouvrage pour le plaisir.

Si bien sûr, *La somme contre les païens* de Thomas d'Aquin lui avait parue ardue de même que *La Cité de Dieu* de Saint-Augustin, le *Roman de la Rose* l'avait diverti et il avait aimé les poèmes de Rutebeuf, d'Eustache Deschamps et de Christine de Pisan. Et pour le chanoine Buzenval, féru d'histoire et excellent latiniste, il avait même transcrit une partie de *La Guerre des Gaules.* Parfois, Éléonore en quête de quelques sous pour s'acheter un chapeau de fleurs à l'occasion d'une fête ou une friandise car elle était fort gourmande, s'installait à côté de lui dans la salle et copiait elle aussi un certain nombre de pages. Tandis qu'elle essuyait la vaisselle et s'occupait du ménage. Anieuse considérait ses jeunes maîtres avec une sorte d'admiration incrédule et s'émerveillait d'une science qui, pour elle, appartenait au domaine de l'inaccessible. Elle n'en éprouvait nulle jalousie, même vis-à-vis d'Éléonore, seule femme de sa connaissance qui sût lire et écrire ;

— As-tu de quoi acheter encore un beignet ? mendia Éléonore.

Hughes esquissa un léger sourire :

— Attends, je vais te l'avoir gratis moi !

— Et comment donc ? s'enquit Charles avec étonnement. Tu ne vas pas le voler tout de même ?

— Rassure-toi. Écartez-vous un peu tous les deux et laissez-moi faire.

Éloignés d'une dizaine de pas, Éléonore et Charles observèrent avec curiosité le manège de leur frère. Profitant d'un moment ou personne ne se tenait devant son étal, il s'approcha de la jeune femme et engagea la conversation. Bientôt, on put voir la vendeuse de beignets qui riait et secouait la tête en agitant sa chevelure, tandis qu'Hughes discourait. Puis il fit mine de s'en aller. La femme le rappela et avec un grand sourire lui tendit un beignet.

— Et voilà, dit-il triomphalement. La petite Éléonore va se régaler.

— Merci mon cher frère !

— Voilà bien un résultat auquel je ne saurais prétendre, remarqua Charles sans le moindre dépit.

— Tu en obtiens d'autres ! lui lança Hughes, bien

convaincu de la supériorité intellectuelle de son cadet. N'est-ce pas notre mère qui sort du « Pot d'Étain » avec Léon ?

Matheline avait été rejoindre le voiturier dans la grande taverne où s'arrêtaient la plupart des voyageurs et des colporteurs à l'aller et au retour. Dans ce lieu où régnait une animation bruyante de l'aube à la nuit tombée, en fait jusqu'au moment où les sergents fermaient la porte Saint-Jacques, où les bavardages allaient bon train et aussi les jeux de dés, le patron était toujours au courant des départs et des arrivées projetés. Mieux que tout autre, il serait à même de renseigner Matheline sur une possibilité de se joindre à d'autres voyageurs pour effectuer le trajet de conserve jusqu'à Orléans.

— J'ai peut-être ce qu'il vous faut, dit le tavernier en grattant un crâne fort dégarni et luisant par endroits. Tenez, installez-vous ici en attendant.

C'est ainsi que Matheline se trouva attablée avec Léon devant un pichet de vin de Clamart plutôt aigrelet, auquel ce dernier fit honneur avec un enthousiasme mitigé.

— J'en ai bu du meilleur...

— Moi aussi, reconnut Matheline qui ne répugnait pas à un gobelet de bon vin. Il sent le fond de tonneau...

Encore ne leur avait-on pas servi de ce vin blanc de Fontenay qu'on traitait à la craie pour en diminuer l'acidité !

— A Orléans..., soupira-t-il d'un air rêveur.

— A Orléans, nous boirons du bon vin gris, promit Matheline désireuse de se le concilier : on en avait pour un bout de temps de sa compagnie...

Déjà le tavernier leur présentait un homme encore jeune, vêtu d'une robe de fine laine beige rehaussée de passementeries et ceinturée de cuir fauve clouté d'argent, agrémentée d'un collet de satin fourré de menu vair dont l'élégance fit bonne impression à Matheline. Ses manières aimables paraissaient celles d'un bourgeois.

— Voici le sieur Théodore avec lequel vous pourrez peut-être vous entendre.

Sur un geste de Matheline, ce dernier prit place à la table.

— Ma mère doit se rendre à Orléans pour une question d'héritage. Je l'y envoie avec un grimaud, son chapelain dont elle ne peut se passer, une chambrière et un valet. Cela fait trois hommes, encore que le chapelain ne vaille pas grand-chose en cas d'attaque, expliqua-t-il avec une expression d'ironie. Tous sont armés.

— Avec Léon et mon fils aîné, cela fera cinq.

Hughes avait la dague et l'épée de son père — savait-il seulement se servir de cette dernière ? — et Léon devait bien cacher quelque arme sous son siège.

— Ce n'est pas suffisant, constata Maître Théodore avec regret. Il faudrait au moins une douzaine d'hommes capables de résister à ces routiers qui attaquent tout ce qu'ils voient passer.

— En effet, confirma le tavernier, pas plus tard qu'hier, deux chariots remplis de volailles ont été attaqués à cinq lieues d'ici, et les marchands roués de coups. Encore heureux qu'ils n'y aient pas laissé la vie. Attendez, je vois là-bas trois chariots attendant de franchir la porte.

Il interpella un gamin qui épongeait à la table voisine du vin renversé par un client ivre ou maladroit.

— Va donc voir où vont ces gens, enjoignit-il. Et dépêche-toi. S'ils se dirigent vers Orléans, tâche de savoir combien ils sont et viens vite nous avertir.

Le gamin s'élança et ne tarda pas à revenir muni de précieux renseignements : les voyageurs, un convoi de marchands en provenance de Vierzon qui était venu apporter des salaisons dans la capitale s'en revenaient chargés de harengs et de maquereaux. Ils étaient une quinzaine y compris voituriers et quatre valets d'escorte, la plupart d'entre eux à cheval et ne demandaient pas mieux que de s'adjoindre deux autres voitures. A condition qu'on partît tout de suite.

A cette bonne nouvelle, Maître Théodore parut rasséréné : visiblement, il se faisait grand souci pour sa mère. Avant de se mettre en route, Matheline alla saluer cette personne irascible et dévote qui la dévisagea de haut tout en serrant nerveusement entre ses doigts un patenôtre de corail.

Qu'importait le caractère de la dame : on ne la verrait qu'aux étapes, Matheline récupéra ses enfants ; Léon regagna le siège et les cinq chariots passèrent la porte Saint-Jacques : il était onze heures et le soleil était presque à l'aplomb dans un ciel sans nuages.

— J'espère que nous avons bien fait, dit Matheline qui regrettait la présence d'un adulte avec lequel elle aurait pu se concerter. Après tout, nous ne connaissons aucun de ces gens !

Éléonore tenta de rassurer sa mère :

— Franchement, ils n'ont pas l'air de brigands !

— Non, sans doute, mais sait-on jamais ?

Comme la responsabilité de mener ses enfants à bon port lui paraissait lourde désormais ! L'anxiété qui l'avait un moment quittée dans l'agitation du départ l'assaillait de nouveau sur cette route pour l'instant encore fort fréquentée, de chaque côté de laquelle cependant, à mesure qu'on s'éloignait de l'enceinte de la capitale, s'espaçaient les maisons, pour faire place plus largement aux champs, aux vergers et aux pâtures. Matheline se disait bien qu'elle avait déjà effectué le voyage dans l'autre sens vingt ans auparavant et qu'il n'était rien survenu de fâcheux. Mais à cette époque, son mari était là pour la protéger et s'occuper de tout... Afin de se conforter, elle se répétait aussi que la guerre était finie, du moins avec les Bourguignons. Qu'était-ce qu'un traité de paix cependant quand les hommes ont envie de se battre ou pire, intérêt à le faire ?

On croisa un troupeau de chèvres, conduit par un jeune berger et son chien, puis on traversa un petit hameau de quinze feux à peine où des chevaux se faisaient ferrer en hennissant. Des enfants jouaient, insoucieux de la poussière que soulevait le passage du convoi et assise devant sa porte, une vieille plumait une oie dont les plumes s'envolaient dans toutes les directions. Plus loin, retentirent les cris désespérés d'un porc qu'on égorgeait.

Éléonore ne perdait pas un détail du paysage qui pourtant, jusqu'à présent, n'avait rien eu que de très banal. Mais pour cette citadine habituée aux ruelles étroites et encombrées, à la promiscuité inévitable d'une grande ville, ces vastes espaces ponctués de verts de différentes tonalités constituaient en eux-mêmes une découverte. L'air était meilleur aussi, elle le ressentait vivement, débarrassé de toutes ces odeurs désagréables qui flottaient dans l'atmosphère de la capitale, surtout en ce début d'été. Étaient-ce les fleurs des cerisiers — qui pourtant n'exhalaient aucun parfum — qu'elle apercevait là-bas qui étaient responsables de cette euphorie qui s'emparait d'elle ? Ou le spectacle de l'aubépine sauvage qui fleurissait au bord du chemin, de cette herbe grasse où des vaches étendues ruminaient à l'ombre des pommiers ?

A la croisée de deux chemins, près d'un puits, on s'arrêta pour se restaurer brièvement et faire boire les chevaux. L'angélus sonna à un clocher voisin accompagné par l'aboiement des chiens, quelques bêlements, des bruits indistincts qui étaient ceux de la campagne et qu'on ne percevait pas lorsque les chariots roulaient. La poussière était retombée. Comme il était extraordinaire de découvrir l'étendue de la nature !

D'un sac, Anieuse tira une miche de pain bis, du jambon salé, un morceau de fromage de brebis et des oignons doux, presque sucrés, à la fine pelure rose. Léon alla tirer de l'eau au puits : on compenserait ce repas frugal le soir, dans une bonne auberge s'il s'en trouvait une au moment de l'étape. Les marchands qui effectuaient souvent ce trajet devaient connaître les meilleures : en plus de la sécurité accrue, c'était aussi l'un des avantages de voyager de compagnie avec des gens familiers de la route.

Montés sur des mules au pas régulier et lent, passèrent une dizaine de pèlerins, porteurs de coquilles : ce signe indiquait que pour satisfaire à quelque vœu, pour leur compte ou celui d'autrui qui les payaient pour ce faire, ils se rendaient à Saint-Jacques-de-Compostelle, dans les lointaines Asturies, au-delà des Pyrénées.

— Comme ils ont de la chance, murmura Éléonore.

Matheline considéra sa dernière fille avec surprise :

— Tu aimerais aller à Saint-Jacques ?

— Oh ! oui, on dit que c'est si beau !

— Certes, reconnut Matheline, mais imagine la distance.

— Qu'importe ! C'est si divertissant et intéressant de voir du pays !

— Voilà mon Éléonore qui prend le goût des voyages, sourit sa mère. Eh ! bien, tu connaîtras Orléans. Et Bourges...

— Ce n'est pas pareil...

Elle aurait voulu dire : ce n'est pas assez...

— Bourges te plaira je t'assure, dit Matheline qui gardait un souvenir attendri, magnifié par le temps de sa ville natale et de la douce enfance qu'elle y avait passée.

Éléonore fixa l'horizon aussi loin que son regard pouvait porter : comment expliquer à sa mère ce désir soudain — était-ce à la seule vue des pèlerins ou à la pensée de se rapprocher de Jacques Cœur, personnage presque mythique qui symbolisait à ses yeux d'autres perspectives que celles de demeurer, sa vie durant, dans le même endroit, la possibilité de fréquenter des gens différents — le désir d'un ailleurs exotique qu'elle se représentait mal, fautes de connaissances précises, mais qui l'attirait de manière irrésistible...

CHAPITRE VI

Le premier jour se termina sans incidents et à la tombée de la nuit, les voyageurs se retrouvèrent à l'auberge de « La Truite Vagabonde », sise au centre de Longjumeau, un petit bourg sur les bords de l'Yvette.

Matheline disposait d'une belle chambre pour elle, ses enfants et Anieuse et de paillasses qui lui parurent propres après une rapide inspection. Elle redoutait les punaises et la vermine qui s'y trouvaient fréquemment et dont elle avait eu à souffrir lors de son précédent voyage.

Hughes trépignait de faim :

— Viens vite mère, le souper nous attend !

Quand les Bayencourt pénétrèrent dans la grande salle, les marchands et leurs gens étaient déjà installés à une longue table où il ne restait plus de place. Ils furent donc contraints de partager celle de Mme de Saint-Alban, de son chapelain, le père Mélantal et de son homme de loi, maître Mercier.

L'antipathie fut immédiate entre les deux groupes : il était évident que la mère du sieur Théodore, une femme maigre et sèche qui devait avoir passé la cinquantaine, considérait ces compagnons de voyage comme étant des gens de peu, sinon de rien, dont seules les circonstances, bien contre son gré, lui imposaient la promiscuité.

Comme les nouveaux convives s'en aperçurent rapidement, le père Mélantal, ecclésiastique à la figure anguleuse, doué d'un regard inquisiteur et dur, tenait sa pénitente sous son joug et sous la menace constante du châtiment éternel : cette dernière ne faisait rien sans le consulter. Il dévisagea la beauté rayonnante d'Éléonore avec réprobation et détourna les yeux qu'il posa avec sévérité sur Matheline, coupable d'avoir engendré une personne qui ne pouvait qu'induire en tentation les misérables représentants de l'espèce masculine. Chez lui, on ne décelait nulle trace de cette bonté ni de cet amour pour Dieu et ses créatures qui illuminaient le doux visage du chanoine Buzenval...

Quant à maître Mercier, un petit homme vif, à la mine chafouine, il se montra presque obséquieux à l'égard des dames. Et cette politesse excessive, surtout comparée à l'air hautain et méprisant de ses compagnons, déplut tout autant à Matheline qui se promit d'essayer le lendemain de faire table commune avec les marchands : ceux-là semblaient d'excellentes gens, honnêtes et de bonne compagnie.

D'ailleurs à la fin du repas qui se déroula presqu'en silence, à part l'échange de quelques banalités, celui qui paraissait le chef du convoi, Pierre Le Mahais, vint trouver Matheline pour s'assurer qu'elle et ses enfants étaient bien logés et ne manquaient de rien.

— Nous sommes tout à fait à notre aise, je vous remercie et le souper était fort bon.

— Surtout les truites ! s'exclama Hughes qui s'était régalé.

A Paris, on n'avait pas tellement l'occasion d'en goûter : en fait de poissons frais, on en mangeait surtout lorsque les concessionnaires de la pêcherie des fossés de la ville en opéraient la vidange et vendaient alors à la criée brochets, carpes, tanches et anguilles. Mais il fallait se dépêcher : les amateurs se pressaient et le poisson se gâtait vite.

— Ah ! les truites de l'Yvette, voilà qui est fort délicat en effet. Surtout avec du vin de Chablis... mais ils n'en ont point dans cette auberge, déplora Pierre Le Mahais.

Matheline s'enquit :

— Et demain, où coucherons-nous ?

— A Étampes si Dieu le veut. Là aussi l'étape sera bonne. Après, ce sera selon... Eh bien ! je vous souhaite une bonne nuit. Nous partirons à sept heures. Prévenez votre voiturier.

A Mme de Saint-Alban, il dit seulement :

— Le départ est à sept heures. Soyez prêts.

Lui non plus ne semblait pas éprouver une sympathie débordante pour le trio que Matheline gratifia d'un signe de tête sec en quittant la table : ces personnes qui se croyaient au-dessus du commun n'en méritaient pas davantage.

On ne lui répondit même pas.

Le soleil brillait le lendemain et après avoir avalé un grand bol de bouillon de poulet aux légumes et dévoré autant de tartines que leur appétit l'exigeait, Éléonore et ses frères sortirent dans le jardin de l'auberge qui descendait en pente douce vers l'Yvette. Sur ses rives, quelques pêcheurs taquinaient déjà le goujon. En attendant que Le Mahais donne le signal du départ, ils reprirent leurs commentaires de la veille que le sommeil avait interrompus.

— Je déteste cette bonne femme, dit Hughes, le plus véhément. Elle a l'air venimeux...

— C'est une vieille bigote, dit Charles. Vous savez à qui elle me fait penser ? A tante Ermengarde !

— Tu as raison ! s'exclamèrent à la fois son frère et sa sœur.

S'adressant à cette dernière, Hughes poursuivit :

— Tu as vu comme le grimaud te lorgnait par en dessous ?

— Non, répondit Éléonore surprise. Je le trouvais si peu plaisant que je ne l'ai même pas regardé !

— Je peux t'assurer que, sans que la vieille s'en aperçoive il ne t'a pas quittée des yeux. Prends bien garde qu'il ne te serre de près !

— Tu seras là pour me défendre, répliqua Éléonore en riant.

Ambroise n'avait rien à craindre de cet affreux bonhomme ! De songer à son amoureux resté à Paris la rendit mélancolique : comme ce serait agréable de flâner en sa compagnie le long de cette rivière qui serpentait à travers les prairies, de s'allonger sur l'herbe pour se bécoter et un peu plus...

Dans la cour de l'auberge piaffaient les chevaux et s'activaient palefreniers, valets d'écurie et la plupart de ceux qui avaient passé la nuit dans cet endroit accueillant, y compris un saintier et son apprenti, originaires de Lorraine, qui s'en allaient sur les routes de France, comme ils l'avaient expliqué à Matheline, du mercredi des Cendres à la Toussaint, fondre des cloches pour les couvents et les églises. Maintenant, tout ce monde reprenait la route et Matheline héla ses enfants :

— Venez vite, on part !

On parvint jusqu'à une lieue d'Étampes environ, sans avoir fait d'autres rencontres que celles de colporteurs courbés sous le poids de leur balle chargée de bonnets et de chausses tricotées, de peignes d'os, de couteaux de poche, de ceintures et de toute une bimbeloterie qu'ils proposaient de villages en villages, de marchands qui se dirigeaient vers la capitale et de troupeaux qu'on menait boire.

Matheline commençait à se rassurer et comme ses enfants, à prendre plaisir au voyage. Elle se disait aussi qu'elle n'en ferait pas d'autres dans sa vie : une fois installée à Bourges, elle comptait bien y finir ses jours. Là où elle était née, elle retournait mourir. Oh ! pas tout de suite. Elle comptait bien profiter des agréments que l'existence pouvait encore lui offrir : voir ses fils établis, Éléonore bien mariée et heureuse et surtout, revoir son petit-fils Thierry. Elle pensait à lui justement lorsqu'un nuage de poussière s'éleva au loin sur la droite. Hugues fut le premier à le remarquer.

— Tiens ! Une troupe de cavaliers...

— Où donc ? dit Charles en scrutant l'horizon de son faible regard.

— Moi, je vois, dit Éléonore qui avait la vue presque aussi perçante que son frère aîné. Ils doivent être nombreux...

Tirée de sa rêverie, Matheline sursauta et se pencha vers Léon :

— Que se passe-t-il ?

A son habitude, celui-ci grommela :

— Rien de bon à mon avis...

La troupe se rapprochait. On distinguait une vingtaine de cavaliers vêtus de sombre.

— Ils ressemblent à des corbeaux, remarqua Éléonore.

Les trois chariots des marchands qui allaient en tête — Mme de Saint-Alban suivait et les Bayencourt fermaient la marche s'arrêtèrent. Pierre Le Mahais hurla :

— Ce sont des routiers. Préparez-vous à vous défendre.

Il n'était pas question d'essayer de leur échapper : comment des véhicules lourdement chargés auraient-ils rivalisé de vitesse avec des chevaux fringants dont la crinière flottait au vent ?

Matheline gémit en se tordant les mains :

— Nous sommes perdus. Oh ! mon Dieu, jamais nous n'aurions dû partir !

Heureusement, Pierre Le Mahais ne perdait pas la tête et organisait la défense :

— Descendez des chariots et allez vous abriter, enjoignit-il aux femmes. Les hommes, venez là avec moi !

Matheline, Éléonore, Charles et Anieuse s'empressèrent de s'accroupir dans un fossé en compagnie de Mme de Saint-Alban beaucoup moins fière à présent et des femmes des marchands, tandis qu'Hughes et Léon allaient rejoindre les combattants, de l'autre côté de la route. Les coups de feu commencèrent à claquer, les chevaux à hennir, les blessés à crier et la poussière à voler de toute part.

— Nous allons mourir, remettons notre âme à Dieu, dit Mme de Saint-Alban. Qu'il ait pitié de nous pauvres pécheurs !

Malgré la peur qui lui tordait le ventre, Éléonore ne put s'empêcher de répliquer :

— Parlez pour vous !

Un regard furieux lui répondit. Puis un miaulement se fit entendre : dérangé dans son somme par le bruit, mécontent d'être abandonné, Clément venait retrouver ses maîtres. Éléonore le prit sans ses bras et le serra contre elle.

— Comment peux-tu..., dit Matheline. Alors que ton frère est peut-être blessé, mort...

— Non, dit Charles qui pour une fois voyait quelque chose. Il est là-bas...

Il ajouta avec fierté :

— Il se bat comme un lion.

Blanche comme un linge, Anieuse se signa puis se cacha le visage entre les mains, pour au moins, ne plus voir, s'il lui était impossible de ne pas entendre les cris d'agonie, les appels au secours et les hurlements féroces des routiers qui s'excitaient mutuellement au combat et au pillage. Déjà, deux ou trois d'entre eux, sans doute assurés d'une victoire prochaine, commençaient à visiter les chariots et à s'emparer de ce qui leur plaisait.

— Ma cassette ! glapit Mme de Saint-Alban qui soudain ne songeait plus à recommander son âme à Dieu. Ce monstre a pris ma cassette ! Avec mes bijoux et le testament de mon cousin ! Quelle preuve aurai-je désormais de mes droits sur l'héritage !

Suivant les conseils avisés de maître Le Vayer, Matheline ne s'était chargée que des espèces indispensables aux frais du voyage. Une lettre de change l'attendait à Bourges, bien en sûreté chez un correspondant du drapier. Elle s'était félicité de cette prudente disposition : à quoi servirait-elle cependant, si aucun d'entre eux ne survivait ? Enfin, l'argent irait à Mélanie et à Geneviève...

Deux cavaliers surgirent brusquement par-derrière, terrifiant les malheureux tapis dans le fossé. Ils retinrent un instant leurs montures :

— Tiens, tiens, fit l'un, il y a des dames ici... Qu'en dis-tu ?

— J'en dis qu'il y en a deux qui sont mignonnes... Même très mignonnes !

— Servons-nous les premiers. Les autres se contenteront des vieilles !

Réfugiée dans les bras de Matheline, Éléonore dévisageait avec épouvante leurs agresseurs. D'un geste preste, l'un d'eux sauta à terre, s'empara d'Anieuse qui hurlait et se débattait et la passa à son compagnon comme s'il s'agissait d'un vulgaire paquet et ce dernier assit la jeune fille en travers de la selle.

Puis il s'adressa à Éléonore :

— Allez viens ! Le moins d'histoires tu feras...

— Vous n'allez pas me prendre ma fille ! hurla Matheline.

Comme glacée, Éléonore ne bougeait pas, le routier brandit un pistolet en direction de Matheline :

— Dépêche-toi ! Ou je tue ta mère...

CHAPITRE VII

Par fierté et non sans peine, Éléonore retenait ses larmes : y parviendrait-elle encore longtemps ? Ballottée sur la selle, un bras de fer encerclant sa taille, elle était emportée au galop par une monture dont l'allure ne paraissait guère souffrir de sa double charge. A une courte distance devant elle, elle apercevait dans la même position la malheureuse Anieuse, compagne d'une infortune destinée sans doute à être brève : après avoir abusé d'elles, leurs ravisseurs se débarrasseraient de leurs victimes d'un coup de couteau. Puis ils abandonneraient les cadavres qui se décomposeraient à l'air libre et serviraient peut-être de pâture à des animaux sauvages, à l'un de ces grands loups affamés par exemple, de funeste mémoire, si hardis qu'ils n'hésitaient même pas à s'attaquer aux vivants.

A moins qu'une main charitable ne prît la peine de leur assurer une sépulture chrétienne et de réciter quelques prières pour leur salut...

Triste fin pour la fiancée d'Ambroise qui ne connaîtrait jamais les plaisirs d'un amour accompli : elle regrettait maintenant de ne pas s'être donnée à lui comme il l'en avait suppliée.

Après avoir parcouru environ une demi-lieue, on arriva en vue d'une ferme abandonnée, à moitié incendiée, qui sait, par les routiers eux-mêmes. Peu de temps auparavant car une odeur de brûlé nettement perceptible flottait encore dans l'atmosphère.

Le premier cavalier, celui qui portait Anieuse s'arrêta.

— Que dis-tu de cet endroit Olivier pour mettre en sûreté notre butin ?

— J'en dis Macaire qu'il me paraît bel et bon. Elles pourront toujours crier, nul ne les entendra, conclut-il avec un rire sarcastique.

Éléonore se rendit compte qu'il disait vrai. Autour des ruines de la ferme s'étendaient des champs de blé dévastés par le passage d'une troupe, aux tiges déjà hautes, dont les épis n'auraient pas le temps de mûrir. Comme tant d'autres, par la faute des Anglais, des Bourguignons ou de diverses bandes, cette récolte serait perdue.

Quant aux animaux, si on ne les avait pas emmenés, certains avaient dû les massacrer avec jubilation : quelques hommes sont ainsi faits qu'ils aiment voir couler le sang. Celui de leurs semblables ou à défaut, celui de bêtes innocentes.

— Vous allez demeurer bien tranquilles ici, dit celui qui se nommait Olivier.

Il saisit Éléonore par la taille pour la faire descendre de l'alezan et elle vit de près le visage de son ravisseur, auquel, jusqu'à présent, elle avait toujours tourné le dos. Elle dut reconnaître qu'il offrait un aspect ordinaire, sans aucun trait marquant propre à terrifier l'imagination : aucune balafre ne le défigurait, point de bandeau pour masquer un œil disparu dans quelque rixe. A son regard gris et froid, la jeune fille trouva même une vague ressemblance avec celui d'Emmanuel... Mais son expression différait du tout au tout de celle de son beau-frère : narquoise, joviale — il était visiblement enchanté de sa prise — et volontaire. Sa voix grave, avec une pointe d'accent du Sud-Ouest n'était pas désagréable.

— Tu vas voir que nous allons bien nous entendre ma belle, pronostiqua-t-il. C'est que tu es un beau morceau tu sais !

Éléonore frémit de cette admiration bien inopportune. Elle lui vaudrait en tout cas un moment de survie.

— Ce cellier fera tout à fait l'affaire, dit Macaire en poussant une porte de bois, la seule munie d'une serrure épargnée par le feu. Elle ouvrait sur un réduit sombre, aux murs de torchis au sol de terre battue.

— Eh bien ! dépêchons-nous maintenant, dit Olivier soudain pressé. Il ne s'agit pas que maître Gérard remarque notre absence.

A ce prénom haï, Éléonore tressaillit. Elle trouva le courage de demander :

— Vous voulez parler de Gérard de Caubre ?

— Et de qui d'autre, ma belle enfant ? Tu le connais donc ?

— J'en ai entendu parler, se contenta de répondre la jeune fille le cœur serré.

Ainsi, elle était tombée entre les mains de l'assassin de son père. Même si c'était par l'intermédiaire de l'un de ses séides... Elle n'aurait pu connaître pire destin !

Les deux captives furent poussées sans ménagement à l'intérieur du réduit, et la porte se referma derrière elles. Elles entendirent la clef tourner, puis le galop des chevaux qui s'éloignaient. Ensuite, régna le silence à l'exception de leur respiration oppressée.

Et l'obscurité.

Anieuse pleurait à gros sanglots et Éléonore avait bien envie de se laisser aller elle aussi. Ce sursis qui leur était accordé n'excéderait pas quelques heures.

— Écoute Anieuse...

Cette dernière se tut aussitôt et tendit l'oreille, pleine d'espoir.

— Quoi, vous entendez quelque chose ? Si quelqu'un venait nous délivrer... Nous pourrions crier et...

Avec un peu d'agacement, dû peut-être la déception qu'elle lui infligeait, Éléonore l'interrompit :

— Mais non. Je n'entends rien. Mets-toi bien dans la tête qu'il ne passera personne. Comment veux-tu...

Anieuse se remit à pleurer, cette fois en silence.

Les pupilles habituées à l'obscurité, Éléonore distingua un faible rai de clarté en haut et en bas de la porte et entre deux planches mal jointes à la hauteur du genou. Cette lueur permettait de déterminer très vaguement les contours de leur prison qui ne devait guère mesurer plus de cinq pas sur six ou sept. Avec précaution, les mains en avant pour se protéger d'un éventuel obstacle, Éléonore reconnut une masse sombre contre le mur pour un tonneau. Vide naturellement. L'idée du liquide lui donna soif.

— Ils ne nous ont rien laissé à boire. Ni à manger...

— Nous allons mourir de faim, c'est sûr, gémit Anieuse. Enfermées comme des rats...

Comme des rats, non... Mais une vision qui l'avait bouleversée autrefois, qu'elle avait fini par oublier, remonta brutalement à la mémoire d'Éléonore : celle de la recluse du cimetière des Innocents cette femme jeune comme elle et Anieuse qui, si elle n'était pas déjà morte, continuait de croupir derrière ses murs. Une crainte épouvantable s'empara d'elle : et si leurs ravisseurs retournés au combat, s'y faisaient tuer, hypothèse qui n'avait rien d'invraisemblable. Qui saurait jamais que deux malheureuses se mouraient à une demi-lieue de la grand-route ?

Pour la ménager, elle s'abstint de faire part de ses pensées à Anieuse. A quoi bon ? En somme, leurs perspectives d'avenir se limitaient à un viol, suivi selon toute probabilité d'un coup de dague — à moins que leurs ravisseurs ne prissent un certain goût pour elles ce qui retarderait l'échéance de quelques jours — ou à une mort lente dans ce lieu abandonné des hommes. Elle se mit presque à souhaiter le retour de leurs ravisseurs...

La fatigue finit par avoir raison des captives malgré la dureté de la couche : de la terre battue avec çà et là un peu de paille, sans doute habitée de vermine. Le hennissement d'un cheval les réveilla en sursaut. Aussitôt, tremblantes elles se levèrent d'un bond.

— Les voilà..., chuchota Anieuse. Oh ! mon Dieu, ayez pitié de nous !

La porte s'ouvrit et une grande bouffée d'air frais de la nuit s'engouffra : le contraste apparut avec l'atmosphère raréfiée du réduit dépourvu d'ouvertures. Éléonore respira à pleins poumons. Sans doute fatigués, leurs ravisseurs ne se montrèrent guère loquaces.

— Allez vite, en route !

Ils cheminèrent sous un ciel étoilé, éclairé par une lune à demi pleine. A sa position, Éléonore supposa qu'il ne devait pas être loin de minuit. D'ailleurs son estomac criait famine et elle mourait de soif : la soupe et les tartines de l'auberge étaient loin... Allait-on les laisser encore longtemps sans aliments ? Mais pourquoi les routiers se soucieraient-ils de nourrir des personnes destinées à une fin prochaine ?

Le bras qui encerclait sa taille serrait moins fort. Éléonore sentait la lassitude d'Olivier : était-il possible que le combat ait duré jusqu'alors ? Et quelle en avait été l'issue ? Sa mère et ses frères étaient-ils morts ? Ou, ayant fait main basse sur des marchandises, les écorcheurs avaient-ils abandonné les survivants en compagnie des cadavres ? Si Matheline était vivante, sa fille n'imaginait que trop l'angoisse qui devait la ronger... Et les Bayencourt étaient de trop petites gens pour qu'elle pût espérer une demande de rançon pour sa libération. S'il s'était agi de l'héritière d'un grand seigneur, il en fût allé différemment bien sûr. L'idée traversa la jeune fille de se prétendre la nièce de Jacques Cœur... Mais ce dernier payerait-il la rançon d'une inconnue ? C'était peu probable. D'autant plus qu'il ne savait même pas les Bayencourt sur la route de Bourges.

Au passage d'une rivière — était-ce l'Yvette ou une autre ? — sur un petit pont de bois dont les planches craquaient au passage des chevaux, les brigands se concertèrent :

— Tu es sûr que Geoffroy sera à la poterne de côté ? s'enquit Olivier qui semblait éprouver quelque inquiétude.

— Il l'a promis, répondit Macaire.

Il ajouta avec un rire déplaisant :

— Il a tout intérêt à nous servir. Sinon, il lui en cuira...

Comme la vie humaine revêtait peu de valeur aux yeux de ces hommes ! Risquant presque quotidiennement la leur, ils n'entendaient pas faire plus de cas de celle d'autrui.

Olivier parut se contenter de cette réponse. Mais pour une raison inconnue d'elle, Éléonore le devinait mal à l'aise. Des fontes de la selle, il tira une gourde de peau. D'entendre le liquide couler dans la gorge de son agresseur, réveilla la soif de la jeune fille.

— J'ai soif aussi...

— Ça ne va pas te désaltérer beaucoup !

Néanmoins il lui tendit le flacon dont le goulot était encore chaud de ses lèvres. Avec dégoût Éléonore avala une gorgée qui lui parut du feu. Elle ne put s'enpêcher de tousser ce qui fit rire Olivier :

— Ce n'est pas une boisson de demoiselle ! Je te donnerai autre chose lorsque nous serons arrivés.

Le ton était presque bienveillant. Comme s'il éprouvait le besoin de parler, il dit encore :

— Nous y serons dans un quart d'heure au plus.

— Nous serons où ? osa s'enquérir Éléonore.

— Au château des Tombes Noires.

Ce nom sinistre la fit frissonner. Ce fut bien pire lorsque Olivier lui apprit :

— C'est le repaire secret de notre maître, Gérard de Caubre.

A ces mots, Éléonore sut qu'elle ne sortirait pas vivante du château...

CHAPITRE VIII

A la sortie d'un petit bois dont les sentiers étroits paraissaient familiers aux brigands et à leurs montures, se dressa une masse sombre, entourée d'une enceinte et surmontée d'un donjon, qui se détachait à peine de l'obscurité environnante.

Le château des Tombes Noires...

— Fais le signal, ordonna à voix basse Olivier.

Macaire battit le briquet et alluma non sans peine une petite lanterne sourde :

Olivier s'impatienta bientôt :

— Il ne répond pas...

Soudain, là-bas, un point lumineux scintilla brièvement par trois fois.

— Tu vois bien que Geoffroy est fidèle au poste, triompha Macaire.

Ils repartirent au pas. Éléonore comprit que les hommes s'efforçaient de faire le moins de bruit possible. De réaliser qu'elle était sur le point de pénétrer sous le toit de celui auquel chaque jour elle dédiait une pensée de haine, surtout lorsqu'elle voyait le visage de sa mère s'assombrir après quelque allusion qui lui rappelait le drame, lui causa un choc terrible. Presque aussi violent que la vue du corps de son père blessé, étendu sur le lit conjugal, ce grand corps soudain immobile...

Si elle avait pu tuer Gérard de Caubre de ses propres mains...

Bien que la tâche de venger leur père fût dévolue à Hughes, elle s'en chargerait volontiers elle-même, si la possibilité lui en était offerte. Mais comment une petite jeune fille, même vigoureuse, pourrait-elle jamais venir à bout d'un des plus féroces bandits du royaume, dans sa demeure, où cinquante hommes en armes devaient sans cesse l'entourer et veiller sur sa sécurité. C'était un rêve irréalisable, même si pour l'accomplir, elle se fût résignée aisément à perdre la vie : un peu plus tôt, un peu plus tard, qu'importait, de toute façon elle était condamnée. Il lui semblait que si au moins sa mort servait à quelque chose, il lui serait moins difficile de renoncer à la vie, à cette vie qu'hier encore à pareille heure, elle envisageait sous les plus riantes couleurs...

— On descend.

De nouveau, elle se trouva un instant dans les bras d'Olivier. Cette fois cependant, il ne se souciait pas d'admirer sa prisonnière : visiblement préoccupé, il avait la tête ailleurs. Il chuchota :

— Ne fais aucun bruit.

Il n'assortit l'ordre d'aucune menace si Éléonore venait à le transgresser, sentant peut-être que c'était inutile, qu'elle était si effrayée qu'elle défaillait presque. Au contraire, il promit :

— Lorsque nous serons dedans, tu auras à boire et à manger.

Les Tombes Noires étaient une forteresse dans laquelle même les séides de Gérard de Caubre ne pénétraient pas comme ils voulaient. A leur attitude, Éléonore subodora qu'ils prenaient une sorte de risque en introduisant leurs proies à l'intérieur des murs et que pour ce faire, la complicité de ce Geoffroy dont elle apercevait maintenant la silhouette menue à quelques pas, avait été nécessaire.

Gérard de Caubre ne tolérait-il pas dans sa tanière la présence des femmes ? Si c'était le cas, leurs ravisseurs s'arrangeraient pour que jamais ni elle ni Anieuse n'aient l'opportunité d'approcher leur chef.

Sans qu'un mot eut été échangé, sous la conduite de Geoffroy qui masquait à moitié la faible lueur de la lanterne sous un pan de sa cape ils franchirent l'entrée de la poterne qui se referma silencieusement derrière eux.

Éléonore s'était attendue à ce qu'à peine arrivés, Olivier et Macaire se jettent sauvagement sur leurs prisonnières pour assouvir des instincts qui devaient être violents. Elle avait essayé de se préparer à cet assaut odieux qu'elle se représentait par avance avec terreur : les femmes ne redoutent-elles pas autant, si ce n'est parfois plus, le viol que la mort ? Certaines n'avaient-elles pas préféré s'infliger un coup de couteau de leur main plutôt que de consentir à une étreinte ignoble et déshonorante ?

Éléonore aurait-elle ce courage ? Elle en doutait. Et elle ne disposait d'aucun instrument pour réaliser un projet de ce genre.

Contrairement à ses suppositions, parvenu dans la cour intérieure, Olivier ordonna à Geoffroy :

— Va chercher à manger pour quatre et que ce soit copieux.

Bien qu'il s'exprimât à voix très basse. Éléonore entendit tout de même la réponse de Geoffroy :

— C'est bien dangereux ce que vous faites !

— T'occupe pas, ce sont nos oignons, répliqua Macaire avec vivacité. Obéis et ne discute pas.

Comme l'atmosphère de ce château était étrange. Pesante même. Bien sûr, Éléonore n'avait pas imaginé que ce serait gai, qu'il y aurait de la musique... Mais cette absence de lumière, du moindre bruit... les brigands ne faisaient-ils donc pas ripaille pour célébrer leurs forfaits ?

Ce château portait bien son nom, il ressemblait vraiment à un tombeau...

Olivier et Macaire firent descendre les jeunes filles dans une sorte de cave voûtée, et là enfin, ils allumèrent des chandelles et se mirent à parler à haute voix : se savaient-ils dans ce lieu hors de portée de celui dont apparemment, le repos ne devait pas être troublé ?

Macaire se réjouit bruyamment du succès de leur expédition et obligea Anieuse en larmes à s'asseoir sur ses genoux :

— Tu vois bien qu'on a eu raison : regarde ces belles petites ! Depuis quinze jours qu'on n'a pas entrevu un jupon ! Nous ne sommes pas des moines nous ! Ni des...

Il interrompit brusquement son discours sur un signe impérieux d'Olivier qui intima à Éléonore de s'installer à côté de lui à la table, une simple planche jetée sur des tréteaux. Pour l'instant, il se contentait de la regarder avec une expression d'avidité contenue.

— C'est vrai qu'elle est belle, dit-il songeur.

— Tu me la passeras après, dit Macaire avec un rire gras.

— Ah ! Je ne sais pas !

C'était dit sur le ton de la plaisanterie, mais Éléonore comprit que pour l'instant du moins, il entendait se réserver l'exclusivité de sa prise. D'une certaine façon, elle s'en réjouit. A tout prendre, Olivier était moins déplaisant et grossier que Macaire qui ne se gênait pas pour palper les seins d'Anieuse, à travers la mince étoffe de sa blouse en s'esclaffant de contentement.

Plus intelligent assurément que son compagnon, Olivier devait être plus dangereux aussi. Son regard qu'Éléonore s'efforçait de soutenir avait quelque chose d'acéré, de métallique, d'impitoyable. Elle s'étonnait que cet homme fît équipe avec le fruste Macaire. Elle devinait Olivier d'une autre trempe. Pour tout dire, sa présence détonnait parmi des brigands : à la suite de quelles traverses avait-il lié son sort à celui de Gérard de Caubre ?

Geoffroy ne tarda pas à revenir, porteur d'un plateau chargé de victuailles et de boissons.

— Ah ! vous ne vous embêtez pas ! fit-il en s'adressant à Macaire dont les explorations allaient bon train sur la personne d'Anieuse.

A l'instant où parut le souper, il la repoussa sans ménagement et se versa une grande rasade de vin qu'il avala d'une traite.

— Ah ! que ça fait du bien !

— Je vous en ai mis du bon, précisa Geoffroy que sa petite taille et une légère claudication vouaient peut-être aux besognes ancillaires. C'est le chargement de vin de Beaune que nous avons capturé la semaine dernière.

Olivier remplit une timbale d'étain pour Éléonore avant de se désaltérer lui-même. Il fallait lui savoir gré de ces attentions si inattendues...

— Merci, dit-elle avec un gracieux sourire, dont Ambroise lui avait assez répété qu'il était irrésistible.

Olivier leva son verre :

— Je bois à ta santé ma belle. Au fait, comment t'appelles-tu ?

— Éléonore.

— Et que faisais-tu sur les routes ?

— Nous nous rendions à Bourges.

Geoffroy réapparut, porteur d'une omelette de vingt œufs, fourrée au lard et à l'ail et de la moitié d'un jambon.

— Ah ! tu n'es pas mauvais cuisinier, reconnut Macaire en s'empiffrant de plus belle.

Éléonore commençait à se sentir rassasiée. En face d'elle, Anieuse ne pleurait plus. Comme toujours, lorsqu'on a le ventre plein, bu un peu de vin, les choses apparaissent sous un jour plus favorable. Pourtant, la situation ne s'était modifiée en rien : tout autant qu'avant, toutes deux demeuraient aux mains de bandits sans scrupules, bien empêchées de s'enfuir ou de résister.

Macaire avait beaucoup bu. Son teint déjà coloré virait carrément à l'écarlate. Éléonore souhaita qu'il fût frappé d'une crise de congestion, là, tout de suite... Il bâillait et pelotait la petite servante sans l'enthousiasme de tout à l'heure. Après une journée sans doute des plus fatigantes, ce repas trop copieux, ces nombreuses libations avaient eu raison de ses forces.

Olivier l'observait à la dérobée, sans rien dire, comme s'il attendait. Plusieurs chandelles s'étaient éteintes et l'ombre gagnait peu à peu la grande pièce ou suintait une légère humidité. Éléonore elle-même se sentait prise d'une irrésistible envie de dormir à la suite de toutes ces émotions. Mais il fallait demeurer vigilante. Le discours confus de Macaire se ralentit progressivement et sa tête s'inclina sur la table. Il se mit à ronfler, bruyamment comme tout ce qu'il faisait.

Un léger sourire étira les lèvres pâles d'Olivier et Éléonore pressentit que l'épreuve cruciale se rapprochait. Lorsque Olivier saisit son poignet, sans brutalité d'ailleurs, pour la faire lever, son sang se figea dans ses veines. D'un coup, elle se glaça, elle qui avait presque trop chaud quelques instants auparavant.

Il désigna quelques coussins dans un coin à Anieuse :

— Tu n'as qu'à dormir ici... en attendant.

Il prit une des chandelles apportées par Geoffroy et la ficha dans un bougeoir d'étain. Voyant Anieuse qui claquait des dents à la pensée de rester seule avec cet ivrogne, qui tôt ou tard, allait se réveiller, il lui lança d'un ton moqueur :

— Je te laisse de la lumière, comme ça tu n'auras pas peur dans le noir !

— Oh ! si ! s'exclama naïvement Anieuse.

— Tant pis !

La frayeur manifeste de la jeune fille semblait infiniment divertir Olivier. Éléonore se promit de ne pas lui donner ce plaisir bien qu'elle n'en menât pas plus large que sa compagne.

Par un dédale de couloirs longs et étroits taillés grossièrement dans le roc sur lequel le château était bâti — à certains endroits, le plafond s'abaissait et il fallait se courber — Olivier entraîna Éléonore comme un fauve ramène sa proie dans sa tanière. La lueur fantomatique du lumignon éclairait à peine les parois et la jeune fille se dit que jamais elle ne saurait se retrouver dans ces galeries qui se croisaient sans cesse.

Sans doute se trouvait-elle sous le château, presqu'en son centre, de temps en temps, par des ouvertures cachées, une bouffée d'air frais pénétrait dans le couloir : au moins, ne mourrait-elle pas asphyxiée !

Olivier s'arrêta devant une porte de bois massif, à la serrure impressionnante qu'il ouvrit non sans peine et referma derrière eux.

CHAPITRE IX

Olivier suspendit la lanterne à un crochet qui sortait du mur et contempla Éléonore en silence, comme s'il disposait de tout son temps avant de la faire s'étendre sur le matelas où il vint la rejoindre. Sans hâte, il commença à la dévêtir et bientôt, révulsée, elle sentit le contact impérieux de ses mains chaudes sur sa peau.

— Jamais je n'ai vu de fille aussi belle que toi, murmura Olivier.

Éléonore avait renoncé à l'idée de se débattre, de crier : à quoi bon ? En ce lieu personne ne viendrait à son secours...

N'avait-elle pas entendu dire en outre, que la résistance opposée excitait encore davantage l'agresseur ? Quelle autre solution que de subir ces caresses qui se faisaient de plus en plus insidieuses, dont la douceur la surprenait et maintenant cette bouche avide qui cherchait la sienne ? Les yeux brillants fixés sur elle la gênaient, accentuaient son malaise s'il était possible : dans une obscurité complète, n'aurait-elle pas été encore plus terrifiée ?

A la crispation de tous ses membres, à son souffle court, Olivier sentait sa peur, elle le faisait sourire, du sourire de triomphe de celui qui va bientôt s'emparer de ce qu'il convoite.

— Tu n'as pas besoin d'être aussi effrayée, dit-il encore. Je n'ai pas l'intention de te faire mal.

Que lui valait cette mansuétude bien inattendue de sa part : l'homme n'était-il pas entièrement mauvais, demeurait-il une parcelle d'humanité en lui ?

Pourquoi commençait-elle, bien malgré elle, à se sentir troublée dans sa chair : avait-elle eu tort de penser à Ambroise dont les caresses de jeune chien maladroit n'avaient jamais atteint cette hardiesse ? Hardiesse qui éveillait bien mal à propos une sensualité qui n'avait pas encore eu l'occasion de se manifester. En elle, se mêlaient la révolte et l'étonnement de ne plus éprouver de dégoût : d'où venait la langueur qui s'emparait d'elle et lui faisait subir sans déplaisir les attouchements d'Olivier qui explorait chaque partie de son corps avec une lente minutie amoureuse dont Éléonore devinait, malgré son inexpérience, qu'elle n'était pas habituelle aux autres hommes. Maintenant, à sa grande honte et à sa consternation, il lui fallait se retenir pour ne pas se laisser gagner par ces ondes de plaisir qui effleuraient sa chair, pour ne pas répondre à des caresses dispensées avec tant de science. Comment résister à ces sensations exquises et diffuses, à ce désir qu'avec horreur elle sentait monter en elle sans pouvoir le refréner, à cette violence qui la submergeait, l'obligeant à attirer Olivier contre elle.

— Tu veux bien, n'est-ce pas ?

Elle s'entendit presque crier :

— Oui.

Elle l'accueillit en elle et après l'éclair d'une déchirure ce fut comme si une part d'elle-même avait été comblée. Le plaisir irrépressible déferla, se répandit en vagues, la laissant pantelante, égarée, tandis qu'Olivier s'abattait sur son épaule en râlant et que lui échappaient des mots étranges et indistincts.

Éléonore ouvrit les yeux. Elle se sentait honteuse après cette étreinte à laquelle elle avait non seulement consenti mais s'était prêtée avec ardeur.

— C'est horrible..., murmura-t-elle. Comment ai-je pu...

Elle n'osait pas regarder Olivier en face : comme il devait se rire d'elle... et la mépriser !

Enfin, elle affronta les yeux gris de celui qui était devenu son amant et la gardait serrée contre lui, comme s'il craignait qu'elle lui échappât tout en caressant avec douceur sa chevelure en désordre. Elle n'y lut rien de ce qu'elle appréhendait. Plutôt de la perplexité.

— Si j'avais su, dit-il pensivement, je t'aurais laissée sur la route.

Comment interpréter ces paroles ? Il ne se l'expliqua pas davantage. Une expression de lassitude apparut sur son visage.

— Dormons un peu, je n'en puis plus, confessa-t-il.

Il rabattit la couverture sur eux et avant de sombrer dans le sommeil, la jeune fille eut encore le temps de s'étonner du bien-être qu'elle éprouvait, couchée à côté de cet homme dont le comportement s'était révélé si différent de ce qu'elle avait redouté, incompréhensible chez un individu de son espèce.

Des coups contre la porte l'éveillèrent et encore un peu égarée, elle entendit la voix haletante de Geoffroy :

— Dépêchez-vous bon sang ! Il vous demande !

Olivier se leva en hâte et rajusta ses vêtements :

— Repose-toi encore un peu. Il doit être tôt. Je reviendrai dès que je pourrai. Geoffroy t'apportera à manger.

— Et Anieuse ?

Visiblement, Olivier avait oublié jusqu'à l'existence de cette dernière ;

— Ah ! l'autre... Je vais voir ce que je peux faire.

Par une fente percée dans le haut de la pièce, Éléonore

constata que le jour se levait. Si Geoffroy revenait, elle lui demanderait une bougie pour remplacer celle qui s'était consumée dans la lanterne restée accrochée au mur. Elle avait l'impression que ce dernier avait reçu des ordres pour la satisfaire dans la mesure du possible.

Seule, Éléonore s'efforça d'émerger des brumes du sommeil et de rassembler ses idées. C'était à son tour d'être perplexe : par quel miracle ce bandit de sac et de corde, cet assassin, ne s'était-il pas livré à un assaut bestial sur une inconnue enlevée quelques heures plus tôt et destinée à un usage rapide et précis ?

Olivier n'était-il pas ce qu'il paraissait être ? Pourtant, il faisait bien partie de la bande d'écorcheurs de Gérard de Caubre... Alors... Ses manières non plus, qui contrastaient tant avec le comportement obscène et graveleux de Macaire, avec sa vulgarité, n'étaient pas celles d'un malfrat...

L'irruption d'une Anieuse sanglotante et échevelée interrompit le cours de ses réflexions.

— Allons, calme-toi. Il ne sert à rien de pleurer.

— Vous ne pouvez pas savoir..., hoqueta la servante. C'était affreux !

Impossible de dire à Anieuse la vérité. Ce serait cruel... Si par hasard elles en réchappaient, personne ne devait se douter qu'elle avait trouvé de l'agrément dans les bras d'un écorcheur.

— Ah ! ma pauvre Anieuse, j'ai souffert autant que toi, dit-elle un peu gênée par son hypocrisie. Ces hommes sont des monstres.

D'entendre qu'elle n'avait pas été la seule victime parut réconforter Anieuse qui s'essuya les yeux à sa jupe déchirée, tout en continuant à renifler :

— Ça, vous pouvez le dire ! Regardez ce qu'il m'a fait !

Elle dénuda son épaule couverte d'ecchymoses qui viraient au noir. Pour Anieuse, comme il fallait s'y attendre, les choses ne s'étaient pas bien passées.

Après deux ou trois heures de ronflements, au cours desquelles la jeune fille avait fini par s'assoupir, Macaire s'était réveillé frais et dispos, du moins à ce qu'il prétendait, et s'était jeté sur elle. Mais avait-il présumé de ses forces ou la quantité de vin absorbé la veille l'avait-il affaibli, tant et si bien qu'il avait besogné sa proie sans parvenir à ses fins. Au comble de l'irritation et de l'humiliation, il s'était mis à l'injurier puis à la frapper avec hargne, la rendant responsable de son échec. Elle n'avait dû son salut qu'à l'arrivée d'Olivier qui avait sèchement ordonné à son complice de cesser.

— Le vôtre a l'air moins méchant, remarqua Anieuse naïvement.

— Pour l'instant, il ne m'a pas battue.

— Vous avez de la chance. Je me sens tout endolorie. Si dame Matheline était là avec ses baumes !

D'entendre le nom de sa mère fit monter les larmes aux yeux d'Éléonore. Aussitôt, elle se la représenta gisant morte ou blessée, couverte de sang, dans le fossé où elle s'était réfugiée. Et ses frères ? Que s'était-il passé après l'enlèvement ?

S'il consentait à répondre à ses questions, Olivier serait-il capable de la renseigner ? Le sort d'une femme et de ses enfants devait lui être profondément indifférent... L'écorcheur ne devait attacher aucune importance à la perte de quelques vies humaines, au cours de cette carrière où lui et ses pareils semaient la mort, la terreur et le désespoir, partout où ils sévissaient...

Sans parler de la souffrance : celle que Matheline devait éprouver à la pensée de sa fille tombée entre les mains de redoutables bandits...

— Mon Dieu, qu'allons-nous devenir ? se lamenta Anieuse.

— Je n'en sais rien, murmura Éléonore ? J'ai simplement l'impression qu'on ne va pas nous égorger tout de suite...

Du moins, en ce qui la concernait, elle en était à peu près sûre. Pour Anieuse... Si ce soir encore, Macaire ne parvenait pas à ses fins, il pouvait s'exaspérer et dans un accès de colère, se livrer à un acte de violence. Mais il était bien inutile d'alarmer davantage la pauvre fille...

— Vous croyez ? Et après ?

L'arrivée de Geoffroy la dispensa de répondre. Il apportait un solide en-cas composé de viandes et de fromages. Et des chandelles.

— Ah ! on peut dire que ces petites demoiselles sont gâtées ! s'exclama-t-il.

Derrière le ton goguenard, Éléonore distingua une nuance de respect dont elle profita aussitôt pour l'interroger.

— Sommes-nous donc les premières femmes à pénétrer ici ?

— Ah ! ça, pour la première fois, c'est la première ! S'il savait que vous êtes là, cela ferait du vilain pour sûr !

Il hocha la tête d'un air entendu sans vouloir s'attarder davantage. Éléonore n'osa pas lui demander où se trouvait Olivier ni quand il reviendrait. D'ailleurs Geoffroy l'ignorait peut-être.

Ce ne fut qu'un long moment après le départ de ce dernier qu'Éléonore eut le sentiment qu'il s'était passé quelque chose de très important qui, pour l'instant, lui échappait. Comment faire affleurer à la conscience ce qui avait été enregistré à son insu ?

A la lueur de la bougie que Geoffroy avait placée lui-même dans la lanterne, Éléonore considérait le visage rond d'Anieuse qui pour l'heure, ne reflétait que la satisfaction béate de dévorer un grand morceau de pain de seigle recouvert d'une épaisse tranche de rôti de bœuf : ce n'était pas de ce côté qu'elle pouvait attendre une aide pour découvrir ce qui avait frappé une part d'elle-même.

Il lui semblait plutôt maintenant que c'était quelque chose qui n'avait pas eu lieu... Soudain, elle bondit vers la porte qui s'ouvrit sans difficulté : c'était donc cela ! Geoffroy avait oublié de donner un tour de clef !

— Nous pouvons sortir ! jubila-t-elle.

— Et pour aller où ? demanda Anieuse que la témérité n'étouffait pas et qui ne semblait guère se réjouir de la négligence de leur gardien.

— C'est une occasion de nous échapper, du moins d'essayer qui, peut-être, ne se représentera pas.

— Et vous croyez que vous arriverez à vous évader de ce château ? Vous avez vu les murs...

— En tout cas, moi je cours ma chance ! Si tu préfères rester toute seule... à attendre Macaire...

— Non, non, je viendrai avec vous... J'ai si peur !

— Moi aussi j'ai peur bien sûr, avoua Éléonore avec simplicité. Mais figure-toi que je n'ai pas l'intention de finir mes jours dans ce caveau. Commençons par explorer un peu les environs.

Elles laissèrent une des bougies allumées et la porte ouverte. Ainsi, si leur projet de fuite échouait, retrouveraient-elles leur cellule pour la réintégrer sans que les bandits s'aperçoivent de leur escapade. Éléonore n'imaginait que trop la rage d'Olivier s'il surprenait cette tentative. Inutile de provoquer sa colère... Quant à Geoffroy, selon toute probabilité, il ne reviendrait pas avant plusieurs heures.

Dans le couloir où elles s'engagèrent donnaient deux autres portes, semblables à celle qu'elles venaient de franchir : des prisonniers croupissaient-ils derrière ? On n'entendait aucun bruit et ce silence oppressant les incita malgré elles à baisser la voix.

— Il me semble que nous sommes arrivées par la droite, chuchota Éléonore. Essayons d'aller à gauche... Rends-toi utile, compte les pas. Moi je m'oriente.

De chaque côté, du roc, de plus en plus grossièrement taillé, comme si les ouvriers avaient soudain manqué de temps pour achever leur ouvrage : parfois, il fallait même se mettre de biais ou se baisser pour passer.

— Cent pas, annonça Anieuse d'une petite voix tremblante. Vous voulez vraiment continuer ?

— Évidemment, dit Éléonore en haussant les épaules.

Ayant à peine entrevu son contour et de nuit, la jeune fille n'avait aucune idée de la superficie du château. Elle avait entendu dire que certains d'entre eux possédaient des souterrains longs d'une lieue et plus et qu'il leur arrivait de déboucher à l'extérieur des murs, en rase campagne.

— Deux cents...

Elle parvinrent à un carrefour où la voûte s'élevait de quelques pieds. En plus de la galerie par laquelle elles étaient arrivées, trois autres s'offraient à leur choix. Éléonore s'arrêta, incertaine : tant qu'il s'agissait d'aller tout droit, il serait aisé de retrouver le chemin du retour. Mais là...

A l'aide de deux de ces grosses pierres qui roulaient sans cesse sous leurs pieds, Éléonore marqua l'entrée du couloir où elles s'apprêtaient à s'engager. A ce moment-là, elle perçut un très léger bruit. Le cœur battant, elle tendit l'oreille...

CHAPITRE X

Un bruit indéfinissable. Plutôt un bruissement léger et continu. Éléonore saisit le poignet d'Anieuse qui sursauta :

— Écoute...

— Oui, j'entends quelque chose. Loin...

— Ce ne sont pas des pas.

— Non.

— Allons voir, décida Éléonore. Le bruit a l'air de provenir de cette direction.

A mesure qu'elles avançaient, il s'amplifiait et devenait plus distinct. Bientôt, l'atmosphère s'humidifia et il n'y eut plus à s'y tromper : de l'eau coulait. Rassurées par ce son familier, les jeunes filles progressèrent dans le boyau et ne tardèrent pas à découvrir une petite source jaillissant du rocher. Un canal d'environ un pied de large, maçonné de façon rudimentaire, recueillait l'eau et l'entraînait vers une destination inconnue.

Éléonore plongea sa main jusqu'au coude.

— En suivant la rigole dit-elle pensivement, nous arriverions probablement aux cuisines.

En cas d'attaque prolongée, les habitants du château étaient assurés d'un approvisionnement régulier : même si, au plus fort de l'été, son débit diminuait sans doute, la source ne devait jamais tarir complètement. De plus, puisqu'elle jaillissait à l'intérieur des murs, il était impossible aux assaillants d'en détourner le cours pour assoiffer les assiégés ou de l'empoisonner. Cette eau abondante et limpide représentait un atout non négligeable dans la défense du château...

— Il vaudrait peut-être mieux retourner maintenant, dit Anieuse. Cela fait longtemps que nous sommes parties.

— Tu crois ?

Éléonore n'avait pas la moindre idée du temps écoulé.

— Regardez la bougie.

A son vif regret, la jeune fille dut s'incliner : la prudence la plus élémentaire ordonnait de ne pas poursuivre l'exploration plus avant. Il restait à peine un doigt de cire dans la lanterne.

— C'est dommage... Nous reviendrons demain et j'emporterai une bougie de rechange.

Mais le lendemain pourraient-elles quitter à nouveau leur prison ? Il n'y avait aucune raison pour que Geoffroy se montrât négligent une seconde fois...

Elles retrouvèrent aisément le carrefour où s'ouvraient deux voies inexplorées. Jaugeant sa lumière, Éléonore s'accorda encore un instant de répit.

— Reste là. Je vais juste jeter un coup d'œil par ici. J'en ai pour une minute.

— Oh ! je vous accompagne. Je ne veux pas rester toute seule dans le noir !

— Comme tu voudras, dit Éléonore qui au fond, elle aussi, préférait ne pas être seule.

Elles s'engagèrent dans la galerie de gauche qui, très vite, tournait presqu'à angle droit. Au loin, apparut une lueur.

Si intriguée qu'elle en oubliait d'être effrayée, Éléonore pressa le pas. Cette galerie semblait mieux entretenue, le sol était plus ou moins dammé.

— S'il y a des gens..., chuchota Anieuse que sa compagne n'entendit pas ou feignit de ne pas entendre.

A une vingtaine de pas, la lumière s'aviva et la galerie s'élargit pour former une petite salle voûtée.

— N'allons pas plus avant, supplia Anieuse.

Mais la curiosité de la dernière fille de Matheline l'entraînait, lui faisant négliger toute prudence, bien qu'elle s'efforçât de ne faire aucun bruit.

Avec stupeur, elle identifia la forme familière d'un autel, surmonté d'un crucifix de bois noir et de six immenses candélabres d'argent, où brûlaient des grands cierges dont la lumière vacillante permettait de distinguer la nudité des murs de pierre, à l'exception d'une tenture de soie brodée.

— Une crypte ! murmura Éléonore.

Elle se fit la réflexion qu'il n'était pas si curieux que le château possédât un lieu de dévotion. L'étrange était qu'il parut entretenu et utilisé par les écorcheurs.

Laissant Anieuse tremblante d'une témérité qu'elle jugeait proche de la folie et dissimulée dans une anfractuosité du rocher à l'entrée de la crypte. Éléonore s'avança malgré l'angoisse de se trouver en pareil lieu. Un lieu fréquenté par les habitants du château. C'est alors que sur sa droite, elle vit trois tombes noires, recouvertes d'un marbre lisse et brillant, sur lequel des inscriptions étaient gravées. Grâce au chanoine Buzenval, elle savait assez de latin pour les déchiffrer sans trop de peine :

> Ci-gît Conrad de Marcillac, premier du nom
> Compagnon d'armes du roi de France Louis le IXe
> Mort au retour de la croisade en Terre sainte
> Le douze novembre 1271.
> Qu'il repose en paix !

Sur la tombe voisine on pouvait lire :

Ici, repose Philippe de Marcillac, mort à Cassel en 1328.

La dernière tombe abritait :

Jehan de Marcillac, quatrième du nom
Décédé en vaillant combat à Crécy en 1346.

La lignée s'était vite interrompue : faute de descendants mâles ? Et pourquoi cet intervalle si long entre Conrad et Philippe, près de soixante ans ? En se penchant, Éléonore découvrit une inscription presque effacée, simplement gravée sur une pierre placée entre la première et la deuxième tombe :

Priez pour le repos d'Hughes de Marcillac
Qui appartint à l'ordre du Temple
Mort sur le bûcher le 18 mai 1314
Avec le Grand Maître Jacques de Molay
Que le Seigneur les accueille dans son sein !

Privé de sépulture, ses cendres dispersées au vent, d'Hughes de Marcillac ne subsistait que le souvenir conservé par une âme pieuse : sa femme ? Sa fille ? Les autres membres de la famille devaient être enterrés ailleurs : sans doute que dans la crypte, de petites dimensions, ne prenait place que l'aîné.

Comment le château des Marcillac était-il tombé entre les mains de Gérard de Caubre et pourquoi ce dernier prenait-il le soin d'entretenir ces tombes comme s'il s'agissait de celles de ses propres ancêtres ?

Et qui était le desservant de cette chapelle funéraire, enfouie dans les tréfonds du château ?

L'instinct d'Éléonore l'avertit du danger une seconde avant que ne parvienne à ses oreilles un léger cliquetis qui s'approchait, du côté opposé où elle se trouvait. Une autre entrée qu'elle n'avait pas remarquée s'ouvrait derrière l'autel. D'un bond preste et silencieux elle se réfugia auprès d'Anieuse et murmura :

— Quelqu'un vient...

Cette dernière pâlit, verdit, et s'efforçant de ressembler à une limande, s'enfonça encore plus dans l'anfractuosité du roc pour ne pas être vue. Et peut-être pour ne pas voir. Mais l'endroit où se trouvaient les jeunes filles était dans l'ombre : si elles n'attiraient pas l'attention par un mouvement ou un bruit intempestif, leur présence risquait peu d'être découverte par celui qui pénétrait dans la crypte.

C'était un homme d'une taille imposante, vêtu d'une robe de bure brune, à la ceinture de laquelle pendait un long rosaire de buis. Les boules, en s'entrechoquant lorsqu'il se déplaçait, produisaient ce curieux cliquetis qui avait alerté Éléonore. Le capuchon rabattu sur la tête, ne permettait pas de distinguer son visage. On ne pouvait se faire une vague idée du personnage qu'en observant sa silhouette à la fois élancée et vigoureuse et sa démarche souple et rapide qui évoquait celle d'un félin dangereux et sur ses gardes.

Cet homme était-il un vrai moine et dans ce cas, que faisait-il chez les écorcheurs ? Ou en revêtait-il seulement l'habit à certaines occasions ? Il avait l'air à l'aise dans la longue robe monacale, chaussé de sandales de cuir tressé, comme si cette tenue lui était habituelle.

Lorsqu'il s'agenouilla devant l'autel après avoir fait un signe de croix qui dévoila une main aux articulations noueuses, le doute envahit l'esprit d'Éléonore : si ce moine était tout comme elle, prisonnier des écorcheurs ? Ne pouvait-elle s'en faire un allié dans la place ? Ou n'était-il qu'un aventurier ? Elle devait reconnaître qu'il lui semblait aussi inquiétant que les bandits qu'il servait de bon ou de mauvais gré.

Il commença à réciter le *Pater Noster* d'une voix qui se brisait par moments. Sa prière terminée, il alluma de l'encens etl'odeur forte et douceâtre qui se dégagea de la coupelle d'argent se répandit rapidement, atteignant les narines d'Éléonore. A ce moment, un pas énergique résonna sur les dalles derrière l'autel. Un homme parut, point trop grand ni beau avec son visage basané et couturé de cicatrices et ses cheveux noirs comme le plumage d'un rapace. Son allure impérieuse devait dissuader quiconque de chercher à lui résister.

Au froid qui l'envahit, aux battements désordonnés de son cœur, Éléonore eut la conviction immédiate qu'il s'agissait du maître du château, de Gérard de Caubre lui-même.

— Vous pouvez commencer, intima-t-il.

Tournant le dos aux Tombes Noires, le moine se dirigea vers la tenture qu'il tira, dévoilant une longue châsse de bois doré dont une vitre transparente constituait une partie du couvercle à l'endroit où, estima Éléonore, devait se trouver la tête, si ce cercueil contenait un corps, chose dont elle ne pouvait se rendre compte à la distance où elle se trouvait.

Le moine alluma deux cierges supplémentaires et commença à psalmodier le *De Profundis*. Qui honorait-on ainsi ? Un saint, dont les Marcillac auraient rapporté les reliques de Terre sainte ou d'ailleurs ? Et pour lequel, Gérard de Caubre, pour une raison inconnue, aurait une particulière dévotion ? Cela paraissait bien étrange. Et à tout prendre, improbable.

Mais le plus stupéfiant fut de voir le visage buriné de l'écorcheur qui exprimait une souffrance indicible, se couvrir de larmes silencieuses. Cet homme cruel et sadique, ce meurtrier, était-il donc capable d'éprouver des sentiments et des sentiments d'une telle intensité ?

Le spectacle insolite qu'offraient l'écorcheur et le moine, ne manquait pas d'une singulière beauté, il fallait le reconnaître. Était-il exceptionnel ? Éléonore avait plutôt l'impression qu'il s'agissait d'un rite qui se reproduisait, sinon chaque jour, quand Gérard de Caubre n'était pas en campagne, du moins fréquemment. Qui pleurait-il avec cette violence inouïe, cette persévérance, ce désespoir total ? Éléonore aurait donné sa chemise pour le savoir...

Elle commençait d'entrevoir que si les compagnons de Gérard de Caubre étaient toujours vêtus de noir comme leur chef, que si sévissait une interdiction, au moins tacite, d'introduire des femmes dans le château, que si on ne faisait pas joyeuses et bruyantes ripailles comme il eût été naturel à une troupe de bandits — et même d'honnêtes soldats — après le combat, il existait une raison à ce deuil pesant. Et cette raison ne devait pas être sans rapport avec la personne couchée dans la châsse que le moine encensait maintenant comme il l'eût fait pour un défunt dans un cercueil, le jour de ses obsèques.

Mais la jeune fille comprenait aussi que d'assister à cette cérémonie secrète constituait en quelque sorte un crime de lèse-majesté. Que d'avoir entrevu, ne fût-ce qu'un instant, la vulnérabilité de Gérard de Caubre qui, parce que sa présence était nécessaire pour rendre hommage à celui ou à celle qui dormait dans la crypte, acceptait le seul moine comme témoin d'un malheur auquel ses compagnons n'avaient peut-être même pas le droit de faire allusion, était impardonnable. Que si quiconque venait à la surprendre, elle serait immédiatement mise à mort.

Le *De Profundis* achevé, le moine entonna une mélopée au rythme bizarre, dans une langue inconnue, gutturale, sans doute originaire d'une contrée lointaine au-delà des mers. La tristesse en était poignante : celui qui l'entendait ne pouvait s'empêcher d'être envahi par un sentiment d'affliction totale, comme si toute espérance avait été bannie de ce monde, comme si la création tout entière était vouée à disparaître à l'exemple de celui ou de celle à qui on offrait ce chant funèbre dont Éléonore n'avait jamais soupçonné qu'il en existât d'une si extraordinaire beauté, malgré ou peut-être à cause de la voix rauque de l'officiant.

Lorsqu'elle se tut, un grand silence régna dans la crypte. Un silence d'une qualité particulière, chargé des cris muets de souffrance que les lèvres serrées de Gérard de Caubre retenaient. Un long moment les deux hommes demeurèrent immobiles, absorbés dans leurs prières ou par leurs pensées. Fascinée, Éléonore avait complètement perdu conscience du lieu où elle se trouvait et de la précarité de sa situation.

Une main plaquée sur sa bouche, un bras qui encerclait sa taille le lui rappelèrent brutalement.

CHAPITRE XI

D'abord, elle crut mourir de saisissement, plus que de peur d'ailleurs. La surprise provoquée par cette agression avait été totale. Puis elle se rendit compte peu à peu que celui qui la maintenant ainsi, ne cherchait pas à lui faire mal, seulement à l'immobiliser et à l'empêcher de crier. Elle mit sa main sur celle qui écrasait sa bouche pour indiquer qu'elle avait compris et celle-ci relâcha sa pression. En tournant légèrement la tête, ce qui lui était possible maintenant, elle reconnut avec un soulagement indicible Olivier. Sa gorge se dénoua. Pourtant, ce dernier avait l'air d'autant plus furieux que pour l'instant, il devait contenir sa rage : inconscient de la présence de spectateurs dans la galerie, Gérard de Caubre était toujours plongé dans une profonde méditation que le moine se gardait bien de troubler.

Éléonore se dit que tout à l'heure, Olivier allait lui faire payer cher son escapade. Néanmoins, qu'il le voulut ou non, celle-ci créait une sorte de complicité entre eux...

Enfin, Gérard de Caubre exhala un long soupir et sortit de l'état de prostration qui avait succédé au chant.

— A demain, dit-il au moine qui acquiesça d'un signe de tête respectueux.

Il s'en fut comme il était venu, par l'entrée opposée. Éléonore frémit : s'il lui avait pris la fantaisie d'emprunter l'autre chemin... Elle sentit la tension de son compagnon se relâcher. Lui aussi se trouvait soulagé du départ du chef des écorcheurs. Restait le moine qui ne s'attarda pas. Après avoir soufflé les flammes des cierges, il tira la tenture qui masquait la châsse, fit un dernier signe de croix et quitta paisiblement la crypte.

— Qui t'a conduite ici ? Ce n'est pas Geoffroy qui...

Le ton impérieux d'Olivier était privé de sa force par l'obligation de chuchoter. A voix aussi basse, elle répondit, surprise :

— Geoffroy ? Mais non. Je suis venue seule...

Elle ajouta tout de même :

— Il avait oublié de fermer.

— Tu mériterais..., marmonna-t-il entre ses dents.

— Tu ne m'avais pas interdit de sortir.

Elle s'aperçut avec étonnement qu'elle tutoyait Olivier : cela ne signifiait-il pas qu'elle en avait moins peur ?

Il la saisit par le poignet :

— Allez, viens maintenant.

— Olivier, je voudrais voir ce qu'il y a dans la châsse.

Cette requête parut le méduser :

— Voir ce qu'il y a dans la châsse..., répéta-t-il incrédule. Tu es folle... Personne n'a jamais...

— Même pas toi ?

— Non. Seul le moine...

En bonne fille d'Ève, Éléonore attisa la curiosité qui naissait dans les yeux de son compagnon.

— N'aimerais-tu pas savoir ? Ils sont partis et...

Il s'agissait aussi d'une épreuve : s'il cédait, elle augurerait mieux de l'avenir.

D'un air enjôleur, elle le supplia :

— Olivier, je t'en prie, cela me ferait plaisir.

Se soucierait-il de lui faire plaisir ? Toute la question était là...

Elle rencontra le regard gris brûlant et elle frémit, troublée : un instant, elle eut l'impression qu'il allait se jeter sur elle.

— Dépêchons-nous.

Retenant son souffle, Éléonore le suivit jusqu'à la tenture de soie mordorée sur laquelle était représenté un cortège en grand apparat portant un cercueil, qu'il tira d'un geste prudent, presque hésitant. Craignait-il ce qu'il allait découvrir ?

La châsse apparut et devant la somptuosité de son ornementation, ces pierres qui brillaient d'un éclat feutré à cause du peu de lumière mais dont on devinait le prix, Éléonore ne douta pas qu'originairement destinée aux reliques d'un saint, elle avait dû être dérobée dans une église ou un couvent, ajoutant le sacrilège au vol.

Non sans anxiété, elle s'approcha encore : cette bière, si luxueuse qu'elle fût, pouvait-elle contenir autre chose qu'un crâne dénudé aux orbites vides, des ossements rongés par le temps ?

Elle faillit crier de surprise en apercevant un des plus beaux visages de femme qu'on puisse imaginer. Des cheveux d'un blond très doux dont l'or n'était nullement terni, encadrait la plus angélique figure du monde. La teinte délicatement rosée des joues, les lèvres pulpeuses sur le point de sourire, la peau si fine sous laquelle le sang semblait encore courir, le cou long et mince, chargé de gros rubis entremêlés de perles, qui émergeait de la soie d'un bleu d'océan, avaient toute l'apparence de la vie.

— Ce n'est pas possible qu'elle soit morte ! murmura Éléonore.

N'avait-elle pas observé sur le visage de son propre père

cette rigidité, cette pâleur glacée qui succèdent aux couleurs et à la chaleur de la vie, ne savait-elle pas combien la chair fragile des humains se marque vite des marbrures de l'au-delà ?

Aucun souffle ne paraissait s'exhaler de cette poitrine. Pourtant, la jeune fille n'aurait pas été étonnée de voir cette femme ouvrir les yeux, s'animer...

Ainsi, elle se trouvait face à l'objet que Gérard de Caubre pleurait, dans un paroxysme de douleur, sans que la flamme de cet extrême amour pût s'éteindre. Par quel miracle le cadavre demeurait-il insensible à la corruption ? Dieu infligeait-il ce châtiment particulier et terrible à un homme plus coupable et plus mauvais que la plupart d'entre eux ? Revoir cette image chaque jour, une image que le temps n'avait pas altérée, alors que le souvenir, sans autre support qu'une plaque de marbre gravé, se serait progressivement effacé... Retrouver les apparences de la vie sans pouvoir la saisir, quelle punition exemplaire et cruelle !

Ne concevait-il pas, à chacune de ses visites, l'espoir insensé que cette femme allait enfin se lever et s'extraire de son linceul doré ?

— Allons, dit Olivier.

Il tira le rideau qui dissimulait le secret de la crypte — pour qu'il fût si mal protégé, nul ne devait avoir le droit d'y pénétrer hormis le moine — et entraîna Éléonore songeuse.

Après avoir récupéré Anieuse que sa maîtresse fut obligée de soutenir sur le chemin du retour, Olivier l'enferma dans une des cellules adjacentes sans se soucier de ses gémissements. Il se retrouva avec Éléonore devant la couche dont le désordre témoignait encore de leurs ébats de la nuit passée.

— Je devrai te battre...

Mais désormais, la jeune fille sentait son pouvoir sur lui, un pouvoir qu'elle était décidée à exploiter à la première occasion pour regagner sa liberté, et ne craignait plus son ravisseur. Certes, il n'en était pas de même en ce qui concernait ses compagnons !

— Qui est cette femme ?

— Je ne sais pas, avoua-t-il d'un air rêveur.

— Enfin, vous devez vous poser des questions les uns et les autres...

— Nous n'en parlons jamais entre nous.

— Il l'interdit ?

— Ce n'est pas ça...

Éléonore subodora que pour une raison inconnue d'elle, ces hommes pourtant redoutables, craignaient celui qui les commandait.

— On dit..., murmura Olivier.

— Que dit-on ? le pressa Éléonore.

En cet instant, la curiosité lui faisait oublier toute considération sur son sort et même sur celui de sa famille.

— Les nuits de pleine lune, on voit une femme très belle, au visage en larmes, qui se promène sur les remparts. A la main, elle tient une tête décapitée et ruisselante de sang...

— Quelle horreur !

— Moi, je ne l'ai jamais vue, se hâta de préciser Olivier.

— Alors, le château est hanté ?

Contempler une dame dont on ne savait au juste si elle était vivante ou morte, immobile dans sa châsse était une chose. La rencontrer errant dans les couloirs sous cet aspect effrayant en était une autre... Anieuse mourrait de saisissement sur-le-champ si elle lui révélait l'existence de ce spectre !

— Enfin, tu devrais bien savoir qui elle est. Lorsqu'elle est morte...

— Je n'étais pas encore des leurs. Je les ai rejoints, il y a six mois seulement.

Le cœur d'Éléonore tressaillit de joie :

— Alors, tu n'as pas participé au meurtre de mon père.

Olivier la considéra avec une sorte de stupeur :

— Tu croyais que je l'avais tué ?

— Avec Robert de Macy, il a lutté longtemps contre les écorcheurs. Gérard de Caubre a juré d'avoir sa peau. Un soir de février 1438, lui et ses hommes l'ont poignardé dans une ruelle de Paris...

— En 1438, j'étais encore à Marseille, dit simplement Olivier. Comme tu es une personne étrange Éléonore. Je n'ai jamais rencontré quelqu'un comme toi. Partir seule dans des souterrains inconnus ! Tu n'as donc jamais peur ?

— Si, très souvent.

— C'est une grande force de ne pas le montrer. Bien peu courante chez une femme... et même chez beaucoup d'hommes...

— J'ai peur de Gérard de Caubre. Et plus encore maintenant que je l'ai vu.

— Moi aussi...

— Alors, que fais-tu sous son toit ?

Elle avait failli dire « sous sa coupe ».

— C'est une longue histoire, soupira Olivier.

Mais Éléonore sentit que pour l'instant, il ne se souciait pas de la raconter. La main qui caressait son épaule avec insistance, témoignait que ses pensées avaient pris un autre cours. Cours qu'il fallait se garder de détourner. N'était-ce pas grâce à l'extraordinaire attrait qu'elle exerçait sur Olivier qu'elle avait conquis si rapidement une sorte d'ascendant ? Il ne songeait plus à la traiter en captive, en proie ravie sur le bord de la route pour satisfaire à un caprice.

Et elle ne le considérait plus comme un homme qui l'avait arrachée à sa famille et la gardait prisonnière dans un souterrain, qui se livrait sans remords, à des exactions de tout genre. Sa chair ne se révulsait plus à son contact comme la veille — seulement la veille ? — lorsqu'il s'était approché d'elle. Au contraire. Son corps encore imprégné du souvenir d'un plaisir si inattendu dans ces circonstances, se réjouissait des prémices de l'amour. Emportée par un tourbillon de sensations, elle ne souhaitait plus que le poids d'Olivier sur elle. Comment était-il possible de désirer ainsi l'étreinte de cet homme qu'elle n'aimait pas puisqu'elle en aimait un autre ?

Ambroise, si loin, si loin... Laissé dans une autre existence, aux jours égaux et ordonnés.

Une existence sans rapport avec cette folie incroyable qui les gagnait tous les deux...

CHAPITRE XII

Éléonore se réveilla, ignorante de l'heure qu'il était. En étendant la main à côté d'elle, elle ne rencontra que le vide. Elle s'étonna d'en éprouver une légère déception : était-elle en train de s'attacher à cet homme de sac et de corde simplement parce qu'elle avait découvert le plaisir entre ses bras ?

Elle se remémora les événements si extraordinaires de la veille, ce beau visage entrevu, le comportement étrange de Gérard de Caubre. Dans ses oreilles résonnait encore l'écho de la douloureuse mélopée du moine qui avait le pouvoir de tirer des larmes aux plus endurcis.

Quel mystère entourait la mort de cette femme ? Si la jeune fille se posait des questions à propos de cette inconnue, elle ne s'interrogeait pas moins au sujet d'Olivier. Elle n'arrivait plus à voir seulement en lui ce qu'il paraissait être : un écorcheur. De fraîche date, il était vrai. Que faisait-il auparavant à Marseille ? Attaquait-il aussi les voyageurs au détour des chemins ? Enlevait-il des jeunes personnes pour les violer ?

Elle se leva et se dirigea à tâtons vers la porte pour constater avec dépit qu'elle était fermée. Le bois en était si épais que sa voix, même si elle criait, n'avait aucune chance d'atteindre Anieuse toujours enfermé à côté. Que lui dirait-elle d'ailleurs ? On ne peut pas hurler pour demander à sa servante si elle a été violée ou non. Ce sont là des choses dont on parle à voix basse...

Dans le couloir, elle reconnut la démarche claudicante de Geoffroy. Il fourragea longuement dans la serrure avant de réussir à l'ouvrir. Tout de suite, à son haleine, elle sentit qu'il avait bu.

— Bonjour Geoffroy, dit-elle d'un air aimable. Que m'apportez-vous de bon ?

Elle avait décidé de lui montrer que malgré sa situation incertaine de prisonnière, elle n'avait plus peur. Qu'à travers elle, c'était à Olivier qu'il s'adressait. Et qu'il avait à la traiter avec les mêmes égards.

— Il y a des haricots et des saucisses, dit-il d'une voix embrumée.

Savait-il qu'elle s'était échappée ? Olivier l'avait-il réprimandé pour sa négligence ? Il ne fit aucune allusion à ce sujet.

— Allumez donc la lanterne. On n'y voit goutte.

Pendant qu'il changeait la bougie sans mot dire, elle interrogea :

— Alors, que se passe-t-il dans le château ?

Il tressaillit, faillit laisser échapper le lumignon qui, un instant, éclaira un visage où se lisait une sorte d'inquiétude.

— Qu'est-ce que vous savez ? bougonna-t-il avec méfiance.

Se serait-il passé quelque chose ? Les mains de Geoffroy tremblaient, toute son attitude indiquait un réel désarroi. Fallait-il tenter d'en connaître la cause ? Et si cette chose était...

D'une voix douce, elle s'enquit :

— Vous avez rencontré la dame cette nuit, celle qui se promène sur les remparts ?

Pour ne pas tomber, Geoffroy fut obligé de s'appuyer contre le mur. Maintenant que la flamme de la bougie brillait haute et claire, Éléonore se rendait compte de la pâleur du boiteux, de ses traits tirés par l'insomnie et se sentait à son tour envahie par la crainte : si Geoffroy reconnaissait avoir vu la dame était-il encore possible de douter de son existence ? Ou bien cette vision, si vision il y avait eue, aurait-elle tout dû à la boisson ? Et si Geoffroy avait bu après, pour se réconforter, pour tenter d'oublier ce qu'il avait vu ou cru voir ?

— Il ne faut pas parler de ça, murmura-t-il en gémissant.

De nouveau reprise par la curiosité qui chez elle, annihilait la peur, Éléonore insista :

— Enfin, l'avez-vous rencontrée oui ou non ?

Une longue plainte s'exhala de la bouche de Geoffroy :

— Pas moi. Mais lui, oui.

— Qui lui ?

— Le moine.

Puis, tout à coup, un torrent de paroles jaillit, proférées d'une voix entrecoupée, comme si Geoffroy n'en pouvait plus de taire ses angoisses.

— La nuit dernière, juste au dernier coup de minuit... Elle était sur les remparts... avec sa robe bleue, ses longs cheveux blonds épars...

Une robe bleue ? Comme celle de l'inconnue dans la châsse... Cette femme sortait donc vraiment de son habitacle pour se promener ? Éléonore se mit à frissonner malgré elle : elle avait beau savoir son interlocuteur fruste, sans doute superstitieux et pris de boisson...

— Et elle tenait sa tête à la main, sa tête qui saigne encore, parce qu'il n'a pas été enterré en terre chrétienne...

Éléonore interrogea haletante :

— La tête de qui ?

— De son mari, Monseigneur Guy, le dernier des Marcillac ! Oh ! son sang retombera sur l'autre !

Geoffroy renifla et essuya son nez de sa manche : avec stupeur, la jeune fille vit une grosse larme dévaler sur la pente de sa joue rugueuse.

Il fallait en savoir plus, raccorder les mailles qui manquaient. Mais aussi, procéder avec délicatesse : elle devinait que Geoffroy n'aurait pu supporter d'entendre prononcer son nom.

— C'est *lui* qui a tué Guy de Marcillac ?

A peine perçut-elle ce « oui » à peine audible. Au prix d'un visible effort, Geoffroy tenta de se tenir droit sans le soutien du mur.

— Il faut que je m'en aille, marmonna-t-il. Je dois apporter à manger à l'autre. Je ne vous ai rien dit hein ?

Éléonore le tranquillisa aussitôt :

— Absolument rien, assura-t-elle.

Tout en dévorant la saucisse qui n'était pas mauvaise, la jeune fille réfléchissait et quelques évidences ne tardèrent pas à s'imposer. Gérard de Caubre, en s'emparant du château des Tombes Noires appartenant à la famille de Marcillac, avait décapité son propriétaire Guy, et s'était refusé à l'enterrer.

Cette jeune femme si belle couchée dans la châsse — la même semblait-il que celle qui se montrait sur les remparts — devait être l'épouse du dernier des Marcillac. Ému par sa beauté, Gérard de Caubre s'en était-il épris et pour la posséder plus à son aise, avait-il tué son mari ? Désespérée et indignée, avait-elle refusé ses avances ? Dans un accès de rage, l'écorcheur l'avait-il occise à son tour, pour le regretter aussitôt et éprouver un remords lancinant que le moine, pour une raison inconnue, s'employait à attiser et à entretenir ? Ou bien, Mme de Marcillac était-elle simplement morte de chagrin ?

Et comment se faisait-il que Geoffroy fût plus au fait de ce qui s'était passé dans le château, qu'Olivier ? Se trouvait-il sur les lieux quand ces événements s'étaient produits ? Et encore, Éléonore était-elle persuadée que le boiteux en savait plus qu'il n'avait dit... Sans cela, pourquoi se montrait-il affecté au point de verser des larmes en évoquant le sort des Marcillac ? Leur avait-il été attaché d'une manière ou de l'autre ?

Elle but du vin à même la cruche car dans son trouble, Geoffroy avait oublié le gobelet d'étain. Puis elle se souvient qu'il avait aussi négligé de fermer la porte.

Munie de la lanterne et d'une bougie de rechange, elle s'aventura au-dehors et frappa à la porte d'Anieuse, close elle, à double tour.

— Anieuse, c'est moi. Geoffroy t'a-t-il apporté à manger ?

Une voix étouffée lui parvint :

— Oui, il y a un quart d'heure.

Hésitante, Éléonore se mordit les lèvres : fallait-il parler de Macaire ? Elle finit par s'y résoudre :

— As-tu... revu Macaire ?

— Non, Dieu merci ! Mais j'ai peur, il va sûrement venir... Comment se fait-il que vous soyez dans le couloir ?

— Par bonheur Geoffroy est très négligent.

— Pas en ce qui me concerne. Vous avez de la chance... Vous allez repartir dans les souterrains ?

— Oui, je travaille à notre délivrance.

— Vous croyez vraiment que nous sortirons un jour ?

— Je ne sais pas. En tout cas, il faut essayer.

— Ne vous perdez pas surtout et revenez vite ! J'ai si peur de rester seule. Si Macaire revenait...

— Dans ce cas, je ne pourrais pas grand-chose pour toi, soupira Éléonore. Mais ne t'inquiète pas, je ne serai pas longue et je ferai attention.

Elle affectait une assurance qu'elle était bien loin d'éprouver, en s'enfonçant dans les souterrains aussi obscurs que la fois précédente et encore plus angoissants : même si la présence d'Anieuse n'était pas d'un grand secours si quelque danger survenait, de la sentir là, à ses côtés, réconfortait la jeune fille, elle devait bien l'admettre.

Sans hésiter, au carrefour, elle s'engagea dans le tronçon de galerie qui conduisait à la source : elle voulait vérifier son hypothèse, à savoir si la rigole menait aux cuisines.

Elle risquait de mauvaises rencontres, elle en était bien consciente. Plus que jamais, la prudence s'imposait. Elle n'avançait qu'avec d'infinies précautions, prête à masquer d'un pan de sa jupe la lueur de la lampe à la moindre alerte.

Elle essayait d'évaluer la distance parcourue depuis la source en comptant les pas. Parvenue à cinquante-cinq, sans rien voir car la galerie faisait un coude, elle perçut des voix rendues confuses par le ruissellement de l'eau qui s'amplifiait.

La jeune fille posa la lanterne à terre avant l'angle et progressa à pas de loup, décidée à rebrousser chemin dès qu'elle aurait jeté un coup d'œil sur la salle qui s'ouvrait, car la proximité des écorcheurs lui faisait battre le cœur de façon désordonnée.

Dans un premier temps, elle constata que le ruisseau se déversait dans une grande vasque rectangulaire de pierre avec un son cristallin continu. Plus loin, un homme penché sur le foyer d'une immense cheminée, d'une taille à accueillir un bœuf entier, s'employait à activer le feu tandis qu'accoudés à une longue table de chêne ciré, deux écorcheurs vidaient un pichet de vin en devisant. Le bras de l'un d'eux était enserré dans une charpie blanche, constellée de quelques gouttes de sang séché. Avait-il été blessé par Pierre Le Mahais ou l'un des siens lors de ce combat qui lui avait coûté à elle, la liberté ? En tout cas, il ne devait pas endurer une souffrance excessive puisqu'il riait et plaisantait avec son compagnon. Comme ce dernier tournait le dos à Éléonore, elle n'en était pas sûre, mais il lui semblait bien reconnaître la nuque rouge et les cheveux hirsutes, couleur de paille mouillée, de Macaire.

Elle tendit l'oreille : quelques-unes des paroles échangées lui parvenaient. D'autres se fondaient dans le clapotement incessant de l'eau.

— Tout de même, tu l'as échappé belle mon vieux Théo, disait l'interlocuteur du blessé d'une voix que la jeune fille hésitait encore à identifier avec celle du tortionnaire d'Anieuse.

— Ça, tu peux le dire ! s'esclaffa ledit Théo. Et ce n'est pas la première fois, tu peux m'en croire ! Tu sais, j'ai de la chance de naissance parce que je suis le septième fils de mes parents. Quand c'est une fille, elle sait lire l'avenir. Les garçons eux, passent à travers le danger.

— C'est bien commode ! Pourtant, quand je t'ai vu tomber, j'ai bien cru que tu allais y passer !

Le bruit du soufflet qu'actionnait l'homme devant le feu rendit les phrases suivantes inaudibles, à la vive déception d'Éléonore : puisqu'ils parlaient de l'attaque contre le convoi des marchands, peut-être allaient-ils lui apprendre comment il s'était terminé ?

— Cette fois-ci, on en a laissé six sur le carreau, dit Théo sur un ton non dénué d'amertume.

— Et on a eu trois blessés, répartit l'autre.

En hochant la tête, il apparut un moment de profil : c'était bien l'affreux Macaire. Éléonore respira : occupé à boire et à commenter les faits d'armes, du moins ne songeait-il pas à Anieuse en ce moment !

— Et si tu veux mon avis, Jérôme n'en réchappera pas. D'ici deux jours au plus, il va y passer. Le moine me l'a dit...

— Et eux, combien tu crois qu'ils en ont eu, de morts ?

— Ah ! ça, je ne sais pas ! Ils se défendaient bien les bougres ! Je n'ai pas eu le temps de compter : il a fallu se dépêcher de filer à l'arrivée des gens de l'évêque !

Les deux compères rirent, comme si cette fuite les avait beaucoup divertis.

— Tu es sûr que c'était l'évêque ?

— Ben, t'as vu les carrosses non ? Et puis, qu'est-ce que ça te fait, évêque ou pas, on a du se tirer ! Et en vitesse encore.

Donc les écorcheurs avaient dû abandonner le combat. L'espoir renaquit dans le cœur d'Éléonore : peut-être sa mère et ses frères, secourus par ceux qui étaient survenus si à-propos — si seulement, ils étaient arrivés un peu plus tôt! — se trouvaient-ils en sécurité à Étampes... en train de se désespérer à son sujet à elle et d'établir des plans pour la délivrer... Mais comment devineraient-ils jamais en quel lieu elle était détenue ? Et s'ils le découvraient par miracle, qui oserait s'aventurer à attaquer un château aux mains des échorcheurs ?

Son père l'aurait fait, lui...

L'homme près du feu se redressa et se rendit au fond de la cuisine éclairée par deux soupiraux qui assuraient aussi l'aération et revint, deux moutons écorchés jetés en travers de l'épaule, qu'il se mit à embrocher pour le souper des habitants du château : les bêtes étaient de belle taille — volées dans la ferme incendiée où elle avait été enfermée quelque temps ? — propres à rassasier au moins une trentaine de personnes.

Puis, à l'aide d'une longue louche de bois, il s'apprêta à touiller le contenu d'un chaudron où mijotait la soupe. Lorsqu'il souleva le couvercle, une odeur alléchante d'oignons, de choux et de lard se répandit, qui attira immédiatement l'attention des deux lascars.

— Ah ! ça a l'air bon ! s'exclama Macaire avec un air de gourmandise non dissimulé.

Il se leva pour flairer de plus près la marmite et Éléonore en profita pour s'esquiver. Pour l'instant, elle n'apprendrait rien de plus et comme l'heure du repas approchait, d'autres écorcheurs risquaient de survenir.

CHAPITRE XIII

La jeune fille retrouva sans difficulté son chemin jusqu'au carrefour où s'ouvrait une dernière voie inexplorée. Mais son absence n'avait-elle pas déjà duré trop longtemps ? Anieuse devait être si inquiète... Elle tenait à lui faire part le plus rapidement possible de l'espoir que les propos des écorcheurs lui avaient fait concevoir concernant sa famille. Cette famille devenue aussi un peu celle d'Anieuse, depuis la mort de la vieille Blanche sa tante et seule parente. D'ailleurs Matheline ne l'avait-elle pas toujours traitée davantage comme une de ses filles que comme une servante, lui offrant un colifichet chaque année à la Saint-Jean, la soignant lorsqu'elle était malade, l'envoyant à confesse et faire ses Pâques ?

— Anieuse, je suis de retour.

— Dieu du ciel ! J'étais sûre qu'il vous était arrivé malheur !

De préférence à toute autre éventualité, Anieuse envisageait toujours d'abord la pire...

A la nouvelle que selon toute vraisemblance, les Bayencourt avaient survécu, elle s'exclama avec la confiance qu'elle vouait à Matheline :

— Alors, on va venir nous délivrer bientôt !

— Bientôt, je ne sais pas, dit Éléonore. Il faudra réunir beaucoup d'hommes...

Et avant tout, retrouver leur trace...

— Oh ! avec l'aide de Dieu, Dame Matheline y parviendra !

Dans l'atmosphère confinée de sa cellule, la captive reconnut avec dégoût un relent de saucisses qui flottait. Dans les galeries, l'air circulait davantage. Elle se sentit soudain mal à l'aise, oppressée même. Sa captivité pouvait se prolonger des semaines, voire des mois... Privée d'air et d'exercice, recluse dans une semi-obscurité, elle ne tarderait pas à s'étioler. Et surtout à dépérir d'ennui entre les visites d'Olivier. Si ce dernier repartait en campagne ? S'il s'absentait pour une longue période, que deviendrait-elle pendant ce temps ? Ses pensées prenaient un tour si morose qu'elle en était au bord des larmes. C'était bien joli de faire la fanfaronne et la courageuse devant Anieuse. Mais face à elle-même, il était moins aisé de crâner... Elle avait beau faire appel à toute son énergie, à l'optimisme qui était le fond de sa nature, son avenir lui paraissait aussi sombre et dépourvu d'ouvertures que le labyrinthe inextricable de souterrains qui couraient comme les fils d'une toile d'araignée dans le tréfonds de ce château maudit où le sang innocent avait coulé.

Malgré ces perspectives affligeantes, Éléonore s'assoupit. Des visions curieuses traversèrent son sommeil. L'aspect à première vue familier de ceux qui peuplaient ses rêves, le chanoine Buzenval, Jean Guillais, Geneviève, se modifiait progressivement. Ces êtres chers devenaient inquiétants, bien qu'ils demeurassent les mêmes en apparence. Depuis quand le chanoine arborait-il cette expression sévère, dénuée de toute bonté ? Pourquoi son teint rose avait-il pâli pour devenir aussi livide que celui du pauvre Enguerrand sur son lit de mort ? Ce dernier d'ailleurs reposait désormais dans une châsse scintillante, due à l'art de Jean Guillais et d'Ambroise. Plus grave encore, le visage cruel du père Mélantal avait remplacé celui du chanoine. Comment son père pouvait-il supporter cette présence hostile auprès de lui ? Pourquoi Matheline ne chassait-elle pas cet homme qui essayait d'accaparer l'âme de son mari ? L'impression de malaise devint si forte qu'Éléonore s'éveilla en sursaut pour voir une longue forme noire penchée sur elle. Un hurlement de terreur incontrôlable lui échappa : le moine !

Comment avait-il découvert sa retraite ? Il était certainement venu pour la tuer parce qu'elle l'avait observé en train d'officier. Animal pris au piège, Éléonore cherchait en vain un moyen d'échapper à cette cellule dont il avait fermé la porte.

— Il est inutile d'avoir peur, dit-il de sa voix rauque, je ne vous ferai pas de mal. Dites-moi simplement qui vous êtes et ce que vous faites ici.

Son cauchemar se poursuivait-il ou était-elle bien réveillée. Éléonore hésitait encore : elle se pinça avec force et la douleur bien réelle acheva de la sortir de ses doutes.

— Les écorcheurs m'ont enlevée avec ma servante sur la route d'Étampes où je me rendais avec ma famille.

Cette déclaration parut déconcerter le moine :

— Gérard de Caubre vous a enlevée ? fit-il d'un air incrédule.

— Pas lui. Deux de ses hommes. Je ne connais que leurs prénoms : Olivier et Macaire.

Au nom de ce dernier, le moine esquissa une grimace.

— Olivier... tiens ! Vous a-t-il maltraitée ?

— Mon Dieu..., dit Éléonore embarrassée.

Comment expliquer la situation à un homme d'église. S'il en était un ?

— Pas vraiment, acheva-t-elle. Enfin, il me retient prisonnière. Geoffroy m'apporte à manger.

— Je vois, dit le moine.

Et l'ébauche d'un sourire étira des lèvres moins minces et sèches que celles le père Mélantal.

— Êtes-vous un vrai moine ? s'enhardit soudain Éléonore.

Après tout, que risquait-elle ?

Le sourire s'élargit sur le visage glabre, couturé de cicatrices comme celui de Gérard de Caubre, mais moins profondes.

— Mais oui, mon enfant. Pour quel motif en doutez-vous ?

La jeune fille le regarda bien en face :

— Votre présence en ce lieu. Et puis... je vous ai vu dans la crypte.

Le moine hocha la tête comme s'il cherchait à quel parti se résoudre et s'assit finalement sur le tabouret.

— Je crois que nous gagnerions du temps si vous me racontiez tout ce que vous savez.

Comme il la voyait hésiter, il ajouta sur un ton bienveillant :

— Je vous le répète, vous n'avez rien à craindre de ma part. Peut-être pourrais-je même vous aider... bien que ma position soit moins que sûre dans ce château.

Son instinct souffla à Éléonore que son interlocuteur était sincère et qu'il y avait en effet avantage à se fier à lui. Du moins, dans une certaine mesure.

Elle lui narra comment grâce à la négligence de Geoffroy, par deux fois elle avait pu explorer les souterrains. Et comment, dans la crypte, elle avait été découverte par Olivier. Mais elle passa sous silence sa conversation avec Geoffroy.

— Et alors ?

— J'ai vu... ce qu'il y avait dans la châsse.

— Ah ! elle était belle n'est-ce pas ?

Quelle réflexion étrange de la part d'un moine !

— Merveilleusement belle, répondit Éléonore avec un enthousiasme qui n'était pas feint. Comment s'appelait-elle ?

Une lueur de tristesse traversa le regard sombre du moine.

— Bérénice. Bérénice de Marcillac. Elle était aussi bonne que belle... et si jeune !

Puisqu'il parlait d'elle au passé, elle devait donc appartenir à l'autre monde... Mais alors, cette apparence de vie ?

— Gérard de Caubre l'a tuée, n'est-ce pas ? Pourtant...

Le moine fit cette réponse sybilline :

— Pour certains, elle est morte. Pour d'autres pas... Vous lui ressemblez : vous êtes blonde comme elle... Levez-vous.

Surprise, Éélonore obéit.

— Vous avez presque la même taille.

Puis il passa brusquement à un autre sujet.

— Vous savez que Gérard de Caubre est un être malfaisant et dangereux qui mérite un châtiment. C'est à cause de lui que votre famille vit dans l'angoisse...

On aurait dit que le moine cherchait à susciter l'esprit de vengeance chez la captive... Alors qu'il n'en était nul besoin !

— Il a assassiné mon père, répondit-elle simplement.

— C'est vrai ? Voilà qui est excellent !

Comme elle le considérait interloquée et un peu choquée, il sourit de nouveau avec une sorte de jubilation cette fois :

— Je n'ai pas le temps de vous expliquer aujourd'hui. Plus tard. Maintenant, il faut que je m'en aille. Pas un mot de ma visite à qui que ce soit, je reviendrai vous voir.

— Vous ne pourrez peut-être pas entrer, remarqua-t-elle. Si Geoffroy ferme la porte...

— Oh ! ne vous inquiétez pas de ce détail. Je dispose de toutes les clefs du château. Reprenez confiance mon enfant. Mais je sais que vous êtes très courageuse. Vous aventurer seule, dans l'obscurité de ces lieux désormais maudits...

Il ajouta songeur :

— C'est le propre des âmes pures.

Tandis que son visiteur s'esquivait, Éléonore rougit. Devait-elle vraiment se considérer comme une âme pure ? Certes, elle n'avait pas cherché ce qui lui était arrivé. Mais elle y avait pris du plaisir.

Un immense plaisir...

Devant la lueur vacillante de la chandelle, elle se demanda si elle n'avait pas rêvé : la conduite du moine était si extraordinaire, ses propos si déconcertants... et parfois incompréhensibles. Que voulait-il dire en affirmant : « Pour certains elle est morte. Pour d'autres pas. » Comment pouvait-on appartenir à la fois à ce monde et à l'autre ?

A moins d'être un fantôme...

Et pourquoi le moine avait-il paru si intéressé par sa ressemblance avec Bérénice de Marcillac ? Qu'il avait connue, manifestement, puisqu'il assurait qu'elle était aussi bonne que belle...

Et ne laissait-il pas entrevoir qu'une occasion serait peut-être offerte à la jeune fille de participer au châtiment de Gérard de Caubre, le responsable de ses malheurs ? Enfin, si l'on admettait qu'Olivier n'en était pas le principal fautif...

CHAPITRE XIV

Deux jours passèrent sans que le moine revienne.

Avait-il oublié sa promesse ? Lui avait-il été impossible de la tenir ? Craignait-il d'éveiller les soupçons de Gérard de Caubre, d'être surpris par Olivier, Geoffroy ou quelque autre en effectuant le trajet de la crypte aux cellules ? Avait-il renoncé à un projet hasardeux ou encore, à y mêler Éléonore ?

Cette dernière était très déçue, d'autant plus qu'elle commençait à beaucoup souffrir du confinement qui lui était imposé. Elle tournait en rond comme un fauve dans sa cage, la gorge irritée par la fumée que dégageait la chandelle de suif. De plus, le manque d'air et d'exercice lui faisait renvoyer presque intacts les plateaux pourtant appétissants que lui apportait Geoffroy.

Si Olivier témoignait de la même ardeur lors de leurs étreintes nocturnes, il n'en était plus de même en ce qui la concernait. Elle avait trop envie de voir la lumière du jour, de courir dans l'herbe, de sentir la caresse du soleil sur sa peau, d'aspirer à pleines goulées un air frais, parfumé de toutes les senteurs de l'été, débarrassé des miasmes qui traînaient dans sa prison, pour goûter désormais un plaisir total. Elle se disait avec angoisse que si après quelques jours seulement, elle se sentait si misérable alors qu'elle n'était ni maltraitée, ni affamée, elle ne résisterait pas très longtemps à la réclusion. Pourtant, elle avait entendu parler de gens demeurés incarcérés des années et qui avaient néanmoins survécu. Le chanoine Buzenval ne lui avait-il pas conté l'étonnante histoire de ce prince franc, Renaud de Châtillon, capturé lors des croisades par Nour ed Din, l'émir d'Alep et enfermé dans les oubliettes de la formidable citadelle pendant seize ans ?

Et qui, libéré, avait repris le cours de ses exploits. Seize ans ! Avec un frisson, elle évoqua aussi la recluse du cimetière des Innocents : sa condition à elle, Éléonore, ne lui était-elle pas désormais comparable ? Sinon que la porte de sa prison n'était pas murée et qu'elle recevait de temps en temps des visites... Mais Geoffroy n'oublait plus de tirer le verrou et elle ne pouvait même plus s'entretenir avec Anieuse qui se morfondait à seulement quelques pas...

Le huitième jour — elle marquait une barre sur le mur à l'aide d'un petit morceau de silex découvert en grattant le sol de terre battue — elle céda à un accès irrépressible de larmes.

Pas de gros sanglots de révolte, de rage, de désespoir. Non, simplement un flot incessant qui coulait sans qu'elle pût y mettre un terme. Son optimisme du début lui paraissait puéril, irréfléchi : les espoirs qu'elle avait conçus, des illusions. Il était bien évident qu'elle ne sortirait pas vivante de cette geôle où se consumeraient sa jeunesse et sa beauté au seul profit d'Olivier. Elle se mit à lui en vouloir sauvagement. S'il était survenu à ce moment-même, elle se fût jetée sur lui pour le griffer, le mordre, lui crier la haine qu'elle éprouvait désormais à son endroit.

Peu à peu le calme lui revint. Elle admit que pour l'instant le seul parti intelligent et raisonnable était de feindre. Olivier ne devait pas se douter qu'elle le considérait à présent comme elle aurait toujours dû le faire, en ennemi. Que les sortilèges auxquels elle s'étonnait maintenant de s'être laissée prendre n'opéraient plus...

A l'arrivée de ce dernier, quelques heures plus tard, Éléonore avait repris le contrôle d'elle-même. Suffisamment pour l'accueillir avec un sourire. Mais Olivier paraissait soucieux.

— Geoffroy me dit que tu ne manges plus rien ?

Elle saisit aussitôt l'occasion de susciter sa pitié : peut-être obtiendrait-elle quelque amélioration à son sort ?

Elle esquissa un geste de lassitude :

— Comment veux-tu que j'ai faim ? Enfermée depuis des jours sans bouger, privée d'air et de lumière ?

— Évidemment, murmura-t-il visiblement ennuyé. Je ne vois pas ce que je pourrais faire...

« Me libérer ! » faillit crier Éléonore. Mais il n'était pas judicieux de dire à Olivier qu'elle se souciait peu de le quitter...

— Si Geoffroy ne m'enfermait pas, je pourrais au moins me promener un peu dans les galeries...

Olivier s'exclama avec vivacité :

— C'est trop dangereux ! Tu ne te rends pas compte de ce qui arriverait si l'un d'eux te voyait !

Sur un autre ton, il reprit :

— Tu es si séduisante ! Tu n'imagines pas la convoitise que tu éveillerais chez ces hommes...

Elle ne l'imaginait que trop bien !

— Rends-moi au moins Anieuse. Je m'ennuie tellement quand tu n'es pas là.

— Oh ! ça, c'est très possible, dit-il soulagé à l'idée d'accorder cette faible concession, sans risque aucun. Je dirai à Geoffroy de la conduire passer ses journées auprès de toi.

C'était mieux que rien, certes. Mais ce résultat, bien éloigné de ses ambitions, ne la satisfaisait guère.

— Tiens, je t'ai apporté un cadeau.

Il lui tendit un pendentif d'or ciselé, serti de turquoises, de brillants et de perles. Elle avait suffisamment fréquenté l'atelier de Jean Guillais pour savoir qu'il s'agissait d'un objet de prix. Un objet qui avait paré une victime innocente dépouillée, peut-être assassinée par les écorcheurs. Ce bijou qui appartenait à une autre, qui lui avait été arraché de force, lui faisait horreur. Néanmoins, elle feignit le ravissement et adopta exactement l'attitude qu'attendait Olivier.

— C'est superbe ! s'écria-t-elle en approchant les pierres de la lanterne pour mieux les admirer.

Olivier se rendait-il compte de la cruelle ironie qui consistait à offrir des joyaux à une femme qui ne pouvait les montrer à personne ? Où était le plaisir d'en posséder sinon pour s'en parer et susciter ainsi la convoitise d'autrui ? Non. Un homme ne se doutait pas de ces choses...

Puis, il lui fallut bien s'abandonner à ses caresses passionnées avec ce qui n'était pas encore de la répugnance mais ne tarderait pas à le devenir...

Le lendemain, la prisonnière crut que Geoffroy allait lâcher le plateau en apercevant le pendentif qu'elle avait machinalement posé sur le tabouret la veille et oublié depuis.

— Le pendentif ! s'exclama-t-il.

— Vous le connaissez ?

— Je crois bien ! Mme de Marcillac le portait souvent.

— Ainsi, c'était à elle ?

— Oui, vous allez voir. Elle m'avait montré comment il s'ouvrait.

De ses grosses mains maladroites, Geoffroy s'empara du bijou.

— Regardez, dit-il.

Finement gravées dans le métal précieux, Éléonore découvrit deux initiales entrelacées : B. et G. Bérénice et Guy. Et une date : 12 juillet 1440.

— Il le lui avait offert pour leur premier anniversaire de mariage. Elle ne l'aura pas porté longtemps, la pauvre...

Comment Geoffroy savait-il toutes ces choses ? Éléonore ne put se retenir de le questionner.

— J'étais le valet de M. Guy...

— Alors, vous n'êtes pas des leurs ? s'écria la jeune fille. Vous ne faites pas partie de cette bande de...

— Oh ! ça non !

Geoffroy était indigné.

— Ils m'ont épargné parce que je leur rends des services.

— Vous ne pouviez pas vous sauver ?

— Pour aller où ? répondit simplement Geoffroy.

Il y eut un silence.

— Moi, je voudrais me sauver, murmura Éléonore.

— Vous c'est différent. Vous avez une famille dehors. Moi, c'étaient eux ma famille... Je suis né au château vous comprenez.

— Je comprends.

Soudain l'idée traversa Éléonore que, sur un point très important, Geoffroy serait peut-être à même de la renseigner.

— Le moine...

Le visage ingrat de son interlocuteur s'éclaira :

— Le père Laredez ! Il était devenu le chapelain des Marcillac. Très attaché à Mme Bérénice, il faisait partie de sa suite lorsqu'elle s'est mariée. Naturellement, elle l'a gardé. M. Guy l'appréciait beaucoup. Il disait qu'il était un vrai savant. D'ailleurs, il nous soignait tous. Il avait beaucoup voyagé en Orient et rapporté des remèdes qui opéraient parfois de vrais miracles.

Elle soupira :

— Et lui, pourquoi reste-t-il ?

Les nouveaux habitants du château ne constituaient vraiment pas une société idéale pour un homme d'Église.

Geoffroy se gratta la tête :

— Oh ! lui, il a une idée. Je ne sais pas trop laquelle... En tout cas, il veut venger Mme Bérénice, ça c'est sûr.

Tout bas, il ajouta :

— Il l'a embaumée en secret. Si vous pouviez la voir... Elle est tellement belle qu'on croit qu'elle est vivante.

Il s'interrompit brusquement et dévisagea Éléore :

— Mais... enfermée comme vous l'êtes, comment connaissez-vous l'existence du moine ?

Geoffroy n'était pas si bête ! Inutile pourtant de lui apprendre ses négligences.

Il est venu me rendre visite.

— Ah ! tiens ! Et vous l'avez dit à Olivier ?

Éléonore le regarda bien en face :

— Non.

Ce fut comme s'ils avaient signé un pacte.

— C'est lui qui m'a apporté ce pendentif. Naturellement, je ne compte pas le garder.

Geoffroy eut un geste désabusé :

— Il n'y a plus de descendants. M. Guy était le dernier... et ils n'ont pas eu le temps de faire d'enfants. Alors il vaut mieux qu'il soit entre vos mains qu'entre les leurs.

Il prononça ce dernier mot avec dégoût.

— Peut-être qu'un jour je m'en irai tout de même, marmonna-t-il.

Un peu plus tard, Éléonore récupéra Anieuse. Une Anieuse abattue, misérable, qui n'avait plus qu'une lointaine ressemblance avec la petite servante à la langue bien pendue qui riait à gorge déployée lorsqu'un garçon lui faisait un compliment un peu trop osé. D'avoir subi le contact d'un individu comme Macaire l'avait flétrie. Éléonore saisit à travers ses réticences qu'elle se sentait souillée et qui sait, même coupable. Matheline saurait mettre bon ordre à tout cela, lui parler avec douceur et compréhension, lui redonner confiance dans la vie. Si elles parvenaient à s'échapper... Justement, Anieuse se lamentait :

— Ah ! Mon Dieu, pourquoi avons-nous quitté Paris où nous étions si tranquilles pour nous aventurer sur les routes ? Tout le malheur vient de là... Quand nous délivrera-t-on ?

— Tu sais, répliqua Éléonore, je crois qu'il vaut mieux compter sur nous-mêmes que sur une aide extérieure.

— Quoi ? Vous pensez qu'on ne s'occupe pas de nous rechercher que dame Matheline va poursuivre et nous abandonner ?

— Je ne dis pas cela... Mais imagine un peu la difficulté pour elle.

— Et pour nous donc ! s'exclama Anieuse. Enfermées entre quatre murs ! J'ai beau prier la Sainte Vierge de toutes mes forces...

— Je crains que cela ne soit pas suffisant.

Certes, Éléonore croyait à l'aide de Dieu. Elle pensait cependant que l'espoir de celle-ci ne dispensait pas l'être humain d'efforts. Qu'en quelque sorte, cette aide se méritait : pourquoi se serait-Il soucié de prêter assistance à des molassons qui ne faisaient rien pour s'en sortir par leurs propres moyens ?

Une morne journée s'écoula lentement. La présence d'une Anieuse morose se révéla décevante : Éléonore s'ennuyait autant avec elle que livrée à elle-même.

CHAPITRE XV

A l'aube, le moine s'introduisit dans la cellule d'Éléonore, alors qu'Olivier venait de la quitter et qu'elle s'apprêtait à se rendormir. Un peu honteuse d'être surprise dans le désordre de sa couche qui témoignait de visible manière qu'une fois de plus, elle avait appartenu à Olivier, Éléonore se redressa, tentant de masquer sa confusion. D'un geste, le père Laredez l'apaisa :

— J'ai très peu de temps. Écoutez-moi bien. La nuit prochaine je m'arrangerai pour que vous soyez seule. Geoffroy viendra vous chercher vers onze heures. Tenez-vous prête et suivez-le sans crainte, il vous mènera jusqu'à moi. Si tout va bien, demain vous serez libre.

— Et Anieuse ?

— Pendant que nous serons ensemble, Geoffroy la conduira à la poterne où vous la rejoindrez lorsque nous aurons fini.

Le ton était si impérieux, définitif. Pourtant, Éléonore osa interroger :

— Fini... quoi ?

— Je vous expliquerai ce soir.

Même devant cette réponse dilatoire, la jeune fille ne s'avoua pas battue :

— Et si... ce que vous projetez échoue ?

— Alors là... Nous n'aurons qu'à recommander notre âme à Dieu. Mais ayez bien présent à l'esprit que notre réussite est le seul espoir que vous ayez de fuir ces lieux. Le risque existe, je ne vous le cache pas. Acceptez-vous de le courir ?

Tout de même, on lui demandait son avis !

— Oui, répondit-elle fermement.

Soudain, il remarqua lui aussi le pendentif :

— Comment est-il en votre possession ?

— Olivier me l'a apporté. Je vous en prie, reprenez-le. Cet objet volé me fait horreur !

Le père Laredez parut réfléchir puis conclut :

— Au contraire, conservez-le. Vous le porterez ce soir. Il fera le même effet que le collier de rubis et cela m'évitera de la toucher.

— Après...

— Je vous autorise à garder ce bijou en souvenir d'elle. Je vais le bénir pour que vous n'ayez nulle crainte et que votre âme soit en paix.

Ce qu'il fit aussitôt.

— Soyez prête. Dites seulement à votre servante de suivre Geoffroy lorsqu'il viendra.

Il se retira, laissant Éléonore un peu abasourdie : au petit matin, les idées sont rarement claires surtout quand la nuit a été agitée et les heures de sommeil brèves. Remplie de joie et d'excitation à la perspective de recouvrer bientôt la liberté et de revoir sa famille, la jeune fille essayait de deviner ce que le moine attendait d'elle et supputait les chances de réussite d'un projet dont elle ignorait presque tout sinon qu'il devait constituer une vengeance envers le meurtrier de Guy de Marcillac.

Si les événements se déroulaient comme l'avait prévu le moine, cette nuit aurait été la dernière passée dans les bras d'Olivier. Sans doute ne le reverrait-elle même pas. Elle préférait d'ailleurs...

Soudain, une crainte affreuse l'envahit, la submergea et si elle était enceinte ? Ce serait épouvantable, Ambroise ne voudrait peut-être plus l'épouser, tout son avenir serait brisé... Cette angoisse qui la taraudait maintenant effaçait jusqu'au souvenir du plaisir, pourtant si vif, qu'elle avait pris à maintes reprises. Combien de fois Olivier l'avait-il possédée ? Bien suffisamment et au-delà pour que naisse un enfant...

Cette perspective accablait la jeune fille. Elle s'étonnait de ne pas y avoir songé plus tôt. Aurait-elle pu accepter les étreintes d'Olivier si chaque fois, elle avait eu présent à l'esprit le risque qu'elle encourait ? Non, sans doute...

La journée passa beaucoup plus vite que celle de la veille. Quand Geoffroy vint lui apporter un beau morceau de mouton assurément d'une de ces bêtes qu'elle avait vues embrocher dans la gigantesque cheminée de la cuisine, il lui dit :

— Alors, c'est pour ce soir. Le moine vous a avertie ?

— Oui.

— Vous n'avez pas peur ?

— Si. D'autant plus qu'il ne m'a rien dit de précis...

— Je voudrais bien pouvoir vous renseigner, soupira Geoffroy. Mais je n'en sais pas plus que vous. Sinon que la chose doit avoir lieu à minuit. Et que le père aura besoin de moi aussi.

— Alors, je ne serai pas seule ? Cela me rassure un peu. Cet homme est si inquiétant...

— Ça vous pouvez le dire !

A voix basse, comme si ce dernier avait pu l'entendre, le vieux serviteur confia :

— Je ne me suis jamais senti très à l'aise en sa présence.

— Il émane de lui une sorte de puissance mystérieuse, dit Éléonore songeuse. Il parvient à imposer sa volonté aux gens.

Et ce jeu étrange qu'il menait dans la crypte avec Gérard de Caubre : lequel servait de partenaire à l'autre au cours de cette cérémonie bizarre ?

Il semblait pourtant que l'envoûté fût l'écorcheur. Maintenant qu'elle savait Geoffroy acquis, Éléonore lui fit une confidence :

— Vous savez, moi aussi j'ai des raisons de me venger : Gérard de Caubre a assassiné mon père il y a trois ans.

— Quel dommage que ce n'ait pas été le contraire, répondit seulement Geoffroy. Que de malheurs nous auraient été épargnés !

Dans ses yeux fatigués, Éléonore vit passer le reflet des jours anciens, des jours heureux d'avant le drame. Comme la vie devait s'écouler douce et paisible pour ce vieux serviteur dévoué à des maîtres qui avaient su se faire aimer et dont la jeunesse engendrait la gaieté et l'animation dans ce château désormais mort au bonheur. Pauvre Geoffroy qui n'avait plus rien à espérer de l'avenir ! Comme il lui inspirait une véritable pitié, elle lui proposa :

— Si un jour vous voulez vraiment partir, si vous n'avez pas d'endroits où aller, venez à Bourges, chez Jacques Cœur qui est mon parent. Je lui parlerai de vous : il vous trouvera bien quelque emploi chez lui. Naturellement, si cette nuit, je parviens à m'enfuir, à regagner Étampes et à retrouver ma famille.

En effet, une fois hors des murs, dans une campagne inconnue au milieu de la nuit, comment ferait-elle pour se diriger ? Anieuse ne serait d'aucune aide. Et Olivier, s'apercevant de sa disparition ne se mettrait-il pas à sa poursuite comme un forcené ?

— Étampes se trouve à cinq lieues environ, dit Geoffroy. Mais il vaut mieux que vous ne preniez pas la grand-route... du moins, pas tout de suite. C'est là qu'on vous cherchera d'abord. Vous savez reconnaître la Grande Ourse ?

— Oui.

— Alors, partez en direction contraire. Vous recontrerez la Juine que vous suivrez jusqu'à Étampes. Ainsi, vous ne pourrez pas vous tromper. Mais faites attention au cours de la rivière : vous devez le remonter. Dans l'autre sens, elle va se jeter dans la Seine.

— Merci Geoffroy. J'ai si peur d'Olivier...

— Moi aussi, j'en ai peur pour vous. Allez, mangez bien maintenant, prenez des forces, vous en aurez besoin ce soir !

Ignorante de ce qui se tramait, Anieuse était aussi prostrée et geignante que la veille. Éléonore n'y alla pas par quatre chemins :

— Ce n'est plus le moment de se lamenter. La nuit prochaine, nous fuyons.

Une lueur d'espoir bientôt éteinte éclaira un instant son visage.

— Nous n'y arriverons jamais...

— Évidemment, ce n'est pas sûr que nous réussissions, admit Éléonore. Tout de même, je crois que nous avons une bonne chance.

— Vous peut-être...

— Tu n'imagines pas que je vais t'abandonner ? s'écria Éléonore indignée. Enfin Anieuse, secoue-toi que diable !

Un ressort paraissait brisé chez la jeune fille qui restait amorphe malgré la bonne nouvelle.

— Tu ne seras pas contente, poursuivit sa maîtresse, de retrouver dame Matheline, Hughes et Charles ! Sans parler de Clément !

Pauvre Clément qu'elle tenait dans ses bras lorsque Olivier et Macaire étaient apparus. De terreur, le chat s'était sauvé, le poil hérissé. Dieu sait où il se trouvait maintenant, errant peut-être mort de faim à la recherche de ses maîtres...

Mais on aurait dit qu'Anieuse se réjouissait à peine à la perspective de revoir la lumière du jour. Après l'expérience de Macaire, lui paraissait-il difficile, voire impossible, de reprendre le cours de la vie ordinaire comme s'il ne s'était rien passé ?

Et encore avait-elle la chance de ne pas devoir redouter une grossesse puisque Macaire n'était pas parvenu à ses fins. Que ne serait pas son état à la place d'Éléonore !

Le soir, Olivier ne vint pas, comme l'avait promis le moine. Jusqu'au dernier moment, jusqu'à l'arrivée de Geoffroy, Éléonore avait redouté son apparition : qu'aurait-elle fait dans ce cas ? Le moine n'avait donné aucune instruction. Était-il si sûr de son affaire ?

— Venez, dit Geoffroy qui, maintenant que l'heure d'agir avait sonné, paraissait fort peu rassuré.

Puis s'adressant à Anieuse :

— Je viendrai vous chercher tout à l'heure.

S'efforçant de dominer le tremblement qui s'était emparé d'elle, la jeune fille suivit Geoffroy qui malgré sa démarche bancale, progressait sans aucun bruit, la lanterne à la main.

Parvenus au carrefour, il s'engagea dans la galerie qu'Éléonore n'avait pas eu le loisir d'explorer. Bientôt, ils se trouvèrent au pied d'un escalier de pierre en colimaçon.

— Nous montons dans la tour, chuchota-t-il.

Les marches étaient souvent de hauteur inégale, certaines usées et il fallait prendre garde à ne pas glisser. Arrêté sur le premier palier, Geoffroy tendit l'oreille. Apparemment conforté par le silence, il poursuivit la grimpée, Éléonore sur ses talons.

Bientôt, elle sentit un souffle d'air frais qui s'engouffrait par une étroite ouverture qui, de jour, devait donner un peu de lumière dans l'escalier. Au loin, elle aperçut une étoile, ce qui lui parut de bon augure.

Au second palier, plus vaste, on accédait à une pièce aux trois quarts circulaire, le dernier quart étant occupé par l'escalier.

Bien qu'on fût aux beaux jours, un grand feu brûlait dans la cheminée et sa chaleur parut bienfaisante à Éléonore qui frissonnait. Le moine se tenait dans l'ombre et elle tressaillit en découvrant sa haute silhouette. Elle remarqua que le long chapelet de buis ne pendait plus à sa ceinture.

— Le moment est venu, dit-il avec un sourire qui était plutôt un rictus. N'ayez crainte, Dieu sera avec nous.

CHAPITRE XVI

A mesure que le moine lui exposait en quoi consistait le plan machiavélique qu'il avait conçu, Éléonore demeurait coite, à la fois admirative pour son auteur et terrifiée quant à ses effets.

Le père Laredez qui, apparemment, se souciait peu de pratiquer le pardon des offenses comme le prescrivait cependant l'évangile, ne pensait, depuis la mort de Bérénice de Marcillac, qu'au moyen de tirer une vengeance éclatante de son assassin.

Doté d'une connaissance approfondie des rouages de l'être humain, cet esprit supérieur, tant par sa subtile intelligence que par une volonté peu commune, avait aussitôt senti l'ascendant qu'il pouvait, s'il disposait d'un peu de temps, acquérir sur une âme faible, sur le personnage cruel mais fruste et impressionnable qu'était Gérard de Caubre ; lequel, de surcroît, s'était trouvé frappé par la foudre d'un amour inaccessible et interdit, puis accablé par sa perte. Il s'était donc résigné à une cohabitation qui lui répugnait puisqu'elle lui permettait de ne pas s'éloigner de l'objet de sa haine.

Il avait commencé par embaumer Bérénice à l'aide de substances balsamiques rapportées d'Orient, usant d'une technique acquise auprès d'un savant damascène qui opérait pour le compte d'un cheikh. Ce dernier, dès que l'une de ses femmes perdait la fleur de sa beauté, la faisait mettre à mort et embaumer, afin d'avoir le plaisir de la conserver dans l'éclat de sa jeunesse et de sa splendeur.

— C'est monstrueux ! s'exclama Éléonore.

— Certes, admit le moine. Mais si vous aviez vu les extraordinaires résultats auxquels nous parvenions... D'ailleurs vous avez pu en juger avec Bérénice. Encore qu'il m'ait manqué de la myrrhe pour que le travail soit parfait.

Subjuguée par ce récit, Éléonore écoutait de toutes ses oreilles, partagée entre l'étonnement et l'effroi que lui inspirait une personne capable de se livrer à ce genre d'activités sans en être troublée dans le fond de l'âme. Tout en parlant, son interlocuteur s'animait, prenait une sorte d'exaltation dans la voix, bien que son visage demeurât impassible.

Son œuvre achevée dans le plus grand secret, il l'avait présentée à Gérard de Caubre, incitant ce dernier à de longues et fréquentes visites. Peu à peu s'était instauré ce rituel funèbre, destiné à fortifier un amour, propre à le transformer en une hantise de chaque instant.

— Comment l'a-t-il assassinée ? ne put s'empêcher de demander la jeune fille.

Le moine avoua tristement :

— Elle s'est donné la mort de sa propre main... Mais Dieu saura qui porte la responsabilité de cet acte.

A chaque occasion, il s'était évertué à offrir à Gérard de Caubre le spectacle de celle qu'il avait follement aimée et qui était morte par sa faute. Patiemment, il avait tissé sa toile, instillant dans son esprit comme les gouttes d'un poison, un sentiment de culpabilité, sentiment inconnu jusqu'alors à cette nature brutale, vouée au mal. Et toute faute entraînant châtiment, il le persuadait peu à peu qu'il lui serait impossible de se soustraire à la colère divine.

Faisant fi des préceptes de la religion, le père Laredez avait entretenu chez sa proie des superstitions, des croyances et des terreurs que l'Église réprouve. Il l'enserrait dans un réseau de signes qu'il créait au besoin et interprétait à sa manière. Il lui rappelait que si l'enveloppe mortelle de sa victime revêtait les apparences de la mort, son âme éternelle n'avait pas quitté ces lieux et errait dans l'attente que justice soit faite.

Soumis à une emprise dont il était incapable de se libérer, l'esprit de Gérard de Caubre s'était peu à peu délabré au cours des semaines et des mois. Peuplé de cauchemars et d'hallucinations, son sommeil ne réparait plus ses forces et ses réflexes de survie, si importants chez un chef de bande toujours jalousé, s'en trouvaient diminués.

D'abord patients et respectueux d'un deuil même s'ils n'en saisissaient pas la nature, ses hommes commençaient à maugréer, lassés de cette existence morne qu'il les contraignait à mener sitôt passé le seuil des Tombes Noires, alors qu'ils étaient accoutumés, comme les gens de leur espèce, aux ripailles et aux orgies, récompense de leurs sinistres exploits.

— Évidemment, reprit le moine, désormais l'un ou l'autre de ces bandits finira bien par lui faire un mauvais parti et s'attribuer sa place. C'est une question de temps... Cependant, en apprenant par Geoffroy qu'une jeune fille blonde de l'âge de Bérénice était enfermée dans une des caves du château, une autre idée m'est venue, plus propre me semble-t-il, à satisfaire les mânes de la victime, en utilisant votre personne pour donner corps aux rumeurs d'apparition que Geoffroy faisait courir depuis sa mort, reprenant en le transposant à son insu, les termes d'une vieille légende que m'avait contée jadis, Guy de Marcillac.

— Laquelle ? s'enquit Éléonore les yeux brillants.

— Puisque vous êtes allée dans la crypte, vous avez vu les tombes. Peut-être n'avez-vous pas remarqué une simple inscription sur la pierre, concernant Hughes de Marcillac ?

— Si, si, celui qui appartenait au Temple et fut brûlé ?

— Vous êtes observatrice, c'est bien, contesta le moine accompagnant son compliment de l'ébauche d'un sourire. C'est quelques années après la mort d'Hughes que le bruit a couru de ses apparitions sur les remparts à certaines époques. Notamment le jour anniversaire de son inique exécution dont les responsables, le roi Philippe le Bel et le pape Clément V furent châtiés dans l'année, comme l'avait prédit le Grand Maître Jacques de Molay du haut du bûcher... Désormais, Bérénice remplacera Hughes. Et Bérénice, ce soir, ce sera vous...

Avec une satisfaction manifeste, le moine considéra Éléonore, ses longs cheveux blonds répandus sur les épaules, vêtue d'une robe de satin bleu, dont la teinte était à peine plus claire que celle de la toilette mortuaire de Bérénice, parée de son pendentif et de sa ceinture d'argent incrustée de tourmalines et de grenats.

— C'est parfait, dit-il. A quinze pas, on s'y tromperait.

Un peu impressionnée de porter les vêtements d'une morte qui lui allaient comme s'ils avaient été faits à son intention, de jouer son rôle, de devenir en quelque sorte une autre, Éléonore, se demandait si ce simulacre ne lui serait pas maléfique, si elle ne connaîtrait pas le même sort que Bérénice. Elle s'ouvrit de ses craintes au père Laredez qui la rassura.

— Non, mon enfant, de ce fait-là, vous ne risquez rien. Rappelez-vous toujours que la superstition est le propre des esprits faibles, timorés et dépourvus de véritable intelligence. Ce qui n'est pas votre cas, ajouta-t-il aimablement.

En apercevant Éléonore, Geoffroy crut défaillir :

— Mais c'est elle ! bégaya-t-il.

— N'est-ce pas ? répliqua le moine enchanté.

Geoffroy tourna autour de la réincarnation de sa maîtresse, la considérant sous tous les angles.

— Jamais je n'aurais cru...

— Le moment est venu, interrompit le père Laredez. Il va être minuit, nous n'avons pas de temps à perdre. Geoffroy, va prévenir son assassin que tu as vu Mme Bérénice sur les remparts et fais en sorte qu'il te suive sur-le-champ: Et seul.

Le vieux serviteur fit le signe de la croix et marmonna :

— Que Dieu me protège !

Puis il s'en fut, boitant encore plus bas que d'habitude,

dans l'escalier de la tour. Le moine ouvrit une porte dissimulée dans la partie de la pièce que le feu n'éclairait pas et qui donnait directement sur le chemin de ronde.

— Venez, intima-t-il.

Tremblante, Éléonore le suivit, s'efforçant de masquer l'angoisse qui la gagnait à la perspective de se trouver face à Gérard de Caubre avec pour seule arme sa ressemblance avec la défunte. S'il se jetait sur elle, le moine et Geoffroy viendraient-ils à son secours ? En auraient-ils même le temps ?

En attendant que survienne le chef des écorcheurs, Éléonore respirait à pleins poumons l'air délicieux de la nuit et d'en avoir été privée, rendait merveilleux ce plaisir simple qu'elle n'avait jamais goûté avec autant d'intensité.

Divers sentiments agitaient son âme en ce moment crucial : la reconnaissance éprouvée envers le moine et le sentiment de servir d'instrument à une vengeance qui ne la concernait pas, même si elle ressentait la pitié la plus vive envers cette jeune femme inconnue, contrainte à subir les assauts du meurtrier d'un mari tendrement chéri.

Tout de même, se projetait dans un futur hypothétique le moment triomphal où elle serait en mesure de conter à sa mère et à ses frères la mort de Gérard de Caubre. Comment surviendrait-elle ? Éléonore avait bien compris que le père Laredez l'escomptait. De quelle manière, il ne l'en avait pas informée. Et aussi, la part qu'elle y aurait prise. La pensée de se substituer à Hughes, à un homme, pour accomplir la dernière volonté paternelle, même si c'était par un procédé si étrange, l'emplissait d'une fierté qui lui faisait presque oublier que l'épreuve restait à venir. Et que son issue demeurait des plus incertaines.

Comme à l'ordinaire, le château était silencieux, si l'on exceptait de temps en temps le hennissement d'un cheval ou l'aboiement d'un chien. De l'extérieur, ce silence était plus impressionnant encore. Comme son nom, les Tombes Noires, était approprié à cet endroit !

En se penchant au-dessus du mur qui ceinturait l'étroit chemin de ronde où elle se tenait, Éléonore aperçut une immensité obscure où se distinguait à peine au loin, la masse un peu plus sombre du bois qu'elle avait traversé en arrivant. Il ne lui serait pas aisé de s'orienter...

Ses pensées la ramenèrent à Olivier : que faisait-il en ce moment ? A l'annonce de Geoffroy qu'une femme se promenait sur les remparts, ne flairerait-il pas la supercherie ? De quels arguments le moine avait-il usé pour le tenir écarté de la cellule d'Éléonore ?

Sans doute, ne saurait-elle jamais rien de tout cela. A

moins que le plan du moine s'achève par un fiasco et qu'elle se retrouve enfermée cette fois définitivement... Cette idée la glaça malgré l'air tiède qui caressait ses bras nus. Mais en apercevant cette haute silhouette qui se profilait là-bas, émergeant de l'autre tour qui faisait pendant à celle où s'était accomplie sa transformation, elle le fut bien davantage. Elle demeura figée : comment avait-elle eu le courage — la folie plutôt — d'accepter de jouer ce rôle et de se trouver livrée à cet être terrifiant, dont elle ne se rappelait que trop bien le visage couturé de cicatrices, entrevu dans la crypte ?

Acculée, elle évoqua l'image de son père, celui qui longtemps avait incarné la force à ses yeux d'enfants, celui qui devait la protéger contre toutes les embûches : cependant, n'avait-il pas été lui-même vaincu par les coups d'un adversaire plus puissant ?

Aucune retraite ne s'offrait, puisque derrière elle, la porte de la tour était fermée. Elle pouvait se dissimuler un instant dans une avancée du mur percée de deux créneaux qui permettaient à une sentinelle d'observer ce qui se passait dans le fossé qui entourait ce côté du château. C'était tout.

L'air hagard, échevelé, Gérard de Caubre progressait d'un pas hésitant, avec une lenteur surprenante, comme s'il redoutait d'avancer. Un long cri résonna comme une plainte lugubre dans la nuit, s'exhala de sa poitrine.

— Bérénice !

Épouvantée, ayant conscience de l'inutilité de son geste, Éléonore se dissimula comme elle le pouvait. Un nuage passant devant la lune vint à son aide et un moment, l'obscurité fut presque totale.

— Bérénice, je t'en prie !

Cet appel destiné à un être désormais hors d'atteinte, dans l'autre monde, avait des accents si déchirants que malgré elle, la jeune fille fut bouleversée. En dépit de la noirceur de son âme, comme Gérard de Caubre avait dû aimer cette femme !

En jetant un coup d'œil hors de sa dérisoire cachette, Éléonore constata que son ennemi s'était arrêté.

— Bérénice, reviens, je t'en supplie !

Avec stupeur, elle le vit tomber à genoux, se tordre les mains, l'entendit clamer son désespoir à tous les échos :

— Je t'aime Bérénice, pardon, pardon !

Elle perçut un faible grincement derrière elle. La porte de la tour s'entrouvrait pour laisser se glisser une ombre qui se déplaçait avec la légèreté d'un chat.

Un chuchotement parvint à son oreille :

— Montrez-vous ! Et rentrez de nouveau dans l'ombre.

Un immense soulagement envahit la jeune fille : elle n'était plus seule en face de ce fou qui se traînait vers elle sur les genoux. Elle obéit et constata que son adversaire ne se trouvait plus qu'à une douzaine de pas. Et le moine n'avait-il pas dit qu'à quinze pas, l'illusion était parfaite ? Et à une moindre distance, qu'en était-il ? Si jamais Gérard de Caubre s'apercevait qu'il était floué... il avait beau être dans un état second qui, sans doute, altérait son jugement et ses sens...

En entrevoyant quelques secondes la femme à laquelle il ne cessait de songer nuit et jour, il fut secoué de tremblements nerveux et sporadiques :

— Bérénice !

— Dirigez-vous lentement vers la tour. Arrêtez-vous une fois et retournez-vous en faisant un geste d'invite de la main.

Et dans cette nuit hallucinée, s'éleva la mélopée qu'Éléonore avait entendue dans la crypte, comme un sauvage et étrange *De Profundis* en l'honneur de celle qui était et n'était plus.

Un long moment, Gérard de Caubre demeura immobile, pétrifié.

— Où est-elle ? Je veux Bérénice... Je sais qu'elle est là... Je l'ai vue... La voilà, elle part... Non !

Tandis qu'il se relevait pour tenter de poursuivre la morte, le moine sortit de l'ombre et s'interposa :

— Voulez-vous vraiment la retrouver ?

CHAPITRE XVII

Le cœur battant, la gorge serrée, Éléonore revint dans la pièce où elle s'était changée tout à l'heure.

— Vite, dit Geoffroy, il faut descendre.

Sans bien comprendre ce qu'on attendait encore d'elle — le moine l'avait avertie que selon les réactions de Gérard de Caubre, il agirait d'une façon ou d'une autre — Éléonore le suivit. Le vieil homme semblait avoir retrouvé une seconde jeunesse tant il dévalait les escaliers avec agilité.

Sur le premier palier, il s'arrêta devant une porte ouverte sur une terrasse intérieure :

— Allez-y vite !

Maintenant qu'elle avait mis la distance d'un étage entre elle et le meurtrier de son père, Éléonore se sentait plus assurée. Encore qu'elle ne saisissait pas la raison de sa présence sur cette terrasse à partir de laquelle elle apercevait la cour du château. Déserte. N'était-il pas étrange que les cris de Gérard de Caubre n'aient attiré personne ?

Si elle ne voyait pas ce qui se passait au-dessus d'elle, sur le chemin de ronde, elle entendait néanmoins ce qui s'y disait. Et dans une illumination, elle devina enfin le véritable projet du moine qui interrogeait :

— Voulez-vous retrouver Bérénice de toute votre âme ?

— Oui, oui...

Il y avait presque des sanglots dans cette voix haletante.

— Êtes-vous prêt à la vendre au diable ?

— Oui !

— Jurez de m'obéir en tous points.

— Je le jure.

— Dans ce cas, je vais solliciter les puissances des ténèbres pour qu'elles vous exaucent.

Les formules incantatoires qui suivirent furent impénétrables pour Éléonore qui demeurait interdite de cette scène proprement diabolique, d'autant plus inconvenante qu'un homme d'église en était l'instigateur. Certain, désormais, que celui qu'il poursuivait de sa vindicte mourrait en état de péché mortel puisqu'il avait renié Dieu, ce qui lui vaudrait l'enfer pour l'éternité, le père Laredez s'apprêtait de toute évidence à tuer Gérard de Caubre. Le seul mystère demeurait le procédé qu'il employerait puisqu'elle savait qu'il ne portait pas d'arme.

D'une voix forte, le moine annonça :

— Bérénice est là. Regardez !

Machinalement Éléonore leva la tête et aperçut en surplomb deux visages aussi terrifiants l'un que l'autre pour des raisons différentes. L'un était tordu par la haine, l'autre habité par la folie. De nouveau, le cri déchirant retentit :

— Bérénice !

— Penchez-vous. Encore !

La moitié du corps de Gérard de Caubre était engagée au-dessus de la balustrade.

— Tu es là ! Je te vois !

— Penchez-vous encore ! Allez la rejoindre, elle vous attend.

Hurlant d'épouvante, Éléonore n'eut que le temps de se reculer tandis que le corps massif s'écrasait devant elle dans un bruit horrible que de sa vie elle ne pourrait oublier. Et le pire était que durant quelques instants, ce pantin désarticulé fut encore agité des soubresauts de la vie.

Geoffroy arriva muni d'une lanterne qui dévoila le sang qui s'échappait à flots de la tête. Les yeux étaient ouverts et un borborygme confus s'exhalait de cette bouche qui avait aboyé tant d'ordres de mort. Bien que le spectacle fût effroyable, fascinée, Éléonore ne parvenait pas à détourner le regard. Il fallait qu'elle fût bien sûre de la mort de Gérard de Caubre. Autrement, plus tard, elle n'arriverait plus à croire à la réalité de cette scène de cauchemar elle aurait l'impression d'avoir rêvé.

— Voilà, dit la voix rauque non loin d'elle. Le château des Marcillac est libéré, la souillure que constituait la présence de cet homme est lavée.

Le moine s'approcha du cadavre qui enfin, demeurait immobile et constata avec une jubilation qui parut presque indécente à la jeune fille, pourtant sa complice :

— Il est bien mort. Bérénice est vengée. Et le pauvre Guy.

Sa voix s'étrangla puis il se tourna vers Éléonore :

— Mon enfant, je vous remercie de votre précieuse aide. Mais il est temps que vous recouvriez une liberté à laquelle vous devez aspirer. Dans deux heures il faut que vous soyez loin, car l'effet du soporifique que j'ai mêlé à la boisson des hommes commencera à se dissiper. Et alors...

Tandis qu'avec Geoffroy il l'accompagnait à la poterne, elle s'enquit :

— Et vous-même ? Et Geoffroy ? Ces hommes ne vont-ils pas se venger de la disparition de leur chef ?

— Dès que vous aurez quitté le château, nous absorberons à notre tour la boisson somnifère, après avoir fait disparaître le corps de Bérénice. Ainsi ces esprits frustes et superstitieux seront-ils tous persuadés qu'elle seule est responsable d'une fin aussi tragique.

Macaire et ses semblables admettraient sans doute cette version des faits. Mais Olivier qui constaterait au réveil que les oiseaux s'étaient envolés... Elle frissonna et murmura :

— J'ai peur d'Olivier...

— Dans toute la mesure du possible, je l'empêcherai de se mettre à votre poursuite mon enfant, promit le moine. Que cela ne vous dispense pas de la plus extrême prudence. Je forme tous les vœux pour votre prompte réunion avec votre famille.

— Merci mon père, que Dieu vous entende.

Dieu consentirait-Il à écouter ce bien étrange et sulfureux serviteur qu'il avait en la personne du père Laredez ?

Anieuse se trouvait déjà à la poterne, le visage décomposé par l'angoisse de l'attente.

— Ah ! vous voilà enfin ! s'exclama-t-elle.

Et elle glissa à terre évanouie, compromettant le succès de la fuite, à la consternation d'Éléonore et au vif agacement du moine qui, par quelques giffles bien appliquées, la ranima :

— Attendez pour défaillir d'être en lieu sûr, dit-il sévèrement. Pour le moment, sauvez-vous.

— Ne perdez pas de vue la Grande Ourse, dit Geoffroy en désignant du bras la bonne direction. Bonne chance.

Il tendit un petit sac :

— Quelques provisions de route, on ne sait jamais.

— Merci Geoffroy, dit Éléonore touchée. N'oubliez pas Bourges, si un jour vous quittez les Tombes Noires.

— Je suis si vieux, murmura-t-il.

La poterne franchie, les fugitives dévalèrent un raidillon et se trouvèrent dans la campagne inhabitée. Sur leur chemin, elles aperçurent quelques masures en ruines ; aux alentours de son repaire, Gérard de Caubre avait instauré le désert à une lieue à la ronde.

— Tu vois que nous nous en sommes sorties, dit Éléonore.

— Nous ne sommes pas encore tirées d'affaire. Lorsque ces bandits vont se réveiller !

Décidément, un solide pessimisme fondait le caractère d'Anieuse !

— Nous aurons deux heures d'avance sur eux.

— Eux seront à cheval. Nous n'aurons guère fait de chemin.

Éléonore ne pouvait guère nier la justesse du propos. Et dans ces terrains découverts, champs ravagés, pâtures abandonnées, il n'y avait guère d'endroits où se dissimuler. De temps en temps, un bouquet d'arbres ou quelques arbustes ponctuaient ce paysage désolé. Rendu encore plus lugubre par la froide clarté de la lune.

— Croyez-vous que nous marchons depuis longtemps ?

— Je ne sais pas. Peut-être une heure.

Elle précisa avec fermeté :

— De toute façon, il n'est pas question de s'arrêter avant d'être en sûreté.

Elle se retourna et distingua au loin la masse sombre du château : elle estima qu'elles s'en étaient éloignées d'environ trois quarts de lieue.

Un peu plus tard, Anieuse se plaignit :

— Je suis fatiguée, j'ai mal aux pieds...

Éléonore aussi commençait à sentir la lassitude l'envahir. Pour rien au monde, elle n'en serait convenu devant la servante.

— Il faut faire encore un effort. Veux-tu manger ?

— Je n'ai pas faim. J'ai plutôt soif.

Hélas, Geoffroy n'avait pas joint de quoi se désaltérer à son en-cas comme la jeune fille s'en assura.

— Nous boirons à la rivière. Nous y serons bientôt.

En fait, la voûte du ciel s'éclaircissait déjà lorsqu'elles parvinrent à la Juine. Depuis leur départ, elles n'avaient pas rencontré âme qui vive, pas même un animal errant. De temps en temps, de plus en plus souvent maintenant que le délai de deux heures était assurément passé, Éléonore tendait l'oreille, dans la crainte d'entendre le galop d'un cheval. Jusqu'à présent, seul le cri de quelque oiseau de nuit avait rompu le silence.

Descendant à la rivière à travers l'herbe humide de rosée, toutes deux se désaltérèrent à longs traits, puis dévorèrent une partie des provisions de l'obligeant Geoffroy.

— Tout de même, il est gentil, remarqua Éléonore. Quand je pense qu'au début, je le prenais lui aussi pour un écorcheur !

— Il n'a guère meilleure figure qu'eux !

Soudain, des herbes froissées, puis une respiration haletante à quelques pas, les firent pâlir. Elles se tapirent dans les herbes hautes : ce ne pouvait être Olivier mais qui sait, quelque rôdeur dérangé qui, à la vue de deux jeunes filles, se jetterait sur elles...

Une sorte de grognement leur parvint, les rassurant. Il ne s'agissait pas d'une présence humaine. Bientôt, elles virent trois grands chiens efflanqués, aux oreilles pointues qui, comme elles l'avaient fait plus tôt, étanchaient leur soif. Celle-ci apaisée, ils se couchèrent sur la berge, disposés sans doute à prendre un repos qui remplacerait un dîner inexistant.

Éléonore qui aimait les animaux songea à leur lancer les os du poulet. Mais ces bêtes affamées risquaient de se battre pour leur possession en aboyant furieusement. Les aboiements s'entendent de loin dans la campagne : si Olivier la cherchait à quelque distance, ce bruit ne manquerait pas de l'alerter.

Ses vêtements — plutôt ceux de Bérénice : elle n'avait eu ni le temps ni la pensée de récupérer les siens — commençaient à s'imprégner de l'humidité et de la fraîcheur du petit matin : marcher d'un pas vif la réchaufferait.

Pour s'orienter, elle observa le cours de la rivière, à vrai dire assez paresseux à cet endroit.

— En route, dit-elle.

En soupirant, Anieuse se leva :

— Je n'en puis plus !

— Encore un petit effort, l'encouragea sa compagne. Imagine-toi ce soir comme nous serons bien, en sécurité dans l'auberge, devant un bon repas avec dame Matheline et les deux garçons !

Tout en avançant, moins vite qu'elle l'aurait souhaité car la fatigue commençait à ralentir leur allure, Éléonore se représentait le tableau de la joie familiale lorsqu'elle ferait son apparition saine et sauve au milieu des siens. De s'aviser soudain qu'elle ne savait absolument pas où rejoindre sa mère, refroidit son enthousiasme : pour quelle raison cette dernière serait-elle à Étampes ? Elle pouvait être retournée à Longjumeau, avoir poursuivi son voyage en direction de Bourges pour demander assistance aux Cœur, bref, se trouver en mille autres endroits. Ou encore, être morte... Comment se tirer d'affaire, seule avec Anieuse et sans argent ? La vue du pendentif la réconforta : elle pourrait toujours le vendre et attendre un convoi de marchands vers Bourges.

Tandis qu'elle évoquait toutes ces éventualités, le soleil se levait et sa bienfaisante chaleur, sa lumière, dissipaient les dernières inquiétudes de la nuit.

— Ce sera une belle journée, dit-elle d'un air joyeux à Anieuse.

Avant que cette dernière ait eu le temps de répondre, très, très loin, son oreille attentive perçut le martèlement sourd des sabots d'un cheval.

Ou peut-être de plusieurs.

CHAPITRE XVIII

— Tu entends ?

— Oui. C'était trop beau pour durer. Ils vont nous reprendre et nous enfermer de nouveau.

— Pas si vite...

— Allons donc ! Dans quelques minutes ils seront là !

Éléonore regarda autour d'elle dans le vain espoir d'apercevoir une cachette. A part un bouquet de saules qui ombrageaient la rivière, elle ne vit rien.

— Ils nous chercheront de ce côté, dit-elle. Traversons.

— Et comment ? Nous n'avons pas de barque. Et nous ne savons pas nager.

— A cette époque, les eaux ne sont guère profondes.

— Vous croyez ? Et si nous nous noyons ?

— Je préfère ça à retourner aux Tombes Noires, dit Éléonore avec fermeté. Toi, tu fais comme tu veux.

Retirant ses chaussures, elle les jeta sur l'autre rive, et d'un geste qui faisait fi d'une pudeur qui n'était pas de mise, releva ses jupes autant qu'elle le pouvait. Le fond de l'eau glacée était tapissé de cailloux pointus qui émergeaient d'une vase glissante mêlée d'herbes. Déjà, Éléonore avait de l'eau jusqu'aux genoux. Elle se retourna vers Anieuse, toujours hésitante sur la rive :

— Tu te dépêches ou tu fais l'idiote ?

— Je n'y arriverai jamais !

— Alors, tant pis pour toi !

Éléonore savait par expérience qu'à l'idée d'être abandonnée la servante se déciderait.

Voyant cette intruse sur leur territoire, parvenue maintenant au milieu de la rivière, un grand chien jaune se dressa, la gueule ouverte sur des canines menaçantes : pourvu qu'il n'aille pas aboyer ! Ou, pire encore, chercher à la poursuivre pour lui mordre les mollets.

De l'eau jusqu'aux cuisses, en équilibre instable, les jambes glacées, Éléonore progressait non sans difficulté, écoutant avec effroi le bruit de la galopade se rapprocher. Elle avança encore d'un pas et soulagée, constata que l'eau ne montait pas plus haut. Dans sa hâte à parvenir sur l'autre rive, elle glissa et se retrouva assise au milieu de la rivière, trempée et empêtrée dans ses vêtements. Elle se releva avec peine.

— Vous ne vous êtes pas fait mal au moins ?

A travers le murmure de la rivière, la voix anxieuse de la servante l'atteignit.

— Non, non...

Ce n'était pas vrai. Un galet coupant lui avait entaillé le pied et ses genoux étaient écorchés. Mais l'important était qu'elle prenait pied sur la berge. Un instant plus tard, Anieuse la rejoignit et elles n'eurent que le temps de se tapir dans les herbes, essayant de se rendre invisibles à l'abri d'un saule. Une troupe de cavaliers passa à une courte distance. Éléonore en compta six. Cependant, leur allure rapide empêchait de les reconnaître : s'agissait-il des écorcheurs, Olivier à leur tête ? Ils ne ralentirent même pas et disparurent dans le lointain. La jeune fille respira : une fois encore, elles étaient sauvées !

Le danger évanoui, Éléonore se mit à claquer des dents.

— Il faut retirer votre robe : elle est bonne à tordre !

A l'abri précaire du feuillage du saule, elle se déshabilla et se frictionna vigoureusement tandis qu'Anieuse étendait ses vêtements y compris sa chemise, au soleil qui commençait à chauffer.

— Quelle bêtise d'être tombée !

— Vous avez du sang sur les pieds. Attendez...

Retrouvant les gestes de Matheline qu'elle avait si souvent vu opérer, Anieuse déchira une bande de son jupon, d'une propreté plus que douteuse après le séjour dans la cave et l'enroula bien serrée autour de la cheville d'Éléonore.

— Donne-moi la chemise.

De fine baptiste, l'étoffe était à peu près sèche. Il n'en était pas de même pour le somptueux satin de la robe et Éléonore reculait devant l'idée de revêtir à nouveau cette chape que l'humidité rendait plus lourde encore. Il était évident qu'une heure au moins s'écoulerait avant que la robe fût seulement mettable. Et il fallait poursuivre la route. En chemise ? Elle s'y résigna, portant la robe sur son bras. Il serait toujours temps de la mettre si elles apercevaient un village.

— Tu crois que c'étaient eux ?

— Je n'ai pas eu l'impression que ces hommes cherchaient quelqu'un...

Tandis qu'elles cheminaient au gré des méandres de la Juine, Éléonore dit :

— J'aimerais bien savoir ce qui s'est passé au château après notre départ...

Elle avait raconté à Anieuse la fin de Gérard de Caubre, le rôle qu'elle avait tenu dans cette sorte de guet-apens conçu par le machiavélisme du père Laredez et comment ce dernier avait endormi les habitants du château pour avoir les coudées franches.

— Pensez-vous qu'un vrai moine serait capable de faire des choses pareilles ?

— Je ne sais pas, répliqua Éléonore pensive.

— S'il était plutôt un sorcier ?

Haut dans le ciel, le soleil tapait ferme. Cette fois-ci, ce fut pour se rafraîchir que les jeunes filles allèrent patauger dans la rivière. Afin d'être plus à son aise, Anieuse retira sa jupe et son jupon.

— Cela doit être si amusant de savoir nager, soupira Éléonore.

A cet endroit, l'eau était limpide, tentante, brillante des reflets du soleil.

— Il paraît que c'est très difficile.

— Pourtant, certains y parviennent !

Et la fille de Matheline éprouvait l'intime conviction qu'elle ferait partie de ceux-là si quelqu'un se donnait la peine de lui enseigner les rudiments de la natation.

Malgré son pied un peu endolori, pour l'instant elle goûtait le plaisir de se promener par cette belle journée d'été, avec une chemise pour seul vêtement, oubliant presque les événements qui lui valaient de se trouver en cette situation. Anieuse la rappela à la réalité :

— Croyez-vous que nous soyons hors de danger maintenant ?

Éléonore haussa les épaules en signe d'ignorance :

— Comment savoir ? Ils peuvent surgir d'un moment à l'autre. Demeurons sur nos gardes.

— Nous devons être loin...

— C'est une impression que nous éprouvons parce que nous sommes fatigués d'avoir beaucoup marché. Mais pour des hommes à cheval... Il nous reste à espérer qu'ils nous cherchent dans une autre direction.

— Ou qu'ils ont abandonné la poursuite.

Éléonore fit une moue sceptique :

— Ne compte pas trop là-dessus.

Il lui semblait qu'Olivier ne renoncerait pas si aisément à elle. Ou était-ce une illusion due à une vanité bien mal placée ?

— Peut-être sont-ils tous morts ? suggéra Anieuse. Si le père Laredez s'était trompé et leur avait administré du poison au lieu de somnifère ?

— Il en est bien capable, murmura Éléonore.

Dans ce cas, pourquoi ne l'avait-il pas fait plus tôt ? Parce que cette vengeance collective ne lui suffisait pas, que cet esprit tortueux souhaitait exercer sur Gérard de Caubre une vengeance particulière et exemplaire ? Ce n'était pas impossible...

Quand le soleil fut à son zénith, Éléonore proposa :

— Si nous nous restaurions un peu ? Je commence à mourir de faim... Je n'ai jamais tant marché de ma vie !

Avec consternation les fugitives s'aperçurent alors qu'au moment de traverser la rivière, elles avaient oublié le petit baluchon de provisions.

— C'est trop bête ! s'exclama Éléonore avec dépit. Il restait plein de poulet et des œufs !

Sur le point d'accuser Anieuse de négligence, elle reconnut qu'elle-même aurait pu y penser. Était-il raisonnable de sa part de compter sur une tête en l'air pareille ?

— S'il y avait une ferme... On nous donnerait bien un verre de lait... Peut-être un morceau de fromage...

Après s'être reposées un moment, elles se remirent en route sans enthousiasme, traînant la jambe, le ventre creux.

— Tiens ! Un champ cultivé !

A ce blé, le loisir avait été laissé de croître paisiblement. C'était le premier depuis leur départ.

— Nous risquons de rencontrer des gens...

Éléonore réenfila précipitamment la loque détrempée qui ne rappelait que de très loin la somptueuse robe de Bérénice.

— J'aperçois de la fumée là-bas, dit Anieuse.

Longeant le champ dont les épis se balançaient au gré de la brise, elles se dirigèrent vers une petite masure à côté de laquelle broutaient deux chèvres noires, le pis gonflé.

— Si on les trayait ?

— Il faudrait un seau... Et ce serait du vol..., objecta Éléonore sans grande conviction.

— De toute façon, nous n'avons pas d'argent.

Il fallait se résigner à entrer et à demander la charité, comme deux miséreuses.

Éléonore frappa à la porte ouverte et ne recevant aucune réponse pénétra dans une petite pièce sombre au sol de terre battue. Elles distingua une forme accroupie près de l'âtre.

— S'il vous plaît !

La très vieille femme au dos courbé, un fichu d'un rouge délavé noué autour de la tête, demeura silencieuse.

— Pouvez-vous nous donner un peu de lait ?

La maîtresse de céans, occupée à surveiller un brouet bien clair qui mijotait dans une marmite bosselée, ne parut bien entendre.

— Elle est sourde...

Apercevant un seau dans un coin de cette cabane minable, dont le mobilier se composait d'une chaise bancale, d'un coffre et d'une paillasse, Éléonore s'en empara sans scrupule. Ayant attrapé une des deux biques, les apprenties fermières ne tardèrent pas à se rendre compte de la difficulté à traire cet animal fantasque, beaucoup moins placide que la vache. Avec peine, elles parvinrent à extraire la valeur d'un demi-verre et la bête leur échappa.

— Peut-être y aura-t-il une autre maison plus loin...

— Si nous nous écartons de la Juine, nous risquons de nous perdre, dit Anieuse.

Éléonore reconnut le bien-fondé de cette observation :

— Tu as raison, soupira-t-elle avec lassitude. Retournons à la rivière.

CHAPITRE XIX

Bien que par orgueil, elle se refusât à s'avouer épuisée, Éléonore sentait qu'elle ne pourrait pas continuer à avancer très longtemps. Et surtout, son pied blessé commençait à l'élancer. Bien qu'indemne, Anieuse n'en menait pas plus large.

— Nous avons parcouru dix lieues au moins...

Pourtant Geoffroy n'avait-il pas affirmé qu'Étampes, ville royale, ne se trouvait qu'à cinq ? Il se trompait peut-être... Avec angoisse, Éléonore observait la course descendante du soleil, l'idée de passer encore une nuit à la belle étoile — et sans souper — ne lui souriait guère. Sans exclure la possibilité de mauvaises rencontres.

De plus en plus souvent, les fugitives étaient contraintes de se reposer et à chaque nouvelle halte, la lassitude se faisait plus pesante et l'effort de se remettre en route plus pénible. A ce train-là, elles n'arriveraient jamais à Étampes avant la fermeture des portes... Lorsque la Juine vint côtoyer la route, elle proposa :

— Si nous la suivions maintenant ? Nous ne risquons plus de nous perdre et ce sera moins fatigant que de marcher à travers champs.

Après un quart d'heure, la chance leur sourit enfin. Une carriole chargée de sacs de grains et attelée d'un âne fringant, les dépassa. Le conduteur s'arrêta et s'enquit :

— Où donc allez-vous comme ça, seulettes sur les chemins ?

Comme son interlocuteur avait l'air d'un brave homme, Éléonore s'approcha :

— Nous nous rendons à Étampes. Est-ce encore loin ?

— Pardi ! Encore une bonne lieue ! Il fera nuit avant que vous n'y parveniez. Montez donc, vous ne pesez guère lourd, Martin supportera bien cette charge supplémentaire.

Les jeunes filles ne se firent pas prier. Éléonore s'installa à côté du conducteur et Anieuse se nicha entre les sacs, riant d'aise à la pensée de cette lieue qui serait épargnée à ses jambes.

— Savez-vous qu'il est bien imprudent de vous promener hors de la ville à cette heure ? C'est que nous avons les écorcheurs qui sévissent dans le coin ! Pas plus tard qu'il y a huit jours, ils ont attaqué un convoi à peu de distance d'ici.

— C'était nous, s'exclama Éléonore.

Et elle narra succinctement leur enlèvement et leur fuite, sans mentionner le père Laredez, Olivier ni les Marcillac.

— On peut dire que vous avez eu de la chance de vous en tirer !

En hésitant, il questionna :

— Ils vous ont violentées ?

— Mon Dieu..., répondit seulement Éléonore.

— Mes pauvres petites ! Ah ! ce sont des monstres que ces gens-là ! Ils sont pires que les Anglais !

Laissant son interlocuteur qui se nommait Jacques Sauvais donner libre cours à son indignation, la jeune fille savourait le bonheur de voir se profiler au loin, éclairées par les lueurs rouges du couchant, les premières maisons d'Étampes, tout en n'ayant pas à mettre une jambe devant l'autre.

— Par hasard, vous ne sauriez pas ce que sont devenus les gens du convoi, dont ma mère et mes frères faisaient partie ?

— Pour ça non. J'ai entendu dire qu'il y avait eu trois morts et des blessés... Nous nous informerons en arrivant.

Avec un bon sourire qui éclaira sa face tavelée, il ajouta :

— Vous devez avoir hâte de retrouver votre famille. Ma pauvre petite, quelle épreuve !

— Ma mère doit être si inquiète...

— Dame, pour ça oui ! Elle ne doit plus espérer à l'heure qu'il est ! Prenez garde de lui causer un choc trop violent : quelques fois l'excès de joie tue...

La jeune fille ne redoutait rien de tel pour Matheline. Elle la savait forte, l'âme bien trempée, capable d'endurer beaucoup sans faiblir. Seule, la mort de son mari l'avait un moment anéantie, arrachée à elle-même, à ce qu'elle se devait... Cette défaillance avait été de courte durée. Heureusement car les épreuves ne lui avaient pas manqué : l'infirmité de Charles, la maladie de Geneviève, le souci que lui causait le ménage de Mélanie, le chagrin de la séparation d'avec une partie de sa famille, surtout le petit Thierry...

Et maintenant, le désespoir d'avoir perdu sa dernière fille.

A mesure qu'on s'approchait des murs de la ville, l'impatience gagnait la rescapée : elle éprouvait un tel désir de se jeter dans les bras de Matheline, d'embrasser ses frères qu'elle en oubliait presque son estomac vide et la douleur qui vrillait sa jambe.

Jacques Sauvais, ses passagères et son âne se présentèrent à la porte nord de la ville ceinte de remparts impressionnants.

— Tu arrives à temps, maître Jacques, dit le préposé à la

fermeture, un grand garçon à la tignasse rousse. Encore quelques minutes et tu te serais retrouvé dehors ! C'est ta femme qui n'aurait pas été contente ! Surtout que je vois tu es en bonne compagnie !

— Mêle-toi de tes affaires le rouquin et ne vas colporter des sottises à ton habitude. Renseigne-moi plutôt : ces demoiselles faisaient partie du convoi attaqué la semaine dernière : est-il reparti ?

— S'il est reparti, c'est par l'autre porte, ricana le rouqin. Va donc demander à l'auberge Saint-Gilles, la Jeannette sera sûrement au courant.

Le fouet claqua et Martin repartit cahin-caha, ses sabots buttant contre les pavés inégaux. On passa devant un immense donjon.

— Qu'est-ce donc ? interrogea Éléonore toujours curieuse.

— Ça ? C'est la tour Guinette. Une reine y a été enfermée autrefois. Oh ! il y a longtemps... Peut-être deux siècles.

— Une reine de France ? Comment est-ce possible ?

— On raconte que le roi n'en voulait plus. Ingeburge qu'elle s'appelait... C'était une étrangère.

— Et elle est restée enfermée combien de temps ?

— Oh ! une bonne dizaine d'années. Entre-temps, le roi en avait épousé une autre, Agnès... Et puis, il a eu des ennuis avec le pape... Alors, il a été obligé de reprendre Ingeburge.

Quel roi avait été capable d'une telle infamie ? Questionné, Jacques Sauvais se gratta la tête :

— Je crois que c'était Philippe Auguste... Ah ! nous voici arrivés. Descendez, nous allons demander à l'auberge.

Toute en longueur, la place Saint-Gilles connaissait une grande animation en cette fin de journée, où les hommes rentraient des travaux des champs ou de l'échoppe, où les femmes se réunissaient sur le pas de la porte pour colporter les dernières nouvelles.

A droite, se trouvait une belle église entourée de maisons à piliers, et lui faisant face, l'auberge Saint-Gilles.

— Holà ! la Jeannette !

Éléonore fut étourdie par le tapage qui régnait dans la grande salle au plafond orné de poutres noircies par la fumée. Il lui semblait que le bruit de tous ces gens en train de boire, de manger ou de jouer aux dés, était terrifiant. Elle ferma les yeux et se sentit sur le point de tomber. Vivement, elle s'adossa contre un mur tandis qu'approchait la patronne, une petite femme brune et robuste, à l'air décidé, au regard rieur qui paraissait tout à fait à son aise parmi ces buveurs dont certains avaient déjà dépassé la mesure, et de taille à maintenir l'ordre et une relative décence dans sa taverne.

— Quel bon vent t'amène ? Je vois que tu n'es pas seul...

— Figure-toi que ces demoiselles que j'ai rencontrées sur la route faisaient partie du convoi attaqué la semaine dernière.

— Les pauvres ! s'apitoya Jeannette en dévisageant les jeunes filles. C'est avant-hier qu'on a porté en terre trois des victimes de ces bandits...

D'un geste preste, comme pour écarter le mauvais sort, elle se signa.

Matheline figurait-elle parmi les morts ? Oppressée par l'atmosphère qui pourtant ne différait guère de celle de la Truite Vagabonde, gagnée par une sorte de faiblesse qui la faisait vaciller, Éléonore n'osait même pas s'en enquérir de crainte d'apprendre le pire... Sauvais s'en chargea à sa place :

— Écoute, y a-t-il des blessés ? C'est que ces jeunes filles voudraient bien avoir des nouvelles de leur famille.

— Des blessés ? pour ça oui ! Il y en a deux, ici même à l'auberge. Même qu'il y a une dame insupportable, qui ne cesse de se plaindre et de vociférer, parce qu'elle a la jambe cassée et qu'elle a perdu son chapelain et ses bijoux dans l'histoire ! Je crois qu'elle déplore encore plus la disparition de sa cassette !

A ce portrait, Éléonore reconnut Mme de Saint Alban.

— Si elle s'imagine que les grandes dames m'impressionnent, elle se fourre le doigt dans l'œil ! J'en ai vu d'autres ! dit Jeannette en se tournant vers les jeunes filles. Pensez que l'année dernière, le propre argentier du roi a relayé chez moi ! C'est tout de même autre chose que cette dame de Saint-Alban !

— Jacques Cœur ? demanda Éléonore.

— Lui-même. Vous le connaissez ?

Entrevoyant le moyen de ramener la conversation de cette volubile personne sur le sujet qui la préoccupait, Éléonore répondit :

— Il est notre parent. C'est lui que nous allions rejoindre à Bourges. Avez-vous une autre dame chez vous ?

— Ah ! oui, la pauvre femme, elle me fait pitié si vous saviez ! Elle n'est pas blessée mais a perdu un enfant dans l'engagement.

Jeannette parut frappée d'une illumination subite :

— J'y pense ! Ce ne serait pas vous sa fille ? Il est vrai que vous êtes deux et elle n'en pleure qu'une.

— Si c'est moi ! cria Éléonore. Oh ! madame, je vous en prie, conduisez-moi sans tarder auprès d'elle.

— Ma pauvre petite, venez vite, elle va être si heureuse... Elle me faisait une telle peine cette petite dame, si gentille et douce ; Bastien, sers un pichet à Maître Jacques et surveille la salle. Je redescends tout de suite.

Éléonore tremblait de fièvre ou d'émotion à la pensée de revoir enfin sa mère. Elle gravit avec peine les marches qui menaient au premier étage, tant sa jambe lui faisait mal. Machinalement, elle passa la main sur son front brûlant et baigné de sueur. L'escalier lui parut interminable, elle avait l'impression qu'elle ne parviendrait jamais à ce havre tant espéré, les bras de Matheline. Alors qu'elle touchait au but, les chocs répétés subis depuis son enlèvement s'additionnaient soudain à l'effort d'une marche de presque vingt heures, à la tension nerveuse d'avoir endossé la personnalité de Bérénice et provoqué ainsi, de façon horrible, la mort d'un homme, à l'angoisse d'avoir été peut-être fécondée par Olivier. C'était trop. Elle ne souhaitait plus que s'en remettre à Matheline pour tout, comme une petite fille, la laisser agir à sa place, ne plus penser à rien, oublier les Tombes Noires, les Marcillac et le père Laredez... Boire un bouillon chaud et dormir, dormir...

— C'est là, dit Jeannette en frappant à une porte au bout du couloir. Voulez-vous que je la prévienne ?

— Non, c'est inutile, dit Éléonore qui n'en pouvait plus.

Une voix douce et lasse répondit :

— Entrez.

La porte s'ouvrit. Découvrant la silhouette d'une femme qui se tenait debout devant la fenêtre, profitant peut-être des dernières lueurs du crépuscule avant d'allumer la chandelle. Elle se retourna lentement et demanda :

— Qu'est-ce que c'est ?

En apercevant un assez beau visage marqué par la souffrance, le cœur d'Éléonore s'arrêta presque de battre.

Ce n'était pas Matheline... L'aubergiste s'était trompée. Avant de s'évanouir, elle eut le temps de reconnaître la femme d'un des marchands qui accompagnaient Pierre Le Mahais.

CHAPITRE XX

Des heures qui suivirent, des jours, Éléonore ne garda par la suite aucun souvenir précis. Du fond de l'inconscience où elle s'était réfugiée pour ne pas affronter la réalité, elle se rendait vaguement compte que des gens s'agitaient autour d'elle et parlaient à voix basse. Mais elle ne reconnaissait pas leurs visages — les connaissait-elle seulement ? — et les mots qui lui parvenaient étaient dépourvus de sens.

Elle ne faisait aucun effort pour sortir de cet état d'hébétude et de confusion : il lui semblait qu'il la protégeait de quelque chose d'abominable qu'elle ne voulait pas savoir, pas admettre et qui n'était pas seulement l'absence de Matheline, son absence définitive : puisqu'elle ne se trouvait pas au chevet de sa fille qui avait tant besoin d'elle, elle ne pouvait être que morte. Lui avait-elle jamais manqué depuis sa naissance ? Pourquoi marchanderait-elle maintenant sa présence à une fille qui la souhaitait désespérément.

Qui alors allait veiller sur elle, écarter cette menace affreuse qui pesait sur elle, juguler ce danger qu'elle sentait naître dans ses entrailles, extirper cette tumeur qui ne tarderait pas à la gonfler, à la faire éclater peut-être ? Pourquoi était-elle si seule pour faire face à cette horreur qui se préparait, elle en était sûre, à cette mort du dedans qui la guettait ?

De temps en temps, quelqu'un soulevait sa tête et un liquide chaud coulait dans sa gorge serrée. A d'autres moments, la fraîcheur d'une compresse apaisait son front brûlant. Des tremblements parcouraient la moiteur de son corps. L'épuisement la clouait sur sa couche : néanmoins, sans qu'elle en devinât la raison, quelqu'un l'obligeait à marcher, à avancer sans cesse. Il lui fallait à tout prix atteindre un but, mais elle ignorait lequel. Soudain, elle se retrouvait dans le noir, enfermée. Derrière la porte cadenassée elle entendait des gens qui grondaient, menaçaient et attendaient qu'elle sortît pour se jeter sur elle. Parfois même, ils riaient, ces hommes, dont elle savait qu'ils étaient vêtus de noir et que des cicatrices profondes les défiguraient, donnant à leurs visages un aspect bestial. Puis un étrange cliquetis parvenait à ses oreilles, c'était le père Laredez qui jouait avec son long chapelet de buis, comme s'il constituait un objet de dérision, avant de déposer le pendentif de Bérénice sur une des tombes noires, incitant avec un sourire sarcastique Éléonore à venir le chercher.

Et qui était cette grande ombre qui s'avançait, le visage masqué et l'obligeait à s'étendre dans la châsse, vidée de son occupante ?

Un jour — ou était-ce une nuit ? — une main prit la sienne et l'attira vers la réalité, vers la vie.

Une voix familière prononça son nom avec beaucoup de douceur. Une odeur puissante, revigorante se développa devant son nez. Elle comprit qu'il lui fallait l'aspirer de toutes ses forces, que cela lui faisait du bien et que les miasmes qui l'entouraient commençaient à se dissoudre.

— Éléonore, tu m'entends ?

Cette fois-ci, il n'y avait plus de doute. Pourtant la malade ne se décidait pas encore à ouvrir les yeux. Si de nouveau l'espoir de voir Matheline s'évanouissait ? Elle ne supporterait pas ce choc une seconde fois.

Elle serra faiblement la main qui tenait toujours la sienne, une main dont le contact représentait la seule porte de sortie de ces ténèbres où elle se débattait.

— Elle m'entend... Elle va reprendre conscience.

— Vous croyez ?

L'autre voix était sceptique.

— Je le sens. Ouvrez la fenêtre pour qu'elle ait de l'air.

— Elle va prendre froid, objecta la voix. Regardez comme elle est en sueur.

— Plus maintenant.

Une bouffée de fraîcheur s'engouffra dans la pièce et avec elle, les bruits de la place où s'achevait le marché : le caquetage de la volaille, les disputes des femmes qui marchandaient d'une voix aiguë, le braiement d'un âne qu'on chargeait.

— Il faut que j'y aille, fit l'autre voix. Ils vont tous arriver pour écluser une chopine, je les connais ! Bastien n'y suffira pas. Cela m'ennuie de vous laisser...

— Vous avez été si bonne Jeannette, je ne l'oublierai jamais.

— Si on ne s'entraidait pas dans le malheur !

La porte se referma et Éléonore ouvrit les yeux avec d'infinies précautions, éblouie par la luminosité. Elle avait l'impression d'avoir les paupières collées. Après des lueurs et des taches confuses, elle distingua une silhouette qui se précisa : penchée sur elle, Matheline souriait.

— Enfin, dit-elle en exhalant un soupir de soulagement.

— Je suis si fatiguée...

— Tu vas te nourrir un peu et te rendormir. Demain, tu seras sur pied.

De voir Matheline, la seule personne à laquelle elle pouvait se confier, fit se presser à son esprit toutes les angoisses qui l'avaient assaillie dans ses cauchemars.

— Maman, il faut que je te dise...

— Pas maintenant. Bois un peu de lait.

— Ce n'est pas du lait de chèvre ? s'enquit Éléonore.

— Mais non, quelle idée ! Voilà, recouche-toi et dors. Sois tranquille, je reste près de toi.

— Hughes et Charles ? eut encore la force de demander la jeune fille avant de sombrer.

— Ils attendent avec impatience ta guérison dans la chambre voisine. Tu les verras demain.

Après un sommeil calme et sans rêves, Éléonore se réveilla encore très lasse et surtout amaigrie. Elle parvint néanmoins à se tenir sur ses jambes flageolantes et fit un peu de toilette avec l'aide de sa mère avant de recevoir la visite de ses frères qui trépignaient derrière la porte.

— Voilà, vous pouvez entrez, dit Matheline.

Revêtue d'une chemise propre, Éléonore s'était recouchée dans le lit, dont sa mère avait changé les draps poisseux de sueur.

Les garçons se ruèrent sur leur sœur, l'étouffèrent de baisers tout en l'accablant de questions.

— Doucement, dit Matheline en souriant, elle n'est pas encore très solide notre Éléonore.

— Tu sais, on a cru que tu étais morte, dit Charles.

— Alors, comment as-tu réussi à te sauver ? demanda Hughes.

Éléonore s'efforça de narrer ses tribulations avec un peu d'ordre, constamment interrompue par les exclamations et les interrogations de ses frères, qui se montraient d'une curiosité insatiable et peut-être un peu envieux des aventures qu'avait connues leur sœur, alors qu'eux, à la fin de l'attaque, s'étaient contentés de gagner Étampes, tant bien que mal.

Éléonore passa sous silence ses rapports avec Olivier. Elle se réservait d'en parler à sa mère, plus tard, dans quelques jours. Pour l'instant, il lui aurait été impossible d'aborder ce sujet. Ce fut devant un auditoire haletant qu'elle en vint à relater la mort de Gérard de Caubre.

— Comme tu as eu du courage ma petite fille, dit Matheline attendrie en même temps qu'horrifiée. Mais ce moine me paraît un personnage des plus inquiétants.

— Certes, convint Éléonore qui n'avait pas oublié le regard de feu du père Laredez. Enfin, c'est tout de même grâce à lui que nous avons été sauvées.

— Alors, Gérard de Caubre est mort, dit Hughes d'un air songeur.

— Il est bien mort, je peux te l'assurer !

Avec l'honnêteté qui le caractérisait, Hughes reconnut :

— Je dois dire que je suis soulagé de n'avoir pas à le tuer... Et je remercie ma sœur de s'être chargée de remplir ce devoir sacré à ma place. La mémoire de père est vengée.

Matheline sourit un peu tristement : bien sûr, elle se réjouissait de la disparition de l'assassin de son mari. Mais ce dernier ne lui était pas rendu pour autant.

Certaines nuits n'en finissaient pas...

Un peu plus tard, Éléonore s'inquiéta :

— Et Anieuse ?

— Elle se repose. Elle a été très secouée, elle aussi.

— Oh ! oui, la pauvre. Quand je repense à cet horrible Macaire !

Matheline demanda doucement :

— Qui était Macaire ?

— Un des deux hommes qui nous avaient enlevées. Un être fruste, grossier, affreux, qui terrifiait à juste titre Anieuse.

Dans les yeux de sa mère, Éléonore lut l'interrogation muette.

— Eh bien !... Il s'est jeté sur elle. Il était très ivre et ne parvenant pas à ses fins, il l'a battue... Elle était couverte de meurtrissures... Surtout, elle a eu si peur. D'ailleurs, elle a tout le temps peur de tout !

Matheline était trop fine pour poser des questions directes à sa fille. Elle sentait que pour l'instant, cette dernière préférait parler d'Anieuse que s'étendre sur son propre sort. Elle se contenta de demander :

— Et toi, tu n'avais pas peur ?

— Si, bien sûr ! s'exclama la jeune fille. Mais pas tout le temps. A certains moments même... Lorsque j'ai découvert Bérénice dans la châsse, j'étais fascinée. Elle était si belle, elle avait l'air vivante, je ne peux pas t'expliquer...

— Et ce superbe pendentif que j'ai trouvé dans tes affaires ?

— C'était le sien. Le père Laredez me l'a donné en souvenir d'elle. Tu crois que je peux le garder ?

— Puisque sa propriétaire est morte, tu ne lèses personne. Sais-tu qu'il s'agit d'un objet de grande valeur ?

— Si nous sommes dans le besoin, tu pourras toujours le vendre.

— Cet objet t'appartient, répliqua Matheline. Tu en feras l'usage que bon te semblera.

La journée s'écoula, entrecoupée de quelques somnolences par la convalescente. Émergeant de l'une d'elles avec l'esprit un peu plus clair et trouvant sa mère occupée à recoudre les déchirures de la chemise de Bérénice, Éléonore, fort contrite, s'avisa qu'obnubilée par ses propres aventures, elle ne s'était pas encore informée de la manière providentielle dont sa famille avait échappé à la mort.

— Que s'est-il passé après mon enlèvement ?

Comme Hughes et Charles venaient d'entrer, Matheline répondit :

— Tes frères te raconteront cela mieux que moi.

Tous deux se disputèrent pour prendre la parole et Charles finalement l'emporta :

— Lorsque nous vous avons vues partir au galop, Anieuse et toi sur ces chevaux noirs, nous avons pensé que nous ne vous reverrions jamais. Et que d'ailleurs nous-mêmes ne survivrions pas longtemps car plusieurs de nos défenseurs étaient tombés.

— Oui, confirma Hughes qui lui, était du côté des combattants. Léon avait le bras transpercé et deux des marchands étaient gravement blessés. Le père Mélantal était mort d'un coup de dague et les bandits nous entouraient de toute part. Il ne restait plus qu'à vendre chèrement notre vie...

— C'est à ce moment-là que surgit une troupe de cavaliers, en fait les gens de l'évêque d'Autun en route pour son évêché. Comme ce prélat était accompagné de sa sœur, la marquise du Chastel et transportait un reliquaire de grande valeur destiné à la cathédrale Saint-Lazare, l'escorte était particulièrement nombreuse et bien armée. Voyant qu'ils avaient à faire à trop forte partie, les bandits ont décroché, abandonnant même une partie de leur butin.

— Mais pas la cassette de Mme de Saint-Alban ! interrompit malicieusement Charles.

Éléonore se tourna vers Matheline :

— Et nous, qu'avons-nous perdu ?

— Finalement, peu de choses, reconnut sa mère, si ce n'est notre cocher, incapable de poursuivre la route. Dès que tu seras en état de voyager, il nous faudra en trouver un autre.

— Et... Clément ? murmura Éléonore. Il est mort n'est-ce pas ?

— Penses-tu ! Cette bête est increvable ! dit Hughes. Il fait la loi à la cuisine où Jeannette le gâte outrageusement. Il grossit à vue d'œil, il commence à ressembler à un petit veau !

— Tu exagères ! dit Éléonore ravie de ces bonnes nouvelles. Et ensuite ?

— On a chargé les blessés sur une charrette et les morts

sur une autre, après que l'évêque leur ait donné l'absolution. Sa sœur s'est évanouie en voyant tout ce sang, il a encore fallu la ranimer. Et puis, nous sommes arrivés à Étampes.

Matheline se leva et ne put s'empêcher de serrer sa fille dans ses bras :

— Quel bonheur de t'avoir retrouvée !

— Je crois que je commence à me sentir mieux, dit cette dernière. Si je descendais souper avec vous ?

CHAPITRE XXI

Jugeant désormais Éléonore en état de supporter les fatigues du voyage, Matheline se mit en quête d'un voiturier qu'elle trouva par l'entremise du serviable Jacques Sauvais. Ce dernier, lui recommanda un de ses cousins, Alain Sauvais, un homme sérieux et de toute confiance qui possédait, en outre, l'avantage d'être doté d'un caractère plus agréable que celui du pauvre Léon qui demeurait à Étampes jusqu'à ce qu'il recouvre l'usage de son bras.

C'est ainsi qu'un matin, les Bayencourt se trouvèrent réunis dans la cour de l'auberge Saint-Gilles pour faire leurs adieux à ceux qui les avaient secourus avec tant d'obligeance et de cœur.

Matheline serra l'aubergiste dans ses bras :

— Jeannette, je ne trouve pas de mots suffisants pour vour remercier de toutes vos bontés.

— Allons donc ! dit Jeannette plus émue qu'elle ne voulait le paraître. C'est bien naturel.

Éléonore sauta au cou de Jacques Sauvais, venu chaque jour prendre de ses nouvelles et qui assistait maintenant au départ de celles qu'il avait recueillies sur la route.

— Sans vous, nous serions sûrement tombées d'épuisement, dit la jeune fille. Et j'avais si mal au pied !

L'immobilité, les compresses de Matheline à base d'aubépine, de bouleau blanc et de centaurée, avaient eu raison de la douleur et de l'infection naissante.

Tout en témoignant sa reconnaissance au charretier, Anieuse gardait un visage assombri par des épreuves qu'elle ne cessait de ressasser, malgré les objurgations de Matheline à laquelle elle avait fini par se confier, non sans réticences.

— Enfin Anieuse, d'après ce que tu me racontes, cette brute a seulement cherché à te violenter sans y parvenir. Il t'a battue, ce qui est fort désagréable j'en conviens. Dieu merci, il n'en reste pas trace. Songe qu'il aurait pu te casser le nez, te défigurer, te tuer !

Voyant combien Anieuse, pourtant plus âgée que sa fille, était encore sous le choc, elle n'ajouta pas : « Ou te faire un enfant. »

— Je ne dis pas, reconnut la servante. Tout de même, je n'oublierai jamais !

— Si tu n'y pensais pas constamment, tu cesserais d'être

obsédée par ce Macaire... Essaye plutôt de te tourner vers l'avenir ! Que diable, tu as dix-huit ans, tu es mignonne, nous allons tâcher de te trouver un gentil garçon à Bourges qui te rendra heureuse.

— Oh ! je ne veux pas me marier, protesta Anieuse. Les hommes sont tous des monstres.

— Ne généralise donc pas à partir d'une expérience fâcheuse. Heureusement, la plupart des hommes sont des braves gens. Enfin, tu ne diras pas que Jean Guillais, son fils ou le mari de Geneviève sont des brutes !

Pourquoi n'avait-elle pas cité celui de Mélanie ?

— Non, bien sûr, admit Anieuse sans conviction.

Matheline n'avait pas insisté. Le temps devait faire son œuvre, mais elle garderait Anieuse à l'œil pour l'empêcher de gâcher son existence par la crainte. Quant à Éléonore qui grimpait maintenant avec agilité dans le chariot, portant serrée contre elle Clément, dont le poil lustré, l'allure prospère et satisfaite témoignaient de sa vie de patachon dans les cuisines de l'auberge, elle ignorait toujours ce qui lui était arrivé. Mais son visage rieur, son air joyeux, les plaisanteries qu'elle échangeait avec Sauvais sur l'âne Martin en quête d'une épouse, contrastaient de manière si frappante avec l'expression morose d'Anieuse, que Matheline se dit qu'elle aurait dû se sentir rassurée au sujet de sa fille. Pourtant, elle la savait secrète, maîtresse d'elle-même, capable de dissimuler ses préoccupations, ses chagrins, ses désirs ou ses espoirs. Éléonore était une personne qui ne se donnait pas en spectacle, même à ses proches.

D'autre part, Matheline reconnaissait qu'il était bien improbable pour ne pas dire impossible qu'il ne lui fût rien arrivée, à elle, si belle et séduisante : comment un homme ne serait-il pas immanquablement attiré par une grâce et un charme qui devaient tout au naturel et rien à l'artifice ?

Et un homme qui l'avait à sa merci...

— Bon voyage ! cria Jeannette en essuyant discrètement une larme.

— On vous laisse Mme de Saint-Alban ! N'êtes-vous pas contente ? lança Hughes avec une ironie qui changea aussitôt l'humeur de l'aubergiste.

Elle menaça :

— Oh ! celle-là ! Je vais lui doubler le prix de la chambre et des repas pour qu'elle s'en aille avec son affreux Mercier ! Et pas plus tard qu'aujourd'hui !

Le temps était superbe. On dépassa l'église Saint-Martin puis on traversa la Chalouette dont les eaux se mêlaient, un peu plus loin, à celles de la Juine, et à la sortie de la ville on rejoignit un convoi de marchands de grains, beaucoup plus considérable que celui qui était parti de la porte Saint-Jacques : cette fois-ci, Matheline ne voulait courir aucun risque. Qu'importait si on avançait plus lentement, on n'en était pas à deux ou trois jours près. De toute façon, les Cœur n'avaient pas été prévenus de l'arrivée de leur lointaine famille...

Plus que jamais, Matheline se demandait si elle n'avait pas eu tort de ne pas annoncer la venue de quatre personnes, cinq en comptant Anieuse... Bien sûr, elle n'avait pas l'intention de vivre de la charité de ses cousins. Elle en attendait néanmoins beaucoup surtout en ce qui concernait la recherche d'un logis et l'établissement de ses enfants.

Elle se souvenait mal de Macée, sinon d'une belle et longue jeune fille, au visage doux et intelligent, à la taille élégante, qui avait le goût de la toilette. Devenue maintenant une grande dame, l'épouse d'un des hommes les plus riches de France, sans doute disposait-elle de tous les moyens de le satisfaire... Ne jugerait-elle pas un peu miteuses les tenues fort simples de Matheline et de sa fille ? On disait qu'à Bourges, dans l'entourage du souverain et du grand argentier, où se pressaient tant de célèbres personnages, comme le sénéchal Pierre de Brézé, André de Villequier, le chambellan du roi, Antoine de Chabannes, le capitaine fidèle et combien d'autres, régnait un luxe inimaginable malgré la dureté des temps, les pillages et les guerres qui réduisaient tant de pauvres gens à la ruine et à la famine.

Elle, si ignorante, qui avait l'habitude d'une vie simple, limitée au quotidien, saurait-elle se comporter au sein de ces assemblées brillantes, mues par des intérêts et des préoccupations dont elle, Matheline, n'avait aucune idée ?

Éléonore qui savait lire et écrire ferait meilleure figure. Pour la première fois, sa mère se félicita de l'avoir laissée étudier : les connaissances acquises jointes à sa jeunesse, à sa beauté et à son naturel aimable, ne lui vaudraient-elles pas quelques suffrages, et partant, l'attention de l'un ou l'autre de ces seigneurs qui souhaiteraient la prendre pour femme ?

Tandis que le chariot cahotait en direction d'Orléans, Matheline rêvait.

Elle n'était pas la seule à supputer l'avenir. De nouveau, l'angoisse rôdait dans l'esprit d'Éléonore. Depuis qu'elle avait eu la joie de retrouver sa famille, elle avait volontairement écarté de ses pensées la menace suspendue sur sa tête. Elle se répétait qu'elle n'avait encore aucune certitude : il lui fallait attendre quelques jours pour être fixée. Des jours interminables...

Avec le recul que lui permettait sa courte maladie, coupure entre « avant » et « maintenant », elle essayait aussi d'assimiler ce qu'elle avait vécu, d'intégrer dans le cours de son existence ces évenements si étranges et déconcertants. Tâche peu aisée.

D'Olivier, elle gardait un souvenir mitigé et des plus ambigus. Elle s'interrogeait encore sur la raison de sa présence parmi les écorcheurs, de sa camaraderie avec un individu si différent de lui que Macaire, de son allégeance à un Gérard de Caubre. Par quels détours inattendus en était-il venu là ?

Et comment haïr un être que l'on a totalement subjugué ? Un homme qui l'avait initiée à un plaisir si intense qu'encore maintenant, Éléonore ne pouvait s'empêcher de frémir en l'évoquant. Elle se demandait quelle aurait été sa relation avec Olivier ailleurs que dans ce monde clos, confiné, sorte d'enclave dans le château où pesait la présence obsédante des « autres » et de leur maître. Présence qui ne se laissait jamais oublier tout à fait. Certainement d'une autre nature...

Elle subodorait que cette expérience infligée par le hasard, la volupté sous contrainte — car elle n'avait pas choisi Olivier — était de celles qu'on ne peut ni confier ni tenter de communiquer à autrui, sous peine de se heurter à l'incrédulité, à la réprobation même, de toute façon à l'incompréhension.

Elle se disait aussi que sa captivité dans les souterrains des Tombes Noires modifiait pour toujours ses rapports à venir avec les hommes. Et notamment avec Ambroise, quitté l'âme en peine et des projets communs pleins la tête, quinze jours auparavant.

Non qu'elle ne l'aimât plus. Ce n'était pas cela... Une vague de tendresse la submergeait lorsqu'elle revoyait son visage ouvert et rieur, son corps encore mince d'adolescent qui n'a pas fini de grandir et de forcir, son regard qui s'attachait à elle avec la constance d'un chien fidèle...

Mais soudain — était-ce de n'être plus pucelle ? — elle se sentait l'aînée, dotée d'une connaissance de la vie qu'Ambroise ne possédait pas. Pas encore. Peut-être l'acquerrait-il : pendant cette séparation, beaucoup d'événements pouvaient survenir...

Autre chose gênait Éléonore : jusqu'à présent, elle avait toujours envisagé le mariage comme une union indissoluble, fondée sur une confiance réciproque totale. Les pensées de l'un ne devaient-elles pas être transparentes à l'autre ? Pourtant, il lui paraissait impossible de parler au jeune orfèvre des étreintes de l'écorcheur, de la folie qui avait parcouru chaque pouce de sa chair soumise à des caresses que son corps appelait de toutes ses forces. Or, n'était-ce pas malhonnête de les lui laisser ignorer ?

— Tu as l'air bien songeur, petite sœur...

Éléonore sursauta, s'efforçant de sourire à Hughes. L'expression de son frère, d'ordinaire assurée et ironique, comme il sied à un jeune homme de seize ans, plutôt costaud et ne déplaisant pas aux filles, s'adoucit pour dévisager sa sœur et pour avouer avec une certaine difficulté, car il n'était guère démonstratif :

— Tu sais, je n'ai appris ton enlèvement qu'à la fin du combat. Je voulais partir à ta recherche, j'aurais emprunté un cheval... Mais les bandits s'étaient dispersés dans toutes les directions.

— Tu ne m'aurais pas retrouvée, affirma Éléonore. Et de toute manière, il t'aurait été impossible de pénétrer dans le château et même de t'en approcher, car des guetteurs se succédaient nuit et jour sur les remparts.

Ce détail, plausible, elle l'inventait. Il ne fallait pas qu'Hughes se sentît coupable de n'avoir pas volé au secours de sa sœur. En vérité, seul, qu'aurait-il pu faire ? Une armée et un siège auraient été nécessaires pour venir à bout des défenses du château.

— J'étais désespéré, murmura Hughes. Tu me manquais tellement... L'idée de ne plus te voir m'était intolérable.

Plongé dans un total désarroi, Hughes avait découvert combien il aimait sa sœur. Celle-là entre toutes. Bien sûr, il aurait été navré de perdre Mélanie ou Geneviève, les sentiments qu'il portait à Éléonore étaient d'une autre nature. Pas seulement parce qu'ils étaient proches par l'âge, avaient partagé jeux et frasques, vécu de concert la terrible nuit des loups.

A ses yeux, Éléonore possédait quelque chose d'unique, d'irremplaçable. Même s'il aurait été bien en peine de définir quoi...

TROISIÈME PARTIE

Bourges 1443

CHAPITRE PREMIER

— Est-ce aujourd'hui qu'arriveront Mélanie et Emmanuel ? J'en ai l'impression...

Tout en continuant à trier les herbes cueillies la nuit précédente, juste un peu avant l'aube, à l'heure où elles sont gorgées de rosée, Matheline répondit en souriant de l'impatience de sa fille :

— N'avais-tu pas déjà cette impression hier ? Et les jours précédents ?

— Pas aussi vive, répliqua Éléonore.

— Jeanne doit être grande maintenant : presque trois ans...

Éléonore savait que sa mère se réjouissait de revoir sa fille aînée et Jeanne après deux ans de séparation. Et aussi de faire la connaissance de son nouveau petit-fils Loïc, qui venait d'avoir un an. Mais autre eût été son bonheur si Geneviève et Raymond avaient annoncé leur venue avec Thierry !

Il était encore très tôt et dans la maison de la rue d'Auron, proche de celle des Leodepart, beaux-parents du grand argentier et où Matheline avait su reconstituer un foyer pour ses cadets, personne n'était encore réveillé. Éléonore seule avait participé à la cueillette où désormais elle s'entendait presque aussi bien que sa mère et avait pris plaisir à récolter les fleurs de bleuet, souveraines en cas d'inflammation des yeux, la camomille qui calmait les douleurs d'estomac, les feuilles de cassis qui, administrées en bains de bouche, apaisaient les maux de dents, la chelidoine destinée à clarifier le sang, l'hysope qui faisait merveille pour soigner l'asthme ou l'emphysème.

A son arrivée à Bourges, sur les conseils avisés de sa cousine Macée qui s'était montrée fort secourable malgré sa surprise à la vue de Matheline et de trois de ses enfants, cette dernière s'était installée herbière rue d'Auron et n'avait pas tardé à acquérir une renommée qui lui permettait de vivre de la vente de ses plantes.

Cette renommée, elle la devait en grande partie à Macée qui s'était employée à vanter auprès de son entourage les talents et la science de sa parente. Quelques guérisons, beaucoup de douleurs soulagées, l'accueil chaleureux que Matheline réservait à ses visiteurs, avaient fait le reste.

Son mari avait témoigné des mêmes bonnes dispositions à

l'égard d'Hughes et, comblant les espoirs de sa mère, l'avait engagé pour seconder un de ses facteurs, Antoine du Mesnil Saint-Loup. De compagnie, ils parcouraient tous deux la France, des mines du Lyonnais et du Beaujolais dont on extrayait du plomb argentifère aux chantiers d'Aigues-Mortes, aménagés et agrandis par l'argentier, en passant par Montpellier, où pour l'affrètement de galées, il s'était associé avec trois marchands, Bucelli, un riche banquier florentin, Michel Teinturier et Paul Dandrea, une vieille connaissance puisqu'il s'était déjà embarqué sur la galée de Narbonne lors du premier voyage de Jacques Cœur au Levant en 1432.

Les affaires de ce dernier, déjà considérables, ne cessaient de s'étendre et de se diversifier. Pour un jeune homme entreprenant et avide d'expériences comme l'était Hughes, cette vie, bien que fort dure, souvent dangereuse, représentait la satisfaction d'aspirations demeurées confuses au temps de l'adolescence. Hughes avait conscience d'avoir trouvé sa voie et Matheline ne pouvait que se féliciter de la réussite de son fils, même si elle le voyait peu désormais et s'inquiétait lorsqu'elle le savait sur les routes.

Quand Matheline et Éléonore redescendirent du grenier où elles avaient étendu les herbes à sécher sur des claies d'osier, la maison commençait à se réveiller, et la rue, d'où parvenaient le claquement des persiennes rabattues, les cris du marchand d'eau et tout le tintamarre qui accompagnait l'ouverture des boutiques et la sortie des étals.

— Nous avons bien travaillé, constata Matheline avec satisfaction. N'es-tu pas trop fatiguée ?

Elles avaient passé une partie de la nuit dehors, courbées sur le sol, l'œil vigilant pour découvrir à la lueur des lanternes et de la lune les plantes saines, arrivées à un état de maturité qui les rendait dignes d'être cueillies.

— Non, mais j'ai faim.

Éléonore sortit une belle miche de la huche, en coupa deux tranches épaisses qu'elle tartina de beurre et d'un miel délicieux, parfumé au romarin, don d'un client reconnaissant de l'herbière.

Anieuse parut, mal réveillée, se frottant les yeux, les traits tirés. Elle dormait avec difficulté, en proie à de longues insomnies, malgré les tisanes d'angélique, d'anis vert et de camomille que sa maîtresse l'incitait à absorber, sans grande conviction d'ailleurs. Elle se doutait que nulle plante ne viendrait à bout des hantises d'Anieuse, hantises que la jeune fille se plaisait à cultiver depuis l'enlèvement d'Étampes, au lieu de s'efforcer d'oublier ces souvenirs désagréables.

— Peux-tu mettre de l'eau à chauffer ?

Découvrant les braises, Anieuse ranima le feu et bientôt les flammes crépitèrent joyeusement dans l'âtre. Dérangé, Clément s'étira, vint se frotter contre les jambes d'Éléonore en guise de salut matinal et sortit chauffer ses vieux os au soleil. D'ordinaire, il se tenait sur un petit muret bien exposé et n'en bougeait guère de la journée sinon pour venir réclamer sa pâtée. Le temps était loin des fugues nocturnes, des combats avec les matous de la rue, des séances de séduction accompagnées de miaulements frénétiques pour les beaux yeux d'or de quelque belle en fourrure lustrée... Pauvre Clément ! Mais Éléonore le chérissait toujours autant.

Un pas irrégulier et précautionneux heurtant les marches de bois, annonça l'arrivée de Charles. Sa claudication ne l'avait pas empêché de grandir malgré un certain retard et s'il n'avait pas la haute taille de son frère, sa large carrure et sa force physique, il ne paraissait pas trop malingre ni chétif. Son aspect maladif avait disparu pour faire place à une sorte de solidité trapue qui inspirait confiance.

— Bonjour mère. Comme la cuisine embaume ! Voyons, je sens une odeur de menthe : est-ce que je me trompe ?

— Non, répondit Éléonore. Il y avait de la menthe... mais aussi de la sauge, de la citronnelle, du romarin et bien d'autres choses qui n'ont guère d'odeur.

— C'est que je ne suis pas aussi calé que toi petite sœur !

Contrairement à Hughes, en arrivant à Bourges, Charles n'avait pas immédiatemment trouvé sa voie, bien que Jacques Cœur ait fait preuve d'esprit de famille jusqu'à se préoccuper du sort du cadet.

Le voyant doué pour l'étude, si instruit déjà et si avide d'en savoir davantage, le grand argentier avait adressé son neveu à son frère Nicolas, anciennement chanoine de la Sainte-Chapelle à Bourges. Depuis peu, il avait reçu — grâce à l'influence de Jacques Cœur chuchotait-on et peut-être avec quelque raison — l'évêché de Luçon.

Le brillant sujet qu'était Charles pouvait se montrer d'une grande aide pour décharger Nicolas de certaines de ses tâches d'administration du diocèse et par la même occasion, être à même de se faire une intéressante position au sein de l'Église s'il avait le goût de l'état ecclésiastique.

Mais au moment de recevoir les ordres mineurs, Charles qui allait sur ses dix-sept ans, s'était rendu compte qu'il n'avait pas la vocation et s'en ouvrit à l'évêque. Ce dernier fut désolé : il s'était attaché au protégé de son frère devenu le sien, appréciant sa vive intelligence, sa puissance de travail, son jugement, rare chez un garçon de cet âge et cette qualité qui fait le succès dans toutes les affaires, qu'elles soient spirituelles ou temporelles, la discrétion.

Charles regrettait lui aussi de quitter Nicolas qui, s'il ne possédait pas l'extraordinaire personnalité de son aîné, n'en était pas moins un homme fin, subtil et de commerce agréable. A son contact, le jeune homme avait beaucoup appris, notamment l'art si délicat de se mouvoir dans un monde auquel il n'avait pas eu accès auparavant, un monde dont les intrigues n'étaient pas absentes.

Matheline qui voyait déjà son fils chanoine et qui sait peut-être un jour évêque à l'instar de Nicolas, avait été d'abord déçue par la décision de Charles, puis s'y était résignée : puisque Dieu n'appelait pas son fils, il ne fallait pas aller contre sa volonté. Il existait d'autres moyens de Le servir, comme le lui écrivit le chanoine Buzenval auquel elle avait fait part de son désarroi.

Jacques Cœur qui avait l'habitude de juger et de jauger les hommes avait vite reconnu les remarquables facultés de son jeune parent et n'avait pas du tout l'intention de le laisser moisir sans emploi ; il le confia à Guillaume de Varye, un de ses premiers fidèles, qui était le comptable en chef et en fait l'administrateur de son empire.

Originaire de Bourges, Guillaume de Varye appartenait à une famille bourgeoise qui s'occupait également de drap. Il avait épousé la fille de Jean de Bar, seigneur de Baugy et de la Guerche dont on parlait pour devenir général des finances. Il n'était pas, loin de là, une force de la nature comme son compère Jean du Village toujours prêt à prendre la route, à rencontrer de nouveaux interlocuteurs parfois peu sûrs, à courir le risque d'expéditions outre-mer. Non. Guillaume de Varye était souffreteux et peu désireux d'aventures. Homme de cabinet, il surveillait avec exactitude et rigueur les mouvements de fonds et l'acheminement de marchandises. Fort diplomate, il s'entendait aussi à calmer les esprits, à désamorcer les conflits et à tirer de chacun de ceux qui œuvraient à ses côtés, le meilleur de lui-même.

D'abord un peu réticent devant la jeunesse de la nouvelle recrue envoyée par son maître, Guillaume de Varye ne tarda pas à l'apprécier et même à s'en enticher : beaucoup de traits de caractère les rapprochaient, leur tournure d'esprit était voisine et très vite, ils se comprirent à demi-mot.

De son côté, Charles se prit d'affection pour le comptable en chef qui, malgré le handicap de sa petite taille et d'une santé chancelante, avait su se tailler une place aussi importante que celle occupée par le bouillant Jean du Village, même si cette place se trouvait dans une ombre relative.

Peu importait à Charles : n'était-il pas encore plus passionnant de tirer les ficelles dans cette ombre et de mesurer, ce que personne ne faisait, l'étendue colossale de cet empire fabuleux auquel il appartenait désormais ?

Charles était parfaitement heureux. Et s'il avait du temps de reste, il composait en secret des poèmes destinés à une jeune fille qu'il n'avait fait qu'entrevoir lors d'une fête donnée par les Cœur, mais dont l'image ne cessait de le poursuivre. Comme il se félicitait de s'être refusé à embrasser l'état ecclésiastique malgré toutes les incitations y compris celles de sa mère !

Anieuse déposa devant lui un bol rempli d'une appétissante soupe aux pois cassés enrichie d'un peu de lard, qu'elle venait de réchauffer. Charles qui était gourmand s'en délecta et en redemanda :

— Nous avons beaucoup de travail aujourd'hui et je rentrerai tard. Un chargement est arrivé, des marchandises en provenance de Syrie et du Levant qui ont transité par Aigues Mortes et que nous devons vérifier, trier et pour certaines d'entre elles, réexpédier à Bruges et à Gand.

— Et qu'y a-t-il de beau dans cet arrivage ? s'enquit Éléonore avec curiosité.

— Des étoffes pour la cour : des soies de Damas, du cendal...

— Qu'est-ce donc ? l'interrompit sa sœur.

— Une soie aussi légère que le taffetas, du baudequin de Bagdad, mélange de satin et de taffetas d'or et d'argent, et j'en passe... Il y a aussi de l'ivoire, des plumes d'autruche, de l'ambre, du musc de Chine, de la cannelle, de l'indigo, des graines de kermès pour les teintures, de l'encens...

— Pas de pierres fines ?

— Quelques rubis et quelques perles, dit Charles d'un air négligent.

D'abord ébloui par toutes ces richesses qui défilaient devant ses yeux, ces produits exotiques dont jusqu'alors, il avait ignoré l'existence, le jeune homme s'était habitué à considérer les marchandises précieuses comme les autres, de moindre valeur. Comme ces draps, verts de Rouen, gris de Dinan, noirs de Lille, des toiles du Hainaut et de Hollande dont il passait beaucoup à Bourges, l'étamine de Lombardie, les peaux, d'agneaux, de renards, de genettes ou d'écureuils, les caques de harengs, le sel dont l'argentier faisait aussi commerce, celui de Guérande, du marais vendéen et de la région rochelaise, sans parler des salines languedociennes et de la Camargue.

Mais Éléonore, point blasée, était grisée par les descriptions de Charles dont elle ne se lassait pas : comme un conte de fée recommencé chaque jour. Une ou deux fois, avec la permission de Guillaume de Varye, il avait emmené sa sœur visiter un entrepôt. Cette dernière était demeurée fascinée, un peu envieuse tout de même de ces dames de la cour, auxquelles étaient destinés velours, satins et soies, ces ceintures d'or et d'argent tressé, ces pelisses fourrées de loup cervier ou de petit gris. Peut-être qu'un jour...

Mais ce n'était pas Ambroise qui pourrait lui offrir tout ça...

CHAPITRE II

Charles parti vaquer à ses occupations, Matheline et Éléonore, désireuses de prendre quelque repos après les fatigues de la nuit, laissèrent le soin du ménage à Anieuse.

Éléonore monta s'étendre dans sa chambre du premier étage, voisine de celle de sa mère : dans cette maison assez vaste, chacune disposait de la sienne, la troisième pièce étant dévolue aux garçons. Comme la plupart du temps Hughes était absent, Charles était ainsi maître chez lui ce qu'il appréciait grandement. Quant à Anieuse, elle logeait dans une mansarde ensoleillée adjacente au grenier d'où s'exhalait le parfum puissant des herbes en train de sécher. Mais certains soirs où l'angoisse rôdait et lui serrait trop fort la gorge, elle descendait sans vergogne se réfugier auprès d'Éléonore qui lui faisait une place dans son lit et tentait de l'apaiser et de la raisonner.

Pas plus que la servante, Éléonore n'avait oublié leur séjour aux Tombes Noires : ce n'était pas de ces souvenirs qu'on pouvait simplement rayer de sa mémoire. Il lui arrivait même parfois de rêver d'Olivier et de s'interroger au réveil sur le sort de celui qui avait été son amant et la cause d'une mortelle appréhension, au cours d'un certain nombre de jours qui chacun, lui avait paru durer une éternité.

Chaque soir, elle avait prié Dieu de ne pas la punir d'étreintes qu'elle n'avait ni souhaitées ni recherchées, qui lui avaient été imposées contre son gré, même si elle y avait pris du plaisir. A mesure que l'échéance se rapprochait, ses alarmes s'étaient faites plus vives : combien de fois, à bout, avait-elle failli se confier à Matheline qu'elle sentait entièrement disponible, prête à tout entendre...

N'était-il pas préférable cependant, si par miracle la Providence l'exauçait, que personne ne fût au courant de ses rapports avec l'écorcheur ? les avouer à quelqu'un, fût-ce à sa mère, n'était-ce pas accuser une réalité qu'elle s'efforçait plutôt de nier, lui donner une consistance accrue ?

Le jour fatidique passé sans que son linge fût souillé, puis un autre et un autre encore, Éléonore connut les affres d'une angoisse intolérable, des nuits sans sommeil dont à l'aube, elle sortait brisée, sur le point de défaillir devant Matheline qui l'interrogeait du regard, à la vue de sa mine défaite, de ses traits tirés, de sa pâleur, de la nervosité inhabituelle de ses gestes.

Éléonore sentait que sa mère avait deviné la cause de ses tourments et que le moment viendrait où elle la questionnerait avec des mots. Comme elle lui avait su gré de s'être contentée de lui tendre un gobelet rempli d'une mixture amère en lui disant avec tendresse :

— Bois ma chérie, je pense que cela te fera du bien.

Éléonore avait obéi et deux jours plus tard, une migraine tenace enserra ses tempes, son ventre devint douloureux et le flot tant attendu se mit à s'écouler d'elle, la libérant, la faisant renaître à une nouvelle vie. Elle en aurait pleuré de joie, de soulagement, à la pensée de cette menace qui s'éloignait d'elle pour toujours.

Maintenant, elle n'en voulait même plus à Olivier de l'avoir enlevée : ne lui avait-il pas fourni ainsi l'occasion — involontairement il était vrai — de venger son père ?

— Éléonore, viens, nous avons une visite !

La jeune fille qui s'était assoupie sursauta et se dressa vivement, dérangeant Clément qui était venu se coucher contre elle. Mélanie et Emmanuel étaient-ils enfin arrivés ? Oui, ce ne pouvait être qu'eux. Quel bonheur de les revoir, d'avoir des nouvelles fraîches de Raymond et de Geneviève, du chanoine Buzenval, de Jean Guillais et d'Ambroise ! Ambroise dont elle était séparée depuis deux ans et dont l'image commençait à présenter un certain flou lorsqu'elle l'évoquait... Peut-être porteraient-ils un message de sa part, annonçant sa prochaine venue...

Sa déception fut grande en n'apercevant assis dans la salle que Colas le Billezois, un riche veuf que Matheline avait soigné à diverses reprises, avec un certain succès semblait-il, puisqu'il revenait fréquemment dans la maison de la rue d'Auron où il avait envoyé nombre de ses relations, s'acquérant par ce bon procédé la reconnaissance de l'herbière.

— Bonjour maître Colas, dit Éléonore en tâchant de masquer le peu de sympathie que lui inspirait cet homme bedonnant, au visage sanguin, dont les petits yeux enfoncés dans leurs orbites la dévisageaient toujours avec une sorte d'avidité déplaisante.

La présence du mercier la mettait mal à l'aise, sans qu'elle sut au juste pourquoi : lors de ses visites, il s'était montré très aimable, usant même à son égard d'une courtoisie qu'elle jugeait excessive et affectée. Si seulement il pouvait recouvrer une bonne fois la santé et cesser de fréquenter leur demeure avec une assiduité qui s'était faite plus notable encore ces derniers temps.

— Regarde ce que maître Colas a eu la bonté de t'apporter, dit Matheline.

Le visiteur tendit à la jeune fille une corbeille d'osier finement tressé.

— Quelques douceurs pour une ravissante personne, fit-il avec un sourire appuyé de ses lèvres épaisses et grasses.

Éléonore découvrit des abricots secs de Smyrne, des raisins de Corinthe, des pruneaux d'Agen, des bonbons à l'anis et des bâtons de vanille qui parfumeraient crèmes et flans. En s'efforçant d'imprimer sur son visage une expression de gratitude, Éléonore remercia sans effusion : venant de la part de cet invidu, ce cadeau ne lui procurait aucun plaisir bien que, tout comme Charles, elle fût portée à la gourmandise.

— Et ceci est pour vous dame Matheline, poursuivit le mercier.

Il déploya un pièce d'étamine, légère comme de la soie, d'un beau grenat profond qui irait bien au teint de l'herbière. Cette dernière s'exclama, manifestant elle, une joie sincère devant ce cadeau de valeur.

Soudain, la gorge nouée, Éléonore conçut un affreux soupçon : maître le Billezois, qui avait perdu sa femme l'année précédente, ne chercherait-il pas par hasard à reconvoler avec Matheline, également veuve et d'un âge en rapport avec le sien ? N'était-ce pas pour se gagner la mère qu'il essayait de se concilier la fille ?

L'idée d'avoir Colas pour beau-père lui faisait horreur : était-il possible que sa mère fût sensible aux attentions répétées de ce personnage ? Envisageait-elle d'introduire cet homme sous son toit et d'en faire le maître de céans ?

Certes, le mercier avait du bien et ne le laissait pas ignorer. Outre sa maison de la rue des Arènes, il possédait un grand verger au-delà de la porte Saint-Paul et sur le chemin d'Issoudun, une gentilhommière et des terres qu'il tenait de sa défunte femme. Néanmoins, était-ce une raison pour lier son sort à celui de cet individu qu'Éléonore jugeait, malgré ses présents, dépourvu de délicatesse, de cette bonté et de cette générosité véritables qui font les êtres de qualité ? Comment songer à remplacer Enguerrand par lui ?

En écoutant, sans y participer, sinon de loin, les propos qui s'échangeaient devant elle, Éléonore dévisageait à la dérobée Matheline, en essayant de ne pas voir en elle uniquement sa mère, mais aussi la femme qu'elle était aux yeux d'autrui.

Il fallait reconnaître que cette dernière qui avait pourtant dépassé la quarantaine était demeurée séduisante à bien des égards. Malgré l'âge, sa taille n'avait pas trop épaissi et elle gardait une vivacité de gestes et, grâce à ses potions, une fraîcheur de teint que beaucoup de femmes plus jeunes lui enviaient.

D'autre part, elle possédait ce talent de faire régner l'harmonie autour d'elle. Maintenant qu'Éléonore avait un peu élargi le champ de son expérience des êtres et des choses, elle se rendait compte qu'il ne s'agissait pas là d'une disposition si commune chez les femmes. Certaines étaient envieuses, jalouses, désireuses de semer la zizanie dans leur entourage, gonflant des incidents minimes, accordant une importance démesurée à des attitudes ou à des paroles parfois mal interprétées, et s'en autorisant pour faire naître la discorde.

Mais était-ce seulement pour ces traits de caractère plaisants, pour sa personnalité chaleureuse, que Colas le Billezois recherchait sa mère ? En prêtant une oreille plus attentive à la conversation, la jeune fille se mit à en douter.

— Il paraît qu'on annonce le retour du roi et de votre cousin après leur tournée dans le Languedoc...

— Oui, confirma Matheline. Macée l'attend cette semaine.

— Quelle chance pour vous et vos enfants que d'être alliés à un homme si puissant ! remarqua le mercier.

Matheline, qui ne se targuait jamais de sa parenté reconnut :

— Il s'est montré très bon pour mes fils. Je n'ai plus de souci à me faire pour leur avenir. C'est un grand soulagement pour moi.

— Il n'est pas si fréquent qu'un homme au faîte du pouvoir et lui-même chargé d'enfants et de frères ait à cœur de s'occuper aussi de ses cousins.

— Vous avez raison, dit Matheline avec conviction. Cela prouve l'excellence de sa nature. Sans parler de ce que sa femme m'a montré d'obligeance.

En épousant Matheline, Colas ne deviendrait-il pas aussi le bénéficiaire de ces largesses ? Par Charles, Éléonore savait ce que la protection de Jacques Cœur pouvait pour étendre le commerce d'un particulier, accroître les commandes qu'il recevait et le volume de ses affaires.

Sans doute Colas ne l'ignorait-il pas non plus...

Leur visiteur parti, Matheline s'étonna en voyant sa fille choisir un abricot dans la corbeille et le mordiller sans enthousiasme :

— N'est-il pas bon ? Ces fruits m'ont pourtant l'air bien appétissants...

Elle-même goûta d'une poignée de raisins.

— Ils sont exquis. Ne les aimes-tu donc pas ?

Avec franchise la jeune fille répondit :

— C'est plutôt leur donateur que je n'aime pas.

— Tiens ! Et pourquoi si je puis te le demander ? Il me semble que Colas nous comble d'attentions...

— Justement, un peu trop.

— Tu ne vas pas reprocher à un homme sa générosité !

— Est-elle si désintéressée ? murmura Éléonore.

Matheline la considéra avec stupeur :

— Enfin, je ne te comprends pas ! Que puis-je faire en échange des bons procédés de Colas sinon soulager ses maux d'estomac et fluidifier son sang trop épais... Quels sombres desseins lui prêtes-tu ! Je ne savais pas ma fille si soupçonneuse !

Comment sa mère, d'ordinaire si fine et intuitive, ne percevait-elle pas les arrière-pensées de son patient ? Puisqu'il en était ainsi, de quelle manière éveiller sa vigilance ?

— Je trouve qu'il multiplie les visites qu'il te rend...

Devant l'expression interloquée de sa mère, elle dit encore avec hésitation :

— Il essaye de... gagner tes faveurs.

Matheline rit franchement :

— Es-tu en train d'insinuer que Colas me fait la cour ?

— Et quoi d'autre ? répliqua Éléonore avec vivacité.

— Je suis une pauvre veuve avec cinq enfants !

— Je suis la seule à te rester à charge.

— Je ne suis plus une femme jeune et fraîche, j'ai des petits-enfants... S'il désire vraiment se remarier, ce que j'ignore car il ne m'a jamais tenu aucun propos de ce genre, Colas peut prétendre à une épouse jeune et jolie : sa fortune lui permettrait de lui assurer une existence des plus aisées et d'entretenir de nombreux enfants. Et je ne suis plus d'âge à en avoir, précisa Matheline gaiement. Alors, je crois que tes soupçons sont mal fondés !

Éléonore s'obstina :

— Ne fait-il pas souvent allusion à notre parenté avec Jacques Cœur ?

— Tu penses qu'il chercherait...

Matheline s'interrompit et sa fille sentit qu'elle avait réussi à éveiller sa méfiance.

— Mon Dieu, reconnut-elle, ce ne serait pas impossible...

Elle demeura songeuse et se tourna vers Éléonore :

— Je te promets que je n'ai pas l'intention de me remarier, ni avec Colas ni avec un autre. Personne ne remplaçera ton père... Si cela peut te rassurer complètement, je le laisserai entendre à Colas afin qu'il n'aille pas concevoir des espoirs irréalistes.

Une course précipitée dans la rue leur fit prêter l'oreille. Essoufflée, Anieuse apparut dans l'encadrement de la porte :

— Dame Matheline, on annonce l'arrivée d'un convoi de Paris ! peut-être que notre Mélanie est dedans !

Agitée par la nouvelle, Matheline remarqua cependant :

— Et ton panier ?

— Ah ! Je l'ai oublié au marché. J'étais si pressée de venir vous trouver !

— Tu n'es qu'une écervelée ! Cours vite le chercher avant qu'on te le prenne !

CHAPITRE III

A son arrivée à Bourges, Charles s'était langui quelques temps de Paris. L'animation des rues lui manquait et les spectacles incessants qui s'y déroulaient à toute heure du jour, le grouillement de la foule prête à s'émerveiller devant les tours d'un bateleur, à exhaler sa haine ou à manifester sa pitié à la vue d'un malfrat exposé au pilori, cette foule si versatile de la capitale toujours disposée à prendre parti, à s'emporter, à s'indigner, à rire, à se moquer, à se repentir aux paroles édifiantes d'un prédicateur, pour, un moment plus tard, péchés oubliés, se saouler joyeusement dans une taverne en compagnie de ribaudes.

Et puis, le jeune homme s'était habitué au calme tout relatif de cette petite ville surgie de la Champagne berrichonne, qui deux siècles auparavant, avait été l'ultime étape d'une bien étrange équipée, à cette époque où l'on parlait encore beaucoup des croisades. Un personnage ambigu du nom de Jacob, moine apostat de Cîteaux, qui se faisait appeler « Le Maître de Hongrie » et se prétendait l'envoyé de la Vierge Marie pour prêcher la croisade aux bergers, s'était mis à la tête d'une bande de va-nu-pieds qui se livraient aux pires excès.

Partis du Brabant, de Flandres et de Picardie, les Pastoureaux pillèrent Amiens, puis Paris. Après avoir été reçu par la reine Blanche de Castille à l'abbaye de Maubuisson, le maître de Hongrie mena ensuite ses troupes vers Orléans, puis Bourges, ruinant tout sur son passage. Ce singulier et maléfique personnage disparut en 1251, dans un violent engagement contre les forces de l'ordre près de Villeneuve-sur-Cher.

Le plus extrême raffinement avait succédé aux exactions commises par cette horde primitive avec l'oncle du roi, le duc Jean.

Grand mécène et amateur éclairé, il avait su créer un centre artistique réputé en attirant à sa cour peintres, orfèvres, enlumineurs, maîtres-verriers et architectes.

La capitale aux mains des Anglais, Charles VII avait choisi Bourges en 1422 pour y résider : dans ses murs, il avait épousé Marie d'Anjou et enfanté le dauphin Louis assurant l'avenir de la dynastie française, même si un autre que lui s'était fait sacrer roi de France en 1431 à Notre-Dame de Paris et régnait sur une partie du pays sous le nom d'Henri VI.

Bâtie sur la pente d'une colline, baignée par l'Yèvre et

l'Auron qui l'été lui apportaient leur fraîcheur, la cité s'agrémentait de fort beaux monuments. Surtout cette cathédrale Saint-Étienne, commencée trois siècles auparavant par l'archevêque Henri de Sully, dans le silence de laquelle Charles s'était souvent recueilli à l'époque où il envisageait de devenir chanoine.

Ces dernières années, l'argentier avait contribué à faire de Bourges, déjà magnifique, le point de convergence de toutes les richesses au profit de la cour et de ceux qui pouvaient s'offrir le luxe d'achats somptuaires. Ne disait-on pas aussi qu'il songeait à se faire construire un palais superbe, d'une conception entièrement nouvelle où il pourrait à la fois vivre avec sa famille et réunir la plupart de ses affaires pour l'instant dispersées dans de nombreux locaux à travers la ville ?

Désormais, Charles prenait un vif plaisir chaque matin à effectuer le court trajet qui séparait son domicile de la vaste maison de la rue des Armuriers dont la cour et le rez-de-chaussée servaient d'entrepôt pour certaines marchandises.

Au premier étage, à côté de son propre bureau, une petite pièce où ses aides n'étaient que rarement admis, Guillaume de Varye avait fait aménager une vaste salle éclairée par deux fenêtres : assis de chaque côté d'une longue table de chêne ciré où ils pouvaient prendre place à six ou sept sans se gêner, officiaient les comptables. Et parmi eux, Charles, particulièrement chargé de tenir le registre de l'importation des étoffes. Son voisin de droite, un Florentin à l'expression rusée mais néanmoins bon garçon, Fulvio Mascoli, s'employait à recenser les métaux, tant précieux qu'ordinaires, qui transitaient par Bourges.

En effet, lors de ces voyages en Orient, comme Guillaume de Varye l'avait expliqué à sa nouvelle recrue, Jacques Cœur s'était avisé que les musulmans étaient très désireux d'acquérir du cuivre et du plomb et aussi des lingots d'argent dont la vue exerçait sur eux un irrésistible attrait.

Seulement le roi avait interdit l'exportation de métaux précieux, que ce soit en pièces ou en lingots. Tourner la défense royale comme l'argentier l'avait fait un moment en fondant à Chypre les lingots qu'il marquait d'un trèfle, n'était qu'un expédient dangereux. Nombre de critiques parvenaient aux oreilles du roi et malgré la faveur dont jouissait son conseiller, il était fort gênant pour ce dernier de prêter sans cesse le flanc aux reproches acerbes et parfois motivés des envieux et des jaloux que ses nombreux succès ne manquaient pas de susciter. C'est ainsi qu'il avait conçu l'idée astucieuse de devenir producteur et d'extraire lui-même l'argent : de cette manière pourrait-on le blâmer d'appauvrir le royaume en exportant le métal si convoité ?

Jadis les Romains avaient exploité des gisements miniers dans le Lyonnais et le Beaujolais. Moyennant une redevance annuelle de deux cents livres, Jacques Cœur acquit la concession de ces mines demeurées en sommeil.

Leur aménagement et leur exploitation nécessitant des capitaux considérables, Jacques Cœur s'était associé à de riches marchands de Lyon, les frères Baronnet. Les investissements avaient été énormes pour approfondir les galeries existantes, les étayer, en percer de nouvelles. En surface, il fallait édifier des logements pour les mineurs, des ateliers pour traiter le minerai, des entrepôts pour le stocker.

Le travail était fort dur et risqué. On taillait la roche à la cognée et au ciseau, et les galeries parallèles les unes aux autres n'étaient aérées — très mal — que par des orifices perpendiculaires à leur tracé. Pour prévenir les éboulements, les ouvriers posaient des étais et si par malheur ils rencontraient une source il leur fallait vider l'eau avec des seaux passés de main en main.

Les accidents étaient nombreux tant par asphyxie que par chute de morceaux de roche.

Remonté à la surface, le minerai était trié, lavé, broyé puis fondu en lingots et poinçonné, créant une nouvelle richesse pour le royaume. Et pour l'argentier...

Charles avait été passionné par les entreprises de son parent, émerveillé par son habileté à tourner les difficultés, son esprit novateur sans cesse en quête d'autres fabrications, d'autres débouchés, son aptitude étonnante à coordonner des activités aussi diverses, à ne pas se perdre dans cet entrelacs apparemment inextricable qu'il avait créé, à le maîtriser...

Grâce à l'aide de Guillaume de Varye...

Et encore Charles savait-il que ce dernier ne lui avait dévoilé qu'une infinie partie des affaires. Quand il le questionnait avec avidité, il souriait en répondant :

— Pas si vite mon garçon. Il faut assimiler une chose après l'autre et ne pas courir de l'une à l'autre. Pour le moment, contente-toi d'apprendre à reconnaître la qualité des draps et des étoffes qui passent entre tes mains, à en deviner la provenance au toucher, à en évaluer le prix avec exactitude, à déterminer le bénéfice qu'on en peut raisonnablement espérer. Lorsque ce domaine te sera devenu familier, nous verrons à en aborder un autre.

En lui-même, Charles admettait que Varye avait raison. Malgré tout, l'impatience le taraudait de tout savoir du commerce du sel, des épices, des teintures, des fourrures, des cuirs, des bois précieux, des parfums... Une ambition toute nouvelle le dévorait aussi, celle de faire à son tour fortune. Elle lui était venue soudain en voyant un damoiseau offrir à l'élue de son cœur un bracelet d'une extraordinaire couleur verte, en une matière qu'il n'avait encore jamais vue : du jade. Lui aussi aurait aimé faire naître dans le regard d'une certaine jeune fille cette lueur émerveillée de gratitude...

Mais ce n'était pas pour demain... Tout en taillant sa plume d'oie, il poussa un si profond soupir que son voisin l'interrogea avec sollicitude :

— As-tu quelque souci mon ami ? Je t'entends soupirer si fort...

La voix musicale de Fulvio arracha Charles à ses songeries. Il s'empressa de répondre :

— Non, non, ce n'est rien. Une digestion un peu difficile...

Même s'il éprouvait plutôt de la sympathie à son égard, pouvait-il confier à Fulvio son aspiration à la richesse — que son voisin devait assurément partager — et surtout ses secrètes pensées : le jeune Florentin ne jugerait-il pas ridicule, et à juste titre, de perdre son temps à rêver à une demoiselle à peine entrevue, dont on ne savait même pas le nom ?

En l'absence de Jacques Cœur et de Jean du Village, la responsabilité de l'empire reposait sur les frêles épaules de Guillaume de Varye. On s'en apercevait bien aux allées et venues incessantes qui avaient lieu rue des Armuriers. A chaque instant, l'un ou l'autre venait s'enquérir de ses instructions, demander de l'aide, soumettre des problèmes variés que Varye résolvait sans hâte et sans énervement, l'un après l'autre. S'il surgissait un conflit à propos de la valeur d'un chargement, d'une commande en retard, s'il manquait quelque marchandise rare dont le stock était épuisé, le petit homme s'employait à calmer les esprits, à trouver des solutions propres à satisfaire toutes les parties. S'il se montrait exigeant pour le travail, son sens de l'équité était réputé et on savait que ce qu'il décidait, l'argentier l'avalisait toujours. Cela lui conférait une autorité que personne ne songeait à discuter.

Très tard dans la matinée, surgit un messager de Jean du Village. Aussitôt introduit, il conféra quelques instants avec Varye, à l'abri des oreilles indiscrètes. L'homme reparti, le comptable appela Charles.

— Antoine et ton frère rentrent à la fin de la semaine. Je pense que cette nouvelle fera plaisir à dame Matheline.

Hughes était absent depuis près de trois mois. En compagnie d'Antoine, il avait visité une grande partie des comptoirs installés en France : ceux de Tours où on était en train de transférer le commerce de l'argenterie, ceux d'Orléans, de

Loches, du Mans, de Nevers, d'Issoudun et de Saint-Pourçain d'où était natif l'argentier.

Ensuite les jeunes gens s'étaient rendus à Lyon dont la situation géographique en faisait une place particulièrement active : de là partaient les marchandises à destination de Genève, de l'Allemagne et des Flandres. Puis, descendant le Rhône, ils avaient achevé leur voyage par Montpellier qui recevait les produits du Levant sous la haute main d'Antoine Noir et de ses frères, Hughes et Rostain.

— Certes ! s'exclama Charles. Me permettez-vous de courir la lui apprendre ? Je serai vite de retour...

— Va et ne tarde pas ! J'aurai besoin de toi tantôt.

Il n'en dit pas plus. C'était la première fois qu'il requérait le jeune homme. D'ordinaire, il se faisait accompagner par Grégoire, son homme de confiance qui avait dépassé la trentaine. Mais aujourd'hui, justement, la place de Grégoire était demeurée vide. Sans doute, Guillaume l'avait-il employé à une de ces missions particulières dont il le chargeait parfois et dont le secret demeurait total pour ses autres collaborateurs.

Charles se dirigea vers la rue d'Auron aussi vite que le lui permettait sa jambe plus courte que l'autre. Il n'en souffrait plus, depuis longtemps, mais il devait faire attention à ne pas perdre l'équilibre.

La première fois qu'Hughes était revenu d'un de ces longs et hasardeux voyages, Charles s'était demandé s'il n'enviait pas son frère qui avait vu du pays, visité tant de villes dont Charles ne connaîtrait jamais que le nom et ce que le voyageur lui en raconterait. Il avait remarqué les yeux d'Éléonore brillants d'excitation lorsque Hughes, qui s'était rendu à La Rochelle, avait parlé de la mer, des galéasses qui accostaient pour charger le sel, de l'animation de ce port. En écoutant son frère aîné relater les aventures du voyage — près de Moncontour on leur avait volé leurs montures à Antoine et à lui ; avant d'arriver à La Rochelle ils avaient échappé de justesse à une embuscade — Éléonore s'était écriée :

— Mon Dieu, comme tu as de la chance ! Comme j'aimerais mener cette existence !

Charles avait surpris le regard stupéfait de Matheline posé sur sa dernière fille, mais elle n'avait fait aucune réflexion.

Éléonore s'était alors tournée vers lui :

— Pas toi, Charles ?

Il s'était interrogé : avait-il vraiment envie de courir les routes par tous les temps, d'être en butte à mille dangers, de dormir dans des auberges inconfortables et sales, dévoré par les puces, quand ce n'était pas à la belle étoile, de se trouver loin de chez lui et de l'atmosphère paisible de la maison de la rue d'Auron, séparé de sa mère et de sœur qu'il chérissait ?

— Non, dit-il finalement. Je me plais ici. Je n'ai pas le désir de bouger sans cesse. Une fois, je ne dis pas...

Et encore. Il n'était guère à son aise sur un cheval et il s'enrhumait facilement.

Devant la maison, il vit une carriole chargée de ballots, traînée par une vieille carne. Son aspect misérable le frappa désagréablement. A qui appartenait ce piteux équipage ?

Par la fenêtre ouverte lui parvinrent des exclamations, des rires joyeux et aussi les pleurs d'un enfant. Une petite fille brune qui suçait son pouce avec application parut sur le seuil. Alors, lui revint à l'esprit qu'on attendait Mélanie. Il s'approcha de l'enfant.

— Tu es Jeanne, n'est-ce pas ?

La petite le dévisagea un instant sans répondre et il remarqua le regard sans gaieté, le sarrau constellé de taches, les cheveux emmêlés que nul peigne n'avait remis en ordre depuis sans doute plusieurs jours.

— Oui, murmura-t-elle. Et toi ?

— Charles, ton oncle.

Il se pencha pour l'embrasser et nota un mouvement de recul comme si l'enfant avait peur. Il n'insista pas et pénétra à l'intérieur.

— Ah ! Charles ! s'exclama Matheline. Comment as-tu su...

Dans cette créature maigre à faire peur, qui avait perdu toute beauté, le jeune homme reconnut avec peine Mélanie : comme elle avait changé !

Tendant le petit Loïc qui était sur ses genoux à Éléonore, elle se leva pour serrer avec effusion son frère dans ses bras.

— Je suis heureuse de te retrouver ! Tu ne peux pas savoir !

Charles se tourna ensuite vers son beau-frère qui se tenait à l'écart, guère à l'aise apparemment au milieu de ces retrouvailles familiales.

— Quel bonheur de vous voir tous !

Malgré la joie qu'affichait Matheline, l'animation d'Éléonore, Charles perçut un sentiment de gêne si vif qu'il dit :

— Je suis juste passé pour vous annoncer l'arrivée d'Hughes à la fin de la semaine. Je ne peux pas rester avec vous maintenant, maître Guillaume a besoin de moi.

Et il s'en fut précipitamment.

CHAPITRE IV

Depuis que Mélanie avait annoncé son arrivée Matheline s'était mise en quête d'un logement pour sa fille, son gendre et leurs enfants. La maison était trop petite pour les accueillir rue d'Auron et avec sagesse, elle pensait aussi qu'il était préférable que chacun fût chez soi : elle n'était pas du tout sûre de bien s'entendre avec Emmanuel.

En constatant que les années n'avaient guère arrangé le caractère de celui-ci, que les enfants criaient beaucoup, peut-être à cause de la nervosité de leur mère, elle se félicita des dispositions qu'elle avait prises pour éviter la cohabitation.

Lorsque la famille se fut restaurée d'une belle tourte à la viande dont la croûte dorée ornée de croisillons de pâte avait fait ouvrir grands les yeux de Jeanne, Matheline dit :

— Vous devez être fatigués par la route mes enfants et les petits aussi...

Couché dans un panier d'osier tapissé d'une vilaine étoffe déchirée par endroits, Loïc dormait déjà. Et Jeanne bâillait malgré la curiosité un peu effarée que lui inspiraient tous ces nouveaux visages autour d'elle.

— Oui, avoua Mélanie d'une voix lasse.

Emmanuel se contenta d'opiner du chef.

— Je vous ai trouvé à cinq minutes d'ici, à côté de la porte d'Auron, deux pièces au-dessus d'une ganterie « Aux Doigts de Fée » tenue par une femme très bonne, Mme Levrot, qui m'a rendu de nombreux services depuis notre installation. Elle ne demande qu'un loyer modeste à cause de l'exiguïté des chambres. Mais j'ai pensé que pour commencer... Après vous vous organiserez à votre convenance.

— Ce sera très bien, assura Mélanie avec indifférence.

— Nous allons vous y conduire et je te laisserai Anieuse jusqu'à ce soir pour t'aider à t'installer.

— Oh ! pour ce que nous avons, ce sera vite fait !

Éléonore nota l'amertume qui perçait dans la voix de sa sœur et dit :

— Je vais en avant pour prévenir Mme Levrot.

Tandis que les arrivants remontaient en voiture, accompagnés de Matheline, les jeunes filles partirent d'un bon pas.

— Elle n'a pas l'air en bonne santé, notre Mélanie, remarqua Anieuse. Comme elle est maigre ! Elle n'a que la peau sur les os ! Et pourtant...

— Et pourtant quoi ?

— Ben, j'ai idée qu'un troisième est en route.

Éléonore sursauta :

— Tu crois ? On ne voit rien... C'est possible naturellement.

— C'est à sa figure que j'en ai eu l'impression.

Un autre enfant déjà alors que l'aînée avait à peine trois ans et que le second têtait encore... Et Mélanie si frêle qu'on aurait dit qu'un souffle d'air un peu fort suffirait à la renverser...

Tout comme Charles, Éléonore avait noté le catastrophique changement survenu chez leur sœur. Elle avait dissimulé de son mieux ses sentiments et avait bien compris la raison de la fuite précipitée de son frère, incapable lui, de masquer sa consternation. Quant à Matheline, elle avait essayé elle aussi de cacher son affliction encore que sans doute, elle ait été moins surprise de l'apparence de son aînée que ses enfants : elle n'avait jamais auguré rien de bon de ce mariage...

Rue du Chariot, Matheline présenta sa fille et son gendre à la gantière, une femme à la cinquantaine encore alerte, qui était sortie sur le pas de la porte pour accueillir ses locataires.

— Bienvenue dans ma demeure, dit-elle à Mélanie. J'espère que vous n'y serez pas trop à l'étroit. Attendez, je vais appeler mon commis pour qu'il aide votre mari à monter le coffre. Adrien !

Un adolescent d'une quinzaine d'année à la tignasse blonde et ébouriffée, au regard effronté surgit des profondeurs de la boutique et sur les injonctions de sa patronne s'empara d'une poignée du coffre tandis qu'Emmanuel se saisissait de l'autre. Ils s'engagèrent dans le petit escalier qui menait à l'étage, suivis par Mélanie qui portait Loïc et Matheline qui donnait la main à Jeanne. Éléonore et Anieuse se chargèrent chacune d'un léger ballot qui devait contenir le linge et quelques vêtements.

— C'est vrai qu'ils n'ont pas grand-chose, constata Anieuse qui ne savait jamais tenir sa langue.

Éléonore partageait cet avis. Elle dit sans conviction :

— Sans doute ne comptent-ils pas rester très longtemps et ont-ils laissé des effets chez Jean Guillais.

Après le coffre, ce fut le tour du matelas qui par endroits, perdait sa laine, puis du chaudron, d'un peu de vaisselle d'étain, de quelques pots en grès et de deux chaises de paille. La voiture vidée, Emmanuel s'enquit :

— Où puis-je remiser la carriole et dételer le cheval ?

Tandis que la propriétaire lui indiquait un endroit à cet effet, Mélanie effectuait le tour — rapide — de son nouveau logement.

— Il n'y a pas beaucoup de soleil ni de place, remarqua Matheline un peu ennuyée. Mais c'est propre et nous ne serons pas loin...

— A Paris, nous étions encore plus à l'étroit, répondit simplement Mélanie.

La joie des retrouvailles passée, une grande lassitude s'abattait sur elle à l'idée de cette existence nouvelle à laquelle il faudrait se faire.

— J'espère qu'Emmanuel trouvera du travail, dit-elle encore. Depuis six mois, il ne faisait rien.

Matheline sentit sa fille au bord des larmes, accablée par une fatigue dont le voyage n'était pas la seule cause. Jeanne se mit à pleurer, sans raison apparente, réveillant Loïc qui se mit aussitôt à hurler. Mélanie distribua quelques taloches sans autre résultat que d'accroître encore les cris.

— C'est toute la journée comme ça, se plaignit-elle.

— Ils sont énervés, il faut les coucher, dit Matheline d'une voix apaisante. Anieuse va s'en occuper et dès que tu seras installée, tu viendras bavarder à la maison. Ne te tourmente pas pour l'avenir ici, tout sera plus facile.

— Espérons-le, murmura Mélanie avec un triste sourire.

Dans la rue, seule avec Éléonore, Matheline ne déguisa plus son sentiment et laissa éclater son indignation :

— Cette pauvre Mélanie est dans un état ! Et ce déménagement de miséreux ! J'en avais honte devant Mme Levrot ! Auront-ils seulement de quoi pour leur loyer, si modique soit-il ? A les voir, on pourrait en douter. J'ai payé le premier mois d'avance. Après... Naturellement, j'aiderai ta sœur. Mais il n'y a aucune raison pour que j'entretienne son ménage alors que son mari est valide et dans la force de l'âge.

— Emmanuel trouvera sans doute du travail...

— Je ne sais pas s'il est bien courageux à la tâche. Mélanie m'a avoué que depuis des mois il ne travaillait plus. La besogne lui manquait-elle, ou la paresse lui coupait-elle les bras ?

— Pourtant, du temps où il était le mari d'Aude, Jean Guillais se félicitait qu'il fût si travailleur, dit Éléonore.

— C'est vrai. Mais les hommes peuvent changer... Combien de fois n'ai-je pas supplié Mélanie de jeter son dévolu sur un autre... Impossible de la faire changer d'idée. Quelle mule !

— Je me demande si elle l'aime encore, murmura la jeune fille.

— Elle l'a choisi, qu'elle le garde ! Il est le père de ses enfants. Qu'elle s'arrange à présent pour en tirer le meilleur parti possible.

Malgré la véhémence dont elle accompagnait ses propos, Matheline se demandait en son for intérieur, s'il y avait un quelconque parti à tirer d'Emmanuel. Buvait-il toujours autant ? Tout à l'heure il avait à peine touché au vin qu'elle lui avait servi pour accompagner son repas. Cela ne prouvait rien... Matheline était partagée entre la pitié qu'elle éprouvait pour sa fille et sa rage de la voir maigre, vêtue comme une souillon, sans jeunesse, sans beauté, avec ce désespoir résigné dans le regard... Et elle n'avait que vingt-trois ans !

— Peut-être tante Macée pourra-t-elle quelque chose pour eux, suggéra Éléonore.

Avec fermeté, sa mère répliqua :

— Il est impossible — et indécent — de solliciter sans cesse nos cousins qui ont déjà tant fait pour nous.

La fierté de Matheline répugnait à demander encore alors que les Cœur les avaient comblés de bienfaits. Son gendre n'avait qu'à se débrouiller.

Tout à leur conversation, les deux femmes n'avaient pas remarqué un homme qui s'approchait d'elles.

— Salut belles dames, dit Colas le Billezois de ce ton précieux et affecté qui avait le don d'exaspérer Éléonore. Quel plaisir de vous voir ! Me permettez-vous de vous accompagner quelques instants dans votre promenade ?

— Nous ne nous promenons pas, répliqua Matheline. Nous revenons d'installer ma fille aînée et mon gendre chez Mme Levrot.

— Et quel est le métier de votre gendre si je puis me permettre cette question ?

— Tisserand.

— Dans notre ville où le commerce est devenu si florissant grâce à votre cousin, il ne devrait guère éprouver de difficulté à trouver un emploi, remarqua le Billezois.

— Espérons-le, se contenta de répondre l'herbière.

Tandis qu'ils devisaient en remontant la rue d'Auron, à plusieurs reprises, Éléonore surprit le regard de Colas posé sur elle avec une insistance qui lui parut des plus importunes. Elle fut bien aise d'arriver au logis, souhaitant vivement que sa mère n'invite pas cet homme, qui lui déplaisait de plus en plus, à entrer. Heureusement, Matheline prétexta une potion urgente à préparer pour un malade et à regret, Colas le Billezois se résigna à prendre congé.

— Va donc chercher un pichet de cidre, dit Matheline. Toutes ces émotions m'ont donné soif.

Munie d'un lumignon, Éléonore descendit à la cave et se servit au tonneau de chêne, encore agacée par sa rencontre avec Colas. La prochaine fois qu'il se présenterait rue d'Auron, elle s'arrangerait pour s'absenter.

Dans la salle, elle trouva sa mère pensive, assise sur le banc devant la table où elle avait disposé deux bols et des cerises.

— J'ai besoin de ma fille savante, fit-elle avec un sourire.

De la poche de sa jupe, elle tira une lettre et la lui tendit.

— Ta sœur a apporté cette missive. Je pense qu'elle t'intéressera autant que moi. C'est de Jean Guillais.

Depuis que les Bayencourt avaient quitté Paris, ils n'avaient reçu qu'à deux ou trois reprises des nouvelles de l'orfèvre par l'entremise d'un confrère de passage.

— Alors, que dit-il ? demanda Matheline avec impatience.

Le cœur battant, la jeune fille déchiffra non sans peine la minuscule écriture de Jean Guillais :

— « Bien chère Mathilde, j'ai le plaisir de vous apprendre par la présente que ma santé n'est pas mauvaise en dépit de l'âge qui vient, d'une légère fatigue et de ma vue qui décline quelque peu. Mais ce sont là des inconvénients mineurs qu'il faut savoir accepter. Ambroise se porte bien lui aussi et me seconde efficacement. Il est passé compagnon et dès que ce sera possible, je me retirerai pour lui laisser l'entière responsabilité de l'atelier. Il me charge de dire à Éléonore toute son affection et qu'il ne l'oublie pas. Moi non plus je ne vous oublie pas chère Matheline. J'espère que vous êtes satisfaite de votre vie à Bourges et que vos fils réussissent ce dont je ne doute pas. Je vous souhaite à vous et à vos enfants tout le bonheur possible et je reste votre ami fidèle et dévoué. Jean Guillais. »

Éléonore arrêta sa lecture.

— C'est tout ? interrogea Matheline surprise.

— Oui, murmura Éléonore la gorge serrée.

Comment se faisait-il qu'Ambroise ne fît même pas allusion à sa venue, même si celle-ci ne devait se produire que dans plusieurs mois ? N'était-il pas passé compagnon ? Qu'il ne touchât mot de leurs projets de mariage la blessait : était-il possible qu'il n'ait pas osé demander à son père de les mentionner, fût-ce de façon détournée, alors qu'il savait l'affection que ce dernier portait à Éléonore ?

Aurait-il renoncé à ces projets ? Cette hypothèse, pour déplaisante qu'elle fût, était sans doute la bonne : elle la peinait et la vexait à la fois.

Ambroise avait près de dix-huit ans désormais. Il devait être un beau jeune homme séduisant, et dans son entourage, il ne manquait sûrement pas de filles pour le trouver à leur goût.

Se serait-il épris de l'une d'elles ? D'une jolie fille avec laquelle il pouvait plaisanter, se promener, danser dans les fêtes, échanger des mots tendres, qui sait, des caresses et peut-être plus ?

La représentation qu'elle se faisait de celui qu'elle considérait toujours comme son promis, en train de conter fleurette à quelque belle, allongés dans un pré à l'herbe odorante, la bouleversait soudain avec une violence qui la surprenait elle-même.

Ne devait-elle pas reconnaître que ces derniers temps, elle n'avait guère songé au jeune homme, sinon fort épisodiquement ? Cette séparation avait-elle trop duré ? Pourtant, ne disait-on pas que l'absence ne fait que renforcer les vrais sentiments ?

A l'heure actuelle qu'éprouvait-elle exactement envers Ambroise ? Si, par miracle, il s'était trouvé là, devant elle, il lui semblait qu'elle se serait jetée avec impétuosité dans les bras de l'Ambroise dont elle avait gardé le souvenir. Mais celui qu'il était devenu ? N'aurait-il pas fallu le temps de se réhabituer à quelqu'un qui, depuis deux ans, avait eu une vie complètement différente de la sienne, une vie dont elle ignorait tout ?

Elle-même n'avait-elle pas connu des expériences qui avaient fait de la jeune fille d'aujourd'hui une autre personne que la presque fillette encore qui avait quitté Paris un certain matin de 1441 ?

CHAPITRE V

A peine Matheline et Éléonore s'étaient-elles retirées, laissant Mélanie calmer sa marmaille qu'Emmanuel disparut.

Ce n'était pas pour étonner sa femme : il devait être en quête du plus proche estaminet pour étancher une soif inextinguible et ne rentrerait qu'à la nuit tombée ou plus tard, abruti ou violent, suivant les jours.

Elle l'avait supplié de se montrer sobre devant Matheline au moins lors de l'arrivée. Elle lui avait arraché cette promesse qu'il avait tenue. En vérité, que demander de plus ? Elle soupira.

— Vous devez être morte après un pareil voyage, dit Anieuse avec sollicitude. Reposez-vous donc, je vais m'occuper des enfants.

Elle commença par calmer Jeanne en l'employant à de menues tâches de rangement. Puis elle prit Loïc dans ses bras, le berça en lui parlant doucement, sans parvenir à apaiser ses cris.

— Peut-être a-t-il faim ? suggéra-t-elle.

Mélanie acquiesça et avec lassitude défit son corsage maculé. Le petit garçon se mit à têter goulûment à son habitude un lait qui se tarissait. Mais nourrir Loïc, c'était autant d'économie. L'argent s'était fait si rare dans le ménage... Et le peu qu'Emmanuel réussissait à gagner çà et là par des petits travaux occasionnels était aussitôt dilapidé dans les tavernes.

Leurs dernières ressources augmentées d'un emprunt à Jean Guillais — quand et de quelle manière pourraient-ils le lui rendre ? — avaient été investies dans ce voyage que Mélanie avait décidé, en désespoir de cause. A Paris, elle avait l'impression de s'enliser dans une situation sans issue.

Elle avait pensé que puisque Jacques Cœur s'était montré si obligeant pour ses neveux, il consentirait peut-être à aider Emmanuel. Oui, mais voilà, chacun dans leur genre, Hughes et Charles étaient travailleurs et ambitieux. On ne pouvait en dire autant d'Emmanuel qui, depuis la mort d'Aude, avait plutôt « un poil dans la main ». Car avant...

Mélanie se souvenait d'un jeune homme tôt levé, acharné au labeur, tempérant, gai, toujours prêt à rendre service. Celui dont elle était tombée éperdument amoureuse. Pour son malheur, elle continuait de l'être. De l'autre, de la loque qu'il était devenu...

Loïc rassasié, Mélanie le tendit à Anieuse qui le coucha dans la panière.

— Comme il est maigrelet, constata-t-elle.

— C'est que je n'ai plus beaucoup de lait.

— Chez dame Matheline, ils vont se remplumer ces deux petiots, croyez-moi.

— Je l'espère, dit brièvement Mélanie désireuse de changer de sujet de conversation. Alors tu te plais ici ?

— Ma foi... ce n'est pas mal.

— Tu n'as pas encore de promis ?

— Oh ! non !

— Pourtant, tu es d'âge, fit observer Mélanie en souriant.

— Je suis bien comme ça... Vous ne m'avez point donné de nouvelles de votre sœur.

— Pour elle, tout va bien. La clientèle de Raymond s'accroît et le petit atelier de couture de Geneviève est florissant. A ces deux-là, tout sourit...

Elle le disait sans acrimonie. Après tout, sa sœur aussi avait eu sa part de malheur : perdre sa beauté à seize ans, sans espoir d'en retrouver jamais même une parcelle, n'était-ce pas une des épreuves les plus épouvantables que la Providence pût infliger à une femme ?

Avec celle de n'être pas aimée, alors que la passion vous dévorait...

Pourtant, Geneviève était aimée, donc heureuse malgré son triste visage, éclairé par un regard qui lui, n'avait rien perdu de son éclat. Emmanuel répugnait à rencontrer sa belle-sœur malgré l'amitié que cette dernière lui avait toujours témoignée. Au début, Mélanie s'en était étonnée. Puis elle avait fini par comprendre que la vision de Geneviève touchée par la terrible maladie mais vivante, brisait à chaque fois le cœur d'Emmanuel : ne se disait-il pas que, mieux soignée, avec un peu plus de chance, Aude aurait pu survivre au lieu de l'abandonner dans un monde où, sans elle, il n'avait que faire...

Mélanie lisait toutes ces pensées sur le visage de son mari. Elle se désolait en constatant que le temps n'avait aucune prise sur lui : les années avaient passé en vain. Bien qu'il n'en parlât jamais, ne prononçât même pas son nom, il continuait d'être habité par l'image d'Aude et d'elle seule...

La jeune femme qui n'était pas sotte et avait acquis une sorte de triste lucidité, en avait conclu qu'un seul point commun les réunissait elle et Emmanuel : tous deux étaient des êtres marqués par la passion, voués à un unique amour dans leur existence et rien ni personne ne pourrait changer cette donnée de leurs tempéraments respectifs. Hélas, le destin s'était trompé en distribuant les rôles. Car si Mélanie admettait qu'Aude avait aimé son mari d'un amour sincère, elle était aussi convaincue que ce sentiment n'approchait pas, et de loin, celui qu'elle-même éprouvait à son endroit.

Elle n'espérait plus qu'un miracle. Mais combien de neuvaine, de chapelets, de cierges brûlés à Dieu, à la Vierge et à ses saints ! Tout cela, en vain. Le ciel était demeuré sourd à ses supplications et à ses prières, pourtant ferventes.

Parfois, aux heures les plus noires, lorsqu'elle était à bout de chagrin et de désespoir, l'envie traversait Mélanie d'avoir recours à d'autres puissances, à celles d'en bas... Jusqu'à présent, la crainte l'avait retenue... Et aussi l'ignorance : à qui s'adresser ?

Vers six heures, Anieuse regagna la rue d'Auron.

— Mélanie sera là pour le souper.

— Très bien, dit Matheline. Une de mes pratiques vient justement de m'apporter un beau canard. Épluche donc des navets et des carottes pour l'accompagner.

Elle s'abstint de demander à la servante si Emmanuel accompagnerait sa femme. Dans un sens, elle préférait que sa fille vînt seule afin de s'entretenir librement avec elle. Bien que son gendre depuis plusieurs années, Emmanuel n'était-il pas resté un étranger ? Par sa propre faute d'ailleurs. Alors que Matheline considérait Raymond comme son fils.

Depuis qu'elle l'avait vue sous cette apparence de miséreuse elle se tourmentait à propos de Mélanie. Ce souci, elle ne pouvait hélas le partager avec personne. Pas même avec Éléonore, si mûre et raisonnable. Mais aujourd'hui, sa cadette était elle-même sous l'emprise d'une vive déception et sa mère avait été navrée par son expression atterrée à la lecture de la missive... Matheline avait l'impression qu'avec l'arrivée de Mélanie, une ère d'orages s'approchait, que cette période paisible qui s'était instaurée depuis la fin de cet horrible voyage, s'achevait...

Bien qu'elle se défendît d'être superstitieuse — n'était-ce pas un péché ? — Matheline avait bien été obligée de compter trois chats noirs entre le domicile de Mélanie et la rue d'Auron. Ce fait ne pouvait constituer un bon présage pour l'avenir...

Éléonore s'était retirée dans sa chambre et Matheline qui connaissait sa fille, l'avait laissée en paix depuis lors sans lui poser de questions, ni lui témoigner de commisération. Lorsqu'elle revint dans la salle pour aider aux préparatifs du repas, son visage était net, sa chevelure ordonnée et il fut impossible à Matheline de se rendre compte si elle avait pleuré.

— Peux-tu laver une laitue ? Ta sœur partagera notre souper.

Pendant qu'Anieuse sortait jeter les épluchures aux poules du voisin, Éléonore dit :

— Pauvre Mélanie, elle me fait pitié.

— A moi aussi, répondit Matheline avec tristesse. Que pouvons-nous faire sinon lui témoigner de l'affection ? Et sans doute, l'aider financièrement...

Tandis que Mélanie s'installait rue du Chariot, son frère s'en fut retrouver Guillaume de Varyre, non sans avoir pris le temps de se sustenter de deux petits pâtés fourrés au brochet et d'un croustillant beignet aux pommes achetés en cours de route : Charles n'était pas de ces personnes qui se laissent mourir de faim même si le spectacle de la déchéance de son aînée l'avait frappé de la manière la plus vive. Il ne pouvait s'empêcher de songer, tout en se reprochant cette pensée peu charitable, que la venue d'un beau-frère fainéant et sans doute ivrogne, peut-être joueur de surcroît, n'était guère de nature à favoriser ses ambitieux projets : il fallait souhaiter qu'il trouvât rapidement un emploi et se tînt tranquille sans aller faire de scandale dans les tavernes et autres lieux publics. Bourges était une petite ville où les rumeurs se colportaient vite. Il serait des plus fâcheux que des gens mal intentionnés, et il n'en manquait sûrement pas pour envier la protection dont jouissaient les Bayencourt, rapportent des incidents déplaisants à Guillaume de Varye dont Charles avait su conquérir l'estime et peut-être un peu plus.

Après s'être désaltéré à une fontaine où l'eau coulait limpide et fraîche, Charles frappa à sa porte. Avec quelque cérémonie ce dernier le pria de prendre place en face de lui et le dévisagea avec une gravité non dénuée de bienveillance.

— Voilà six mois que je t'observe mon garçon et je suis heureux de te dire que je suis content de toi. Ton oncle l'évêque que j'avais interrogé à ton sujet, m'avait assuré que je n'aurais pas à me plaindre mais je dois t'avouer que j'en doutais un peu : les respectables affaires de l'Église ne sont pas les affaires tout court, tant s'en faut, même s'il arrive que les unes se mêlent parfois aux autres... Ton assiduité au travail, ta rapidité à assimiler de nouvelles connaissances, ton bon sens, m'ont persuadé que si tu continuais dans cette voie, un bel avenir t'attendait. J'ai donc décidé, avec l'accord de notre maître à tous deux, de t'introduire plus avant dans les arcanes de l'empire.

Ce discours comblait Charles de joie et lui faisait oublier Emmanuel et Mélanie. Sachant Guillaume de Varye peu prodigue de compliments, il mesurait la faveur accordée tout en s'efforçant de réprimer le plaisir qu'il prenait à entendre ces paroles élogieuses.

— Tu es encore très jeune, reprit Varye, et il est certain qu'avec un autre, j'aurais attendu davantage. Que tu sois le parent de Jacques Cœur n'est naturellement pas étranger à la chose. Cette qualité cependant ne serait pas suffisante, tu t'en doutes bien, pour que je te fasse confiance.

Charles se confondit en remerciements émus : comme il était agréable de voir reconnaître les efforts et le temps qu'il ne ménageait pas, refusant de quitter la rue des Armuriers avant que la besogne fût achevée, toujours prêt à rendre service à celui dont le travail était en retard ou qui se trouvait en difficulté.

Soudain le ton de son interlocuteur se fit sévère pour proférer cet avertissement :

— Je n'ai pas besoin de te préciser que tout ce que tu verras, entendras ou surprendras doit demeurer un total secret vis-à-vis de tes camarades et de qui que ce soit. Aucune confidence. Résiste au plaisir si humain de te faire valoir. C'est à cette condition que tu réussiras.

— Je serai muet je vous le promets, assura Charles avec toute l'énergie dont il était capable.

Un léger sourire passa sur le visage fatigué de Varye qui se leva en disant d'une voix plus douce :

— J'en suis sûr mon garçon. C'est pour cela que je t'emmène avec moi aujourd'hui.

CHAPITRE VI

D'instinct, Charles ressentit une antipathie violente à l'endroit de Simon Parinaud. A part lui, il s'étonna que Jacques Cœur emploie un homme de cette sorte.

Jusqu'à présent, ce dernier lui avait inspiré l'admiration la plus vive, un profond respect et une reconnaissance éperdue, pour l'avoir distingué, lui Charles. Un cadet obscur envers lequel il n'existait aucune obligation de faire quoi que ce soit. Surtout après avoir assuré le sort de l'aîné.

A la suite de sa rencontre avec Parinaud, il en vint à modifier son jugement. Non certes qu'il cesse d'éprouver de la gratitude pour son bienfaiteur. Il se mit cependant à entrevoir — oh ! de très loin encore et au début, avec une certaine incrédulité — une face cachée, des ramifications insoupçonnées à cette entreprise savante et complexe conçue par son oncle, animée par Jean du Village et administrée par Guillaume de Varye.

Bien que mûr pour son âge, Charles n'avait que dix-sept ans et possédait l'intransigeance de la jeunesse. Matheline l'avait élevé dans l'honnêteté absolue et il lui fallut un certain temps, d'abord pour reconnaître ce qu'il voyait, ensuite pour admettre que certains procédés, pour répréhensibles qu'ils puissent apparaître à première vue, étaient sans doute nécessaires à ce qu'il voulait croire la prospérité du royaume.

Mais comme l'argentier et le royaume ne faisaient qu'un...

Dans les semaines qui suivirent l'entrevue avec Parinaud, Charles se rendit peu à peu compte qu'il s'était engagé — ou qu'on l'avait engagé — sur une voie de non-retour. Et qu'il était subtilement contraint de persévérer, s'il voulait réaliser des ambitions qui se fortifiaient à mesure de sa progression même. Quelquefois, il lui arrivait de penser qu'il était pris dans un engrenage dont il serait bien malaisé de se dégager.

Et peut-être dangereux...

Simon Parinaud était un homme de taille moyenne et plutôt mince, on devinait néanmoins une force considérable dans ses bras courts et musclés, terminés par des doigts épais, recouverts de poils noirs comme ses cheveux frisés. Au cours d'un corps à corps, Simon se révélerait sans doute comme un adversaire dangereux.

Était-ce la conscience qu'il en avait qui lui conférait cette assurance tranquille, cette précision efficace dans les gestes ?

Le regard dur, acéré, qu'une émotion devait rarement troubler, l'expression cruelle de la bouche, mettaient Charles mal à l'aise à un point qu'il n'aurait su exprimer.

Mais Guillaume de Varye semblait inconscient de la menace que représentait son interlocuteur ou alors, il la tenait pour négligeable. D'un ton sec, il l'interpella :

— Où en sommes-nous donc pour Beauplessis ? Depuis six mois que cette affaire traîne... Vous savez l'importance qu'attache le grand argentier à l'acquisition de cette seigneurerie qui agrandira son domaine de Sermoise. A son retour, j'aurais souhaité lui annoncer que la chose était faite...

— Rassurez-vous, elle ne tardera pas. Le sire de Beauplessis est tout prêt de céder... Il ne possède plus guère d'écus de reste. Il en a perdu un certain nombre à l'estaminet des *Trois Canards* où quelques-uns de mes amis, experts dans l'art des dés, l'attendaient. D'autre part, il est épris à la folie d'Isaure de Connantré, une garce très séduisante, ma foi, fort coquette et exigeante. Le mois dernier, il lui a offert une pelisse fourrée de menu vair et une ceinture d'escarboucles du plus bel effet et, par conséquent, des plus coûteuses... A présent, la demoiselle convoite un brocart de Damas, que je lui ai présenté pas plus tard qu'hier et qui vaut un bon prix : c'est bien normal étant donné sa qualité, conclut-il d'un air goguenard.

— Tout cela est bel et bien, mon ami, mais pressez un peu... avec prudence naturellement.

— Cela va sans dire.

Charles assistait à ce dialogue avec un étonnement qu'il dissimulait de son mieux. En venant, Guillaume de Varye lui avait seulement dit que Parinaud s'occupait de divers achats immobiliers dans lesquels Jacques Cœur ne voulait pas apparaître personnellement.

Et voilà que le jeune homme découvrait que celui qu'il portait au pinacle, employait des procédés à tout le moins discutables pour accroître le nombre déjà considérable de ses biens, châteaux, fermes, manoirs, terres à blé et à pâture. Qu'en fallait-il penser ?

D'un autre côté, Charles avait été fréquemment le témoin d'actes de générosité et n'ignorait pas les dons importants aux églises et aux couvents. Alors ?

Et pourquoi Guillaume de Varye lui dévoilait-il ce qu'il aurait pu continuer longtemps d'ignorer ?

Matheline avait envoyé Anieuse chez sa cousine Macée, lui annoncer l'arrivée de Mélanie. Simple devoir de correction envers une personne qui lui avait manifesté tant d'intérêt.

Elle ne s'attendait certes pas à voir cette dernière surgir à l'heure du souper pour souhaiter la bienvenue à cette nièce inconnue. Elle était suivie d'un valet portant deux magnifiques chapons, cuits à point et odorants.

— Voilà pour fêter Mélanie ! dit-elle avec une gentillesse qui alla droit au cœur de Matheline qui s'exclama :

— Que vous êtes bonne Macée ! Il ne fallait pas vous déranger. Mélanie serait allée vous saluer demain !

— Comme je vais partager le repas de mes parents, il m'était bien aisé de m'arrêter un instant à votre porte.

Elle regarda Mélanie, soudain intimidée devant cette belle femme au visage pâle, vêtue d'une robe bleu nuit assez décolletée, faite d'une soie légère qui convenait à cette soirée d'été et devait s'envoler à la moindre brise. Avec un sourire de sa bouche mince mais à l'expression pleine de douceur, elle ajouta :

— Je suis heureuse de te connaître Mélanie. Joyeuse arrivée parmi nous !

Comme Mélanie se tenait immobile, pétrifiée, Matheline intervint aussitôt :

— Mélanie vient passer quelque temps auprès de moi : ainsi ai-je eu la joie de revoir mes petits-enfants.

Macée embrassa affectueusement sa nièce sans paraître remarquer combien la pauvreté de sa mise contrastait avec son élégance à elle. Devant cette attitude amicale, dénuée de toute morgue, Mélanie se détendit un peu, répondant au sourire chaleureux. Elle s'enhardit même à dévisager quelques secondes cette bienfaitrice de sa famille dont elle avait tant entendu chanter les louanges. Elle remarqua les cheveux rasés et tirés vers le haut, comme le voulait la mode, devina sous l'étoffe le corps mince et souple, la poitrine menue. De Macée émanait un charme certain, fait de fragilité, d'une sensualité tendre mais aussi d'une force sous-jacente. Assurément, elle possédait un parfait contrôle d'elle-même et de ses gestes.

— Et ton mari ? s'enquit-elle.

Prévenant la gêne de Mélanie qui avait avoué à sa mère qu'elle ignorait absolument si Emmanuel la rejoindrait ou pas, Matheline s'empressa de répondre :

— Il viendra plus tard et je lui sais gré de m'avoir ménagé un moment de tête à tête avec ma fille.

Ne fallait-il pas faire bonne figure devant Macée ? Cette réponse parut la satisfaire et elle ne tarda pas à s'en aller après avoir en vain réclamé Éléonore qu'elle aimait tendrement.

N'apprendrait-elle pas bien assez tôt que son neveu était un chenapan et Mélanie bien malheureuse d'avoir lié son sort au sien ?

Éléonore avait prétexté vouloir se porter à la rencontre de Charles à la fois pour laisser seules sa mère et Mélanie, échapper à l'atmosphère de contrainte qui s'était instaurée au logis depuis l'arrivée de cette dernière et mettre un peu d'ordre dans ses pensées.

Elle n'en eut guère le temps : à mi-chemin, elle croisa Le Billezois. Par malchance, elle le vit trop tard pour l'éviter.

— On vous rencontre souvent aujourd'hui, remarqua-t-elle d'un ton acide. Vous ne quittez guère la rue d'Auron...

— C'est que j'avais à y faire, répliqua-t-il sans autre précision. Pour moi, cette journée sera marquée d'une pierre blanche puisque j'ai eu le bonheur de contempler votre beauté à deux reprises.

Pouvait-on s'exprimer de façon plus ridicule ? Il s'approcha comme s'il voulait lui prendre le bras et elle esquissa un instinctif mouvement de recul.

— Vous ferais-je donc peur ? s'enquit-il d'un ton narquois. J'en serais bien marri...

Éléonore s'obligea à le fixer droit dans les yeux :

— Sûrement pas.

Ce n'était pas tout à fait vrai. Elle n'aimait pas se trouver seule avec cet homme alors que le soir tombait et que les rues se vidaient :

— Vous auriez tort en effet. Je ne vous veux que du bien. Beaucoup de bien. Vous n'en doutez pas j'espère ?

Alors que la jeune fille se demandait comment se débarrasser de ce fâcheux, dont le regard impertinent posé sur elle semblait la provoquer, à son vif soulagement, elle aperçut non loin la silhouette claudiquante de Charles.

— Voilà mon frère, dit-elle précipitamment.

Une fugitive expression de dépit se peignit sur le visage rubicond.

— Alors, je vous laisse, belle Éléonore. A la fois prochaine.

Tandis que Colas s'éloignait dans l'ombre d'une ruelle, Charles rejoignit sa sœur.

— Qui était ce bonhomme avec qui tu parlais ?

— Oh ! une pratique de mère.

— Son allure ne me plaît guère.

— A moi non plus, s'exclama Éléonore. Il se trouve sans cesse sur mon chemin. Je n'aime pas la façon dont il me dévisage ni les propos qu'il me tient.

— Se permettrait-il par hasard de te faire la cour ?

Soudain l'évidence frappa la jeune fille : ce n'était pas sa mère que Colas recherchait mais elle !

— Ma foi, il y a de ça !

— Il a trois fois ton âge ! s'indigna Charles. Et il est affreux ! Comment ose-t-il ?

— Il est riche... et ne le laisse ignorer à personne...

— Ce n'est pas une raison pour se croire tout permis ! S'il t'importune encore, il aura à faire à moi, je te le promets !

Il sourit à la jeune fille avec tendresse :

— Ma petite sœur chérie n'est pas pour ce vilain bonhomme ! Elle mérite ce qu'il y a de mieux.

Il fallait qu'Éléonore fît un bon et beau mariage. Qu'elle contractât une de ces alliances utiles et flatteuses qui servent toute une famille et contribuent à asseoir sa situation. Évidemment, si elle avait pu épouser un fils de Jacques Cœur... Ou même de Jean du Village ou de Guillaume de Varye...

Sa beauté et son intelligence, sans parler de ses qualités de cœur la rendaient digne d'une union brillante et Éléonore n'était pas le genre de femme à se laisser emporter par une passion absurde et dévastatrice... Il reprit :

— Tu ne feras pas comme Mélanie n'est-ce pas ? Tu ne gâcheras pas ta vie par un mariage stupide ?

Éléonore réfléchit avec sérieux :

— Je ne pense pas, dit-elle. Pauvre Mélanie en effet...

— La seule chose que nous puissions lui souhaiter, c'est d'être débarrassée d'Emmanuel.

— Oh ! comment peux-tu dire cela ?

— Parce qu'il n'y a pas d'autre solution. A moins qu'il ne s'amende, ce qui me paraît bien improbable. Heureusement, il arrive que les ivrognes aient des accidents.

CHAPITRE VII

Quelques jours plus tard, Matheline eut la joie de retrouver son fils après son long périple, et le dimanche suivant, elle organisa une petite fête rue d'Auron en son honneur et en celui de Mélanie. Elle convia naturellement Macée qui attendait toujours le retour de son époux et ses deux derniers enfants, Ravaut et Perrette. Charles demanda à Fulvio Mascoli de partager leurs agapes et Hughes invita, bien entendu, son inséparable compagnon, Antoine du Mesnil Saint-Loup avec lequel il s'était lié d'une profonde amitié mêlée d'admiration pour son intrépidité, son esprit de décision et son ingéniosité à se tirer d'embûches diverses.

Les préparatifs commencèrent dès l'avant-veille et deux voisines, dont la logeuse de Mélanie, vinrent aider la maîtresse de maison. On ferait rôtir un agneau entier et un cochon de lait qui constitueraient les pièces de résistance et avant, on servirait des coqs au vin, des pâtés de brochet et d'alose, des tourtes de poireaux, de choux et de bettes, puis des tripes, le tout accompagné de vin de Saint-Pourçain. Des brioches, des flancs au raisin sec, des tartes aux prunes, au fromage blanc, aux pommes et au gingembre suivies d'épices de dessert clôtureraient le repas.

Éléonore avait contribué à la confection de ces divers mets sans enthousiasme excessif. Certes, elle se réjouissait de voir sa tante Macée et ses cousins. Cependant, elle ne pouvait s'empêcher d'évoquer le souvenir d'autres festins où elle était alors assise à côté d'Ambroise qui lui chuchotait des mots doux et serrait subrepticement sa main sous la table.

Ambroise qui, semblait-il, ne pensait plus à elle et avait d'autres amours...

Cette humeur mélancolique, à la limite de la morosité, disparut lorsque Hughes lui présenta Antoine du Mesnil Saint-Loup dont, depuis son retour, il ne cessait de lui chanter les louanges avec une exaltation qui avait paru bien excessive à la jeune fille.

— Tu verras, avait dit Hughes, il te plaira.

Éléonore avait esquissé une moue en répondant :

— J'en doute...

Et voilà que maintenant des yeux gris, presque noirs la fixaient attentivement quoique sans insolence. L'expression était rieuse, la voix chaude et bien timbrée avec un léger accent du Sud-Ouest, la silhouette élancée. L'élégance naturelle était rehaussée par un pourpoint de taffetas bleu nuit à la dernière mode, une chaîne d'or torsadé et une chemise de toile fine dont l'échancrure laissait apercevoir une poitrine à la peau hâlée par le grand air comme le visage aux traits agréables en dépit du nez un peu busqué.

Il s'inclina devant Éléonore :

— Mademoiselle, je suis heureux de connaître la sœur de mon meilleur ami. Et je constate qu'il ne mentait pas lorsqu'il prétendait qu'elle était la plus jolie personne du monde !

A son vif mécontentement, Éléonore se sentit rougir. Elle riposta :

— Eh bien ! à l'en croire, vous êtes le plus valeureux des hommes !

— Dans ce cas, il exagère, répondit Antoine avec légèreté.

— Allons donc ! s'écria Hughes, près de Châtellerault, il m'a sauvé la vie !

Tandis qu'il narrait à sa sœur et à Perrette Cœur comment à la suite d'une chute dans l'Indre il se serait noyé, emporté par le courant sans la prompte intervention d'Antoine, Éléonore observait ce dernier et admettait à contre cœur qu'il était plutôt sympathique.

Ce qui frappait surtout en lui était une extraordinaire vitalité. Cet homme, plus âgé qu'Hughes de quelques années, devait aimer les femmes, la bonne chère, les courses à cheval et sans doute, le danger l'excitait-il de même que les entreprises hasardeuses. Il n'était pas étonnant qu'Hughes et lui s'entendissent comme larrons en foire !

Puis ce fut au tour de Charles de présenter Fulvio Mascoli à sa mère et à ses sœurs. Matheline jugea qu'il avait d'excellentes manières qu'elle ne put s'empêcher de comparer à celles d'Emmanuel qui, s'il avait consenti à venir, estimait sans doute inutile de faire le moindre frais à qui que ce soit. Même à Macée qu'il s'était contenté de saluer d'un air lointain, au grand dam de Mélanie qui espérait intéresser sa tante au sort de son mari. Depuis leur arrivée, une dizaine de jours s'étaient écoulés sans que ce dernier eut fait le moindre effort pour se procurer du travail.

En revanche, il avait eu le temps de devenir un habitué du « Cygne Noir » un lieu des plus mal famés non loin de la porte Saint-Paul où Mélanie avait déjà été obligée d'aller le rechercher à plusieurs reprises dans un état d'ébriété avancée. Et la dernière fois, elle avait eu la mauvaise surprise de le trouver attablé avec une créature de bas étage, une de ces femmes qui se vendent pour une chopine de mauvais vin, avec laquelle il riait.

Ce qu'il ne faisait jamais avec Mélanie...

Elle était revenue au logis en retenant ses larmes : déjà, Emmanuel était retombé dans ses vices. Elle qui avait tant misé sur le changement, l'installation dans une ville nouvelle, la proximité de Matheline, pour exercer une influence salutaire sur son mari...

Il fallait bien reconnaître qu'il n'en était rien. Et les regards apitoyés de Geneviève Levrot étaient encore plus pénibles à supporter que les ricanements d'Adrien. D'ailleurs, c'était ce dernier qui lui avait appris où trouver Emmanuel.

Ces deux-là, la gantière et son commis, ne devaient pas se priver de clabauder dans le quartier. Nul doute que personne n'ignorait plus l'intempérance d'Emmanuel et l'infortune de sa femme.

Éléonore s'installa entre Mascoli et Charles. Elle n'avait fait aucun effort pour s'asseoir à côté d'Antoine : n'aurait-il pas pris la chose comme une avance ? Et la jeune fille était bien décidée à n'en faire aucune à un homme dont les femmes devaient se disputer les faveurs. Il n'y avait qu'à voir la manière dont Perrette, sa voisine, buvait ses paroles en ouvrant des yeux extasiés, s'exclamant au moindre de ses propos. Attitude qu'Éléonore jugeait particulièrement sotte.

— Sais-tu, dit Charles à Fulvio, que j'ai une sœur très savante ? Qui sait lire, écrire et compter à la perfection.

Charles était très fier d'Éléonore et ne le cachait pas.

— Si elle était un garçon, elle pourrait travailler avec nous.

— J'aurais tant aimé, soupira Éléonore.

C'était vrai. Elle souffrait de voir que toutes ces connaissances, qu'elle avait acquises en se donnant souvent beaucoup de mal, demeuraient inutiles. Alors qu'elle n'aurait demandé qu'à les employer. Il lui arrivait d'éprouver de l'envie, presque de la jalousie à l'égard de Charles en le voyant partir joyeux chaque matin, vers un travail qui lui plaisait et l'intéressait alors qu'elle-même demeurait au logis où elle s'ennuyait. Elle se rendait compte que Charles était déterminé à faire une brillante carrière, qu'il s'y appliquait et que, selon toute probabilité, il y parviendrait. Elle en était ravie pour lui mais navrée de ne pouvoir suivre son exemple.

Ce qu'il lui arrivait d'entrevoir des affaires de son oncle la passionnait. Pourquoi fallait-il qu'à cause de son sexe elle en fût exclue ?

— Bientôt vous vous marierez, dit Fulvio, des enfants naîtront et vous aurez bien trop à faire pour songer à autre chose. N'est-ce pas ton avis, Charles ?

Ce genre de propos exaspérait Éléonore. Elle n'avait aucun goût pour les soins du ménage même si elle en accomplissait sa part sans rechigner. Quant aux enfants...

En voyant l'état auquel en était réduit sa sœur qui lui avait avoué qu'en effet, elle en attendait un troisième, elle ne pouvait s'empêcher de la plaindre et de souhaiter pour elle-même un autre destin. Bien sûr, si Emmanuel s'était montré un bon époux, les choses eussent été différentes pour Mélanie. Néanmoins, trois enfants en quatre ans... avoir la taille sans cesse déformée, être en proie à des malaises... De toutes ses forces, Éléonore se refusait à être réduite à ce rôle.

Après tout, n'était-ce pas une femme, Jeanne d'Arc, qui avait bouté les Anglais hors de France ? Cet exploit ne constituait-il pas une entreprise beaucoup plus ardue que celle d'administrer les affaires, si complexes fussent-elles ?

— Une femme n'a pas besoin d'être savante, reprit Fulvio. Il suffit qu'elle soit bonne épouse et bonne mère. Ce n'est pas à elle, de toute façon, qu'incombe la charge de gagner la vie du ménage.

Éléonore se mit à haïr Fulvio. Elle s'efforça de se contenir pour lui répliquer avec beaucoup de calme :

— Et lorsque l'époux disparaît, les enfants doivent-ils mourir de faim ? Si ma mère n'avait pas été savante, si elle n'avait pas acquis la connaissance des plantes, comment aurions-nous subsisté après l'assassinat de notre père, je vous le demande ?

Fulvio parut un peu embarrassé.

— C'est un cas exceptionnel.

— Est-il vraiment si rare qu'une femme perde son mari ?

— Ta sœur est terrible, dit en riant Fulvio à Charles.

— Moi, je trouve qu'elle a raison. Pourquoi les femmes n'utiliseraient-elles pas leur intelligence, tout comme nous ?

— Avoue qu'il est peu fréquent qu'elles en aient. D'ordinaire leur esprit est léger et frivole et leurs préoccupations ne dépassent guère le domaine du quotidien et celui de la toilette.

Cette fois-ci, Éléonore ne se retint plus :

— Comme Jeanne d'Arc par exemple ! Comme Mme Yolande qui ont tant fait pour notre pays ! Vous me direz encore qu'il s'agit d'exceptions !

— Sans aucun doute, répartit Fulvio avec un flegme irritant au suprême degré. Et vous ne pourrez pas soutenir le contraire.

— N'empêche que, sans elles, notre roi n'aurait jamais

été sacré à Reims pas plus qu'il n'aurait fait son entrée dans Paris. L'Anglais y serait toujours à piller et à semer la ruine.

Charles vint au secours de sa sœur :

— Fulvio est Florentin, ma chère. Ces événements ne le concernent pas au même titre que nous. Mais pour rajouter de l'eau à ton moulin, je n'aurais garde d'oublier Christine de Pisan qui, demeurée veuve avec trois enfants, a su vivre et entretenir sa famille grâce à son métier d'écrivain. Je goûte beaucoup ses rondeaux et ses ballades...

Visiblement, cette conversation ennuyait le jeune homme qui n'éprouvait guère de goût pour la poésie et aurait préféré tenir des propos galants à Éléonore. Elle devinait l'attrait qu'elle exerçait sur lui et sentait que seule son apparence était en cause. La joliesse de ses traits. A elle-même, à ce qu'elle pensait, il ne s'intéressait pas le moins du monde.

Jamais elle n'épouserait un homme de ce genre, pour lequel sa femme ne représenterait qu'un ornement et une commodité pour apaiser ses instincts selon son bon vouloir, concevoir des héritiers et tenir en bon ordre le logis. Tous les Florentins appartenaient-ils à cette espèce ? Il était le premier qu'elle rencontrait...

Avec la diplomatie qui lui était coutumière, Charles s'efforça de changer de sujet de conversation. Sachant que le frère de Fulvio, Ernesto, s'intéressait à l'alchimie, il lui demanda si ce dernier avait progressé dans ses recherches de la pierre philosophale.

— Certes, répondit Fulvio. Il n'épargne pas la fatigue et passe souvent des nuits entières à expérimenter.

— Et qu'a-t-il découvert ?

— Pour l'instant, rien de définitif... Cela ne saurait tarder. Il approche du but, il me l'a dit hier encore...

Souhaitant être désagréable, Éléonore s'enquit :

— Ne dit-on pas que le sire de Rais, de si funeste mémoire, pratiquait lui aussi l'alchimie ?

Une lueur moqueuse passa dans le regard du jeune Florentin.

— N'avait-il pas été avant ses forfaits, maréchal de France et l'un des compagnons de Jeanne d'Arc ?

— C'est exact, confirma Charles. Cependant, c'est bien après la mort de cette dernière qu'il s'est mis à l'alchimie... et surtout, à la magie noire. Paraît-il, à la suite d'une rencontre avec un clerc satanique, Francesco Prelati.

Peut-être un concitoyen de Fulvio...

Antoine intervint :

— Figurez-vous que j'étais de passage à Nantes lors de son procès, il y a trois ans... On disait qu'il avait sacrifié près de quatre cents victimes dans son château de Tiffauges !

— Quatre cents ! s'exclama Éléonore horrifiée. Comment se fait-il qu'on ne l'ait pas arrêté plus tôt ?

— Il était un très grand seigneur, expliqua Antoine, un ami du roi qui, le jour du sacre à Reims, avait été quérir la Sainte Ampoule... Il a fallu qu'il profane une église pour qu'enfin on fasse cesser ses agissements.

— Sa mort a dû être affreuse, dit songeusement Éléonore.

— Il s'est repenti et a fait montre de beaucoup de remords. Les prêtres qui l'ont assisté lors de son supplice ont raconté que sa fin avait été très édifiante.

— Cela n'aura ressuscité personne, murmura Perrette.

L'histoire de Gilles de Rais, en train de se livrer à des abominations, enfermé dans son château, évoqua pour Éléonore le souvenir d'un autre château et d'un autre monstre... Elle fut troublée à la pensée qu'il existait çà et là en France, et sans doute dans d'autres pays, une certain nombre de demeures vouées au mal...

Et qu'elle avait vécu quelque temps dans l'une d'elles...

CHAPITRE VIII

Sans y prendre part, Mélanie avait écouté cette conversation avec beaucoup d'intérêt et aussi d'effroi.

A mesure que les jours passaient sans que Dieu parût entendre le moins du monde ses prières — mais ces derniers temps, ne s'étaient-elles pas faites moins fréquentes et surtout moins ferventes, presque machinales ? — pour ramener Emmanuel à elle, elle songeait de plus en plus souvent à recourir à d'autres moyens que ceux préconisés par l'Église. Dans ses rares instants de lucidité, elle s'avouait que jamais il n'avait été à elle, qu'il avait toujours appartenu à Aude... pour se réconforter, elle évoquait quelques furtifs instants d'un pâle bonheur, bien peu de choses en vérité...

Pourtant, elle hésitait encore à franchir le pas : n'était-elle pas une bonne chrétienne qui avait observé de son mieux les préceptes inculqués dès l'enfance par le chanoine Buzenval ? N'avait-elle pas même songé, à une époque, celle si dramatique pour elle, du mariage d'Aude et d'Emmanuel, à se retirer au couvent et à se consacrer au service de Dieu.

A Paris, justement peut-être à cause de la présence rayonnante du chanoine, Mélanie n'avait pas osé consulter une de ces femmes dont on chuchotait à la veillée qu'elles détenaient des pouvoirs. Elle connaissait pourtant le nom de l'une d'elles et le lieu où elle demeurait, derrière le cimetière des Innocents. Plusieurs fois, elle s'était mise en route, déterminée dans sa résolution, croyait-elle. Invariablement, au moment de frapper à la porte de celle qui aurait pu mettre fin à ses tourments, elle avait rebroussé chemin, un peu honteuse de son manque de courage.

Et puis la veille, il s'était passé une chose étrange, que Mélanie considérait comme un signe. Elle était rentrée au logis portant Loïc et traînant Jeanne derrière elle, épuisée après quelques misérables achats, un peu de farine, de saindoux et un chou tavelé qu'on lui avait cédé pour presque rien. Sa patronne était absente, Adrien prenait le frais sur le pas de la porte, profitant de sa liberté au lieu de ranger la boutique comme il en avait reçu l'ordre.

Mélanie s'était aperçue que malgré ses ricanements qui étaient plutôt une manière de s'exprimer qu'une preuve d'hostilité ou de moquerie, le commis était plus gentil qu'il n'en avait l'air. Habitué à être tarabusté, il se défendait comme il pouvait. Si on lui parlait avec douceur, on en obtenait assez aisément de bons procédés.

— Donnez-moi donc votre panier que je le monte chez vous, proposa-t-il.

— Ce n'est pas de refus. Je me sens si lasse. Loïc est si lourd déjà...

En fait, il était plutôt chétif par rapport aux enfants de son âge. Mais dans les bras de sa mère affaiblie par les privations, en proie aux fatigues et aux malaises d'une nouvelle grossesse, il pesait son poids.

Adrien déposa les provisions dans la petite pièce que Mélanie s'efforçait de tenir propre et remarqua, devant Emmanuel qui ronflait bruyamment, vautré sur la paillasse conjugale :

— Pas étonnant qu'il dorme à cette heure ! Quand on est rentré à l'aube !

Mélanie s'inquiéta aussitôt :

— Mme Levrot l'a-t-elle entendu ?

— Je ne crois pas. Elle n'a pas l'oreille aussi fine que moi !

Un jour, ou plutôt une nuit viendrait, où elle l'entendrait. A moins qu'il ne tombe sur le guet à force de braver le couvre-feu...

— Si c'est pas malheureux de se conduire ainsi quand on a une gentille femme comme vous !

— Qu'y puis-je ? soupira Mélanie.

— A votre place, je sais bien ce que je ferais, tiens !

— Et quoi donc ?

Il s'approcha d'elle et baissa la voix :

— J'irai voir la Mahaut pour qu'elle me donne un philtre ou quelque chose... Elle sait y faire pour nouer les aiguillettes et jeter des sorts... Et aussi le contraire. C'est un don qu'elle a de naissance il paraît... Et sa mère était comme elle. La grande Mahaut qu'on l'appelait. Elle c'est la petite... rapport à la taille bien sûr. Pour ce qui est des pouvoirs, je crois qu'elle est encore plus forte que sa vieille.

Mélanie était devenue pâle. Son cœur battait.

— Et où habite-t-elle cette Mahaut ? s'enquit-elle en tremblant.

— Dans une cabane sur les bords de l'Eurette, pas loin de l'Hôtel-Dieu.

— Et... elle demande cher ?

— Ça, dame, je ne sais point. Vous vous arrangerez toujours avec elle, elle est bonne fille.

Toute la nuit, Mélanie était demeurée éveillée, murmurant ce nom, Mahaut, comme si déjà elle l'invoquait. La décision de l'aller trouver était lourde de conséquences : cette fois-ci, elle savait qu'elle irait jusqu'au bout.

C'était ce qu'elle se répétait dans son for intérieur, assise à cette tablée, plus bruyante à mesure que les cruchons de Saint-Pourçain se vidaient. Elle s'étonnait de se sentir presqu'une étrangère parmi cette assemblée joyeuse : était-ce l'effet de la longue séparation d'avec sa famille ? ou bien la présence muette d'Emmanuel, l'expression à la fois butée et ennuyée qu'il affichait étaient-elles la cause de cette impression désagréable, à la limite du malaise.

Pourquoi éprouvait-elle ce sentiment d'exclusion chez elle ? Et seule avec Emmanuel n'en allait-il pas de même ? N'était-elle pas de trop dans ce tête-à-tête perpétuel qu'il entretenait avec la morte ?

La véritable solution eut consisté à disparaître de ce monde, elle ne se le dissimulait pas ; mais dans ce cas, que seraient devenus Loïc et Jeanne, sans parler de celui qu'elle portait ?

Matheline s'en occuperait bien sûr. Après tout, cela ne vaudrait-il pas mieux pour eux ? Obsédée par le non-amour d'Emmanuel, Mélanie n'était-elle pas bien incapable de leur apporter cette chaleur humaine, de leur prodiguer cette attention dont les petits ont tant besoin ? Elle avait conscience de ne pas être une très bonne mère...

Elle savait aussi que si cette Mahaut réussissait à lui obtenir l'amour de son mari, elle en chérirait d'autant plus ses enfants. Si elle témoignait d'une affection si tiède à leur égard, n'était-ce pas parce que son mari ne leur en manifestait aucune ?

Celui qu'il avait espéré, attendu avec impatience, aimé avant même sa naissance qui l'avait comblé de joie était l'enfant d'Aude...

Alors qu'il n'avait montré qu'indifférence aux enfants de Mélanie, pourtant siens, eux aussi...

Pendant que Mélanie était en proie à ces tristes pensées, Éléonore, bien ignorante des préoccupations de sa sœur, ne pouvait s'empêcher de prêter davantage l'oreille aux propos d'Antoine, son vis-à-vis qu'à ceux du jeune Florentin. Était-ce pour l'unique bénéfice de Perrette Cœur qu'il narrait comment, l'année précédente, sur les instructions de son père, il s'était rendu en Égypte pour régler un litige entre musulmans et chrétiens ? Éléonore voulait croire qu'il s'adressait aussi un peu à elle lorsqu'il disait :

— Vous ne vous doutez pas combien les musulmans sont gens susceptibles. Ils ont quelques raisons, il est vrai, et le souvenir des Croisades, du massacre d'un grand nombre des leurs, demeure vif en leurs esprits. Il s'est trouvé qu'à la suite de différents opposant des équipages vénitiens aux fonctionnaires du Soudan el Daher, ce dernier avait décidé d'interdire l'entrée de ses ports aux navires d'origine vénitienne.

Charles qui, lorsqu'on parlait de l'argentier se montrait toujours attentif, intervint :

— Les Vénitiens ne sont-ils pas nos concurrents les plus directs dans toute la Méditerranée ?

— Certes, acquiesça Antoine. Enfin, avec les Génois et les Aragonais. Néanmoins, Jacques Cœur s'est entremis pour sauver leurs intérêts, les réconcilier avec el Daher et, par l'entremise de ses représentants dont ma modeste personne, obtenir de ce dernier la réouverture des ports.

Charles qui avait l'esprit vif et subtil comprit le premier l'intérêt de la chose :

— En échange de sa négociation quels avantages n'a-t-il pas dû obtenir de la part de la Sérénissime République !

— Et ce n'est pas tout, renchérit Antoine les yeux brillants. Cette démarche lui a valu un énorme prestige auprès des autres puissances maritimes qui fréquentent le port d'Alexandrie. Sans parler de la considération accrue que lui témoigne el Daher. Et dont nos affaires bénéficient, bien entendu !

Une fois de plus, Charles admira en silence l'habileté manœuvrière de son oncle : comme cet homme savait être présent partout dans le monde par personnes interposées et tirer parti de chaque événement !

Éléonore s'enhardit :

— Puisque vous avez été à Alexandrie, racontez-nous un peu ce qu'on y voit, comment on y vit...

Antoine se tourna vers elle et désormais, il parut ne plus parler que pour elle, oubliant la présence de Perrette Cœur.

— Pour commencer, les navires chrétiens ne peuvent aborder qu'au-delà de l'ancienne île de Pharos, reliée désormais par une jetée au continent. Les opérations d'amarrage effectuées, le capitaine a l'obligation de faire démonter les vergues et le gouvernail qu'il remet aux gardes du port. Ces derniers les enferment dans un bâtiment spécial.

— Alors, l'équipage est en quelque sorte prisonnier ? fit remarquer Charles.

— En effet... Une fois à quai, il faut acquitter les frais de douane. Puis vient la vente des marchandises aux enchères publiques ou par démarchage. Certaines sont aussi des livraisons promises... Les Occidentaux vivent groupés par nationalité à l'intérieur d'enclaves, les fondouks, qui jouissent des privilèges d'exterritorialité. On y trouve un consul, un notaire pour rédiger les contrats, un prêtre... et naturellement, des tavernes. En principe, les musulmans n'ont pas le droit de les fréquenter puisque le Coran proscrit l'usage de l'alcool. En fait, il arrive qu'ils soient invités par des marchands avec lesquels ils se sont liés et qu'ils s'enivrent... C'est la cause de nombreux incidents, de rixes. C'est peut-être ce qui a dressé el Daner contre Venise...

Comme pour clore ses propos, il leva sa chope :

— Je propose que nous buvions à la santé de dame Matheline qui a organisé ce somptueux festin.

Les convives l'imitèrent avec enthousiasme et Matheline dit, un peu confuse, d'être le centre de l'attention générale :

— Mon Dieu, je suis si heureuse de vous avoir tous à ma table !

Pendant qu'elle en faisait le tour des yeux, les conversations reprirent et Éléonore vit soudain l'expression joyeuse de sa mère se modifier. Elle suivit son regard et constata que la place d'Emmanuel était vide.

CHAPITRE IX

D'abord, ce ne fut qu'un murmure, puis une rumeur qui s'enfla et fit le tour de la ville en l'espace d'une matinée : Jacques Cœur était de retour.

Aussitôt les rues, les places, les échoppes connurent un surcroît d'animation. Déjà, des récits circulaient sur le voyage de l'argentier, les propos se déformaient en passant de bouche à oreille, et cette tournée en Languedoc aux côtés du roi acquérait un aspect fabuleux, presque mythique.

Mais bien vite, Jacques Cœur cessa d'être le centre des conversations pour céder la vedette à son maître. On chuchotait que Charles VII, sur les bords de la Garonne, chez son beau-frère le roi René d'Anjou, en son château de Toulouse, avait jeté les yeux sur une suivante de Madame Isabelle.

Et que cette suivante était fort séduisante, comme l'étaient d'ailleurs toutes celles dont s'entourait la duchesse de Lorraine. Et jeune aussi... De beaucoup la cadette de la douce reine Marie qui frôlait déjà la quarantaine, n'avait jamais été belle et que des grossesses incessantes n'avaient pas arrangée.

Les épreuves ne lui avaient pas manqué non plus : six enfants morts en bas âge, son frère Louis d'Anjou disparu prématurément à trente ans, après avoir réussi à chasser Alphonse d'Aragon du trône de Naples et défendu l'Anjou contre les Anglais aux côtés du connétable de Richemont et de sa mère, Madame Yolande. Quelques mois auparavant, cette dernière avait elle aussi quitté ce monde après une vie bien remplie, passée à maintenir le patrimoine de ses enfants et à assurer le trône chancelant de son gendre. Ce décès, après tant de coups, avait désolé le cœur de sa fille qui ne cessait de la pleurer.

Bientôt, le nom de la favorite ne fut plus un secret pour personne : Agnès Sorel, une fille de petite noblesse picarde, dont le père, seigneur de Coudun, servait le comte de Clermont.

Le dimanche suivant, alors que toutes les cloches carillonnaient, Éléonore et Charles se rendirent à la cathédrale Saint-Étienne, dévorés par la curiosité d'entrevoir celle qui, disait-on, insufflait une seconde jeunesse au roi Charles.

La cour assistait à la grand-messe chantée : la nouvelle favorite y paraîtrait sûrement... Mais comment la reconnaître parmi toutes ces dames et ces demoiselles aux riches atours qui sortaient de l'église, l'air point trop dévot à la vérité ?

— Nous ne devinerons jamais laquelle c'est ! s'exclama Éléonore dépitée. Si nous savions au moins à quoi elle ressemble !

— On dit qu'elle est blonde et que sa peau est très blanche, précisa Charles qui le tenait de Fulvio.

— Voilà bien des renseignements insuffisants !

Elle dévisagea toutes les jolies jeunes femmes blondes au teint clair qui se tenaient sur le parvis : elles ne manquaient pas ! Déjà la reine, de blanc vêtue, cette couleur de deuil qu'elle avait si souvent l'occasion de porter, montait en litière, escortée par ses dames. Tandis que le roi habillé d'une robe gris-bleu ornementée d'argent, le dauphin et le frère de la reine, Charles comte du Maine, un homme fort habile et plein d'entregent — ne chuchotait-on pas qu'il s'employait parfois à pourvoir aux plaisirs du roi, nonobstant que la reine fut sa sœur ? — montaient sur de superbes étalons caparaçonnés de velours écarlate brodé d'or.

— Il n'est guère plaisant messire Louis..., murmura Éléonore.

Malgré sa jeunesse, la dureté était déjà inscrite sur son visage, avec ses yeux au regard perçant profondément enfoncés dans leurs orbites, son long nez qui semblait humer le vent. De considérables personnages prenaient leur suite, le sénéchal Pierre de Brézé, André de Villequier, chambellan du roi et son confesseur, le père Machet. Derrière eux, un peu en retrait, Étienne Chevalier, secrétaire de sa majesté, s'entretenait avec Guillaume de Varye.

Puis ce fut au tour de la dauphine, silhouette évanescente sortie des brumes de son pays natal, l'Écosse, de monter en litière.

— Comme elle a l'air triste ! remarqua Éléonore qui ne put néanmoins s'empêcher d'admirer sa robe de soie corail qui gainait son buste mince, accentuant l'impression de fragilité qu'elle donnait, sur un surcot ouvert, bordé d'hermine et le splendide psautier recouvert de drap d'or enrichi de perles fines.

— Elle n'a point d'enfants et cela fait déjà sept ans qu'elle est la femme de notre dauphin...

— Elle s'est mariée à onze ans...

— Lui en avait treize !

Était-ce pour cette raison que messire Louis témoignait si peu d'égard à la fille de Jacques Ier, le roi-poète ? Ou parce que seule la politique l'intéressait ? Et les intrigues qu'il fomentait contre son père... Ou bien, parce que justement c'était ce père qui lui avait choisi son épouse ?

— Voilà tante Macée ! s'écria la jeune fille. Elle qui fréquente la cour saura bien nous la désigner... Si elle y consent...

Suivie de Charles qui boitillait, Éléonore s'élança. Perrette accompagnait sa mère et dans leur sillage odorant — Macée adorait les parfums capiteux que son mari faisait venir d'Orient pour elle — Éléonore aperçut Antoine du Mesnil Saint-Loup.

Soudain interdite, elle s'arrêta.

— Alors ma nièce, on ne me dit pas bonjour ?

Furieuse du choc ressenti, Éléonore se reprit aussitôt :

— Oh ! tante Macée, je suis si heureuse de vous rencontrer ! Justement, Charles et moi, nous voulions vous demander de nous montrer cette belle dame dont on parle tant.

— Vous voulez dire Agnès Sorel ? interrompit Antoine en souriant d'un air vaguement moqueur.

— Exactement, confirma Charles. Nous brûlons de curiosité.

— Que voilà un vilain défaut !

— Allons, dit Macée avec bienveillance, votre désir n'est pas bien difficile à satisfaire.

Elle regarda autour d'elle et parmi un essaim de dames qui bavardaient avec animation, elle découvrit la favorite.

— Voyez, là à droite... Cette jeune personne en vert pâle...

Dévoilant des dents perlées, Agnès riait avec une gaieté juvénile, sans doute aux plaisanteries d'une de ses compagnes.

— Comme elle est belle, dit Éléonore avec une admiration sincère. Et quelle élégance !

Évidemment, elle devait avoir droit aux étoffes les plus coûteuses, celles que l'argentier faisait venir de Damas et de plus loin encore pour le roi et son entourage...

— Elle est aussi charmante, dit Macée.

Malgré les bijoux qui la paraient, une griffe de rubis qui retenait son mantel, une boucle de ceinture de vermeil orné de perles et de brillants, un collier d'or où s'enchâssaient des morceaux d'ambre, son maintien demeurait modeste.

Éléonore s'en était fait une tout autre idée. Elle avait imaginé une femme orgueilleuse de sa position, hautaine, ambitieuse... Agnès ne paraissait rien de tout cela. Sa physionomie avait une expression de douceur qui la rendait sympathique au premier abord.

— Mes enfants, je vous quitte, mon époux m'attend. Tantôt, nous soupons chez le roi.

Elle fit signe pour qu'on avance sa litière où elle grimpa lestement avec Perrette. De sa main fine, que le feu d'une émeraude rendait encore plus blanche, elle salua les jeunes Bayencourt :

— Dites à Matheline que je pense à ce qu'elle m'a demandé !

Sur la place, la foule se dissipait. Quelques groupes demeuraient et des chevaux piaffaient, attendant leurs maîtres.

— Nous aussi nous devons rentrer, dit Charles.

— Me permettez-vous de vous accompagner jusqu'à votre logis ? demanda Antoine les yeux fixés sur la jeune fille.

A voix basse, pour que Charles n'entende pas, il ajouta :

— Moi, je vous trouve beaucoup plus belle que la favorite !

Bien indifférente aux événements qui se passaient à la cour, Mélanie avait fixé la date de sa visite à Mahaut. Une visite qui, naturellement, ne pouvait avoir lieu en plein jour, au vu et au su de tous. Il fallait attendre l'ombre... Mais que faire des enfants pendant ce temps ? Son absence durerait peut-être plusieurs heures... En désespoir de cause, elle les confia à Matheline sous prétexte d'une grande lassitude :

— Cela ne t'ennuie pas de les garder jusqu'à demain matin ? s'enquit Mélanie. Je suis si fatiguée... J'aimerais dormir une nuit entière sans entendre leurs cris.

— Bien sûr, dit Matheline apitoyée par l'air misérable de sa fille. Tu peux même me les laisser deux jours si tu veux.

— Nous serons trois à nous en occuper, dit joyeusement Éléonore en prenant son neveu dans ses bras. N'est-ce pas Anieuse ?

— Oh ! oui, s'écria la servante qui avait un faible pour Jeanne. Ça, vous pouvez partir tranquille !

Partir tranquille... Étant donné où elle se rendait présentement, ce qu'elle s'apprêtait à faire... Elle avait un peu honte d'abuser ainsi sa mère. Et sa sœur qui la racompagnait gentiment sur le seuil et la regardait se diriger vers la rue du Chariot.

Quand Éléonore disparut, Mélanie tourna vivement sur sa droite et se mit à suivre les remparts. Ce chemin était un peu plus long, Adrien le lui avait dit, mais ainsi elle était sûre de ne pas se tromper dans une ville dont elle connaissait encore mal les détours et elle ne serait pas obligée de demander son chemin.

Malgré la douceur du soir, elle était glacée. Ce froid qu'elle ressentait dans toutes les fibres de sa chair la faisait penser à celui du tombeau, au froid éternel. Celui qui la prendrait si elle ne réussissait pas dans son entreprise. Ne courait-elle pas sa dernière chance ? En passant à proximité de l'église des Cordeliers, elle se signa et ses pensées prirent un tour plus morose encore. Et si cette alliance qu'elle s'apprêtait à contracter avec le malin se révélait inefficace pour amener Emmanuel à resipiscence ?

Si elle perdait son âme pour rien...

Dans la lumière bleutée du crépuscule finissant, à cette

heure qu'on appelle « entre chien et loup », Mélanie avançait, de plus en plus oppressée. Les rares passants qu'elle croisait se dépêchaient de rentrer au logis où les attendaient la lumière des chandelles, l'odeur de la soupe qui mijotait sur le coin du feu et la chaleur d'une famille aimante ; ce que Mélanie n'avait pas su créer, à l'instar de sa mère... Emmanuel s'était-il jamais soucié de son foyer ? Avait-il jamais jeté un regard attendri sur ses enfants, passé une main caressante dans leur tignasse ? Il n'éprouvait qu'indifférence à leur égard et il en serait de même pour celui qui s'annonçait au désespoir de Mélanie : à quoi bon endurer tous ces malaises et prendre la peine de mettre au monde des créatures dans ces conditions ?

A l'ombre des remparts l'obscurité se faisait plus dense et la jeune femme devait faire attention aux inégalités du chemin : il ne s'agissait pas de se tordre la cheville. Deux prunelles d'or brillèrent soudain sur sa droite, la faisant tressaillir. Comme elle était devenue peureuse ! Un léger miaulement la rassura. Elle s'approcha du chat couché sur une souche, le long d'un verger. L'animal se laissa caresser et Mélanie enfonça la main dans la fourrure épaisse, un peu apaisée par ce contact doux et tiède. L'animal était entièrement noir, autant qu'elle put en juger...

Comme sont les chats des sorcières...

Elle poursuivit sa route, passa la porte Saint-Sulpice par laquelle elle était arrivée à Bourges et qu'on était en train de fermer. Le grincement des gonds mal huilés, le bruit des chaînes qu'on fixait, donnaient envie de se trouver chez soi, à l'abri et non sur les chemins. Au-delà, elle avait eu le temps de deviner vaguement les bâtiments du couvent Saint-Sulpice et le moulin où les paysans des environs portaient leur blé à moudre. La redevance qu'ils acquittaient constituait une des principales ressources des frères. Le son grêle d'une cloche qui les appelait sans doute à complies résonna dans l'air pur du soir, réveillant l'angoisse un instant assoupie de la jeune femme : à peu de distance, des hommes louaient le Seigneur alors qu'elle s'apprêtait à le bafouer...

Il était encore temps de retourner, de renoncer... Mélanie ralentit l'allure, incertaine. Et puis, la vision d'Emmanuel en train de boire, de jouer aux dés ou, pis encore, de s'ébattre sur la paillasse d'un galetas avec une de ces créatures de rencontre, raffermit sa volonté chancelante.

D'ailleurs, n'était-elle pas presque arrivée à destination ? Elle repartit d'un pas qu'elle essaya de rendre assuré. Il lui sembla que cette fatigue accumulée depuis des mois sur ses frêles épaules s'allégeait quelque peu : et si cette Mahaut réussissait, si enfin Emmanuel allait changer, redevenir l'homme qu'elle avait tant aimé, dont aucune avanie hélas, n'était parvenue à la détacher et dont elle savait qu'il n'y en aurait pas d'autre dans sa vie ?

Un immense espoir gonfla son cœur tandis qu'elle parvenait en vue de l'Eurette. Elle chercha le gué qu'Adrien lui avait indiqué. Elle repéra le saule pleureur, près de l'endroit où il fallait traverser. Elle retira ses socques et ses pieds foulèrent l'herbe sèche de juillet. Elle descendit avec précaution vers l'eau paresseuse et guère abondante à cette saison dont la fraîcheur baigna ses chevilles et pas davantage. De l'autre côté, elle se rechaussa. A une vingtaine de pas, elle distingua une masure en rondins d'où filtrait une faible lueur.

C'était là...

Un peu tremblante elle frappa à l'huis.

CHAPITRE X

Une voix douce lui répondit et elle pénétra dans l'antre de Mahaut. Ce n'était pas aussi terrifiant qu'elle l'avait imaginé. Au contraire, elle se sentit aussitôt à l'aise dans cette petite pièce au sol en terre battue recouvert de nattes de jonc, seulement éclairée par la lumière familière du feu.

Du plafond pendaient des herbes et des tresses d'ail. Étalées sur une claie d'osier, des feuilles et des fleurs séchées, un peu comme dans le grenier de Matheline. L'odeur n'était nullement méphitique comme elle l'avait redouté.

D'un geste, Mahaut l'invita à s'asseoir en face d'elle, de l'autre côté du feu, sur un petit tabouret bas à trois pieds semblable à ceux qu'utilisent les vachères pour traire.

— Quel bon vent ou plutôt quel mauvais vent vous amène ?

Mahaut leva la tête de son travail, un panier qu'elle tressait. Adrien avait dit à Mélanie qu'elle les vendait le samedi au marché et que certaines personnes se cachaient pour lui en acheter malgré leur crainte d'un contact avec une sorcière, car ils étaient plus solides que les autres. Et plus jolis aussi.

Son visage à l'expression énigmatique apparut dans la lumière rougeoyante des braises, auréolé d'une chevelure flamboyante elle aussi. Son regard n'exprimait qu'une grande attention.

— Je suis malheureuse. A cause d'un homme. Mon mari.

— Il en aime une autre ?

— Ce n'est pas cela. Ou plutôt si : il aime une morte.

Longuement, Mélanie parla d'Aude, exhalant toute la rancœur qu'elle nourrissait à son égard. Cela lui faisait du bien. C'était la première fois qu'elle pouvait dire ces choses à quelqu'un. Jusqu'à présent, elle avait toujours été obligée de feindre une affection disparue depuis le jour où Emmanuel radieux et visiblement inconscient du coup mortel qu'il portait à la fille de Matheline, était venu lui annoncer qu'Aude acceptait de l'épouser.

Mahaut écoutait, se gardant d'interrompre le flot de paroles qui soulageait sa visiteuse et que cette dernière conclut par ces mots pleins d'attente :

— Voilà. On m'a dit que vous pourriez m'aider.

Elle se tut. Désormais les événements ne dépendaient plus d'elle. Elle s'était remise entre les mains de cette petite femme, à la silhouette frêle, dont les pouvoirs, s'ils existaient, n'apparaissaient guère au premier abord.

Mahaut ne s'engagea pas :

— Peut-être, dit-elle pensivement. Peut-être pas... Une morte est plus difficile à combattre qu'une vivante... surtout après si longtemps. Des années...

— Oui, répéta Mélanie avec accablement. Des années...

Et si Mahaut refusait d'intervenir, jugeant qu'il n'y avait aucun espoir de guérir Emmanuel de sa folie ? Alors il ne resterait plus à Mélanie qu'à se jeter dans l'Auron car les eaux de l'Eurette n'auraient pas suffi à noyer une chèvre.

Mahaut réfléchissait et la jeune femme se garda de la troubler. Quel âge pouvait-elle avoir ? A peine vingt ans... Comme son visage reflétait la sérénité malgré la solitude où elle vivait. Ne la tenait-on pas à l'écart ? N'allait-on pas la visiter en cachette ? Y avait-il jamais eu un garçon assez hardi pour oser l'inviter à danser, un soir de fête ? Pour lui offrir une chopine de vin à la fin du marché ? Ou pour déposer devant sa porte un bouquet de ces petites fleurs des champs qui éclosent à la belle saison ?

— Eh bien ! nous allons essayer, dit finalement la jeteuse de sorts. Mais dans un cas comme celui-ci, je ne garantis rien. Revenez le soir de la pleine lune avec un coq noir, égorgé de la veille, une livre de cire fine, des cheveux de votre mari et un objet auquel il est particulièrement attaché. Si vous pouviez trouver quelque chose qu'il tienne de sa première épouse, ce serait mieux encore.

Mélanie quitta Mahaut un peu réconfortée par son accueil. D'abord parce qu'il lui avait semblé que celle qu'on appelait la sorcière n'était pas une créature maléfique, appartenant au monde des ténèbres. A aucun moment, elle n'avait mentionné les puissances infernales. Les pratiques sataniques étaient-elles à venir, la nuit où Mélanie apporterait le coq noir ?

Elle éprouvait un vif soulagement à la pensée de n'avoir chargé sa conscience d'aucun acte répréhensible : personne, même le prêtre le plus rigoureux sur ce chapitre, le plus pointilleux, ne pouvait considérer qu'elle avait commis un péché en rendant visite à cette femme. Pour l'instant... Tout dépendrait de la suite...

Onze heures sonnèrent à la cathédrale. Déjà... Mélanie pressa le pas. Malgré le ciel peuplé d'étoiles et bien qu'il fût agréable de marcher dans la douceur de la nuit, le silence que seuls troublaient quelques aboiements l'oppressa avec violence. A mesure qu'elle se rapprochait du centre de la cité des bruits familiers lui parvinrent : le grognement d'un porc dans un appentis, les pleurs d'un enfant, le cri d'un homme, là-haut sur les remparts.

La jeune femme se déplaçait comme une ombre légère, rasant les murs, prenant garde à ne pas être surprise par une patrouille du guet : le couvre-feu était sonné depuis belle lurette. Bien que certains, comme Emmanuel par exemple, s'attardassent encore dans les tavernes...

En arrivant rue du Chariot, Mélanie eut la mauvaise surprise de trouver la porte close. Comment n'y avait-elle pas pensé ? Ne savait-elle pas que Mme Levrot, très peureuse, s'enfermait à double tour, dès la nuit tombée ? Elle avait bien remis une clef à Mélanie, lors de son arrivée. Emmanuel s'en était emparée, prétextant que sa femme n'en avait nul besoin. Et maintenant cette dernière se trouvait condamnée à passer la nuit dans la rue. A moins d'oser s'aventurer jusqu'au « Cygne Noir »...

De cela, elle ne se sentait pas le courage. Pénétrer dans cet estaminet enfumé qui puait la vinasse, être comme la dernière fois, la cible de plaisanteries obscènes, peut-être même assaillie par l'un ou l'autre de ces ivrognes, dépassait ses forces.

D'autre part, une nuit entière — Mme Levrot ne se levait qu'à six heures et demie — dehors, bien qu'il ne fît pas froid, n'était pas une perspective réjouissante.

Retourner chez Matheline... Dans ce cas, elle serait obligée de lui avouer d'où elle venait. Et c'était impossible.

Quelque chose frôla ses jambes. Elle sursauta et retint avec peine un cri d'horreur en apercevant un gros rat noir qui s'en allait en trottinant se glisser dans une fente du mur. Ce contact dégoûtant la laissa tremblante un bon moment. Elle n'arrivait toujours pas à prendre un parti lorsqu'un léger sifflement lui fit lever la tête.

— Psttt ! Mélanie !

Une tête ébouriffée se penchait à la lucarne du grenier.

— Que faites-vous là, à cette heure ?

— J'ai oublié la clef, chuchota Mélanie.

— Attendez, je descends vous ouvrir.

Un instant plus tard, la porte s'entrebâilla silencieusement.

— Ne faites pas de bruit, la vieille pourrait se réveiller. Heureusement, je sais où elle cache ses clefs. Elle ne s'en doute pas ! Restez là pendant que je vais les remettre en place.

Ils grimpèrent l'escalier à pas de loup. Devant la chambre de Mélanie, vide comme elle s'y attendait, Adrien s'enquit à voix très basse :

— Vous avez vu Mahaut ?

— Oui.

— Alors, ça s'est bien passé ?

— Je retourne chez elle la nuit de la pleine lune.

Le jeune homme réfléchit :

— Ce sera vendredi en huit.

— Je dois lui apporter un coq noir égorgé de la veille.

— Je vous procurerai cela moyennant deux sols.

— Et une livre de cire fine.

— Ça, vous l'obtiendrez du sacristain de Saint-Pierre le Guillard. Je sais qu'il en fait commerce derrière le dos du curé.

Mélanie ne mentionna pas les autres choses requises : dans ce domaine, Adrien ne pourrait en rien l'aider.

Après son départ, elle se laissa tomber sur sa couche avec un sentiment de bien-être inconnu depuis longtemps. Quelques minutes plus tard, elle dormait d'un sommeil paisible et réparateur que rien n'interrompit jusqu'au moment où Mme Levrot rabattit avec fracas les volets de la boutique sur la rue, signifiant ainsi qu'il était temps de se lever.

Lorsque Mélanie vint reprendre ses enfants rue d'Auron, elle ne trouva qu'Éléonore et Loïc qui reposait dans son berceau d'osier.

— Où est Jeanne ? s'enquit-elle.

— Partie avec mère et Anieuse voir des bateleurs sur la place de la cathédrale. Ta fille était ravie.

— Je pense bien ! Je les sors si peu !

Elle-même ne sortait que pour d'indispensables courses.

— Assieds-toi en les attendant. Veux-tu une part de tarte aux prunes d'hier soir ? proposa Éléonore. C'est moi qui l'ai faite et sans me vanter, elle est exquise.

— Toujours modeste à ce que je vois ! dit Mélanie en souriant.

Éléonore servit largement sa sœur et leur versa à toutes deux un bol de cidre, bien qu'il fût un cadeau de Colas le Billezois. Elle s'assit en face d'elle et se fit la réflexion que c'était la première fois qu'elles se trouvaient en tête à tête depuis une éternité. En fait, depuis le mariage de Mélanie... Était-il possible de faire renaître un peu de l'intimité fraternelle qui les avait unies auparavant ? Bien sûr, leurs rapports ne seraient plus les mêmes : Mélanie n'était plus une jeune fille rêveuse et innocente et Éléonore une enfant ignorante des réalités de la vie. Elles avaient toutes les deux, quoique de manière bien différente, vécu, souffert. Beaucoup de leurs illusions de jeunesse s'étaient dissipées et désormais, l'écart d'âge n'existait plus entre elles.

— Elle est fameuse ta tarte !

— Tiens, reprends-en !

Mélanie ne se fit pas prier. La veille, elle s'était passé de souper et le matin, elle n'avait trouvé qu'un croûton de pain sec dans le garde-manger. Le morceau de fromage sur lequel elle comptait pour se restaurer avait disparu. Sans doute dans l'estomac d'Emmanuel toujours affamé.

Éléonore se demandait comment renouer le dialogue : elle n'osait pas interroger sa sœur sur sa vie conjugale et ne savait comment lui témoigner son affection et son réel souhait de l'aider, si c'était possible. Elle devinait Mélanie meurtrie malgré la dignité dont elle faisait preuve en public : s'était-elle même confiée à Matheline ? Ce n'était pas certain...

Il ne fallait pas qu'elle lui fît entendre trop précisément qu'elle était sensible à sa détresse ou la heurter par des paroles maladroites. Pourtant, cette occasion de rapprochement dont elle sentait que sa sœur était aussi désireuse qu'elle-même ne se représenterait peut-être pas de si tôt.

A son étonnement et à son vif soulagement, ce fut Mélanie qui jeta le pont entre elles en demandant :

— Éléonore, sais-tu garder un secret ?

CHAPITRE XI

L'accueil chaleureux d'Éléonore, l'affection manifeste qui se déguisait sous l'offre de nourriture, avaient profondément touché Mélanie, à un moment où elle se sentait si vulnérable, si esseulée aussi.

Depuis que Matheline avait quitté Paris, combien de fois n'avait-elle pas pleuré de solitude, de frustration, de désespoir... Bien sûr, Geneviève ne demeurait qu'à une courte distance, il lui était facile de lui rendre visite. Mais Geneviève était heureuse. Elle et Raymond formaient de toute évidence un couple uni, solide, rayonnant. Mélanie n'avait aucune place auprès d'eux. Non qu'ils se montrassent égoïstes, repliés sur eux-mêmes et leur bonheur douillet. A contraire, ils ne demandaient qu'à prodiguer aux autres ce trop-plein d'amour qui les habitait. Le dévouement de Raymond à l'égard de ses malades les plus défavorisés, ceux qui ne pourraient jamais le payer, était bien connu. On en usait et on en abusait. Plusieurs fois, elle avait senti Raymond et sa femme disposés à lui tendre une main secourable. Lors de la naissance de Loïc qui l'avait laissée exsangue et épuisée, Geneviève avait insisté pour prendre Jeanne chez elle pendant un mois, afin de soulager sa sœur, prétextant gentiment que deux enfants ne donnaient pas plus de travail qu'un seul. Mélanie lui en avait été très reconnaissante. Sa fierté cependant acceptait mal de sans cesse recevoir et de ne rien donner en échange. Et aussi, d'offrir le spectacle de son malheur. Un malheur dont Geneviève l'avait prévenue à maintes reprises avant le mariage. Mélanie devinait que, sans le dire, sa sœur se désolait de n'avoir pas été écoutée. Et aussi, avec le succès croissant de son atelier qu'elle menait de front avec la tenue de la maison, les soins à Thierry et le concours qu'elle prêtait à son époux pour la préparation des potions et des onguents, elle se trouvait de moins en moins disponible.

Restaient Jean Guillais et le chanoine, les fidèles amis des bons et des mauvais jours. Tous deux se faisaient vieux et leur santé les préoccupait. Peut-être pensaient-ils qu'après tout Mélanie avait eu ce qu'elle voulait et n'avait qu'à se débrouiller.

Au début, après le départ de Matheline, l'orfèvre avait bien essayé de chapitrer son ex-gendre, de lui représenter combien sa conduite était répréhensible. Sans le moindre résultat.

Privée de la possibilité de se confier, la vie misérable qu'elle menait lui ayant fait perdre de vue les quelques personnes qu'elle connaissait, Mélanie cherchait inconsciemment un interlocuteur auquel se livrer sans réticence, une oreille compréhensive à ses tourments.

L'avait-elle trouvé en la personne de sa jeune sœur ? En la revoyant, elle avait été frappée par la maturité de son esprit, sa vive intelligence, le sérieux de son caractère alliés à une gentillesse spontanée. N'en pouvant plus de solitude — avait-elle jamais eu une conversation avec Emmanuel ? — le moment se révélant propice, la bonde qu'elle avait maintenue fermée si longtemps avait soudainement cédé.

— Bien sûr que je sais garder un secret.

Le regard amical d'Éléonore posé sur elle l'encouragea.

— Connais-tu une certaine Mahaut ?

— La sorcière... j'en ai entendu parler... Mais...

Mélanie se jeta à l'eau :

— J'ai été la voir. Hier soir...

Éléonore s'efforça de dissimuler sa surprise. Et aussi, une vague inquiétude : ne disait-on pas que les sorcières finissaient sur le bûcher ? De même parfois, que ceux qui avaient eu recours à elles.

— Toi..., murmura-t-elle.

Elle n'aurait pas cru Mélanie si hardie.

— Tu devines sans peine ce que je lui ai demandé. Qu'Emmanuel cesse de boire, de jouer, de courir. Qu'il devienne un bon mari. Comme il l'était pour Aude.

— Ce n'est pas rien, dit la jeune fille en hochant la tête.

— Je sais.

— Crois-tu vraiment qu'elle pourra faire quelque chose ? interrogea-t-elle avec scepticisme.

— Il paraît que pour d'autres, elle a réussi.

A deux ou trois reprises, Éléonore avait entendu prononcer le nom de Mahaut. Une fois, Anieuse était revenue du marché avec un panier en écorce de châtaignier et en rougissant, avait avoué l'avoir acheté à une sorcière rousse dont les yeux verts jetaient des flammes. La jeune fille s'était moqué d'elle et avait oublié l'incident. Puis sa cousine Perrette, une bavarde impénitente, lui avait raconté en confidence qu'une des servantes de Macée avait recouru à Mahaut pour faire disparaître une enflure du ventre. Et que celle-ci avait effectivement disparu.

Éléonore n'avait pas eu la curiosité d'en apprendre davantage et maintenant elle le regrettait.

Mélanie s'enquit timidement :

— Ce n'est pas un péché n'est-ce pas ?

Au lieu de répondre, Éléonore demanda :

— Qu'a-t-elle exigé en échange de son intervention ?

— Un coq noir, une livre de cire, quelques cheveux d'Emmanuel et un objet lui appartenant.

— Je ne vois rien de mal à cela pour l'instant...

— Je dois y retourner la nuit de la pleine lune.

Saisie par une brusque inspiration elle implora :

— Accompagne-moi. J'aurai moins peur...

Prise au dépourvu par cette requête inattendue, la cadette dévisagea l'aînée : était-ce cela que Mélanie attendait d'elle ? Sa présence dans un moment crucial ? Cette perspective ne lui plaisait guère. Néanmoins, les yeux suppliants, anxieux de sa réponse, l'incitèrent à ne pas se dérober :

— Pourquoi pas ?

Mélanie repartie chez elle avec ses enfants, Éléonore demeura songeuse. Et vaguement contrariée d'avoir accepté de seconder sa sœur dans cette inquiétante entreprise qu'elle n'approuvait pas. Enfin, pas entièrement. Oh ! elle comprenait bien que sa sœur n'en pouvait plus, que prières et neuvaines n'ayant servi à rien, il fallait qu'elle tentât autre chose. Certes, de là à recourir aux bons offices d'une sorcière...

A ces sentiments d'appréhension se mêlait une certaine curiosité, péché mignon d'Éléonore : jamais, elle n'avait approché de sorcière. C'était une bonne occasion d'en voir opérer une de près sans être directement impliquée dans l'affaire...

En regardant Matheline préparer un baume à base de pousses de bouleau blanc, d'armoise séchée et de feuilles de cassis macérées dans du vin blanc, destiné à soulager les contusions de la servante de Colas, Denisette, tombée dans l'escalier de la cave, Éléonore se disait que c'était la première fois qu'elle dissimulait un fait d'importance à sa mère. Enfin, si l'on exceptait ses étranges rapports avec Olivier... Mais elle avait promis le secret et il n'était pas question de trahir sa parole.

Après avoir frappé à l'huis, un jeune homme parut, portant livrée. Éléonore reconnut le serviteur qui l'autre jour accompagnait Macée avec les chapons. Il salua respectueusement la maîtresse de céans.

— Dame Macée et Messire Jacques vous prient vous et votre famille d'assister au souper qu'ils donneront samedi pour fêter la pose de la première pierre de leur nouvelle demeure.

Plein d'importance, il ajouta :

— Monseigneur l'évêque bénira les fondations.

— Eh bien ? vous remercierez vos maîtres et leur direz que nous viendrons tous avec plaisir, dit Matheline en souriant.

— Je n'y manquerai pas.

Le messager repartit en courant vers d'autres invités à prévenir. Éléonore était ravie :

— Comme nous allons nous amuser !

Les grandes réceptions chez les Cœur n'étaient pas très fréquentes en raison des absences nombreuses et prolongées du grand argentier. Seule, Macée ne conviait que des intimes et ne faisait venir ni musiciens ni jongleurs. Samedi, après avoir festoyé, on danserait. Et selon toute probabilité, Antoine se trouverait parmi les danseurs...

— Mon Dieu, quelle robe vais-je mettre ? La verte... ou la bleue ? La grise est trop chaude pour la saison...

— Le vert te va très bien, dit Matheline. Quelle coquette tu fais !

Il était rare qu'Éléonore se souciât autant de sa toilette. Matheline considéra sa fille avec complaisance et fierté : elle l'avait bien réussie. Orgueil maternel mis à part, Éléonore n'était-elle pas une des plus jolies personnes qu'on pût rencontrer ? Et pas une de ces beautés froides, guindées, sans expression, uniquement préoccupées de l'effet qu'elles produisaient et finalement, à cause de cela même et peut-être de la vacuité de leur esprit et de la sécheresse de leur cœur, dépourvues de véritable charme.

Éléonore elle, était séduisante en diable : elle ne tarderait pas à trouver preneur, sa mère en était persuadée. Pourvu que son choix se révèle judicieux... Enfin, son bon sens et son caractère raisonnable la mettraient à l'abri d'un certain nombre d'erreurs en dépit de sa jeunesse. Du moins Matheline voulait-elle l'espérer. Et puis, n'avait-elle pas devant les yeux, le désastreux exemple de Mélanie pour lui servir d'avertissement ?

— Mélanie ! s'exclama soudain Matheline.

Éléonore se tourna vers elle d'un air interrogateur.

— Je crains que sa garde-robe ne soit guère fournie !

— Ça, tu peux le dire ! Elle n'a que des haillons dix fois rapiécés, la pauvre... Si je lui prêtais une robe ?

— Mélanie est plus petite que toi, son buste plus développé. Non, cela n'irait pas. Je vais regarder dans mes affaires.

La mère et la fille se rendirent dans la chambre de Matheline et ouvrirent le grand coffre sculpté. Sur le dessus, soigneusement pliée, apparut l'étoffe offerte par Colas le Billezois.

— Le grenat ira bien à ta sœur qui est brune. D'ici samedi, Mme Levrot aura le temps de lui confectionner une robe.

— Colas sera furieux de voir son cadeau sur le dos d'une autre que toi ! jubila Éléonore.

— Il y a peu de chances qu'il soit convié chez les Cœur. Cours vite rue du Chariot, porter le tissu à Mélanie et lui faire part de l'invitation.

En chemin, un moment distraite par la perspective de la fête, celle de revoir Antoine et ses préoccupations vestimentaires, Éléonore se remit à songer à Mahaut. Elle se rappela que le mardi, se tenait un petit marché près de l'hôtel des Échevins : la sorcière y serait-elle avec sa vannerie ? De quoi avait-elle l'air ? Rien n'empêchait Éléonore d'aller se rendre compte par elle-même. Elle passerait devant elle, ferait mine d'examiner les paniers. Oserait-elle lui parler pour entendre le son de sa voix ?

Mélanie commença à se désoler en apprenant qu'elle était conviée chez l'argentier puis rayonna en recevant le somptueux présent qui lui permettrait de faire bonne figure dans une assemblée dont elle n'imaginait que trop bien l'élégance. Elle tâta l'étoffe avec émerveillement :

— Je la porte tout de suite à Mme Levrot... je n'ai jamais rien vu d'aussi beau...

Heureuse pour sa sœur de cette éclaircie dans sa triste vie, Éléonore laissa cette dernière radieuse. Sans lui avoir fait part de son projet. Elle remonta la rue d'Auron, parcourut la rue des Arènes, passant en courant devant la maison de Colas pour éviter d'être vue, si ce dernier se trouvait par hasard à la fenêtre. Elle arriva hors d'haleine sur la petite place où, à cette heure avancée de la matinée, les commerçants étaient en train de couvrir leurs marchandises pour leur éviter d'être gâchées par les ardeurs du soleil. Ces précautions s'avéraient vaines pour masquer l'odeur de poisson pourri qui s'exhalait des tonneaux, luttant victorieusement contre les fortes senteurs de la viande, depuis trop longtemps la proie des mouches à l'étal.

Au fond de la place, un peu à l'écart, se tenait la sorcière. Le cœur battant, essayant d'affecter un air indifférent, la jeune fille s'approcha.

— Vous voulez choisir un panier, demoiselle ?

Éléonore demeura décontenancée : elle n'avait pas prévu que ce serait Mahaut qui s'adresserait à elle.

— Je regarde, répondit-elle.

En fait, c'était surtout la jeune fille qu'elle regardait. Anieuse n'avait pas exagéré, elle avait vraiment les cheveux d'une couleur inusitée. Et une peau blanche, presque transparente et constellée de taches de rousseur. Quant à ses yeux verts, ils ne lançaient pas du tout des éclairs. Le regard était plutôt doux, l'expression amène. A son extrême surprise, Éléonore éprouva une sympathie immédiate pour Mahaut. Encore une chose qu'elle n'avait pas prévue...

— Vous n'êtes pas venue pour les paniers, dit soudain la sorcière.

Avec la franchise qui la caractérisait, Éléonore reconnut :

— Non. Pour vous voir, vous. Je suis la sœur de Mélanie.

— Ah !

Ce fut au tour d'Éléonore d'être dévisagée.

— Comme vous êtes différente. Vous...

Elle s'interrompit car un homme se tenait devant elles sans qu'elles l'aient vu s'approcher.

— Tiens, belle Éléonore, je vous surprends en train d'acheter des paniers, dit Colas le Billezois.

— Qu'y a-t-il d'étonnant à cela ? répliqua la jeune fille furieuse.

Ce gros homme vicieux ne pouvait-il la laisser en paix ? Il fallait que cet importun survînt juste au moment où un contact allait s'établir entre elle et Mahaut. De plus, il ne paraissait pas du tout disposé à s'en aller.

Ignorant Mahaut, il chuchota à Éléonore :

— Ne craignez-vous pas de ramener chez vous un objet fabriqué par cette personne ?

— Que voulez-vous dire ?

— Enfin, vous savez bien. On dit qu'elle est une sorcière, qu'elle jette des sorts, rend les vaches stériles... Que sais-je encore ?

— Ce sont des bêtises que tout cela.

— A votre place, je n'en serais pas si sûre. L'Église condamne ces pratiques... il lui arrive de les punir sévèrement...

S'agissait-il d'une mise en garde voilée ? Éléonore jeta un coup d'œil à la dérobée en direction de la marchande qui faisait mine d'arranger son étalage et de ne pas entendre ces propos. Mais la jeune fille était sûre qu'aucun d'eux ne lui échappait. Comment lui faire comprendre qu'elle n'avait rien de commun avec cet homme qui avait l'oreille des gens d'Église puisqu'il était marguillier de Saint-Augustin et tenait le gland lors des processions ?

— Ce genre de choses ne me concerne en rien, soyez tranquille, dit vivement Éléonore.

— J'en suis heureux pour vous, répliqua Colas d'une voix doucereuse.

Voyant qu'elle ne se débarrasserait pas aisément de sa compagnie, elle lui lança :

— Je vous quitte, ma mère m'attend !

Et elle le planta là tandis qu'il criait :

— Attendez ! Permettez que je vous accompagne !

— C'est inutile !

Éléonore était partie en courant, enragée de fureur contre cet individu qui avait interrompu sa conversation avec Mahaut et qui, de plus, se permettait de lui donner des conseils : de quoi se mêlait-il ? Elle n'avait pas du tout aimé le ton sur lequel il avait proféré ses avertissements : il s'était douté que les jeunes filles ne s'entretenaient pas de paniers lorsqu'il était survenu... Dieu, qu'elle détestait Colas le Billezois !

Et elle ne pourrait même pas se plaindre à sa mère de son assiduité intempestive : cette dernière lui aurait demandé ce qu'elle faisait au marché alors qu'elle ne l'avait chargée d'aucune commission...

Ses enfants confiés à Anieuse, Mélanie était prête à accompagner sa famille chez les Cœur.

— Emmanuel ne vient pas ? s'enquit Matheline.

— Non.

A vrai dire, Mélanie ne s'était même pas souciée de lui transmettre l'invitation. Elle avait tellement envie de profiter de cette occasion de distraction, elle qui en avait si peu. La présence d'un compagnon muet et grognon, dont on pouvait appréhender de surcroît les pires excès dans une maison où le vin coulerait à flots, n'aurait-elle pas gâché le plaisir qu'elle se promettait de prendre, vêtue de cette robe merveilleuse ? Malgré ses craintes, Mme Levrot ne s'était pas du tout mal tirée de l'affaire en dépit de la hâte !

Depuis combien de temps Mélanie n'avait-elle pas eu la satisfaction de sortir arrangée à son avantage ? Elle aurait bien aimé se contempler et s'admirer à loisir dans un grand miroir pour se rendre compte de l'effet qu'elle produisait. Macée qui était si riche et qui avait tout, en possédait sûrement un... Hélas, se montrer à Emmanuel n'aurait été d'aucune utilité : il ne la regardait jamais.

Dans son excitation, Mélanie en avait presque oublié ses malheurs et le rendez-vous avec Mahaut.

Pour d'autres raisons, Éléonore et Charles partageaient l'agitation de leur aînée. L'une ne comptait-elle pas danser avec Antoine et s'employer à le séduire et l'autre n'espérait-il pas revoir sa belle inconnue ? Cette fois-ci, il aurait le courage de faire sa connaissance, il se le promettait.

Hughes, lui, était moins enchanté : il préférait courir les routes, trousser vivement sur une meule de paille une bergère rencontrée en chemin que de parader dans les salons et de faire le joli cœur auprès des dames et des demoiselles qui croyaient nécessaire de faire des manières avant d'abandonner toute prétention à la vertu : ce qu'elles finissaient par faire car Hughes rencontrait peu de cruelles.

Matheline qui ignorait la jalousie et l'envie se réjouissait de l'ascension de la fortune et de la faveur de ses cousins : la construction de ce palais dont tout Bourges parlait n'en était-elle pas une manifestation éclatante ? Pratique, elle se disait aussi que quelque chose en rejaillirait immanquablement sur elle et sa famille. Ne fallait-il pas mettre à profit ces circonstances propices pour trouver un parti brillant pour Éléonore qu'il était temps de songer à établir ?

Les Bayencourt parvinrent à l'emplacement choisi pour l'édification du futur palais, nommé « fief de la Chaussée » acquis de Jean Belin, fils d'Arnould, trésorier de la Sainte-Chapelle, pour la somme de 1 200 écus.

A l'âge qu'il avait atteint, quarante-trois ans, l'argentier souhaitait laisser une trace tangible de son passage sur terre. Bien sûr, il possédait déjà quantité de maisons et d'hôtels, tant à Montpellier où il avait fait bâtir trois immeubles dont la Loge des Marchands, à Pezenas, où il était installé rue de la Corderie, à Beaucaire, Béziers, Marseille, Tours. Il possédait deux hôtels à Lyon ainsi qu'à Paris. Sans parler d'innombrables propriétés dans le Berry et le Roannais.

Mais à Bourges, ce serait autre chose : ses concitoyens seraient émerveillés. Ne chuchotait-on pas déjà, qu'avec la construction de ce palais, Jacques Cœur voulait égaler les Médicis ?

Cette maison enfoncerait ses racines dans le temps puisque le corps du logis serait édifié sur les restes d'une enceinte gallo-romaine. En outre, Jacques Cœur avait acquis un lot de grandes pierres de taille qu'on voyait sur le chantier et qui provenaient d'une maison bâtie avec les débris d'un temple lui aussi gallo-romain. Une telle construction ne défierait-elle pas les siècles ?

Près de l'évêque, se tenait l'argentier. Dès leur première rencontre, Éléonore avait été frappée par l'énergie et la fermeté qui se dégageaient de son visage. Par la force et la personnalité hors du commun de cet homme qui commandait à tant d'autres...

Bien qu'il se montrât toujours fort affable envers les parents de sa femme, ce grand personnage intimidait un peu Éléonore. Au fond, elle le connaissait à peine : il était si souvent parti...

Aujourd'hui, il portait une tunique de velours noisette et un pourpoint de soie. Ces habits luxueux mettaient en valeur son corps mince et agile qui respirait la santé et l'équilibre. En dépit de la quarantaine passée, Macée et lui donnaient une extraordinaire impression de jeunesse, peut-être due au bonheur et à la réussite.

Leurs quatre fils, Ravaut, Jean, Henri, Geoffroy et Perrette entouraient le couple. De savoir sa descendance assurée ne constituait-il pas un encouragement supplémentaire à bâtir ?

Et puis, il y avait les fidèles, son frère Nicolas, Jean du Village et sa femme, une nièce de Jacques Cœur, Guillaume de Varye et son épouse, la fille de Jean de Bar, Antoine du Mesnil Saint-Loup qu'Éléonore ne quittait pas des yeux : mais lui s'était-il seulement aperçu de sa présence parmi cette foule de notables où la jeune fille reconnut Pierre de Brézé, Étienne Chevallier, les frères Bureau, Gaspard et Jean et la fille de ce dernier, Isabeau, qu'on disait sensible au charme de Geoffroy Cœur. Il ne semblait prêter attention qu'à la cérémonie qui s'achevait. Jacques Cœur prenait la truelle que lui tendait un maçon et après avoir introduit trois pièces d'argent et un écu d'or dans une pierre creusée à cet effet, il recouvrait la cavité de ciment, tandis que l'évêque bénissait les fondations.

Les Bayencourt allèrent ensuite congratuler l'argentier auquel on présenta Mélanie qu'il ne connaissait pas encore.

— Maintenant, allons festoyer, dit-il joyeusement. Je veux que cette journée si faste pour moi soit heureuse pour vous tous.

Un banquet somptueux attendait les invités dans une maison qui, comparée à la magnificence de sa future demeure, devait paraître bien étroite et modeste au conseiller du roi, malgré les tapisseries des Flandres suspendues aux murs et les nombreux objets précieux rapportés de ses voyages lointains : coupes de jade et d'obsidienne, brûle-parfum d'argent distillant des odeurs entêtantes d'Orient, armes damasquinées, coffret de palissandre dont le couvercle formait un damier de divers bois précieux, échiquier en onyx, statuettes d'ivoire, pièces d'orfèvrerie et combien d'autres merveilles qui faisaient l'admiration des invités. Sans parler des tapis de Perse si épais et moelleux...

On servit une succession incroyable de plats : d'abord, une vinaigrette composée de laitues, pourpiers, choux et betteraves en salade avec une sauce verte, accompagnée de pieds de porc grillés et de tranches de langue de bœuf. Un brouet de cannelle suivit, à savoir des poules bouillies dans un mélange d'eau et de vin, assaisonnées d'une sauce à la cannelle. Puis des paons et de cygnes que l'on apporta dressés sur des plats d'argent et si bien reconstitués qu'on les aurait crus vivants, prêts à s'envoler. Des perdreaux au verjus. Des chevreaux et des cochons de lait à la broche. Des rissoles et des lèches bien dorées. Puis des lamproies frites...

Bien avant que n'arrivent les desserts, non moins nombreux, Éléonore, malgré sa gourmandise s'était contentée de goûter à peine aux mets proposés. Elle voulait demeurer légère pour danser et ne pas devenir rouge et congestionnée comme l'étaient déjà certaines personnes de part et d'autre de la table. Et garder l'esprit clair en dépit du vin de grenache, de Beaune, de Bordeaux et de Cahors. Sans oublier le Saint-Pourçain à l'honneur aujourd'hui. Le tout, servi dans de la verrerie de Venise à incrustations d'or.

Installée à la table des jeunes avec ses cousins, ses frères et sœur, Isabeau Bureau et quelques autres qu'elle ne connaissait pas encore, Éléonore avait espéré qu'Antoine serait son voisin. A son vif dépit, il n'en avait rien été. Il s'empressait auprès d'une blonde, très belle hélas et habillée à la dernière mode, d'une robe fort décolletée, comme les affectionnait la nouvelle favorite qui, lorsqu'elle se penchait, laissait plus que deviner la naissance de seins fermes et appétissants. Le rouge ardent de sa toilette, rehaussée d'une ceinture d'or garnie d'escarboucles, d'un ton un peu plus foncé que celui de la robe, donnait un éclat extraordinaire à son visage et Antoine n'épargnait visiblement aucun effort pour plaire à cette demoiselle.

— Qui est cette jeune femme en rouge ? s'enquit discrètement Éléonore auprès de Ravaut.

— Je crois que c'est une amie d'Isabeau. Je sais seulement qu'elle s'appelle Isaure de Connantré. Veux-tu de cette délicieuse tarte aux pommes chère Éléonore ?

— Merci, je n'en peux plus.

Ravaut était très gentil, cherchait toujours à faire plaisir et Éléonore l'aimait bien. Timide, il était tout l'opposé de sa sœur qui, elle, avait la langue bien pendue et disait tout ce qui lui passait par la tête au point que Macée lui reprochait parfois son bavardage. Perrette qui se mêlait de tout, serait peut-être mieux renseignée que Ravaut au sujet de cette Isaure qui riait de plus en plus fort, à mesure qu'elle vidait les coupes de vin, sans cesse remplies par Antoine, s'esclaffait au moindre des propos de ce dernier, cherchant sans doute à lui faire accroire qu'il était l'homme le plus spirituel de la terre. Et ce benêt d'Antoine, aux anges d'accaparer l'attention d'une si belle personne !

Exaspérée par ce spectacle, Éléonore se serait volontiers esquivée si elle l'avait pu. Il n'en était pas question alors que les convives buvaient à la santé des maîtres de maison. Enfin, Macée se leva et fit signe aux musiciens : le moment de la danse, tant souhaité tout à l'heure par Éléonore était venu. Mais désormais d'humeur morose, elle n'avait plus du tout envie de danser.

CHAPITRE XIII

Ce n'était pas le cas de Charles.

Il avait retrouvé son inconnue, aussi séduisante que dans son souvenir, peut-être plus encore. Son cœur battit plus vite et il chercha un moyen de l'aborder. De nature réservée, il hésitait en se disant qu'Hughes, lui, aurait foncé. Hélas, il n'y pouvait rien s'il n'avait pas l'audace de son frère avec les filles.

Le fait qu'elle soit en conversation avec Perrette permit au jeune homme de s'approcher.

— Tu ne connais pas mon cousin Charles de Bayencourt ? Naturellement, il travaille pour mon père... comme presque tout le monde ici...

C'était dit non sans une certaine vanité satisfaite. Peu importait à Charles pour l'instant.

— Et voici mon amie Alyette de Maisonneuve, poursuivit Perrette.

Enfin, il pouvait mettre un nom sur ce visage aux traits charmants dont il avait tant rêvé. Une chevelure châtain clair descendait jusqu'à une taille si étroite que Charles aurait pu l'enserrer de ses deux mains jointes. Comme Alyette paraissait délicate, fragile à côté de la robuste Perrette aux joues pleines et aux épaules charnues !

— Mon cousin est quelqu'un de très sérieux. Il ne pense qu'à son travail. Ne compte pas sur lui pour te faire la cour.

Maudite Perrette, de quoi se mêlait-elle ?

Mais Alyette souriait gentiment en disant :

— J'aime les jeunes gens sérieux.

A sa grande joie, Charles sentit qu'elle le trouvait sympathique. Elle accepta très volontiers de voisiner à table, lui posa des questions intelligentes sur ses occupations auprès de Guillaume de Varye dont elle était d'ailleurs une lointaine parente.

Après le repas, il s'enhardit même à l'inviter à danser, non sans lui avoir dit :

— Cela ne vous ennuie pas d'avoir un cavalier un peu boiteux ?

Alyette assura que cela n'avait aucune importance. Un peu plus tard, elle alla même jusqu'à dire en le regardant de ses yeux noisette où brillaient des points d'or qu'elle était enchantée d'avoir fait sa connaissance.

Charles fut au comble du bonheur.

Assise dans le jardin en compagnie de Macée, de la femme de Guillaume de Varye et de celle de Jean du Village, Matheline regardait les jeunes gens qui évoluaient sur l'herbe un peu jaunie à cette saison au son du flûteau, de la viole et du tambourin.

Combien elle-même, autrefois, avait goûté ces divertissements champêtres, l'excitation des nouvelles rencontres, le bonheur de se sentir jeune et agile, ignorante de ces raideurs et de ces douleurs qui accompagnent l'âge mur. Elle sourit de l'expression radieuse de Charles, se réjouit de voir Mélanie participer à la danse, aperçut Hughes en train de remplir un pichet au tonneau installé sous les arbres et s'étonna de l'absence de sa dernière fille.

Était-il possible qu'aucun de ces jeunes gens ne l'ait choisie pour cavalière ? Dans ce cas, se dit Matheline, ils avaient bien peu de goût.

Elle s'efforçait de prendre part à la conversation des dames qui l'entouraient, de répondre à Yolande de Varye, une femme de santé délicate comme son époux, qui lui demandait de lui indiquer un remède contre les irritations de la gorge auxquelles elle était sujette. Cependant, elle demeurait préoccupée. D'autant plus qu'elle savait la joie que se faisait sa fille de danser...

Enfin, au bout d'un long moment, elle aperçut Éléonore face à Ravaut. Son cœur de mère, toujours attentif, ne se laissa pas abuser par l'entrain factice qu'elle affichait.

Souffrait-elle de la déception causée par la lettre de Jean Guillais ? Avait-elle été vraiment éprise d'Ambroise ou s'agissait-il seulement d'un de ces amours d'adolescence, quasiment d'enfance, comme presque tout un chacun en connaît ici-bas ? Elle-même, Matheline, avant d'avoir rencontré Enguerrand, ne s'était-elle pas imaginée passant sa vie avec un certain Josan qui lui apportait des bouquets de coquelicots et de bleuets et lui chantait des ballades sur son luth ?

Bien sûr, Ambroise eut été un gendre charmant... Matheline avait toujours éprouvé beaucoup d'affection pour le fils de son vieil ami... Mais désormais, avec la protection et l'appui des Cœur, Éléonore ne pouvait-elle pas prétendre à un parti plus brillant et plus riche qu'un petit orfèvre parisien ? N'était-ce pas à Bourges où se trouvait souvent la cour quand elle ne vagabondait pas sur les bords de la Loire, que se faisaient les carrières, que se produisaient les ascensions fulgurantes et surtout que se récoltaient récompenses et profits divers ?

Puisque le roi détestait Paris depuis que dauphin, il avait

été obligé de fuir la capitale envahie par les Bourguignons, tenue par les Cabochiens, sous la sauvegarde de Tanneguy du Chatel, en mai 1418...

Matheline considéra son neveu Ravaut qui, lui, carolait joyeusement avec Éléonore. Évidemment, si les jeunes gens pouvaient se plaire... A moins que l'argentier eût en vue une autre alliance en ce qui concernait son fils ; éventualité probable puisque Jean et Henri se destinaient à l'état ecclésiastique.

Pour se donner une contenance, d'une main distraite Éléonore caressait un briquet de Provence. Un de ces chiens qu'affectionnait particulièrement le roi René et dont il avait fait cadeau à son ami Jacques Cœur.

Antoine n'avait pas quitté Isaure de Connantré de trois danses : elle les avait comptées, la gorge serrée...

Après l'avoir abandonnée à regret aux mains d'un autre cavalier, il se dirigea vers Éléonore qui s'empressa d'accepter de danser avec Ravaut qui l'en priait depuis un bon moment. Il ne s'agissait pas d'avoir l'air de faire tapisserie !

Mais elle avait le cœur gros : elle devait bien s'avouer qu'elle avait fondé beaucoup d'espoirs sur cette journée. Le dimanche précédent, à la sortie de la messe, Antoine ne lui avait-il pas manifesté un peu plus que de l'intérêt ? Du moins, croyait-elle l'avoir lu dans ses yeux gris... Et cette discrète pression de main lorsqu'ils s'étaient séparés... n'avait-il pas chuchoté aussi :

— J'espère que nous allons nous revoir bientôt. Très bientôt. J'attendrai ce moment avec impatience.

Éléonore aussi avait attendu avec impatience et depuis elle n'avait cessé de penser à Antoine. D'autant plus qu'Hughes parlait volontiers de son ami qu'il admirait et dont il vantait innocemment à sa sœur les nombreux mérites.

Et voilà qu'aujourd'hui, au lieu de profiter de cette occasion de se rapprocher d'Éléonore, Antoine n'avait d'yeux que pour cette créature qui, à vrai dire, n'épargnait rien pour attirer l'attention de la gent masculine. Si tout à l'heure elle avait coqueté tout à loisir avec Antoine, maintenant elle semblait jeter son dévolu sur Fulvio Mascoli...

Tout en dansant, la jeune fille observait du coin de l'œil le comportement de sa rivale qui détonnait avec celui des autres invitées. Si ces dernières s'amusaient sans contrainte et riaient de bon cœur aux plaisanteries parfois lestes de leurs compagnons elles se montraient infiniment plus réservées.

La musique s'arrêta pour faire place aux jongleurs et aux ménestrels. Un joueur de luth chanta une ballade *En regardant vers le pays de France* composée par Charles d'Orléans durant sa longue captivité outre-mer où s'exhalait toute la mélancolie de l'exilé en évoquant sa terre natale. Puis une mélodie aux tendres accents sur des vers de Christine de Pisan que l'assistance applaudit chaleureusement.

Les serviteurs passèrent du vin d'épices et des friandises pour ceux qui avaient encore faim après ces agapes : il s'en trouva. Le soir tombait, un merveilleux soir d'été dont il aurait été si bon de partager la douceur avec quelqu'un... Certains s'étaient assis sur l'herbe, d'autres se promenaient la main dans la main. D'autres encore, se retiraient discrètement pour sommeiller sous un arbre, digérer ce plantureux repas ou poursuivre des conversations plus intimes.

Bien que très entourée, Éléonore se sentait seule, sans goût à rien. Fallait-il attribuer à Antoine, un homme qu'elle avait vu trois ou quatre fois, la cause de cette morosité ?

Un peu plus tard, d'un air contraint, il vint lui apporter une coupe de vin et échanger quelques propos anodins. Elle l'accueillit avec sérénité, s'interdisant de manifester le moindre dépit. Au contraire elle s'exclama, enthousiaste :

— Dieu que cette fête a été réussie ! N'est-ce pas votre avis ?

— Certes, répliqua Antoine d'un ton distrait.

Tout en devisant avec Éléonore et Hughes, le jeune homme ne quittait pas du regard Isaure, assise au bout du pré, au milieu d'une cour d'admirateurs. Visiblement, il mourait d'envie de courir la rejoindre, de l'emmener au loin de tous et de la garder pour lui seul.

Ces pensées paraissaient avec tant d'évidence sur son visage que même Hughes, guère observateur en ces matières, s'en avisa et lui tapa sur l'épaule :

— Alors Antoine, une nouvelle conquête en vue ?

Ce dernier protesta mollement :

— Que vas-tu chercher là ?

— Comme si je ne te connaissais pas ! Tu sais, poursuivit Hughes en s'adressant à sa sœur, inconscient du supplice qu'il lui infligeait, notre Antoine est un bourreau des cœurs !

— Je n'en doute pas ! riposta celle-ci.

Avec perfidie, elle ajouta :

— Il ne paraît pas le seul à prétendre aux faveurs que dispense sans doute aisément Mlle de Connantré.

— Quel nom prononces-tu là ? s'enquit Charles qui s'était approché, suivi d'Alyette. Tu as bien dit... Se prénomme-t-elle par hasard Isaure ?

— Exactement.

— Cela me dit quelque chose, marmonna Charles.

Soudain, lui revint en mémoire l'impression désagréable

éprouvée lors de l'entrevue avec Simon Parinaud, en apprenant certains des procédés dont il usait pour déposséder des gens au profit de son maître. Parinaud n'avait-il pas mentionné cette Isaure, faisant une allusion sarcastique à ses exigences et à ses caprices qui contribuaient à mettre sur la paille un certain sire de Beauplessis dont l'argentier guignait le bien ? S'agissait-il de la même personne ?

En voyant, lorsqu'elle se leva, sa taille ceinte de la fameuse ceinture d'escarboucles qui avait coûté si cher, il ne douta plus. Contrarié, Charles se promit d'instruire Hughes de la rapacité de la dame afin qu'il mette discrètement son ami en garde. Certes, ce n'était ni l'endroit ni le moment. D'ailleurs la plupart des invités parmi les plus âgés s'étaient retirés et il allait falloir les imiter.

Après avoir remercié avec effusion leurs hôtes pour cette fête, les jeunes Bayencourt prirent congé. Leur mère avait déjà regagné la rue d'Auron, laissant ses enfants s'amuser à loisir, bien aise sans doute de se reposer un peu dans le silence de sa chambre en attendant leur retour.

CHAPITRE XIV

Après la vision de la demeure somptueuse des Cœur, du luxe inouï, inimaginable pour elle, qui s'y déployait, dont toute une journée elle avait été la spectatrice et la bénéficiaire émerveillée en proie à une sorte de stupeur mêlée d'incrédulité, Mélanie trouva en comparaison son minuscule logis sordide. Pour la première fois, un sentiment de rancune se fit jour envers Emmanuel dont la paresse et la débauche la contraignaient à vivre dans le dénuement.

Jusqu'à présent, obnubilée par la douleur que lui causaient les infidélités de son mari, et surtout par le fait qu'il ne l'aimait pas, c'était à peine si la jeune femme avait souffert de ne pas manger tous les jours à sa faim, d'habiter dans un taudis où elle aurait eu honte d'introduire quelqu'un, de sortir vêtue en pauvresse et de ne voir personne, si ce n'était parfois, Jean Guillais, le chanoine ou sa sœur et son beau-frère.

En arrivant à Bourges, elle avait retrouvé dans la maison de Matheline où elle se rendait presque quotidiennement, la vie à laquelle elle avait été accoutumée jeune fille. La vie qu'aux côtés d'un bon mari, elle mènerait toujours. Comme Geneviève... Avec une maison où l'hiver le feu flambait joyeusement dans l'âtre, alors qu'elle se gelait et les enfants avec elle, faute de bois, une table mise d'où s'échappaient des fumets appétissants, des armoires où s'empilait du linge parfumé aux fleurs de lavande...

L'injustice de son sort lui apparut criante : mais à qui s'en prendre sinon à elle-même ?

Pendant toute une journée — aidée il faut le reconnaître par de copieuses libations auxquelles elle n'était pas habituée — elle avait presque tout oublié de la tristesse de son existence, y compris qu'elle était enceinte. Car étrangement, depuis sa visite à Mahaut, les malaises avaient cessé. Et pour l'instant, elle dissimulait sans peine son état.

Plusieurs hommes l'avaient regardée avec, lui semblait-il, plus qu'un intérêt poli pour la nièce de l'argentier, lui avaient parlé avec amitié et même fait quelques compliments sur sa mise : elle y avait été particulièrement sensible. On l'avait invitée à danser à diverses reprises, elle ne s'était pas ennuyée un instant, alors qu'elle ne connaissait personne, à l'exception de sa famille, de Macée et de Perrette, entrevues deux ou trois fois.

Pouvait-elle donc encore plaire ? Qu'elle s'interrogeât seulement à ce sujet était déjà extraordinaire... Puique Emmanuel ne faisait aucun cas d'elle, ne s'était-elle pas persuadée au fil des mois et des années, que jamais plus un regard d'homme ne se poserait sur elle, qu'elle n'était plus suffisamment attrayante pour mériter l'attention de quiconque ?

La nuit suivante était celle de la pleine lune. Pour accompagner Mélanie, il fallait tromper Matheline et encourir les risques d'une expédition nocturne à travers la ville. Il fallait aussi solliciter la complicité de Charles ou celle d'Anieuse : il n'était pas question de s'absenter plusieurs heures durant en laissant la maison à la merci d'un rôdeur, privée de la protection du gros verrou de la porte d'entrée.

A mesure que le moment fatidique approchait, Éléonore se sentait de plus en plus nerveuse et troublée : elle commençait à se repentir d'avoir accepté par pitié pour sa sœur et sans trop réfléchir de participer à cette équipée...

Pourvu que Matheline, comme il lui arrivait parfois lors d'une insomnie ne s'avisât pas de descendre dans la salle au milieu de la nuit pour se confectionner une tisane ou boire du lait au miel...

Maintenant que l'angélus du soir sonnait, il fallait se décider à se confier à Anieuse ou à Charles qui venait de rentrer. Après beaucoup d'hésitations, elle opta en faveur de son frère : la servante était trop timorée, trop sotte aussi. Si elle allait prendre peur et se persuader qu'il était de son devoir de dévoiler le pot aux roses à sa maîtresse ?

Éléonore n'était pas rassurée pour autant sur les réactions fraternelles : comment un garçon qui s'était destiné un temps à l'Église prendrait-il la démarche de ses sœurs ?

Allait-il la juger pire que dangereuse, répréhensible, criminelle peut-être ? A son vif soulagement, Charles se montra plus compréhensif qu'elle n'avait osé l'espérer. Plus il l'approuva :

— Tu as raison, dit-il pensivement. Il faut faire quelque chose pour Mélanie. Cette situation ne peut se prolonger. Je ne vois que deux solutions : Emmanuel s'amende, et je t'avouerai que je n'y crois guère aux manœuvres de cette Mahaut, mais sait-on jamais ? Ou Mélanie s'en détache et s'en sépare.

— Elle a deux enfants, bientôt trois, objecta Éléonore. Ils ont besoin d'un père...

— Il vaut mieux pas de père que cet ivrogne, ce joueur, ce débauché, répliqua Charles avec mépris.

— Pauvre Mélanie...

— Comme je dois veiller ce soir pour terminer un travail, je descendrai fermer derrière toi. A ton retour, tu n'auras qu'à siffler deux fois sous ma fenêtre et je viendrai t'ouvrir. Fais bien attention, ajouta-t-il en considérant sa sœur avec une tendresse inquiète. Tant que je te saurai dehors, je ne serai pas tranquille un instant...

— Moi non plus, murmura Éléonore.

Il ne proposa toutefois pas de l'escorter jusqu'à la cabane de la sorcière.

Les dés étaient jetés. La jeune fille qui s'était couchée tout habillée se leva, s'enveloppa dans un châle sombre pour se protéger de la fraîcheur et descendit silencieusement, s'efforçant de ne pas faire craquer les marches.

— Bon courage, chuchota Charles en tirant le verrou qu'il avait pris soin de graisser à l'insu de sa mère, je t'en prie, sois prudente !

La porte se referma derrière elle sans même qu'elle l'entende, la livrant à tous les dangers de la nuit. La demie d'onze heures sonna à Saint-Pierre-le-Guillard.

Mélanie l'attendait déjà, dissimulée dans l'embrasure d'un porche et Éléonore se rendit compte que sa sœur tremblait de peur, ce qui ne contribua guère à la réconforter.

— Eh bien ! allons, dit-elle sans enthousiasme.

Elles se dirigèrent vers la porte d'Auron, étant convenues de suivre le même chemin que Mélanie avait emprunté lors de sa première visite à Mahaut. Par les ruelles du centre, il leur fallait passer devant deux ou trois estaminets de mauvaise réputation.

— J'ai peur, murmura Mélanie d'une voix plaintive.

Éléonore n'en menait pas large non plus mais feignit une assurance qu'elle était loin de posséder :

— Tu verras, tout se passera bien.

— Que Dieu t'entende !

N'était-il pas curieux, pour ne pas dire incongru, voire blasphématoire, d'invoquer le nom du Seigneur au moment où elle s'apprêtait à recourir à un autre que Lui ?

La nuit était magnifique, sans un nuage et au sein de la voûte céleste constellée d'étoiles, pas un instant la présence de la lune pleine, que les deux sœurs voulaient espérer bénéfique, ne se laissait oublier.

— Comme elle brille..., murmura Mélanie.

Baigné par une clarté d'une blancheur laiteuse et froide, le paysage pourtant familier revêtait un aspect différent, inquiétant, jusqu'au relief qui changeait, révélant des ombres qui tantôt semblaient des gouffres, tantôt paraissaient se mouvoir, se rapprocher.

Dans ces creux obscurs qui s'ouvraient de part et d'autre du chemin, ne devinait-elle pas des silhouettes tapies, prêtes à bondir au passage de ces deux femmes assez imprudentes pour s'aventurer dehors à l'heure où les honnêtes gens dorment, enfermés à double tour ? La porte d'une de ces maisons bien close sur elle-même, où nul rai de lumière ne filtrait à travers les volets de bois, n'allait-elle pas s'ouvrir soudain, laissant le passage à des hommes en quête d'un mauvais coup ? Bien sûr, ni Mélanie ni sa sœur n'avaient quoi que ce soit de précieux sur elles : l'aînée portait seulement dans un panier le coq noir, la cire, un mouchoir que jadis Aude avait brodé avec amour pour Emmanuel et quelques cheveux... Mais deux femmes jeunes et sans défense ne constituaient-elles pas un butin de choix ?

En repensant aux écorcheurs, à la manière dont ils avaient surgi et les avaient emportées Anieuse et elle vers leur repaire, Éléonore ne put s'empêcher de frémir.

Elles marchaient en étouffant du mieux possible le son de leurs pas, protégées par l'ombre du rempart du regard de ceux qui y montaient la garde. De temps en temps, un bruit de voix leur parvenait, un rire, ou même des jurons. Heureusement, les guetteurs scrutaient l'extérieur de la ville.

En passant devant les portes, il fallait redoubler de prudence. Il se trouvait toujours deux ou trois hommes qui veillaient dans le poste de garde dont on apercevait au loin la lumière. Par chance, la plupart du temps, ils demeuraient à l'intérieur à jouer aux dés ou à vider une chope pour se tenir éveillés en attendant le retour de la ronde.

Porte Saint-Sulpice, des ronflements sonores s'échappaient du poste.

— On peut dire que la ville est bien gardée ! remarqua Éléonore moqueuse.

Elle se sentait rassérénée à l'idée d'approcher du but. Pourtant, bien lui en prit de ne pas relâcher sa vigilance. Son œil perçant distingua une mince silhouette à quelque distance.

— Vite, cachons-nous.

Elles s'aplatirent dans un fossé humide et peu profond. Vêtue de sombre, tapies dans les herbes, elles passeraient inaperçues.

Du moins, Éléonore voulait-elle le croire...

Le passant se rapprochait. A la manière précautionneuse dont il se déplaçait, elle devina qu'il ne s'agissait pas d'un sergent du guet. De sa main droite, il balançait quelque chose qui touchait presque terre. Quand il passa près d'elle, tout près, elle sentit l'odeur fade du sang puis aperçut le contour d'une paire de lapins ou de lièvres, sans doute pris au collet, que l'homme tenait par les oreilles. Un braconnier... L'alerte passée, elles se remirent en route.

— J'ai cru que mon cœur allait s'arrêter ! dit Mélanie encore pâle, claquant des dents malgré la tiédeur de la nuit.

— Ne vaut-il pas mieux renoncer ?

Aurait-elle le courage d'aller jusqu'au bout ? L'Eurette était là, une légère brise faisait frissonner les feuilles des saules qui la bordaient.

— Tu ne peux plus reculer désormais. Tu l'as voulu...

Chez Éléonore, l'anxiété avait fait place à une sorte d'excitation incontrôlable : il faisait nuit, elle allait voir une sorcière et assister à...

A quoi ? Elle ne s'en formait qu'une idée extrêmement vague, fondée sur des racontars surpris ici et là. A quel usage précis, Mahaut destinait-elle le beau coq noir, hier encore si fier, trônant au milieu d'une basse-cour où Adrien l'avait volé, Éléonore en était sûre, bien qu'il ait prétendu qu'il s'agissait là d'un cadeau en échange de menus services. Comme si on donnait un jeune coq, plein de vigueur... A la rigueur un vieux, ou une poule...

CHAPITRE XV

En découvrant la créature échevelée, les yeux rouges, hors de la tête qui, pieds nus, s'activait devant un feu à l'extérieur de la cabane, Éléonore retint avec peine un cri d'épouvante. Et de stupeur. Se trouvait-elle bien en face de Mahaut ?

Par l'effet de quelle mystérieuse opération la paisible vendeuse de paniers s'était-elle muée en cette diablesse qui marmonnait des mots incompréhensibles... Tout en touillant les braises à l'aide d'un bâton noueux — le manche d'un de ces balais avec lequel ses semblables et peut-être elle, s'envolaient pour le sabbat ? — elle buvait de grandes lampées d'une mixture de sa composition et chaque fois qu'elle en absorbait, son agitation semblait croître.

Pétrifiées, Mélanie et Éléonore n'osaient approcher, signaler leur arrivée. D'ailleurs, ce dont elles mouraient d'envie l'une et l'autre, était de se sauver sans demander leur reste, abandonnant là, coq, cire et panier.

C'était trop tard. Bien qu'elle ne regardât pas dans leur direction et que ses visiteuses demeurassent immobiles dans l'ombre, la sorcière avait deviné leur présence.

— Avancez, dit-elle d'une voix bizarre qui ne semblait pas provenir de sa gorge mais du fond de ses entrailles.

Main dans la main, comme deux enfants apeurés, les sœurs progressèrent prudemment de quelques pas.

— Plus près, intima Mahaut.

Elle ne parut accorder aucune importance au fait que sa cliente n'était pas venue seule. Ou s'y attendait-elle ?

— Vous avez le coq ? s'enquit-elle. Et la cire ?

— Oui, murmura Mélanie en tendant les objets.

Mahaut s'empara de la cire et leur fit signe de s'asseoir près du feu. Elle présenta le bol à ses visiteuses :

— Buvez une gorgée, ordonna-t-elle d'un ton sans réplique.

Mélanie s'exécuta d'abord et Éléonore tenta d'esquiver l'ingestion de ce liquide, dont la couleur verdâtre lui faisait la plus mauvaise impression. Après tout, elle, ne demandait rien.

La sorcière ne l'entendait pas ainsi :

— Vous aussi. Puisque vous êtes là.

Il fallut bien en passer par sa volonté. Éléonore avala un peu du breuvage en espérant qu'il ne la rendrait pas malade. Elle s'étonna de le trouver moins mauvais qu'elle l'avait craint.

Un peu amer peut-être, pas désagréable cependant. Certainement à base d'herbes. Le palais exercé de la jeune fille décela la présence de plusieurs plantes que sa mère et elle employaient. Cela la rassura. Et aussi la venue d'un gros matou noir, aux yeux verts pâles, pas du tout diabolique malgré les apparences, qui vint se frotter contre elle avec beaucoup d'amitié. Au bout d'un moment, tandis que Mahaut triturait la cire dont elle faisait fondre des petits morceaux pour mieux la malaxer, Éléonore s'enhardit même à le caresser : bientôt il ronronna. N'était-ce pas la preuve qu'il était un chat comme les autres ?

Elle ne vit nulle part alentour de chouette. Ermengarde ne lui avait-elle pourtant raconté, autrefois, que cet oiseau nocturne était le compagnon indispensable, avec le chat noir, des sorcières ? Pas de bouc ni de crapaud non plus... Du moins pour l'instant.

— Buvez encore, dit Mahaut d'une voix moins impérieuse.

Cette fois-ci, la méfiance ayant disparu et l'appréhension d'une saveur déplaisante — n'assurait-on pas que les philtres de sorcière se composaient de bave de crapaud, de sang de nouveau-né, de venin de serpent et d'autres horreurs de ce genre ? — les sœurs se servirent plus largement. Mahaut termina le gobelet après elles et le jeta au loin. Elle s'adressa à Mélanie :

— Comment se nomme-t-il ?

— Emmanuel.

La sorcière esquissa une grimace :

— Je n'aime pas ce nom...

Ne l'avait-on pas donné en effet à l'enfant né la nuit de Noël ?

En constatant que sous les doigts habiles de Mahaut la cire avait pris l'aspect d'une figurine humaine grande comme la main, Mélanie se mit à redouter que sa démarche entraîne quelque terrifiante action sur elle en retour.

— Donnez-moi le mouchoir et les cheveux.

Elle introduisit ces derniers dans une petite fente à l'arrière de la tête qu'elle reboucha soigneusement. Quant à l'étoffe, elle l'entortilla autour du tronc.

— Voilà, dit-elle apparemment satisfaite. Maintenant, dites-moi de manière très précise ce que vous voulez de cet homme.

Était-ce l'effet de la mixture ingérée ? Ou Mélanie, n'ayant rien vu de spécialement terrifiant si ce n'était l'aspect de Mahaut elle-même auquel elle commençait à s'habituer, se rassurait-elle quelque peu ? Elle d'ordinaire plutôt timide, n'éprouva aucune peine à exprimer ses désirs d'une voix qui ne tremblait pas.

— Je voudrais qu'Emmanuel oublie Aude, qu'il m'aime et moi seule, pour toujours. Je voudrais qu'il cesse de boire et de jouer, de fréquenter des chenapans, au lieu de travailler comme le doit un homme chargé de famille.

— Ferez-vous tout ce que je vous ordonnerai ?

— Oui.

Cela lui paraissait désormais aller de soi. A la dérobée, elle jeta un coup d'œil sur Éléonore : fascinée, cette dernière ne songeait plus à s'en aller.

Combien de temps s'était écoulé depuis qu'elles étaient là devant le feu, en compagnie de Mahaut ? Quelques minutes ? Quelques heures ?

Éléonore se sentait l'objet d'un curieux phénomène. Elle avait l'impression que sa perception s'était beaucoup aiguisée. Elle vit presque avant le chat le petit mulot des champs qui s'était aventuré dans les herbes. D'une détente souple et silencieuse, le félin bondit sur sa proie qui se mit à couiner désespérément. Un craquement d'os broyés, un déglutissement suivi de hoquets et ce fut tout.

Progressivement, se révéla à Éléonore une prodigieuse vie nocturne, animale et végétale qui sourdait autour d'elle dans cet espace qui, jusqu'à présent, lui avait paru inanimé. Elle prit conscience de la présence des oiseaux au creux des branches, du doux battement de leurs ailes, du grand souffle des arbres, de la sève nourricière qui les parcourait, du grouillement des insectes sur le sol desséché à l'herbe rase et jaunie, du cheminement des vers luisants, points brillants et capricieux, dont la lueur infime répondait peut-être en secret à celle des étoiles éclatantes. En levant la tête, elle en aperçut une qui filait à travers le ciel pur de l'été. Il fallait formuler un vœu. Vite. « Qu'Antoine m'aime... »

C'était ce qu'elle désirait le plus au monde. L'évidence la frappa comme la foudre.

Après s'être cachée un moment, la lune apparut au zénith.

— C'est l'heure, annonça Mahaut.

D'un coup de couteau dont la brutalité fit tressaillir Mélanie, elle éventra le coq. Elle s'empara des viscères sanglants et en barbouilla l'image de cire vierge.

— Mettez votre main gauche à l'emplacement du cœur et la droite à celui du sexe, ordonna-t-elle à Mélanie. Et répétez trois fois après moi : par ton cœur et par ton vis, je te veux. Par l'entremise de ce coq, témoin du reniement de Saint-Pierre, je te commande de m'obéir.

Mélanie répéta docilement. Mahaut poursuivit :

— Sinon que ce glaive te transperce, que ton sang coule.

Avec effroi, la jeune femme vit la lame, plongée cette fois dans le cœur de la figurine que Mahaut avait reprise en main. Et plus terrifiant encore, du sang frais, bien rouge, se mit à couler de la cire.

— Maintenant, nous allons enterrer le voult.

Elle jeta une poudre sur le feu et des flammes violettes jaillirent. Avec le couteau, elle creusa le sol sans difficulté, comme s'il avait déjà été retourné à cet endroit et déposé l'effigie sanguinolente d'Emmanuel dans la cavité, accompagnée de deux plumes du coq, disposées en croix sur sa poitrine. Puis elle recouvrit le tout de terre qu'elle piétina en marmonnant des invocations. A qui ? Le nom du diable ou de l'un de ses nombreux serviteurs, Astaroth ou Belzebuth, Belial à pieds de bouc, Behemoth, Baphomet ou Leviathan, n'avait pas été prononcé...

En confrontant le lendemain leurs vagues souvenirs, les deux sœurs durent admettre que la suite des événements demeurait très confuse dans leur esprit et qu'une partie leur en avait échappé.

— Figure-toi que j'ai l'impression d'avoir dormi, avoua Mélanie.

— Moi pas vraiment. Je ne sais comment t'expliquer... Il me semble que j'ai vu des choses... Des choses si étranges qu'elles ne peuvent pas être vraies. Ou alors... Sans doute, ai-je rêvé.

— Ce n'est pas sûr, dit Mélanie pensivement. Moi aussi j'ai vu...

Elle raconta à Éléonore la surprise mêlée de terreur que lui avait causé l'apparition d'un grand bouc noir, doté de cornes énormes et d'une barbiche blanche. Mahaut l'avait caressé avec beaucoup de tendresse... Un peu plus tard cette dernière s'était en quelque sorte dédoublée... A moins qu'une de ses consœurs ne fût venue la rejoindre.

Éléonore l'interrompit :

— Moi, j'ai vu Mahaut sauter dans le feu et y demeurer un bon moment. Elle brûlait sans se consumer.

Elles n'osèrent pas relater à Charles ces phénomènes déconcertants et d'autres encore. Quand elles avaient repris conscience, le feu était éteint et Mahaut avait disparu. Seul demeurait le chat noir, paisiblement endormi sur le seuil de la cabane.

Si Mélanie et Éléonore s'étaient confiées à leur mère, celle-ci leur aurait dit que le breuvage offert par la sorcière était sans doute à base d'aconit et de belladone, mélange qui accélère les battements de cœur, dilate les pupilles et entraîne souvent des hallucinations.

Mais Matheline ne s'était pas aperçue de l'absence de sa dernière fille, grâce à l'obligeance de Charles dont il fallut, du moins en partie, satisfaire la curiosité.

— On ne vous as pas vues ? s'enquit-il avec inquiétude.

— Nous n'avons rencontré âme qui vive en chemin... Sinon un braconnier à l'aller. Nous nous sommes dissimulées dans un fossé, assura Mélanie.

— Ce qui ne veut pas dire que personne n'ait observé votre présence dans la rue au retour... Quand vous êtes rentrées, l'aube pointait.

— Les gens n'avaient pas encore ouvert leurs volets et les rues étaient désertes, objecta Éléonore.

Cependant, l'assurance de sa jeune sœur n'apaisa pas les alarmes de Charles :

— Si quelqu'un se doutait que vous êtes allées chez la sorcière...

— D'autres y vont bien !

— Ce n'est pas pareil. Nous sommes les neveux de Jacques Cœur ne l'oubliez pas, et à ce titre, les gens ont l'œil sur nous. Certains sont malveillants, d'autres jaloux.

A plusieurs reprises, Charles avait eu l'occasion de s'en apercevoir.

— Enfin, que crains-tu exactement ? s'exclama Éléonore.

— Je ne sais pas, murmura Charles.

CHAPITRE XVI

Tandis que l'espoir au cœur, Mélanie attendait avec impatience le résultat de sa visite à Mahaut, Éléonore elle, avait tout motif de se désoler. Par Perrette et Ravaut, par Hughes qui le voyait presque quotidiennement, par la rumeur publique enfin, elle avait appris les progrès de ce qui semblait se révéler chez Antoine une véritable passion. Il ne quittait plus la belle Isaure de Connantré, l'escortant en toute occasion et n'avait tenu aucun compte des avertissements prodigués par les frères Bayencourt.

Pour d'autres raisons que sa sœur, Hughes déplorait aussi de voir son meilleur ami tombé entre les griffes d'une créature pour laquelle il n'éprouvait que mépris.

— Enfin ! s'étonnait-il auprès d'Éléonore, je n'arrive pas à comprendre qu'un garçon aussi intelligent se soit épris de cette gourgandine dont la réputation n'est plus à faire !

— Peut-être se lassera-t-il, dit Éléonore sans conviction.

— Il aurait bien mieux fait de tomber amoureux de toi s'exclama Hughes bien ignorant de la souffrance qu'il infligeait ce disant, à sa sœur. Cela m'aurait plu de l'avoir pour beau-frère. Ce serait autre chose qu'Emmanuel !

Éléonore ne put s'empêcher de sourire :

— Certes !

— C'est drôle, au début, j'avais eu l'impression qu'il s'intéressait à toi...

— Moi aussi, répondit-elle tristement.

Une grosse larme coula sur sa joue dont la vue ouvrit brutalement les yeux à son interlocuteur, peu psychologue de nature.

— Mais... tu...

— Hélas !

Effondré de sa découverte, Hughes dévisagea sa sœur :

— Et moi, stupide que je suis, je n'avais rien deviné !

— J'espère que personne ne s'est douté ! Surtout pas lui !

N'était-il pas déjà bien assez humiliant de se voir préférer une Isaure de Connantré, sans que tout le monde et surtout Antoine, sût qu'elle, Éléonore, aurait tout donné au monde pour se trouver à sa place !

— Mon Dieu ! que pourrais-je faire ? Je ne supporte pas de te voir malheureuse... Et à cause de ce crétin qui se laisse manœuvrer par la première garce venue !

— Garce ou pas, elle le tient bien, soupira la jeune fille.

L'affection que lui témoignait Hughes la réconfortait. Mais avec la meilleure volonté du monde, que pouvait-il faire pour l'aider ?

— Charles m'a parlé de cette Isaure. Il n'y a que l'argent qui l'intéresse.

— Antoine en a beaucoup ?

Détail dont elle ne s'était jamais souciée.

— Je ne sais pas, avoua Hughes. Enfin, depuis le temps qu'il travaille pour notre oncle, il doit avoir quelques économies. Et il profite des voyages pour faire des affaires pour son propre compte. De Montpellier, il a rapporté un grand sac d'épices qu'il m'a dit avoir revendu le triple de son prix à Bourges.

— Et notre oncle ne dit rien de ce... trafic ?

— Non, à condition d'être au courant. Et que cela ne dépasse pas certaines proportions. Maintenant que je sais... moi aussi la prochaine fois, j'essayerai de rapporter quelque marchandise. Pour en revenir à Antoine, cette Isaure va le dépouiller de tout ce qu'il a amassé !

Avec l'été, vint une sécheresse extrême. Depuis combien de temps n'était-il pas tombé une goutte d'eau ? Les prés jaunis n'offraient plus guère de pâture aux animaux qui se mirent à dépérir. En accompagnant Matheline au marché, Éléonore entendit ces tristes nouvelles. Naturellement, le prix de la viande, surtout du mouton, dont il y avait de nombreux troupeaux dans la région, renchérit. Quant aux salades, aux épinards, à l'oseille, les feuilles en étaient si flétries qu'elles étaient à peine utilisables pour la soupe. Les vaches ne donnaient plus guère de lait, le beurre et le fromage se firent rares. Seuls les porcs, qui se nourrissaient d'immondices, semblaient pour le moment épargnés. Les gens se plaignaient, implorant le ciel de faire cesser cette calamité.

L'évêque décida d'organiser une grande procession le jour du 15 août à laquelle participeraient tous les notables de la ville pour demander l'intercession de la Vierge auprès de son divin Fils, celle de saint Étienne, patron de la ville et de saint Guillaume, archevêque de Bourges au XIIIe siècle.

Dans un grand élan, la population se rassembla. Les échoppes et boutiques étaient fermées, les éventaires rentrés, les maisons désertes à l'exception des impotents, des nouveau-nés et des vieillards trop faibles pour suivre la procession qui au départ de Saint-Étienne, devait se dérouler à travers les principales rues de la ville, celles du moins assez larges pour permettre le passage de quatre hommes de front.

Précédant l'évêque, mitre en tête, les porteurs de bannières à l'effigie de saint Étienne et de saint Guillaume. Le suivant, le clergé des diverses églises de la cité, diacres et sous-diacres y compris, les chanoines de la cathédrale, puis la châsse dorée qui renfermait les reliques de sainte Catherine, portée par quatre hommes robustes dont l'un n'était autre que Colas le Billezois.

Ensuite, on pouvait voir les échevins en robe écarlate rehaussée de velours noir, avec les cierges blasonnés aux couleurs de la ville, puis les magistrats, les confréries brandissant leurs oriflammes et les notables, Jacques Cœur et les siens, les Bayencourt, les Varye, les du Village et toute une foule recueillie. La procession s'achevait par quelques hommes pieds nus, revêtus d'un froc noir et d'une cagoule, qui avaient décidé de faire pénitence pour leurs péchés. Le roi et la reine étaient absents de ces manifestations : ils se trouvaient à Tours, séjour de prédilection de Charles VII, à cause peut-être de son enceinte fortifiée flanquée de dix portes, closes et murées à la première alerte. De grosses tours renforçaient la défense : Bourges paraissait bien modeste en comparaison...

Naturellement, parmi les assistants, figurait aussi Antoine.

De le savoir si proche d'elle — une dizaine de personnes tout au plus les séparaient — de ne même pas pouvoir le regarder — qu'aurait-on pensé si elle s'était retournée ? — troublait à un point extrême Éléonore, d'autant plus qu'elle n'avait pu s'assurer de la présence ou de l'absence de sa rivale à ses côtés.

Pendant les deux heures et plus que dura la procession, l'esprit de la jeune fille ne fut guère à la prière. Elle ne pensait qu'à Antoine : sa passion pour lui s'était exacerbée avec les jours. A certains moments, elle se demandait si elle était promise à un destin identique à celui de Mélanie, si sa vie durant, elle serait condamnée à soupirer pour un homme qui en aimait une autre.

Tout son être se révoltait à cette idée : qu'avait donc cette Isaure de plus qu'elle ? Sans doute le talent d'ensorceler les hommes. Pour leur malheur. Car la jeune fille était certaine qu'Antoine ne connaîtrait pas le bonheur avec cette créature aguicheuse, cupide, frivole, égoïste... Ce serait sa punition ! Mais cette perspective ne la rendait pas plus heureuse pour autant !

Toute à ses préoccupations, Éléonore s'était à peine avisée de la chaleur accablante qui stagnait dans les rues, de la poussière soulevée par le passage de ces milliers de pieds. La procession achevée, la plupart des visages ruisselaient de sueur et Mélanie se sentit soudain défaillir. Malgré son état et les objurgations de sa mère, elle avait tenu à participer à cette prière publique. Tout au fond d'elle-même, s'était-elle dit que ceci compensait peut-être cela ?

Tant et si bien que cet interminable piétinement par une température accablante eut raison d'elle et qu'elle se retrouva allongée sur le sol, le cœur battant très vite, affreusement oppressée, mélangeant dans une sorte de brume ces visages penchés sur elle.

— Il faut la dégraffer, dit quelqu'un. Vous voyez bien qu'elle étouffe. Laissez-moi faire, je suis médecin.

Avec autorité, un homme d'une trentaine d'années défit le corsage de Mélanie et sa ceinture. Un profond soupir s'exhala de sa poitrine.

— Apportez de l'eau et un linge.

Matheline tendit un mouchoir qu'Hughes alla tremper dans la fontaine voisine. Avec vigueur, le médecin giffla à l'aide du linge le visage blafard de Mélanie, ramenant quelques couleurs à ses joues.

— Écartez-vous un peu, il faut lui laisser de l'air.

Malgré ces recommandations, lorsqu'elle reprit vaguement conscience, Mélanie aperçut ce qui lui parut une foule, faisant cercle autour d'elle. Même Emmanuel, traîné de force à la procession, se trouvait là, l'air presque inquiet. Plus que tout, cette vision contribua à améliorer l'état de la jeune femme.

— Comment te sens-tu ?

Elle distingua la voix claire d'Éléonore où se devinait une réelle anxiété.

— Attendez. Elle ne peut pas encore parler. Épargnons-lui tout effort pour l'instant.

Petit à petit, sa respiration se régularisait et le poids qu'elle avait sur la poitrine s'allégea.

— Je crois que je vais mieux, murmura-t-elle.

Voyant un attroupement, plusieurs curieux s'arrêtèrent. Dont Colas le Billezois, suivi de Denisette et de Geneviève Levrot qui rentraient chez eux.

— Mon Dieu, qu'est-il arrivé à votre fille ? s'enquit Colas.

— Un malaise dû à la chaleur, expliqua Matheline. Grâce à l'obligeance de monsieur...

— Bertrand Le Theule, pour vous servir.

— ... de M. le Theule, cela n'a été rien de grave.

Avec l'aide de son mari et du médecin, la jeune femme parvint à s'asseoir.

— Pensez-vous que nous puissions la ramener à la maison ? interrogea Matheline.

Elle avait horreur de se trouver ainsi le point de mire de ces badauds. Ce n'était pas faute d'avoir incité sa fille à demeurer au logis !

— Emmanuel et moi allons la porter, proposa Hughes.

— Elle sera mieux chez elle, convint le médecin. Si vous le permettez, je vous accompagnerai.

Les jeunes gens croisèrent leurs mains pour faire un siège de fortune sur lequel Mélanie prit place, entourant de ses bras les épaules de ses porteurs. Elle était si légère qu'elle ne leur pesait guère.

La plupart des passants se dispersèrent, sauf Colas auquel personne n'avait rien demandé et qui emboîta le pas à la famille, comme s'il en faisait partie. Que lui dire ? N'était-ce pas son chemin pour rentrer chez lui ?

— Espérons que cette procession nous vaudra la bienveillance du Ciel.

— Je n'en doute pas, répondit sèchement Éléonore.

— Mais les prières seront-elles suffisantes pour vaincre les forces du mal ?

— Quelles forces du mal ? interrogea-t-elle interloquée.

Son interlocuteur baissa la voix :

— Vous savez bien. Dans notre ville vivent des personnes dont l'activité est tout entière tournée vers le mal... qui sollicitent les puissances infernales... qui pactisent avec elles. Nul doute que de tels agissements attirent sur nous la colère de Dieu !

Malgré l'angoisse qu'elle sentait monter en elle, Éléonore affecta un air innocent :

— Je ne vois pas ce que vous voulez dire.

Comme elle détesta le sourire cauteleux des lèvres humides :

— Mais si, vous voyez très bien... Il paraît qu'une douzaine de moutons sont morts ces jours-ci...

— C'est la chaleur.

— Ou un sort qu'on leur aurait jeté ?

Heureusement, on arrivait devant la maison de Colas.

— Eh bien ! vous voilà rendu, dit Éléonore. Adieu.

— Pas si vite ! j'ai tout mon temps, je vous accompagne jusqu'à votre logis. Pour une fois que j'ai la chance de vous parler un peu longuement... Il y a longtemps que je voulais vous dire que vous êtes la personne la plus séduisante que je connaisse.

Éléonore enrageait. Au moins avait-il changé de sujet de conversation.

— Je serais si heureux de vous voir davantage, de vous offrir tout ce que vous souhaitez... Une aussi jolie personne que vous mérite d'être choyée, parée des plus belles étoffes, des joyaux les plus précieux...

S'agissait-il d'une déclaration, voire d'une demande en mariage ? Si ce vieux bonhomme libidineux se doutait à quel point il lui répugnait !

Mais Éléonore avait compris que heurté de front, il pourrait se montrer dangereux. Elle se contenta de sourire et de répondre à ces avances par des propos anodins. Il fallait que ce soir même, elle aille mettre Mahaut en garde. S'il prenait idée à ce Colas de malheur de la dénoncer aux autorités ecclésiastiques fort chatouilleuses en ce moment... Par la même occasion, elle s'informerait d'un moyen pour détacher Antoine d'Isaure...

CHAPITRE XVII

Lorsque les Bayencourt parvinrent rue d'Auron, Colas se décida enfin à prendre congé, visiblement dépité qu'on ne l'invite pas à entrer, comme Matheline l'avait naturellement fait pour le praticien qui s'était montré si obligeant.

— Hughes, va chercher du vin et de la cervoise dans le cellier, dit Matheline. Anieuse, tire de l'eau au puits.

Et se tournant vers Le Theule :

— Vous ne refuserez pas une boisson bien fraîche ?

— Certes non, répondit-il avec un sourire. Je ne me souviens pas que nous ayons eu un été si chaud depuis trente-trois ans que je vis à Bourges !

On avait installé Mélanie dans le fauteuil et son teint avait repris une couleur normale.

— Je ne sais comment vous remercier...

— De bien peu de choses en vérité !

Doucement, il ajouta de manière qu'elle soit seule à l'entendre :

— Si j'étais vous, je serrerais moins ma ceinture en ce moment.

Ainsi, il avait deviné son état... Pour un œil averti, cela commençait donc à se remarquer. Elle n'avait pas encore osé l'avouer à Emmanuel, craignant ses réactions. Il faudrait bien s'y résoudre pourtant. Comment accueillerait-il cette nouvelle, lui qui s'intéressait déjà si peu à Jeanne et à Loïc ?

— Du saint-pourçain ou de la cervoise ? proposa Éléonore.

— Plutôt du vin, je vous prie.

Elle sentit qu'il l'observait tandis qu'elle le servait. Dans les yeux d'un vert très pâle posés sur elle, elle lut une sorte d'éblouissement émerveillé.

Si Antoine avait pu la regarder de cette manière...

Intuitive, Éléonore devina la grande bonté cachée sous l'apparence joviale. Elle éprouva une sympathie et une confiance instinctives pour cet homme. Quand elle le vit caresser Clément avec douceur, elle ne put s'empêcher de lui demander :

— Vous aimez les chats ?

— Beaucoup. J'en ai trois. Ce sont des compagnons merveilleux. Celui-ci est à vous ?

— Oui. Je l'ai depuis longtemps. Il est presque aussi vieux que moi.

Le Theule sourit :

— Il me semble que ce n'est pas encore un âge canonique !

Un peu plus tard, il demanda à Mélanie :

— Vous sentez-vous tout à fait remise à présent ?

— Oh ! oui, je vous remercie.

— Alors, je vais vous quitter. Si vous aviez besoin de moi, j'habite près des Cordeliers, la maison de pierre à côté du « Pot d'Étain ». C'est un voisinage un peu bruyant parfois, remarqua-t-il d'un air ironique. Je pense que ce soir, après la procession, il le sera particulièrement !

Éléonore n'attendit pas la nuit noire pour aller trouver Mahaut. Elle était presque sûre que Charles refuserait toute complicité pour une nouvelle visite à la sorcière : il n'avait pas dissimulé son inquiétude la dernière fois... Elle-même ne se rendait pas de gaieté de cœur sur les bords de l'Eurette. Était-ce à la suite des propos à la fois ambigus et chargés de menace tenus par Colas ? Il lui semblait percevoir un vague danger dans l'air. Mais ne devait-elle pas prévenir cette femme qui s'était montrée serviable et secourable pour sa sœur et n'avait demandé nulle rénumération en échange ? Ses manœuvres avaient-elles eu quelque résultat ? Mélanie ne lui avait rien dit à ce sujet. Cependant, Emmanuel avait passé presque toute la journée avec eux, ce qui était déjà en soi très inhabituel, même les jours de fête.

Et puis, naturellement, il y avait Antoine...

Profitant de l'agitation préludant au repas du soir, du réveil de Loïc hurlant pour demander à manger, des bêtises de Jeanne qui avait renversé le pichet de cervoise et trempé sa jupe, Éléonore s'esquiva. En courant presque tout le temps, elle calcula qu'en une demi-heure, elle serait de retour. Personne ne s'apercevrait de son absence.

Dans le bas de la rue d'Auron quelques personnes prenaient le frais sur le seuil de leur porte car la chaleur était un peu tombée. Néanmoins, Éléonore fut vite en sueur, hors d'haleine et contrainte de ralentir son allure. Que pouvait faire Antoine en ce moment ? En train de courtiser Isaure, de l'embrasser, de la caresser... Comme cette évocation lui serrait le cœur... Quel philtre serait assez puissant pour le détacher de cette créature qui l'avait envoûté ? En existait-il même un ?

Les passants s'étaient faits rares à proximité du verger derrière Saint-Médard. Elle reconnut le fossé où Mélanie et elle s'étaient cachées.

Antoine serait bientôt contraint de repartir. Pour Lyon, Montpellier ou Nîmes... Il ne pourrait tout de même pas emmener Isaure dans ses déplacements... La séparation refroidirait-elle ses ardeurs ? Pas sûr... Mais ce n'était pas le genre d'Isaure d'attendre sagement son retour. S'il allait l'épouser avant son départ ?

Toute à ses pensées, elle n'avait pas pris garde à un pas qui se rapprochait d'elle. Soudain, une main se posa sur son épaule comme une griffe d'acier. Effrayée, elle sursauta :

— Tu vas bien vite la belle. On dirait que tu es pressée !

— Lâchez-moi !

D'une secousse, Éléonore se dégagea et considéra le petit homme mince qui marchait à côté d'elle. Son haleine puait le vin aigre. Il devait venir du Midi avec son teint bistré, ses cheveux noirs et frisés.

Elle s'élança, n'imaginant pas qu'il la poursuivrait. Elle se trompait. En trois enjambées, il la rejoignit et, cette fois, saisit son bras avec violence.

— C'est que tu es mignonne... Je te fais peur ?

— Non, répondit bravement la jeune fille qui commençait à paniquer.

Comme ce comportement lui rappelait celui des écorcheurs ! Où fuir, où se réfugier, qui appeler au secours sur cette route désormais déserte ?

— Viens donc là sur l'herbe, on va passer un bon moment ensemble.

— On m'attend, dit-elle.

— Eh bien ! on t'attendra. C'est bien normal que les jolies filles se fassent désirer.

D'une poigne irrésistible, il l'entraîna dans le verger, sous le couvert des arbres qui s'assombrissait déjà. Elle se mit à crier. D'une giffle assénée avec vigueur, avec une sorte de haine même, il la contraignit au silence.

— Tu te tais ou sinon !

Comment lutter avec cet homme qui ne la dépassait guère par la taille mais dont l'étreinte la maintenait au sol, tandis qu'il déchirait la fine toile de sa robe de fête pour arriver plus vite à ses fins. Malgré le poids de ce corps qui l'étouffait presque, elle se débattait contre l'horreur avec toute l'énergie qui lui restait, mordant et griffant tant et plus.

— Tu as fini salope !

Pour la posséder enfin, l'homme fut obligé d'assommer sa proie.

La fraîcheur de la nuit la réveilla. Elle était seule. Sa tête et tout son corps lui faisaient mal à hurler. Tellement qu'elle n'arrivait même pas à penser. Il lui fallut un long moment pour réaliser où elle était et se souvenir. Elle se mit alors à sangloter désespéremment, enfouissant son visage tuméfié dans l'herbe. Elle se sentait souillée, salie, dégradée. Jamais de près ou de loin, elle n'avait eu cette impression abominable avec Olivier...

Ah ! enfoncer un couteau dans le ventre de son agresseur, lui faire payer par d'interminables souffrances ce qu'il lui avait fait subir ! Comment retrouver un inconnu, qui était peut-être seulement de passage dans la ville, le désigner à Hughes qui la vengerait ? Ne le lui devait-il pas puisque c'était elle qui avait tué à sa place Gérard de Caubre ? Connaissant Hughes, cet argument ne serait même pas nécessaire.

Elle se releva avec peine, essaya de remettre un peu d'ordre dans ses vêtements. Elle avait complètement oublié Mahaut et même Antoine. Une seule idée la guidait : se réfugier auprès de Matheline, se laver de toute cette saleté qui lui collait au corps. Et puis dormir, dormir. Ne plus penser à rien.

Elle marchait pieds nus, car dans la bagarre elle avait perdu ses souliers et n'était pas arrivée à les retrouver. Tous ses muscles lui faisaient mal.

Qu'allait dire Matheline en la voyant dans cet état ? Et les autres ? Quelle humiliation de reparaître ainsi...

Égarée, les tempes martelées par une douleur aiguë qui irradiait jusqu'à sa nuque, elle s'aperçut après un moment qu'elle avait emprunté un autre chemin. Le clocher d'une église se découpa sur le ciel. En entendant le tapage caractéristique d'une taverne, elle se renfonça dans l'ombre, épouvantée : jamais elle n'oserait passer devant, franchir cet espace éclairé par deux torches plantées dans le mur. Si quelqu'un sortait au même moment...

D'où elle était, elle apercevait l'enseigne, brillant dans la pénombre : un pot d'étain. Un déclic se fit dans son esprit embrumé : ce médecin qui s'était occupé si gentiment de Mélanie n'avait-il pas dit qu'il habitait à proximité ? N'étaient-ce pas les Cordeliers dans son dos ?

Elle n'en pouvait plus de fatigue, de souffrance, de peur. Ses pieds étaient en sang. Elle eut encore la force de cogner à la porte avec le marteau de bronze et elle s'affala sur les marches du seuil.

A moitié inconsciente, Éléonore entendit la porte qui s'ouvrait et une voix jeune s'exclamer :

— Bertrand ! Viens vite !

Un pas rapide, la lueur d'une lanterne sur son visage, puis une autre voix plus posée qui s'étonnait :

— Mais c'est la petite Bayencourt ! Et dans quel état ! Gilles, aide-moi à la transporter dans ma chambre.

Emportée par des bras vigoureux, déposée avec douceur sur un lit, Éléonore éprouva un merveilleux sentiment de sécurité.

— Va chercher de l'eau et un linge. Des sels aussi. Décidément, elles passent leur temps à s'évanouir dans cette famille ! Il faut reconnaître que celle-ci a quelques raisons ! La malheureuse !

Éléonore essaya d'ouvrir les yeux : sa paupière droite était en train de gonfler à une vitesse terrifiante et c'était à peine si elle parvint à la soulever un bref moment.

— J'ai mal... gémit-elle.

Un linge humecté apporta un peu de fraîcheur à son visage brûlant, à ses épaules contusionnées.

— Éléonore, j'ai besoin de savoir ce qui vous est arrivé. Vous êtes tombée ?

De grosses larmes furent toute la réponse qu'il obtint.

— Enfin... on ne vous a pas battue ?

— On m'a violée ! hoqueta la jeune fille en sanglotant.

— Oh ! mon Dieu, ma pauvre petite !

Avec une infinie délicatesse, le praticien souleva la robe et s'efforça de laver les traces laissées par l'être immonde qui avait abusé de la jeune fille. Il découvrit de longues jambes minces et musclées, marquées en divers endroits par la brutalité de l'agresseur.

— Je ne vous fais pas mal ?

— Pas trop.

Au contraire, après ce qui lui était arrivé, cela lui faisait du bien que quelqu'un s'occupât d'elle avec cette douceur. Matheline n'aurait pas mieux fait. Soudain, la pensée de cette dernière lui revint.

— Quelle heure est-il ?

— Onze heures viennent de sonner aux Cordeliers.

Plus de quatre heures qu'elle avait quitté la rue d'Auron. Matheline devait être folle d'angoisse, incapable de s'expliquer la disparition de sa fille.

— Ma mère...

— Voulez-vous qu'on la prévienne que vous êtes ici ?

— Oh ! oui, si c'était possible !

— Je vais envoyer mon frère. Gilles !

Le jeune homme qui s'était discrètement retiré dans la pièce voisine accourut.

— Sois gentil, cours rue d'Auron avertir dame Matheline que sa fille a eu un petit accident, qu'elle se trouve en sécurité ici et que je la lui ramènerai demain matin. Que surtout, elle en s'inquiète pas.

— Oh ! merci, je ne sais que vous dire !

— Vous allez dormir maintenant. Buvez un peu de cette tisane. Je reste près de vous.

Le Theule éteignit toutes les bougies allumées pour soigner Éléonore sauf une et vint s'asseoir à son chevet. Machinalement, elle s'agrippa à sa main, comme un naufragé s'accroche à une planche qui lui permet de garder la tête hors de l'eau et ne tarda pas à s'endormir.

CHAPITRE XVIII

Le lendemain, malgré l'absence de miroir, en découvrant les marques noires, bleues, jaunes, laissées sur la chair fraîche de ses épaules, de son buste et de ses membres, Éléonore ne s'imagina que trop bien l'aspect de son visage.

— Je dois être affreuse ! s'exclama-t-elle avec consternation.

— Pour le moment, ce n'est pas très joli, convint Le Theule. Heureusement, il n'y a rien de cassé, pas même une dent.

— Ce n'est pas faute de l'avoir mordu !

Son interlocuteur parut très intéressé :

— Jusqu'au sang ?

— Oh ! oui. Et griffé aussi.

— Alors lui non plus ne doit pas être beau à voir... Vous ne l'aviez jamais rencontré ?

— Jamais.

— Ce serait un moyen de le reconnaître, murmura Le Theule.

— Tout ce que je peux vous dire, c'est qu'il s'agissait d'un homme à peu près de ma taille, peu corpulent et d'une force considérable. Des cheveux noirs et frisés... Aïe !

Avec l'aide de Bertrand et de son frère elle essayait de se lever.

— Je vous ai préparé du lait chaud, dit Gilles.

— Vous êtes si gentils tous les deux de m'avoir recueillie et de vous être occupés de moi, dit Éléonore touchée aux larmes.

Cadet de Bertrand d'une dizaine d'années, Gilles ressemblait assez à son frère, avec le même visage ouvert, des yeux clairs — ceux de Gilles étaient gris — et une chevelure bien fournie, châtain foncé ; par la suite, Éléonore apprit que l'aîné, à la mort de leurs parents, avait pris en charge et élevé son frère.

Sur la table, elle trouva non seulement un bol de lait fumant, mais du pain de seigle et du jambon, une motte de beurre et du fromage. N'ayant pas soupé la veille, elle mourait de faim. Hélas, il lui était presque impossible d'ouvrir la bouche et de mastiquer, les aliments lui causaient une douleur intolérable. Bertrand s'aperçut de son désarroi et lui proposa :

— Nous avons un peu de soupe. Cela passerait plus facilement.

Non sans peine, elle parvint à se sustenter.

— Puisque votre mère connaît les herbes, elle vous fera des compresses plusieurs fois par jour. D'ici une semaine, il n'y paraîtra presque plus, dit Le Theule d'un ton encourageant.

Oui, mais en attendant, elle serait horrible !

Avec l'agitation qui régnait dans la salle, les cris des enfants, la visite d'une voisine venue demander un remède pour les digestions difficiles de son mari, Matheline ne s'était avisée qu'assez tard de l'absence de sa dernière fille.

— Mais enfin, où peut-elle être ? Anieuse, tu as été voir partout, dans le grenier ? Au cellier ?

— Elle n'y est point.

— Je ne l'ai pas vue sortir...

Mélanie et Charles se regardaient d'un air malheureux. En constatant, bien avant leur mère, la disparition de leur sœur, ils avaient eu la même idée... Charles s'enquit à voix basse :

— Tu crois qu'elle est retournée là-bas ?

— Eh bien ! dit Mélanie avec gêne car elle se sentait vaguement fautive, Éléonore m'a juste dit tout à l'heure que Colas lui avait tenu des propos bizarres au sujet de Mahaut.

Charles pâlit.

— Il la rendrait responsable de la sécheresse et de la mort d'un certain nombre de moutons.

— Et Éléonore serait allée la prévenir ?

— Tu la connais, dit Mélanie.

— Dans ce cas, elle devrait déjà être de retour.

— C'est bien mon avis.

On se mit à table sans entrain. A chaque instant, Matheline se levait pour se diriger vers la porte et scruter la nuit, désormais noire et déserte.

— Qu'a-t-elle bien pu faire ? Je sens qu'il lui est arrivé malheur.

De plus en plus tourmentés à mesure que l'heure passait, Mélanie et Charles s'efforçaient de réconforter leur mère, ne sachant trop que lui dire. Fallait-il lui avouer qu'Éléonore se trouvait probablement chez la sorcière ?

— Veux-tu que je parte à sa recherche ? proposa Charles.

— Comme nous ignorons où elle est allée, cela ne servirait à rien, soupira Mathilde.

Charles était sur le point de confesser qu'il pensait le savoir, lorsque Gilles Le Theule frappa à l'huis, porteur de nouvelles rassurantes mais vagues : il suivait à la lettre les instructions de son frère qui lui avait recommandé de ne pas inquiéter les Bayencourt.

Il les laissa se perdre en conjectures.

Lorsque le lendemain, le praticien raccompagna rue d'Auron une Éléonore méconnaissable, Matheline apprit avec désolation la vérité.

— Enfin, se lamenta-t-elle, que faisais-tu dehors à cette heure ?

De cela, par discrétion, Le Theule s'était abstenu de s'enquérir. Il aurait néanmoins bien aimé le savoir : la jeune fille avait-elle rendez-vous avec un galant ?

Fidèle à sa promesse, Éléonore regardait Mélanie sans répondre.

Bourrelée de remords devant l'état de sa sœur, cette dernière n'y tint plus et s'exclama :

— Tout est de ma faute !

— De ta faute ? fit Matheline stupéfaite.

— Je vais tout vous dire.

Si Charles avait été présent, nul doute qu'il eût empêché sa sœur d'apprendre à un étranger, connu la veille, qu'elle et Éléonore fréquentaient une sorcière. Mais il était parti travailler et désormais plus rien ne pouvait endiguer le flot de paroles de Mélanie, soulagée d'avouer son secret.

Matheline n'en revenait pas. En considérant les traits ravagés de sa fille, ses mains qui tremblaient tandis qu'elle achevait son récit avec une volubilité qui lui était bien inhabituelle, elle ne pouvait s'empêcher de penser de Mélanie devait avoir atteint le fond du désespoir pour avoir recours à ce moyen de reconquérir Emmanuel. Au lieu de la blâmer, elle dit simplement :

— Ma pauvre, pauvre enfant !

Et comme Mélanie sanglotait, elle la prit dans ses bras pour la calmer. Puis avec le médecin, ahuri par ce qu'il venait d'entendre et plein d'admiration pour la compréhension dont faisait preuve Matheline, elle s'occupa d'Éléonore. L'espace d'un instant, elle eut l'impression qu'elle était avec Raymond et que tous deux soignaient Geneviève, elle aussi défigurée.

Cependant, Le Theule le lui assura et elle-même s'en convainquit aisément en examinant avec soin les meurtrissures gonflées qui enlaidissaient le charmant visage de sa fille, Éléonore, elle, ne garderait aucune trace physique de cette nuit d'horreur.

Quant au souvenir que son esprit en conserverait, c'était une autre question.

Éléonore se remettait mal de cette violence dont sa personne avait été l'objet. A certains moments, des larmes silencieuses ruisselaient sur ses joues, malgré elle.

Non qu'elle souffrît tellement dans son corps meurtri : grâce aux médications de Matheline, les douleurs s'étaient atténuées de façon sensible. Mais elle supportait mal cette angoisse qui ne la quittait pas. Angoisse déjà éprouvée après sa captivité aux Tombes Noires.

Quant à Antoine, heureusement ignorant de ce qui lui était arrivé, elle ne cessait d'y penser bien qu'elle le sût toujours épris d'Isaure. Hughes et lui étaient repartis, envoyés en mission à Paris par le grand argentier. Cette absence ne durerait guère, trois semaines au plus. D'ici là, Éléonore aurait recouvré son aspect normal, sa mère et Bertrand le lui avaient affirmé.

Quel serait l'effet de cette séparation sur Antoine ? Distrait par le voyage, s'apercevrait-il qu'Isaure lui manquait moins que prévu ? En l'absence de son galant, cette dernière, peu soucieuse d'une vie privée de distractions et de fêtes, se serait-elle acoquinée avec un autre, peut-être plus riche ? Ce n'était pas impossible...

Oui. Mais même si une nouvelle chance de se faire aimer d'Antoine s'offrait, celle-ci s'évanouirait aussitôt au cas où elle se retrouverait enceinte... Et chaque jour, cette crainte se faisait plus vive. Elle interrogeait Mélanie qui, elle, avait l'expérience de la chose. Désolée, se reprochant plus que jamais d'avoir entraîné Éléonore chez la sorcière, cette dernière ne pouvait que lui répondre que les premiers symptômes d'une grossesse n'apparaissent pas sur-le-champ. Que les malaises, s'il s'en produisait, ce qui n'était pas obligatoire, n'étaient ressentis qu'au bout de quelques semaines et non pas trois jours après la conception.

Un matin, Bertrand Le Theule très excité et hors d'haleine, fit irruption chez les Bayencourt.

— Vous sentez-vous assez forte pour m'accompagner à quelques pas d'ici ? Ce matin, j'ai croisé un individu correspondant à votre description et portant des marques de griffures et de morsures au visage. Il se trouve pour l'instant au « Cygne noir ». Sauriez-vous le reconnaître ?

— Je pense, dit Éléonore en suivant le médecin.

En route, elle remarqua :

— Même si c'est lui, que pourrons-nous faire ? Il niera les faits...

— Je vous vengerai, assura Le Theule avec une détermination qui la stupéfia.

— Vous ?

Perplexe, elle le considéra : il ne lui était rien, ni père, ni frère, ni mari. Pourquoi un étranger se soucierait-il de défendre son honneur ? Comme ils étaient arrivés devant la taverne que fréquentait Emmanuel, elle n'eut pas le loisir de le questionner.

— Restez là. Je vais m'assurer de sa présence.

Un instant plus tard, il était de retour.

— Nous n'aurons pas longtemps à attendre. Cachons-nous là, dans cette embrasure d'où nous le guetterons.

Trois hommes sortirent.

— Ce n'est aucun de ceux-là, dit Éléonore déçue.

— Il ne va pas tarder. Ces coquins partageaient sa table. Le voilà : est-ce lui ?

Sa voix tremblait d'impatience et la main d'Éléonore se crispa soudain sur son bras.

— Je crois bien, dit-elle en détournant les yeux.

— Non, regardez-le bien. Il faut que vous soyez sûre car je vais le tuer.

— Le tuer ?

— Ne le souhaitez-vous pas ?

— Si, murmura-t-elle. Mais...

Toute son attention se figea sur le petit homme mince qui s'avançait d'une allure rapide. Il portait un pansement à l'oreille droite, là où elle l'avait mordu sauvagement. Elle sentait encore le goût de son sang dans la bouche, le craquement du cartilage... Elle se serait trouvée mal si le bras et la volonté implacable de son compagnon ne l'avaient soutenue.

— Oui, c'est bien lui.

Le doute n'était plus permis.

— Je vais le suivre pour connaître son domicile et son nom. Vous, rentrez tranquillement. Je passerai chez vous ce soir.

Ces derniers temps, Charles ne pouvait s'empêcher d'être distrait dans son travail, mais en ce moment Alyette de Maisonneuve n'était plus l'unique objet de ses préoccupations. Au délicieux visage de la jeune fille, à son sourire éclatant, venait se substituer la figure tuméfiée d'Éléonore... Lui aussi, comme Mélanie, se sentait fautif. N'aurait-il pas dû empêcher ses sœurs de s'aventurer seules la nuit ? Mais la seconde fois, Éléonore ne l'avait pas averti de ses intentions. L'aurait-il accompagnée dans ce cas ? A sa grande honte, il devait s'avouer qu'il n'en était pas certain. Mais assurément, il aurait cherché à la dissuader de sortir.

— Tu sais, dit Fulvio, le troupeau de moutons des religieuses de Sainte-Claire a été emporté par une curieuse maladie. Dans sa totalité ou presque.

— Ah ! dit Charles avec indifférence.

Puis brusquement, s'avisant de l'importance de cette information, le cœur battant, il s'enquit :

— Quelle serait la cause de cette maladie ?

Fulvio baissa la voix :

— On dit qu'un sort a été jeté sur les bêtes. Et peut-être aussi sur d'autres. Des chevaux... Il paraît qu'un fermier a trouvé sous son lit une croix de plumes...

— Et toi qu'en penses-tu ?

— C'est bien possible. A Florence aussi, nous avons des brujas qui ont le mauvais œil et qui déposent des pierres ensorcelées dans les pâtures pour faire mourir le bétail. Je me souviens dans mon enfance on racontait...

Mais Charles, alarmé par ce qu'il venait d'entendre, n'écoutait plus. Si, saisi d'une ou plusieurs plaintes, le prévôt se décidait à mener une enquête et à chercher un ou une coupable que certains s'empresseraient de lui désigner ? Si on apprenait que ses sœurs avaient eu commerce avec l'auteur de ces méfaits...

CHAPITRE XIX

En rentrant au logis, Charles trouva sa mère en train de poser sur les contusions d'Éléonore des feuilles de chou qu'on s'était procurées à grand-peine, vu la sécheresse. Il s'approcha d'elle :

— Comment vas-tu ?

— Mieux, assura Matheline d'une voix encourageante. Les plaies cicatrisent bien et les hématomes commencent à se résorber.

— Je ne suis toujours pas montrable, soupira Éléonore. Mais il est vrai que je souffre moins. Je suis même sortie ce matin...

— Sortie ? s'exclama Charles. Et pourquoi donc ?

— Imagine-toi que Bertrand Le Theule a retrouvé mon agresseur.

Tandis qu'elle lui contait l'affaire, elle se demandait une fois de plus pourquoi le praticien prenait si à cœur de la venger. Elle se rendait bien compte qu'elle lui plaisait — du moins lorsque son aspect était normal. De là à s'exposer pour elle...

— Dame Matheline ! cria Anieuse de la salle, une visite !

Elle descendit l'accueillir et Charles, demeuré seul avec sa sœur, en profita pour lui apprendre rapidement les mauvaises nouvelles qu'il tenait de Fulvio.

— Si j'avais pu prévenir Mahaut...

— Même si elle se méfie et se cache, on la trouvera bien... Il aurait fallu qu'elle quitte le pays...

— Et elle n'a rien fait, j'en suis sûre ! s'indigna Éléonore.

Elle n'arrivait pas à croire qu'il s'agisse d'un de ces êtres funestes et sombres qui répandent le mal autour d'eux...

Charles demeura silencieux : la question n'était pas là. Le sort de Mahaut qu'il ne connaissait pas, lui était indifférent, même s'il ne se réjouissait pas de voir accuser une innocente.

Éléonore retira les feuilles de chou devenues noirâtres.

— Descendons, dit-elle.

Soudain, elle était impatiente d'apprendre le nom de son agresseur. Pensif, Charles la suivit.

Matheline avait servi un verre de cabernet à son hôte en lui proposant :

— Vous resterez bien manger un morceau avec nous ? Si vous n'avez rien de mieux à faire...

— Si je ne vous dérange pas, fit-il visiblement enchanté.

Elle se sentait des obligations envers cet homme qui s'était occupé avec tant de sollicitude de ses filles.

— Pensez-vous. Éléonore en sera heureuse. D'ailleurs la voici.

En observant la physionomie du visiteur qui changeait à sa vue, l'émotion qu'il maîtrisait mal tandis qu'il s'avançait au-devant d'elle avec empressement, Éléonore fut vaguement troublée. Cet homme éprouvait-il vraiment un sentiment pour elle ? Pourtant il la connaissait à peine...

Et elle, ne s'était-elle pas éprise d'Antoine presque aussitôt ? Elle essaya de chasser ce dernier de sa pensée. Au moins pour l'instant, avait-elle la certitude qu'il ne se trouvait pas auprès d'Isaure.

— Ma fille me dit que vous avez retrouvé la trace de son agresseur ?

— Ce gredin n'est pas du tout un vagabond de passage comme je l'avais supposé. Il habite en ville. Après qu'Éléonore l'ait reconnu, je l'ai suivi : il loge près de la tour Saint-Clément et se nomme Simon Parinaud.

— Quoi, s'exclama Charles en pâlissant de stupeur.

Ce fut au tour de Bertrand de s'étonner :

— Le connaissez-vous donc ?

— Je l'ai vu à deux ou trois reprises.

Atterré, il ajouta :

— Il travaille pour notre oncle.

— Eh bien ! votre oncle emploie de curieux individus, fit remarquer Le Theule avec sévérité.

— Mon Dieu, comment est-ce possible ?

Depuis un certain temps déjà, Charles avait découvert qu'à côté d'hommes respectables et intègres comme Guillaume de Varye, Jean du Village ou Antoine, le grand argentier utilisait, souvent par personnes interposées, les services de vils coquins. Mais il n'avait pas jugé utile d'en informer les membres de sa famille. A quoi bon modifier l'image flatteuse qu'ils se faisaient de leur illustre parent, dévoiler ces coins d'ombre inhérents à la personnalité de presque tous les grands hommes ? Mais là, il s'agissait de l'honneur de sa sœur. Il se rappelait l'antipathie instinctive que Parinaud lui avait inspirée, dès leur première entrevue. Il fallait qu'il fût châtié comme il le méritait.

— Dès demain, maître Guillaume sera au courant, assura-t-il avec fermeté. Je ne doute pas qu'il saura se montrer sévère.

Et même implacable. Varye ne passait pas pour un tendre. Et cette atteinte à une personne qui touchait son maître de près, il ne la tolérerait pas. Ne disposait-il pas de tous les moyens de perdre un homme ?

— Attends ! murmura Éléonore.

— Attendre quoi ? s'indigna Charles. Que cette ordure nous file entre les mains.

Si Parinaud apprenait par hasard l'identité de celle qu'il avait déflorée, nul doute qu'il quitterait aussitôt Bourges sans demander son reste.

— Si Varye est informé de mon... malheur, la nouvelle fera le tour de la ville.

Et cela, elle ne le voulait pas. Du moins, pas encore. Si par miracle aucune suite fâcheuse ne se produisait, ne valait-il pas mieux étouffer l'affaire ? Désormais, Éléonore avait suffisamment l'exprérience des êtres humains pour se douter qu'il se trouverait toujours des personnes pour penser qu'elle avait peut-être cherché ce qui lui était arrivé : pourquoi donc se promenait-elle ainsi seule la nuit ? Antoine lui-même...

Bien sûr, si un enfant s'annonçait, tout cela n'aurait plus aucune importance. D'autre part, la perspective de laisser son tortionnaire impuni, le risque — non négligeable — qu'un jour il la reconnût et allât se vanter de l'avoir possédée, la révoltaient. Comme elle demeurait incertaine, Bertrand vint à son secours.

— Je crois que je comprends le sentiment qui retient Éléonore, dit-il doucement. Et j'y souscris. Pourquoi ébruiter l'infamie de ce misérable ? En se défendant, il ne manquera pas de faire rejaillir quelques gouttes de boue sur sa victime.

La jeune fille le regarda avec reconnaissance, soulagée d'être si bien devinée.

— Pourtant, poursuivit-il, il est impensable de ne pas châtier un scélérat qui, du surcroît, aurait ainsi tout loisir de réitérer son forfait avec d'autres...

— C'est vrai, dit Matheline pensive.

Elle aussi hésitait sur la conduite à tenir. Elle se rendait compte que le médecin avait raison et que, malgré l'injustice de la chose, toute divulgation porterait immanquablement un certain préjudice à Éléonore. Et rendrait bien aléatoire le beau mariage qu'elle ambitionnait pour elle... Elle interrogea son fils :

— Qu'en penses-tu Charles ?

Ce dernier demeurait silencieux, pesant le pour et le contre. Il savait qu'il ne possédait pas et de loin, la force physique nécessaire pour s'attaquer en combat singulier à Parinaud. Ce n'était pas lâcheté de sa part, mais juste évaluation des capacités de son corps souffreteux. Mais s'il avertissait Varye qui s'empresserait de charger quelques-uns de ses séides de s'occuper de Parinaud, il s'enquerrait du motif de la sortie tardive et solitaire d'Éléonore. Et personne ne devait apprendre que ses sœurs avaient rendu visite à la sorcière. Cette résolution était ancrée de façon impérative dans son esprit.

Si seulement Hughes avait été là ! D'Emmanuel hélas, on ne pouvait rien attendre !

— Je vous avoue que je suis très embarrassé, dit-il finalement.

D'autant plus qu'il ne pouvait livrer le fond de sa pensée.

— Si vous le permettez, je vais vous proposer une solution susceptible de rallier vos suffrages. C'est moi qui vais châtier le coupable, sans que hormis vous, quiconque le sache.

— Mais...

— Soyez tranquille. J'ai jaugé l'homme et il se trouve que je sais me battre, tant à l'épée qu'avec un couteau ou mes poings. Je ne commettrai pas un crime : la lutte sera loyale.

— S'il est plus fort que vous..., objecta Éléonore qui gardait dans sa chair le souvenir des muscles d'acier.

— Je courrai le risque. Je vous assure néanmoins qu'il est mince.

— Je ne sais comment vous remercier de votre proposition, dit Mathilde touchée. Mais pourquoi feriez-vous cela pour nous ?

— Disons que je déteste voir les crapules impunies, dit Le Theule.

Éléonore croisa son regard et comprit que les raisons de l'acte qu'il se préparait à accomplir étaient tout autres que celles qu'il invoquait, le simple souci de la justice.

Dans l'état où elle se trouvait, elle en fut infiniment touchée. Elle aurait voulu le lui dire. Devant sa mère et son frère, elle n'osa pas.

Deux jours plus tard, Anieuse revint du marché, rouge et essoufflée d'avoir couru.

— Il paraît qu'ils ont trouvé la responsable de la sécheresse ! Et aussi de la mort des moutons qui gonflaient de partout ! C'est une sorcière !

Devant Anieuse qu'on savait bavarde, aucun mot n'avait été prononcé au sujet de cette dernière. Éléonore pâlit en interrompant brusquement la servante :

— Allons, ne dis donc pas de bêtises !

— Mais ce ne sont pas des bêtises ! Le chapelain des religieuses de Sainte-Claire qui ont eu leur troupeau décimé a découvert une chouette clouée à l'intérieur de la porte de la chapelle ! Alors, vous pensez !

Dans l'esprit d'Anieuse, cette preuve était irrécusable. Et

telle apparaîtrait-elle sans doute à la quasi-totalité des habitants de Bourges. Éléonore le réalisait avec consternation et effroi.

Elle s'en persuada encore plus aisément le soir même, lors d'une visite impromptue de Colas le Billezois, venu se vanter auprès des Bayencourt et en particulier auprès d'Éléonore, de l'arrestation de Mahaut dont il était, assurait-il, l'un des artisans. C'était lui qui, avec l'aide du chapelain de Sainte-Claire, un saint homme, avait convaincu le prévôt, d'abord réticent, d'envoyer des exempts se saisir de la personne de celle qui vivait sur les bords de l'Eurette. Une onde de haine parcourut la jeune fille à l'encontre de Parinaud. Non seulement, il l'avait violentée mais à cause de lui, elle n'avait pu prévenir Mahaut...

— Il est quand même inadmissible, claironna Colas, inconscient de l'effet de ses paroles sur ses hôtes, que la présence d'une telle créature soit tolérée dans une ville où le roi et la cour séjournent souvent.

Éléonore conçut un léger espoir :

— Alors, vous allez l'expulser ?

— Que non ! Puisqu'il est avéré que ses manœuvres maléfiques sont les causes des calamités que nous endurons !

— Vous en avez la preuve ? s'enquit encore la jeune fille.

— Nous ne tarderons pas à l'avoir, on va lui appliquer la question et elle avouera.

Une hideuse expression de satisfaction, presque de jouissance, était apparue sur la face colorée du visiteur : en ce moment, Éléonore aurait volontiers prié Bertrand Le Theule de tuer aussi Colas ! Un signe impératif de Charles obligea sa sœur à contenir son indignation.

Matheline dit vivement :

— Eh bien ! espérons que la pluie ne se fera plus attendre longtemps.

Avec un sourire cauteleux, Colas répondit :

— Je ne crois pas, dame Matheline. En venant vous porter cette nouvelle qui, j'en suis assuré, vous réjouit, j'ai vu que le ciel commençait à devenir gris. D'ailleurs, écoutez...

Chacun prêta l'oreille et Éléonore sentit un froid l'envahir en entendant de larges gouttes s'écraser sur le sol avec un bruit mat.

CHAPITRE XX

La pluie tomba toute la nuit, apportant enfin un peu de fraîcheur, faisant retomber cette poussière impalpable qui depuis des semaines flottait dans l'air et desséchait la gorge.

Les paysans remerciaient le ciel, surtout les maraîchers qui se lamentaient à la vue de leurs légumes étiolés, à l'aspect misérable. Et aussi ceux qui possédaient des vergers, nombreux dans ce Berry, terre d'ordinaire généreuse, propice aux beaux fruits.

En entendant le tambourinaire au coin de la rue, Éléonore et Anieuse se précipitèrent, se joignant au petit groupe déjà rassemblé, en quête de nouvelles. L'homme attendit que l'assistance, au sein de laquelle Éléonore reconnut Denisette avec son fichu rouge, fut assez nombreuse pour commencer d'une voix qui, à cette heure-ci, n'était pas encore éraillée d'avoir répété toute la journée la même chose :

— Avis aux bonnes gens de Bourges. De par l'ordre du prévôt a été arrêtée et déférée devant la justice la demoiselle appelée Mahaut, accusée de maléfices, sorcellerie et empoisonnement d'animaux. Toute personne qui aurait eu connaissance d'un de ces actes abominables doit venir en faire aussitôt la déposition sous serment à la prévôté et...

Éléonore n'écoutait plus. Elle se sentait sur le point de défaillir, devinant trop bien le sort auquel la malheureuse Mahaut ne pourrait échapper : après d'infinies souffrances, le bûcher... Elle savait aussi que parmi tous les gens qui avaient recouru à ses services, pas un n'oserait témoigner pour la défendre : c'était un risque que personne ne voudrait encourir. Elle-même, pas plus que les autres, elle devait se l'avouer. D'ailleurs, que dire ? Que Mahaut n'avait pas invoqué le diable ? Certes. Cependant l'éventration d'un coq noir n'apparaîtrait-elle pas des plus suspectes ? Sans parler de la confection d'une figurine de cire...

Éléonore observait la mine chafouine de Denisette qui s'apprêtait sûrement à relater à son maître ce qu'elle entendait et voyait, accompagné d'appréciations perfides et malveillantes. Elle ne manquerait pas de rapporter la présence d'Éléonore. La jeune fille s'obligea à lui sourire d'un air dégagé comme si l'arrêt de mort qui venait d'être prononcé à l'encontre de Mahaut ne la touchait en rien.

Cette hypocrisie — nécessaire — la révoltait. Mais à quoi

bon se signaler à l'attention de Colas le Billezois ? Ne savait-elle pas maintenant, combien il pouvait être dangereux ?

Le tambourinaire s'en fut répéter ses avis à un autre carrefour et la foule demeura encore un moment à commenter ce qu'elle venait d'apprendre. Sans participer aux conversations, Éléonore prêta l'oreille et s'avisa que les berruyers se partageaient en deux tendances ceux qui, tels Denisette, se réjouissaient ouvertement de l'arrestation de la jeune fille qui, à leur avis, était seule responsable de tous les maux qui avaient accablé la cité : la sécheresse, l'enflure des moutons, la maladie des chevaux. D'ailleurs, n'était-il pas symptomatique que dès son arrestation, la pluie se fût mise à tomber ?

D'autres, plus circonspects, s'étonnaient qu'une simple vendeuse de paniers détint tant de pouvoirs : ce que la procession ordonnée par l'évêque n'avait pu obtenir, la mise à l'ombre d'une pauvre fille y suffisait donc ? Néanmoins, ce scepticisme, qui se manifestait avec discrétion, n'était le fait que de rares esprits un peu plus réfléchis... de toute évidence, la majorité se trouvait du côté de Denisette.

Laissant Anieuse aller acheter des œufs et du lard pour l'omelette du souper, elle se rendit chez Mélanie : à défaut d'autres résultats — mais justement, de cela Éléonore voulait s'enquérir — leur visite à Mahaut avait eu au moins celui de rapprocher les sœurs, de ranimer une affection qui, si elle n'avait jamais disparu, avait été affaiblie par la funeste passion de Mélanie et la séparation.

— Juste Ciel, ma pauvre Éléonore, que vous est-il arrivé ? s'exclama Mme Levrot en laissant tomber des gants de velours au poignet bordé de petit-gris.

Toute à ses pensées, la jeune fille avait oublié que l'emplâtre dont elle s'était enduit le visage sur les conseils de sa mère, s'il atténuait les traces des contusions, ne les avait pas fait disparaître.

— Je suis tombée dans l'escalier de la cave, expliqua-t-elle avec un feint enjouement. Les marches sont si glissantes !

C'était la version à laquelle Le Theule, bien d'accord en cela avec Charles, avait conseillé aux Bayencourt de se tenir.

— Vous auriez pu vous rompre tous les os !

Heureusement, l'entrée d'une pratique permit à Éléonore de s'esquiver et de grimper chez sa sœur qu'elle trouva moins morose que d'habitude.

— Figure-toi que ce matin, Emmanuel est sorti en me disant qu'il allait chercher du travail !

La visiteuse jeta un coup d'œil sur le misérable logis de sa sœur, les enfants qui jouaient, accroupis dans un coin, avec un morceau de chiffon dont Jeanne s'efforçait de faire une poupée, le morceau de pain dur qui, trempé dans du lait, constituerait sans doute leur repas et dit :

— Ce n'est pas trop tôt ! Mais n'a-t-il pas déjà fait cette promesse un certain nombre de fois ?

— Si, reconnut Mélanie. Il m'a semblé pourtant aujourd'hui qu'il y mettait un peu plus de détermination.

— Se montre-t-il plus sobre ?

— Écoute, j'ai l'impression qu'il fréquente moins la taverne.

— Si déjà Mahaut avait obtenu un peu de tempérance de sa part... A propos, il faut que je te dise...

En apprenant l'inculpation de celle qui avait essayé de l'aider, Mélanie fut consternée. D'autant plus qu'elle avait investi tant d'espoirs en elle !

— Mon Dieu ! La question !

Rien que ce mot faisait froid dans le dos. D'imaginer la chair jeune et tendre de Mahaut en proie au fer et au feu des bourreaux — à Paris, maintes fois, elle avait vu des suppliciés exposés au pilori avant d'être exécutés, place de Grève — la bouleversait dans sa propre chair.

— Que pouvons-nous faire ?

— Je me le demande..., murmura Éléonore.

De manière toute provisoire, ces événements avaient fait passer Antoine au second plan. Son retour raviva des sentiments qu'Éléonore avait vainement cherché à étouffer. Elle interrogea Hughes : son compagnon lui avait-il fait des confidences au cours du voyage ? Formait-il des projets d'avenir précis ? En observant la réticence de son frère à satisfaire sa curiosité, lui d'ordinaire volontiers prolixe, Éléonore conçut les pires craintes.

— Enfin, a-t-il décidé d'épouser Isaure ?

— Est-ce que je sais moi ? marmonna Hughes manifestement ennuyé. D'ailleurs, nous en avons très peu parlé...

Et d'elle, Éléonore, Antoine s'était-il soucié ? Craignant une réponse négative, elle s'abstint de poser la question. Elle sentait son frère malheureux de ne pouvoir lui dire ce qu'elle désirait entendre. De son mieux, il tenta de la réconforter :

— Tout n'est peut-être pas perdu... Il est impossible qu'il ne se rende pas compte, tôt ou tard, de la véritable nature de cette garce.

— Oui, mais s'il s'en rendait compte trop tard, une fois marié ?

— Tu es tellement plus belle qu'elle, dit-il encore.

Cette remarque la rasséréna quelque peu : l'aspect de son

visage devait donc être redevenu à peu près normal. Si par hasard — un hasard qu'elle provoquerait peut-être — elle rencontrait Antoine...

D'un commun accord avec Matheline, elle passa sous silence l'agression de Parinaud : si Hughes allait révéler la chose à son ami... Pour l'instant, les suites en étaient toujours incertaines. Mais la jeune fille ne tarderait pas à être fixée. C'était une question de quelques jours... Quelques jours interminables à passer avec la peur au ventre et le souvenir de cette étreinte bestiale, abominable, qui parfois l'empêchait de dormir. Si seulement toute cette horreur pouvait ne jamais avoir existé...

Dans l'espoir d'apercevoir Antoine, n'y tenant plus, Éléonore résolut de se rendre chez les Cœur sous prétexte d'une visite à Perrette. Le jeune homme venait souvent faire sa cour à Macée qui, l'ayant connu très jeune, le considérait presque comme un de ses enfants. Et un garçon ambitieux comme Antoine n'ignorait pas l'influence de cette femme fine et intelligente sur un mari qui tenait grand compte de ses avis.

Elle trouva sa tante se faisant lire une ballade du duc de Berry dont son père, Lambert de Leodepart, avait été le valet de chambre autrefois. Elle prenait beaucoup de plaisir à écouter de la poésie, récitée ou chantée, accompagnée à la viole.

La ballade achevée, Macée congédia sa lectrice et dit :

— Je pense que tu viens voir Perrette ? Elle ne va pas tarder... Te ressens-tu encore de ton accident ma chère enfant ?

— Cela va beaucoup mieux, je vous remercie.

A elle aussi, Matheline avait servi la fable de la chute dans l'escalier et à deux reprises, Macée avait envoyé prendre des nouvelles. Chaque fois, le messager était porteur d'un panier de douceurs.

— Approche-toi... En effet, on ne voit plus rien... à peine une trace sous l'œil droit.

Macée la regardait avec tant de vraie bonté qu'Éléonore sentit les yeux la piquer.

— J'aurais été désolée que ma nièce préférée fût défigurée !

— Oh ! tante Macée, si vous saviez !

— Quoi ma chérie ? Viens t'asseoir près de moi, raconte-moi...

La jeune fille éprouvait soudain un besoin irrésistible de se confier. L'expression douce et bienveillante, l'attention chaleureuse qu'on lui témoignait, l'y incitaient avec une force qui la poussa à parler malgré ses résolutions.

— Je vous en prie, gardez pour vous seule ce que je vais vous dire...

— Cela va de soi. Sois assurée que si je puis t'aider, je le ferai de grand cœur. Tu sais mon affection pour toi...

Ainsi encouragée, Éléonore avoua la vérité à Macée et la crainte affreuse qui dorénavant l'habitait.

Très émue, Macée s'exclama :

— Ma pauvre enfant, quelle épreuve !

Aussitôt, elle réagit en mère :

— Mon Dieu, quand je pense que pareille chose pourrait arriver à Perrette !

Consciente du bouleversement de sa tante, Éléonore entrevit brusquement le parti à en tirer pour aider Mahaut : après le roi, le personnage le plus puissant de Bourges n'était-il pas le grand argentier ? S'il le voulait, ne pourrait-il pas intervenir auprès du prévôt, sinon pour libérer Mahaut, du moins pour adoucir son sort, lui épargner la question, peut-être le bûcher ?

Éléonore se rendait compte qu'elle s'engageait sur un terrain dangereux : bien qu'elle connut le jugement et le bon sens de Macée, son esprit raisonnable, religieux mais sans bigoterie ni superstition, comment considérerait-elle le recours de ses nièces à la sorcière ?

En évoquant cette dernière, enfermée dans un cachot sans lumière, peut-être enchaînée, peut-être déjà, à cette heure l'objet de tortures sans nom, le désespoir au cœur, terrifiée, seule sans pouvoir attendre le soutien de quiconque, Éléonore se lança :

— Vous ne savez pas tout...

CHAPITRE XXI

Sans doute Éléonore sut-elle plaider sa cause avec éloquence réussissant à intéresser sa tante au sort de cette malheureuse.

— Tu me dis qu'à aucun moment elle n'a invoqué le diable ?

— A aucun moment, je vous le jure.

Le récit de l'éventration du coq noir et même la confection d'une figurine à la ressemblance d'Emmanuel n'avaient pas paru troubler particulièrement Macée. Gardant un reste de prudence alors qu'elle s'était avancée si loin et commençait à se demander si elle n'avait pas eu tort, sa nièce passa néanmoins sous silence ce qu'elle et Mélanie avaient vu — ou cru voir — par la suite.

Le premier souci de Macée fut de s'enquérir :

— J'espère que toi et ta sœur n'avez parlé à personne de tout cela ?

— Vous êtes la seule... avec mère et Charles.

Et Bertrand Le Theule. Macée ne le connaissait sûrement pas, il était bien inutile de citer son nom.

— Je ne saurais trop te recommander la discrétion... Et moi-même, poursuivit-elle songeuse comme si elle pensait tout haut, je dois me montrer très circonspecte. Nous n'avons pas que des amis dans cette ville...

Un instant Éléonore craignit que sa tante se refuse finalement à une quelconque intervention, de peur de causer du tort à son époux et en l'absence de celui-ci. Mais si elle attendait son retour, prévu dans plusieurs semaines puisqu'il était à Rome, Mahaut aurait eu le temps d'être brûlée dix fois.

Lisant sur le visage de sa nièce ses angoisses informulées, elle dit :

— Je sais qu'il faut agir vite... Voyons, quelle serait la meilleure manière d'opérer... Guillaume de Varye...

Selon Charles, ce dernier était un homme juste, intègre, plutôt dur. N'aurait-il pas tendance à laisser suivre son cours à une justice qu'il respectait ?

Sans doute Macée partageait-elle ce sentiment car elle s'écria soudain :

— Non, j'ai une meilleure idée !

Au moment où elle allait peut-être en faire part à son interlocutrice, la porte s'ouvrit devant Perrette, Ravaut et Antoine qui rentraient de promenade. Aussitôt, Éléonore oublia Mahaut pour ne plus prêter attention qu'au jeune homme, plus séduisant que jamais. A l'émotion qui la poignait à sa vue, elle comprit que depuis leur dernière rencontre, sa passion à son égard n'avait fait hélas que se fortifier. Aucun autre homme n'existait à côté d'Antoine, de son sourire éclatant, de ce bonheur de vivre qui sourdait de toute sa personne — le devait-il à Isaure ? — de cette vitalité dont il témoignait à chaque instant. Éléonore était-elle en train de devenir aussi sotte et aussi folle que Mélanie ?

Envers la jeune fille, il manifesta une aimable indifférence, lui fit quelques compliments d'un ton léger sur sa mise et parut la considérer comme une vieille connaissance qu'on a toujours plaisir à voir certes, et qu'on est assuré de retrouver de même à une prochaine occasion. Cette aisance joyeuse et amicale, sans détours, qu'il introduisait dans leurs rapports était pire que tout !

Au cours de la conversation brève et décousue qui suivit, le nom d'Isaure ne fut pas prononcé. Fallait-il en concevoir un infime espoir ? Ou bien Antoine, qui ne manquait pas de finesse, subodorait-il que Macée ne se montrerait pas très enthousiaste sur le choix d'une personne comme Isaure ? Éléonore prit congé de sa tante et de ses cousins, le cœur déchiré, sans qu'Antoine saisisse l'occasion de proposer de la raccompagner. N'était-ce pas la preuve évidente qu'il ne se souciait absolument pas d'elle ?

Elle passa la nuit à se désoler et les jours suivants ne lui apportèrent nul motif de réconfort, ni à ce sujet, ni à d'autres : lors d'un repas champêtre organisé par la femme de Jean du Village, elle eut tout le loisir de se persuader de son malheur. Fasciné par Isaure — il n'y avait pas d'autre mot — entièrement sous le charme de cette créature qui se plaisait à attiser sa jalousie, pas une fois Antoine ne regarda même Éléonore. Elle en aurait pleuré... Se comparant à Mélanie, elle se dit que désormais, tout la prédisposait à connaître un sort identique. D'elles trois, seule Geneviève, pourtant la plus défavorisée, avait échappé à la malédiction d'aimer sans retour.

Et puis, le jour fatidique si redouté avait passé sans procurer le soulagement escompté. Et chaque matin à la vue des draps immaculés, Éléonore perdait un peu plus l'espoir de sortir indemne de cette affreuse aventure. A certains moments le découragement la gagnait au point qu'elle se demandait à quoi bon vivre puisque Antoine ne l'aimait pas et qu'elle attendait un enfant de Simon.

Quand elle cessait pour quelques instants de s'appesantir sur elle-même, c'était pour penser à Mahaut. Son sort avait été adouci grâce à l'intervention de Macée, dont une des chambrières était la sœur du bourreau qui appliquait la question. Moyennant une somme non négligeable que Macée s'était empressée de lui faire parvenir, l'homme avait accepté de la réduire à un simulacre, pourvu que Mahaut consentît à crier tout son saoul et à feindre de s'évanouir plusieurs fois. Mais malgré la puissance de son mari, Macée avait fait comprendre à Éléonore qu'il lui était malheureusement impossible de soustraire à la justice royale la jeune fille qui était sévèrement gardée. Il ne fallait pas songer non plus à la faire fuir car le temps manquait. Éléonore sentit que, tout en réprouvant un châtiment qu'aucun acte ne justifiait, en l'absence du grand argentier, sa tante ne voulait pas assumer la responsabilité d'organiser l'évasion d'une détenue qu'après tout, elle n'avait jamais vue. Mais peut-être, afin de lui épargner les intolérables souffrances de la crémation, pourrait-on obtenir du bourreau qu'il étrangle la sorcière avant de mettre le feu au bûcher.

Ce soir même, Éléonore serait vengée, Bertrand Le Theule le lui assura :

— Je le guetterai près de la tour Saint-Clément. Gilles a observé ses habitudes qui sont fort régulières : il rentre au logis presque chaque soir à la même heure.

— Mon Dieu ! s'exclama Éléonore bouleversée par la proximité de l'événement, je ne vivrai pas en attendant. S'il vous arrivait quelque chose à cause de moi...

Le médecin la dévisagea avec une telle passion contenue qu'elle ne put s'empêcher d'en être infiniment troublée.

— C'est vrai que vous en auriez... du chagrin ?

— Comment pouvez-vous en douter ? Après tout ce que vous avez déjà fait pour moi...

— Moi aussi je serais désolé de ne pas revenir. De ne plus vous voir...

A cet instant, Éléonore comprit à quel point il l'aimait pour risquer ainsi sa vie pour elle. Elle l'imagina mort et les larmes lui vinrent aux yeux.

— Bertrand, je vous en prie, revenez ! Ou plutôt, n'y allez pas !

Désormais qu'importait qu'on sut qu'elle avait été violée. Puisque Antoine en aimait une autre... et de toute façon, avec cet enfant qui s'annonçait, plus rien n'aurait été possible.

— Si, dit-il les yeux brillants, il le faut. Mais à présent, je suis sûr de revenir. Vous m'en avez donné la force...

— Je vous attendrai chez vous, dit-elle encore.

Et maintenant, en compagnie de Gilles qui cachait mal sa nervosité, elle prêtait l'oreille au moindre pas dans la rue. Le crépuscule assombrissait le ciel et Éléonore ressentait toute l'angoisse de cette heure entre chien et loup. Elle promit un cierge à Saint-Étienne, la récitation de trois rosaires à la Vierge. Que pouvait-elle faire d'autre ?

— Il ne devrait plus tarder, dit Gilles pour rompre le silence.

Elle se demanda si le jeune homme lui en voulait du danger que courait son frère à cause d'elle : ne serait-ce pas une réaction normale ?

— J'aurais dû l'accompagner, dit-il encore.

Et à la question muette de son interlocutrice, il répondit avec un geste de lassitude.

— Il n'a pas voulu...

— Comme j'aurais préféré vous savoir avec lui !

Bien qu'il ne fît pas froid, loin de là, Éléonore frissonnait en songeant à la force prodigieuse que Parinaud dissimulait sous des apparences de taille et de complexion bien ordinaires.

Les minutes s'écoulaient avec une lenteur exaspérante. La demie de six heures sonna aux Cordeliers. Éléonore avait l'impression d'attendre depuis un temps infini. L'obscurité gagnant la pièce, Gilles alluma deux bougies fichées dans des chandeliers d'étain.

— Si nous allions à sa rencontre ? suggéra-t-elle, n'y tenant plus.

Comme le jeune homme hésitait, un bruit de pas mal assurés se rapprocha. Suivi d'Éléonore, Gilles se rua vers la porte :

— C'est lui ! s'écria-t-il. Mais... mon Dieu !

Assise à son tour au chevet de Bertrand dont Gilles et elle avait pansé de leur mieux les blessures sur ses indications, Éléonore se sentait à la fois affreusement triste et un peu coupable en considérant l'œil crevé du médecin, tandis qu'il leur faisait le récit du combat d'une voix altérée.

— Il s'est défendu comme un beau diable. La vigueur de cet individu est incroyable ; j'ai cru que je n'en viendrai pas à bout...

— Vous l'avez tué ?

— Oui. Il est bien mort, rassurez-vous. Il a rendu son âme malfaisante au diable et il n'agressera plus personne.

De son œil valide, dont il lui faudrait apprendre à se contenter dorénavant, le blessé vit des larmes silencieuses couler sur le visage d'Éléonore, visage qui avait retrouvé toute sa beauté.

— Vous pleurez ?

— Je suis si malheureuse de ce qui vous est arrivé... par ma faute.

La pensée de cette orbite morte, ne serait-elle pas un remords constant ?

— Vous devez souffrir horriblement.

— Pas trop. Cette région est moins sensible qu'on le pense généralement. Et les autres plaies ne sont pas profondes.

La jeune fille admira son courage et l'effort qu'il faisait pour la réconforter, il n'avait pas eu un mot pour se plaindre...

— Que puis-je faire pour vous ? s'enquit-elle.

— Pour l'instant me laisser dormir. Gilles va vous raccompagner et s'occupera de moi si j'ai besoin de quelque chose.

— Je viendrai vous voir demain.

En le quittant seulement, tant cette étreinte lui avait paru naturelle, elle s'aperçut qu'elle tenait sa main depuis un bon moment.

Comme lui l'autre fois...

Éléonore passa une nuit agitée, traversée de visions terrifiantes où se mêlaient tous les événements des derniers jours. Du sang, des flammes, des yeux sans visage qui la fixaient, Simon ricanant à côté du bourreau, Mahaut enchaînée, passèrent tour à tour dans ses cauchemars, bien que Matheline, au vu de l'état dans lequel revenait sa fille, lui ait fait boire une infusion de tilleul, d'angélique et d'aubépine avant de se coucher.

Le lendemain, comme Éléonore s'apprêtait à rendre visite à celui qui l'avait vengée au prix d'une mutilation, Matheline proposa :

— Je t'accompagne. C'est bien le moins que j'aille prendre des nouvelles de cet homme à qui nous devons tant. Je lui apporte une potion à base de pavot qui le soulagera.

— Hélas ! il n'en existe aucune pour lui rendre son œil...

— Non, admit Matheline désolée. Pas à ma connaissance.

Elle aussi était navrée de ce qui était arrivé. Depuis quelqus temps, elle avait l'impression d'être prise dans un engrenage funeste qui chaque jour apportait une succession de calamités contre lesquelles elle était bien impuissante à lutter. Dans un accès de révolte, elle s'était dit que Mélanie était cause de tout, ou plutôt cet amour dément qu'elle portait à Emmanuel. Mais comment reprocher quoi que ce soit à Mélanie ? Elle était elle-même si malheureuse, si désespérée du tort qu'elle avait involontairement infligé à sa sœur.

Gilles leur ouvrit et les visiteuses trouvèrent son frère assis à table en train de se restaurer.

— Quoi, vous êtes déjà debout ? s'insurgea Matheline. Vous n'êtes vraiment pas raisonnable.

— Je me sens assez bien et à peu près solide sur mes jambes, dit-il avec un sourire de bonheur à la vue d'Éléonore. Mais asseyez-vous. Gilles, apporte un peu de cervoise.

— Comment vous dire..., commença Matheline.

Le Theule l'interrompit :

— Ne dites rien. Parinaud est mort et je suis vivant. Tout est bien.

Par la porte que Gilles avait laissée entrouverte parvint une rumeur, d'abord lointaine et indistincte. Comme elle s'amplifiait tout en se rapprochant, Bertrand puis Matheline prêtèrent l'oreille. On commençait à entendre des vociférations, puis le bruit d'une foule en marche, celui de roues sur le pavé.

— Qu'est-ce donc ? Va voir Gilles.

Le jeune homme revint tout pâle :

— C'est la sorcière, dit-il, qu'on mène au bûcher.

CHAPITRE XXII

Éléonore devint si pâle que Matheline craignit de la voir s'évanouir.

— Déjà ! Oh ! mon Dieu, ce n'est pas possible !

La justice, d'ordinaire plus lente, s'était montrée bien expéditive pour condamner une pauvre fille transformée en bouc émissaire et rendue responsable de la sécheresse, de la mort des animaux et de toutes les calamités imaginables.

Il semblait à Éléonore qu'on commettait une action monstrueuse. De ne rien pouvoir pour l'empêcher la révoltait et l'accablait de façon indicible. Malgré les objurgations de sa mère, elle emboîta le pas au cortège, dans un état second. Matheline et les jeunes gens ne purent que la suivre, mêlés à cette foule hurlante qui se réjouissait de l'éxécution de la sorcière.

Un bras se glissa sous celui d'Éléonore qui murmura :

— Vous n'auriez pas dû sortir. Dans votre état...

— Vous ne pensiez pas que j'allais vous laisser seule... alors que vous êtes si malheureuse !

Comment ne pas être touchée par le comportement de cet homme, par son contact chaleureux : gravement blessé, il trouvait le moyen de se soucier d'elle et de l'accompagner pour partager sa peine. Cela, elle ne l'oublierait jamais. Dans une circonstance identique Antoine aurait-il agi de même ? Rien n'était moins certain. Bertrand lui donnait une impression de sécurité, nouvelle pour elle, peut-être analogue, se disait-elle, à celle que son père avait jadis offert à sa mère.

Éléonore essayait de ne pas penser à ce tombereau de bois qui roulait bruyamment sur les pavés devant elle, accompagné de quatre exempts : ceux-ci marchaient derrière car la ruelle était trop étroite pour qu'ils se tinssent de côté. A proximité des remparts, la rue s'élargit et un mouvement de foule poussa Bertrand et Éléonore en avant, les séparant de Matheline et de Gilles. La jeune fille aperçut alors Mahaut, debout dans la longue robe blanche des condamnées à mort, sa belle chevelure flamboyante réduite à quelques touffes hirsutes, les mains liées derrière le dos.

— C'est affreux, murmura-t-elle bouleversée.

Ce qui était plus affreux encore était la joie et l'excitation de ceux qui escortaient le convoi : un certain temps s'était écoulé depuis la dernière exécution capitale et nombreux étaient les habitants qui s'étaient empressés d'accourir pour assister à ce spectacle gratuit.

— Éléonore, voulez-vous que nous nous en retournions ?

La jeune fille fit signe que non. Il fallait être sûre que le bourreau payé par Macée tiendrait sa promesse, qu'il étranglerait discrètement Mahaut avant que les flammes ne l'atteignent. Et comment le saurait-elle si elle ne demeurait pas jusqu'au bout ?

Ceux qui habitaient dans le voisinage du lieu du supplice, sis juste à la sortie de la porte Saint-Sulpice, entouraient déjà le bûcher. Des parents y avaient mené leurs enfants, des jeunes gens leur promise afin qu'ils se divertissent en voyant brûler une femme. Certains se trouvaient là depuis plusieurs heures, impatients ne voulant à aucun prix rater l'embrasement du bûcher.

Quelques-uns des propos de la populace que l'esprit d'Éléonore captait presque inconsciemment témoignaient de ses sentiments.

— Cette femme a été au sabbat avec un bouc...

— Oui, un grand bouc noir auquel elle s'est abandonnée et qui lui a enseigné ses sortilèges...

— Le premier vendredi du mois elle faisait des communions sacrilèges...

— Les nuits de pleine lune, elle composait des philtres avec le sang des nouveau-nés égorgés et des ossements qu'elle volait dans le cimetière...

C'était à qui en rajouterait. Le plus véhément, naturellement, était Colas le Billezois qui goûtait le triomphe de voir gravir l'échelle du bûcher à celle contre laquelle il s'était acharné. Apercevant Éléonore, il s'approcha d'elle avec un sourire de cruelle satisfaction :

— Vous venez assister à ce beau spectacle ?

Une bouffée de haine et de dégoût envahit la jeune fille à la vue du marguillier. Cette rencontre, à laquelle elle aurait pourtant dû s'attendre, était la goutte qui faisait déborder le vase. Il fallait qu'elle lui criât son mépris :

— Vous êtes un être...

Une ferme pression sur son bras la mit en garde et la fit s'interrompre.

— Un être ? interrogea Colas d'une voix fielleuse.

Sans la présence modératrice de Bertrand, la jeune fille n'aurait pu se retenir de jeter à la tête de Colas qu'elle le considérait comme une ordure, un être abject, ignoble. Elle se contenta de répondre :

— Un être que je n'ai pas envie de voir.

Un rictus de dépit se peignit sur le visage que la chaleur et l'excitation rendaient encore plus rubicond que d'habitude.

Elle ajouta :

— Je ne pense pas qu'il soit chrétien de se réjouir de la mort d'autrui.

— Mais si, dans ce cas précis : Bourges sera purgé de cette présence maléfique.

Le pauvre petit visage de Mahaut, privé de la toison luxuriante qui en faisait toute la beauté et le charme étrange, était pénible à contempler et serrait le cœur. Du moins, celui d'Éléonore et de son compagnon qui s'était arrangé pour l'entraîner à quelque distance du marguillier.

— Cet individu est immonde, dit-elle à voix basse. Quel plaisir ce serait de lui cracher à la figure !

— Je vous comprends, approuva Bertrand.

— Imaginez qu'en plus, il me poursuit de ses assiduités.

— Il ose lever les yeux sur vous ? dit le médecin en serrant les poings.

Ce fut au tour d'Éléonore de calmer Bertrand qui voulait se jeter sur Colas.

— Oh ! il ne perd rien pour attendre, murmura-t-elle. La mort de Mahaut sera vengée d'une manière ou de l'autre, j'en fais le serment.

Elle se dit qu'elle n'hésiterait pas à l'empoisonner si l'occasion se présentait. Mais les occasions, on pouvait aussi les susciter...

Un prêtre tendait maintenant un crucifix à baiser à la condamnée, ligotée à une échelle que le bourreau et son aide avaient attachée au poteau. Pour qu'ils ne soient pas atteints par des flammèches, les exempts firent reculer les assistants de quelques pas avant qu'on embrase le foyer. Pendant que le petit bois commençait à prendre et à grésiller, Éléonore essayait de voir si le bourreau avait tenu parole. Mais des larmes embuaient son regard, l'empêchant de distinguer nettement la mince silhouette blanche. Et ce n'était pas Bertrand avec un seul œil qui verrait mieux qu'elle...

— Pourvu qu'on l'ait étranglée..., murmura-t-elle.

Elle n'avait même pas la force de prier : d'ailleurs, à quoi serviraient des prières devant ces flammes qui montaient, qui léchaient les pieds d'une innocente ?

La foule s'était tue, se repaissant de l'affreux spectacle qui lui était offert ; devant l'ardeur des flammes, certains commençaient à reculer. Soudain, un cri jaillit au milieu des fagots, un cri qui glaça Éléonore jusqu'au fond de l'âme. Un cri qu'elle ne devait jamais oublier. Peu à peu la fumée masqua la torche hurlante et vivante.

Tandis que se répandait une odeur de chair brûlée qui soulevait le cœur, Bertrand entraîna une Éléonore tellement commotionnée qu'elle ne songea même pas à protester.

De retour chez lui, il l'obligea à absorber à cordial. Sous l'effet du choc, elle demeura un long moment muette, prostrée, incapable de se reprendre. Puis elle se mit à trembler convulsivement, à claquer des dents. Ne sachant que faire pour la sortir de cet état, Bertrand prit la jeune fille dans ses bras et la serra doucement contre lui pour la calmer, en lui parlant comme à une enfant. Peu à peu les tremblements diminuèrent et Éléonore se mit à pleurer à gros sanglots, libérant ainsi une angoisse contenue depuis plusieurs heures, dénouant ses muscles crispés et tendus à se rompre.

— C'est tellement épouvantable ! Le bourreau a pris l'argent sans tenir sa promesse ! Comment a-t-il pu... Comment a-t-il eu le cœur de laisser souffrir cette pauvre fille ? C'est vraiment inhumain...

Bertrand essaya de la réconforter :

— Sans doute a-t-elle été rapidement asphyxiée par la fumée.

— Vous croyez ?

De toutes ses forces Éléonore voulait se raccrocher à cet espoir...

— C'est souvent le cas heureusement.

Un peu plus tard, la jeune fille se sentit suffisamment bien pour regagner le logis maternel. Elle se leva pour partir.

— Je ne voudrais pas que vous me quittiez, dit Bertrand.

— Je n'ai guère envie de partir non plus. Je préférerais demeurer avec vous. Mais mère s'inquiétera...

— Vous ne me comprenez pas, dit doucement le médecin, je veux dire : plus jamais. Je vous aime comme je n'ai encore jamais aimé personne. Je voudrais que vous soyez ma femme... Si vous consentez à épouser un infirme.

Il acheva en souriant :

— L'autre œil est encore bon !

Touchée jusqu'aux larmes par un sentiment dont elle sentait la force de manière presque tangible, Éléonore se disait que puisque Antoine ne l'aimerait jamais — les rumeurs de son prochain mariage avec Isaure se faisaient plus précises — lier son sort à celui de cet homme bon et intelligent, tolérant et généreux, pour lequel elle éprouvait une vraie affection, vaudrait mieux que de s'enliser dans le destin de Mélanie. Après tout, avec Bertrand, elle connaîtrait, sinon le grand amour dont elle avait rêvé, du moins un certain bonheur fondé sur une entente paisible. L'exemple de Geneviève l'aurait incitée à accepter, à tenter cette chance si elle l'avait pu. Hélas, elle n'était plus seule en cause, elle portait en elle un fruit maudit qu'elle n'avait pas le droit d'imposer à cet homme.

— Bertrand, j'aurais été heureuse et honorée d'être votre femme, malheureusement, désormais, ce n'est plus possible.

— Et pourquoi ? s'enquit-il avec vivacité.

Comme gênée, elle ne répondait pas, il dit :

— Je comprends. Vous êtes si belle, si jeune et je suis désormais un infirme.

Éléonore courut vers lui et le détrompa aussitôt :

— Oh ! non ! s'exclama-t-elle, comment pouvez-vous penser cela ?

Cette infirmité qu'il lui devait aurait plutôt été une raison supplémentaire d'accéder à sa demande.

Il lui prit les mains et la regarda de son œil valide :

— Alors, de quoi s'agit-il ?

Il semblait prêt à vaincre tous les obstacles qui pouvaient s'interposer entre lui et la femme à laquelle il n'avait cessé de penser nuit et jour depuis qu'il la connaissait. Il la prit dans ses bras et elle ne résista pas, se laissant aller contre lui.

Cette tendresse infinie qu'elle percevait lui donnait presque envie de pleurer.

— J'attends un enfant de Simon, finit-elle par avouer. Désormais, j'en suis sûre.

— Ce n'est que cela ?

Il souriait presque :

— Cela n'a aucune importance Éléonore. Ce qui aurait été grave c'est...

— C'est ?

— Si vous en aviez aimé un autre.

Si elle lui avouait sa passion sans espoir pour Antoine, il la repousserait. Avec raison. Et elle resterait seule, avec cette horreur dans ses entrailles. Mais se taire, n'était-ce pas faire preuve d'une grande malhonnêteté, bien contraire à sa nature ? Et pouvait-on fonder une union qui eut quelque chance de réussite sur un mensonge ?

Elle se fit le serment à elle-même d'arracher Antoine de son cœur.

— Je n'aime personne d'autre, dit-elle finalement.

Ce qui ne signifiait pas qu'elle l'aimait lui, elle s'en rendait bien compte. Mais il parut se contenter de cette affirmation.

— Dans ce cas, dit-il tout joyeux, rien ne vous empêche de devenir ma femme. Nous allons nous marier très vite et personne ne se doutera que cet enfant à venir n'est pas le nôtre.

Pouvait-on — et devait-on ? — résister à tant de délicatesse, de générosité, d'amour ? Refuser cette planche de salut qui s'offrait de manière inespérée alors qu'elle se trouvait dans cette situation si consternante ?

Éléonore ne le pensait pas. Elle trouva la force de sourire pour répondre :

— Je serai une bonne épouse, Bertrand. Je vous le promets.

Vous retrouverez les héros de ce roman
dans LES ROUTES DE ROME,
à paraître prochainement.

L'impression de ce livre
a été réalisée sur les presses
des Imprimeries Aubin
à Poitiers/Ligugé

pour les Éditions Trévise

Achevé d'imprimer le 30 avril 1984
N° d'édition, T 84067 — N° d'impression, L 16628
Dépôt légal, 8363-4-1984

Imprimé en France

Imprimé en France